Michael Seitz

Stefan Schweizer

Siegfried

Thriller

mainbook

ISBN 978-3-948987-60-2

Lektorat: Gerd Fischer
Covergestaltung und Bildrechte: Lukas Hüttner

Auf der Verlagshomepage finden Sie weitere spannende Bücher:
www.mainbook.de

Autor Michael Seitz

Michael Seitz, Jahrgang 1976, hat seine Kindheit und Jugend in München und im ländlichen Niederbayern verbracht und lebt seit 2005 in Wien. Er schreibt vorwiegend historische Romane und Gegenwartskrimis. Seitz genießt es, mit seiner Frau und seinen beiden Kindern durch Wien zu flanieren und in Buchgeschäften zu schmökern.

Veröffentlichungen (Auswahl): „Die verlorenen Kinder“ (Droemer Knaur, 2017), „Der Falter“ (Droemer Knaur, 2018), „Kinderspiel – Die Fesseln der Vergangenheit“ (Droemer Knaur, 2019), „Sechs“ (Droemer Knaur, 2019)

Autor Stefan Schweizer

Stefan Schweizer studierte, promovierte und lehrte an der Universität Stuttgart. Er lebt im Speckgürtel der Bundeshauptstadt, bewegt sich gerne in fremden Kulturen, in exotischen subkulturellen Milieus und ist Grenzgänger zwischen den Scenes.

Veröffentlichungen (Auswahl): „Mörderklima“ (Klimawandel-Krimi, mainbook, 2020), „Die Akte Baader“ (Gmeiner, 2018), „Roter Herbst 77 – RAF 2.0“ (Südwestbuch, 2017), „Roter Frühling 72, RAF 1.0“ (Südwestbuch, 2017), „BERLIN GANGSTAS“ (Schwarzkopf & Schwarzkopf, 2016), „Goldener Schuss“ (Gmeiner, 2015).

Vorwort

Die drei ebenso berühmten wie berüchtigten Ts (*tarnen, tricksen, täuschen*) sind vor allem aus konspirativen Gründen den in diesem Politthriller beschriebenen Kreisen zuzuordnen.
Jedoch haben auch wir beim Schreiben auf diese Taktik zurückgegriffen, indem wir z. B. Personen der Zeitgeschichte bewusst nur teilweise beschrieben oder Persönlichkeiten verfremdet dargestellt haben. Auch Orte haben wir bei Bedarf, wenn möglich, verschoben. Das im Nahen Osten gelegene Land mit dem fiktiven Namen „Osman", steht z. B. für gleich zwei Militärdiktaturen, die im Jahr 2000 eine Rolle spielten, jedoch auch der Einfachheit halber auf einen Staat sozusagen „zusammengefasst" wurden. Der Einmarsch der US-Truppen im Jahr 2003 veränderte die geopolitische Machtlage in diesem Teil der Welt nachhaltig; später tat der sogenannte Arabische Frühling seinen Teil dazu. Auch die Figur des Mannes, den wir als den „Österreicher" bezeichnet haben, existierte in der Realität, wurde jedoch so weit verändert, dass es keine Ähnlichkeiten zur realen Person eines gewissen Kärtner Landeshauptmannes mehr gibt. Das haben wir vor allem gemacht, um uns nicht dem Vorwurf ausgesetzt zu sehen, in unserem Roman nur die Realität zu beschreiben. Dennoch enthält unsere Fiktion mehr Wahrheit als die meisten Leserinnen und Leser auf den ersten Blick vermuten werden.

Heinrich Böll fasste das Dilemma von realem Leben und Kunst 1974 in seinem *Blum-Roman* in einem Vorwort zusammen: *„Personen und Handlung dieser Erzählung sind frei erfunden. … Ähnlichkeiten (sind) weder beabsichtigt noch zufällig, sondern unvermeidlich."* Mit diesem bekannten Vorwort bereitete der Literat die Leserinnen und Leser darauf vor, was sie auf den folgenden Seiten erwartete: die Darstellung einer fiktiven Realität. Und nicht zuletzt darin steckt die Tragik des heutigen Autors, denn mit Jörg Fauser sind wir stets „auf der Suche nach einem Satz, der mehr sagt“, als wir eigentlich wissen. Wir wissen viel, aber eben nicht alles und dennoch muss es das Bestreben des Schriftstellers sein, die unendlichen Möglichkeitsmatrizen, die sowohl das reale Leben als auch die literarische Kunst bieten, zu einem möglichst kohärenten, aber interaktiv-rekursiven Gesamtgebilde zusammenzufügen, das den Leserinnen und Lesern möglichst viel Erkenntnis offeriert. Eine stetige Spannungskurve, geschliffene Dialoge und ein schlüssiger Gesamtplot dürfen dabei allerdings keinesfalls fehlen.

In diesem Sinne wünschen wir Ihnen spannende Stunden beim Lesen dieses Faction-Thrillers.

Michael Seitz & Stefan Schweizer

Wien und Potsdam, im März 2022

Samstag, 27. September 2008, 20:27 Uhr, in der Nähe von Kassel

Der restaurierte Gutshof hatte im Laufe der Jahrhunderte Raubrittern und lichtscheuem Gesindel einen Rückzugsort geboten. Er lag auf der einzigen Anhöhe im Umkreis von fünf Quadratkilometern. Eingebettet zwischen Felsen und Tanngestrüpp waren seine Besitzer vor dem Arm des Gesetzes quasi unerreichbar gewesen. Weit und breit fürchtete man die dunklen Gesellen, die zwischen diesen Gemäuern ihren Trinkgelagen frönten und von dort ihre blutrünstigen Raubzüge planten. Der Dreißigjährige Krieg läutete mit der Einführung von Kanonen den endgültigen Niedergang sämtlichen Rittertums ein. Die einst stolze Burg verwandelte sich in eine Ruine, die Romantikern im 19. Jahrhundert Inspiration zu Gedichten und Geschichten bot. Zuletzt fanden sich Investoren, die die abgeschiedene Lage wieder zu schätzen wussten. Niedersachsen und Thüringen waren mit dem Auto innerhalb einer halben Stunde zu erreichen. Auch Bayern, Baden-Württemberg und Rheinland-Pfalz waren nicht aus der Welt. Das bot Angriffsflächen und Fluchtrouten und praktisch die Möglichkeit, an einer Vielzahl von Orten gleichzeitig zuschlagen zu können. Das Autobahnnetz verschaffte ihnen Möglichkeiten, von denen ihre Vorgänger niemals zu träumen gewagt hätten. Der Flughafen in Frankfurt war ebenfalls kaum mehr als zwei Stunden mit dem Auto entfernt. Polen und Tschechien waren innerhalb von sieben Fahrstunden erreichbar – ideal für Geschäfte aller Art. Und dank der Abschaffung der Grenzkontrollen im Personenverkehr innerhalb der europäischen Union bestand eine der leichtesten Übungen darin, in den ehemaligen östlichen Bruderstaaten unterzutauchen.

Das mit dem feudalen Anwesen verbundene Dorf umfasste heute kaum mehr als zweihundert Einwohner. Die Hälfte der Einwohnerschaft bestand aus zugezogenen Menschen, die über eine gefestigte Weltanschauung, entsprechende Normen und Werte verfügten. Die Neonazis hatten sich hier Macht und Einfluss gesichert. Und so galt dieser Flecken Land als national befreite Zone. Sie war zum Niemandsland im Kampf gegen den bundesdeutschen Staat geworden, den zu bekriegen sich die neuen Raubritter Ehre und Treue bis zum letzten Tropfen ihres Blutes geschworen hatten. Die Geschichte würde ihnen einst recht geben, daran hegten sie keinerlei Zweifel.

Durch die vielen Autos vor der Einfahrt zum ummauerten Gutshof war klar, dass an diesem Abend eine Versammlung stattfand. Eine ziemlich hochkarätige Zusammenkunft, den Nobel-Karossen nach zu schließen, meinte einer der beiden Beamten. Hauptsächlich vertreten waren die Marken VW, Audi und Porsche.

Zweihundert Meter von der Ritterburg entfernt standen auf dem Feld zwei zivile metallic-grau lackierte Fahrzeuge. Die beiden Beamten beobachteten seit Stunden das Anwesen durch Ferngläser und lauschten angestrengt durch die Lautsprecher im Ohr. Doch seit geraumer Zeit gab es keine Anweisungen mehr von Seiten der Dienststelle.

Die Verfassungsschützer hatten jedes der Autokennzeichen akribisch notiert und an die Zentrale weitergeleitet. Hartnäckig verfolgten sie durch die Ferngläser, was sich vor dem Grundstück tat.

Die hohen Herren der rechten Bewegung hatten sich längst in die nicht einsehbare Festung begeben. Da das Anwesen schon mehrfach wegen Hausdurchsuchungen polizeilich erfasst worden war, machten sich die Beamten keine Illusionen: Der Gutshof war besser gesichert als mancher Hochsicherheitstrakt in einem amerikanischen Gefängnis. Der Gutshof mit Burggebäude und Mauern besaß fünfzehn Ein- und zwanzig Ausgänge. Angeblich existierte sogar noch ein unterirdischer Geheimgang, der bereits den Raubrittern im Falle einer Eroberung zur Flucht gedient hatte. Überall waren Lichtschranken und Kameras montiert. Pitbulls wachten in Zwingern, deren Türen sich per Fernsteuerung automatisch öffneten.

Es war ein Ding der Unmöglichkeit, unbemerkt hineinzugelangen. Natürlich aus gutem Grund. Schon häufig hatten die Antifa und andere linksmilitante Organisationen versucht, den Gutshof im Sturm zu erobern. Bisher vergeblich – die Rechten hatten jeden Angriff erfolgreich abgewehrt.

Die Beamten hatten zudem keine Möglichkeit, sich zu verstecken. Es gab nur Felder und weder Büsche noch Bäume, hinter denen Feinde Deckung hätten suchen können.

Ein mobiles Einsatzkommando wartete in fünf Kilometern Entfernung, bereit zum Einsatz für alle: die Verfassungsschützer, die ominöse Versammlung im Haus und potenzielle Angreifer. Vielleicht hatten die Linken einen Wink erhalten, was jedoch unwahrscheinlich war. Denn die rechte Elite duldete keine Maulwürfe, nachdem sie jahrelang von staatlich alimentierten V-Männern unterwandert gewesen war.

Was die wachsamen Verfassungsschützer nicht bemerkten, war, dass sie ihrerseits ebenfalls observiert wurden. Zwei Kameraden hatten sich einen Kilometer entfernt in Erdlöcher eingegraben. Sie sahen und hörten durch ein Richtmikrofon jedes Wort der beiden mit. Über Funk machten sie sich über die Staatsmachtvertreter lustig und bezeichneten sie verächtlich als „staatliches Söldner-Muschi-Pack“. Im Falle eines Zugriffs würden sie ein sorgsam orchestriertes Ablenkungsmanöver starten, um den Gästen des Hauses ein paar zusätzliche Minuten Vorsprung vor dem Zugriff zu ermöglichen.

„So ein Stelldichein hat es schon lange nicht mehr gegeben“, sagte der bulligere Beamte zu seinem Kollegen und fuhr im Telegrammstil fort: „Das Who is Who der rechten Szene. Hier versammelt. Auf einem Haufen. Wäre doch ein Aufwasch, alle auf einmal einzukassieren. Aber wegen der Störsender haben wir nicht einmal die Chance mitzuhören, was im Haus vor sich geht. Die Kollegen in der Homebase geben zwar ihr Bestes, haben aber gerade gemeldet, dass es kein akustisches Durchkommen gibt.“

Der größere Mann zuckte mit den Schultern und vergewisserte sich mit einem Griff an das Rückenholster. Die Glock saß perfekt. War eigentlich nicht erlaubt, aber angesichts der Brisanz des Einsatzes unumgänglich.

„Ist doch klar, dass der alle Tricks kennt. Aber wir haben ja unser trojanisches Pferd bereits untergebracht.“

„Ja, zum Glück", stimmte der Kleinere zu, „Wagner ist nicht mit Geld zu bezahlen. Der hat sich da tief reingewühlt. Manchmal weiß man nicht mehr, auf wessen Seite der wirklich steht."

Die Männer lachten – das Problem war im Amt bekannt. Um an die richtigen Kreise zu gelangen, war mehr als nur schauspielerisches Talent gefragt. Da bedurfte es einer gewissen Empathie, die überzeugend nach außen transportiert werden musste. Bei Wagner schieden sich die Geister. Während die einen sein Talent bewunderten, alles und jeden unterwandern zu können, sagten ihm seine Neider massive Affinitäten nach rechts nach. Noch schwerer wog seine persönliche Nähe zum Präsidenten des Amts, der auch nicht frei vom Ruch einer gewissen rechten Einstellung war und sich anschickte, zum Enfant Terrible der Republik zu werden. Aber vielleicht waren die beiden einfach nur großartige Schauspieler.

„Verdammt kalt", fluchte der Hagere. „Manchmal hasse ich meinen Job."

Die Akteure der Gegenobservation mussten sich zusammenreißen, um nicht in schallendes Gelächter auszubrechen. In ihren Erdlöchern saßen sie komfortabel in Bundeswehrunterwäsche und Parkas eingepackt und spürten kaum was von der Kälte. Die Trottel vom Verfassungsschutz trugen Übergangsmäntel und Polohemden darunter. Deren Problem, wenn sie glaubten, damit bis Stalingrad durchdringen zu können. Das kommt davon, wenn man aus der Geschichte nichts gelernt hat.

„Ja, die Kohle ist hart genug verdient", stimmte der Stämmige zu. „Vor allem, wenn ich daran denke, was da drinnen vor sich geht. Die braunen Wichser werden es sich schön gemütlich gemacht haben – vermutlich im Kaminzimmer oder im restaurierten Keller mit Bar. Ich will gar nicht wissen, was da alles an Gourmet-Freuden aufgetafelt wird."

Sein Kollege nickte.

„Die Getränke nicht zu vergessen. Die pfeifen sich bestimmt bestes Bier und feinste Weine rein."

Die Gegenobservanten hielten sich mit Mühe zurück, nicht loszuwiehern und sich auf die Schenkel zu klopfen.

„Irgendwo habe ich beim letzten Aldi-Stopp noch ein Sixpack-Plastikflaschenbier im Dienstwagen versteckt“, gestand der Stämmige. „Ich glaube, es wäre an der Zeit für ein Fläschchen und gut gekühlt dürfte es auch sein.“

Einer der Gegenobservanten funkte seinem Partner etwas mit „Türkenkoffer auf vier Rädern“ zu, was erneut zu großer Heiterkeit führte. Was die Verfassungsschützer nicht mitbekamen. Denn der Spiritus Rektor der militanten rechten Szene sorgte gut für seine Leute. Er hatte sie mit silbernen Flachmännern voll edelstem Stoff versorgt. Womit sie jetzt per Funk anstießen. Als Rechter ließ es sich gut leben. Auf jeden Fall besser als die Trottel vom Dienst, deren nach unten hängende Mundwinkel aussagekräftig genug waren.

„Na, dann Prost!“

Die Hüter der deutschen Verfassung stießen mit den Plastikkolben an; das war auf jeden Fall alles andere als Dienst nach Vorschrift.

„Was würde ich dafür geben, wenn wir den Laden aufmischen könnten“, sagte der Größere.

„Und ich müsste jetzt dringend mal pissen“, antwortete sein Kollege.

„Tu was du nicht lassen kannst.“

„An welchen Baum? Oder in welches Gebüsch denn?“, jammerte der Stämmige. „Diese Schweine haben doch alles plattgemacht! Monokultur nennt man das.“

„Umweltschutz ist wohl nicht so ihr Ding“, stimmte der Größere zu. „Denen geht’s mehr um Heimatschutz.“

„Und ich muss trotzdem, verdammt.“

„Wir sind hier, um diesen Laden zu observieren und im Notfall einzugreifen, also reiß dich zusammen!“

„Meine Blase platzt gleich.“

„Vielleicht greift ja die Antifa doch noch an“, ignorierte der Größere scheinbar das Bedürfnis seines Kollegen, „wenn wir Glück haben! Die haben sicher mobile Klosetts im Gepäck. Die Hoffnung stirbt ja bekanntlich zuletzt.“

Es sollte jedoch beim frommen Wunsch bleiben; die Raubritter blieben unter sich.

Sonntag, 28. September 2008 – Wien

Tscharly Hubers Blick zentrierte sich auf die Gesichtszüge der Frau, der ihr Mutterglück unweigerlich anzusehen war; trotz aller schlaflosen Nächte und der Blässe ihrer Haut, strahlte sie. Die lebhaften blauen Augen erinnerten ihn an Milla, seine Tochter, die diese von seiner Ex-Frau geerbt hatte. Milla und die Frau waren gleich alt. Die junge Mutter und ihr Partner berieten miteinander, ob ein Gratis-Spaziergang im Schlosspark von Schönbrunn dem Zoobesuch nicht doch vorzuziehen sei. Der Zoo verlangte fünfzehn Euro Eintritt pro Person – ein gesalzener Preis! –, die man ebenso gut in einen Kaffeehausbesuch investieren könnte. Tscharly musste sich mit Gewalt vom Anblick der glücklichen Traumfamilie mit dem Kinderwagen loseisen, ehe der Schmerz in seiner Seele ihn wahnsinnig werden ließ. Er schlenderte an den dreien vorbei und konzentrierte seine Gedanken auf seine persönliche gegenwärtige Situation. Müde warf er dabei einen Blick auf seine alte Rado – noch zwei Stunden. Um achtzehn Uhr würden die österreichischen Medien das Ergebnis der Nationalratswahl bekannt geben, jenen Wahlen, die auch den Grund dafür darstellten, warum die Menschen diesen herrlichen Altweibersommertag heute so zahlreich nutzten, um das Angenehme mit dem Nützlichen zu verbinden: den Spaziergang an der frischen Luft mit dem Gang zur Wahlurne.

Er hatte noch ein wenig Zeit, die Wiener Atmosphäre in sich aufzunehmen. Tscharly fingerte das Diktiergerät aus seiner Cordjacke und sprach: „Bayern wählt seinen alten und neuen Ministerpräsidenten“, das klang wie eine Prophezeiung, „Österreich den alten und neuen Bundeskanzler … und alles bleibt anders!“

Schöne neue Welt der Konservativen in Europa, dachte er.

Die Redaktion zu Hause in München hatte ausgerechnet ihn nach Wien entsandt, um über die Wahl und die Stimmung der Österreicher zu recherchieren. An Belanglosigkeit schienen ihm diese Wahl und sein Auftrag kaum zu überbieten. Manchmal sehnte er sich an seine Zeit im Nahen Osten zurück – zurück in den Irak-Krieg. Damals – nach der Gefangennahme des Diktators Saddam Hussein im Dezember 2003 – war er der erste Europäer in der Wüste von Tikrit gewesen, der live und vor laufender Kamera darüber berichtet hatte. Was waren das für glanzvolle Zeiten in seiner Laufbahn als Journalist gewesen. Im Gegensatz zu Österreich fand er den Irak sogar schön, was er der Verklärung zuschrieb.

Im österreichischen Bundesland Kärnten kandidierte an diesem Tag ein bekannter Rechtspopulist um die Wiederwahl zum Landeshauptmann – ein politisches Amt, das in Deutschland jenem des Ministerpräsidenten der einzelnen Bundesländer entsprach. Wenigstens ersparten Tscharly seine Recherchen den alljährlichen Münchner Oktoberfesttrubel, tröstete er sich. Das berühmte „italienische Wochenende“ auf dem größten Rummelplatz der Welt, das die obligatorischen sechs Millionen Besucher in die bayerische Landeshauptstadt lockte, hätte ihn in seinem Gefühl der Einsamkeit nur unnötig bestärkt. Tscharly hatte im August seinen fünfundvierzigsten Geburtstag still und heimlich begangen. Er hatte sich frei genommen und das Smartphone für einen ganzen Tag ausgeschaltet.

Wie sollte ein Mann, dessen einziges Kind seit vier Jahren als vermisst galt, irgendeinen Anlass zum Feiern in seinem Leben finden?

Am 30. Juni 2004 hatte er Milla in Köln in der Psychiatrie besucht; seine Tochter hatte kein Wort mit ihm gesprochen. Die Ärzte hatten ihren Zustand als Mutismus bezeichnet. Nach allem, was ihr widerfahren war, hatte sie sich von der Außenwelt in ihr tiefstes Innerstes zurückgezogen. Genau drei Tage später erhielt Tscharly den Anruf des Oberarztes, Milla sei spurlos verschwunden. Wie immer sie es geschafft hatte, aus der geschlossenen Psychiatrie zu entweichen, blieb ein Rätsel. Seither hatten sowohl die Polizei als auch Tscharly selbst erfolglos nach Milla gesucht. Seine Ex-Frau Sara gab natürlich ihm die Schuld an Millas Verschwinden. „Das kommt davon, wenn man als Vater nur seine Karriere im Kopf hat“, hatte sie wie eine Richterin ihr Urteil über ihn gesprochen. Und im Grunde genommen hatte sie recht: Sie hatten sich damals scheiden lassen, als Milla noch keine fünf Jahre alt gewesen war. Tscharly hatte es vorgezogen, sich im Nahen Osten herumzutreiben, anstatt sich der Situation zu Hause in München zu stellen – lieber Bürgerkrieg statt Rosenkrieg, das war seine Devise gewesen. Und selbst eine zweite Chance muss man sich im Leben verdienen, dachte er jetzt. Ich habe diese zweite Chance jedenfalls nicht verdient.

Tscharly verließ durch das Hietzinger Tor den Schlosspark und wechselte auf die andere Straßenseite, wo das Schönbrunner Parkhotel damit warb, dass Thomas Edison angeblich in diesen altehrwürdigen Räumen die Glühbirne erfunden hatte. Tscharly schlenderte über den Bürgersteig und ignorierte erst eine – und dreißig Meter weiter – noch eine weitere Frau, die versuchte, mit ihm Blickkontakt aufzunehmen; das Wetter lud zum Flirten ein. Tscharly zog seine innere Eremitage jedoch einem One-Night-Stand vor. Er ging Menschen lieber aus dem Weg. Das galt auch in beruflicher Hinsicht. Das Treffen mit dem Informanten, der ihm geheime Details über die Wahlkampf-Finanzierung des Kärntner Rechtspopulisten hatte liefern wollen, war nicht zustande gekommen. Sie hatten sich bei der Gärtner Stiege im Schlosspark treffen wollen. Tscharlys Enttäuschung hielt sich dementsprechend in Grenzen. Ich habe genug von Wien gesehen, zog er in Gedanken Resümee über die letzten vierundzwanzig Stunden. Eigentlich könnte ich genauso gut in Ruhe eine Melange trinken, ein Stück Sachertorte essen und abreisen. Wie habe ich nur daran glauben können, in Wien auch nur einen Schritt weiterzukommen?

Drei Tage zuvor – Donnerstag, 25. September – München

„Wenn ich es nicht besser wüsste, Tscharly, dann müsste ich glatt glauben, du verheimlichst mir irgendwas. Und außerdem bist du schon wieder zu spät."

„Der Wagen …", stammelte Tscharly.

„Erzähl mir nichts von deinem Spielzeug", entgegnete der alte Methusalem, „mit meinem einen Auge sehe ich mehr als der Großteil meiner Zeitgenossen, auch wenn man mir das nicht zutraut! Du hast den Alfa Spider erst vor Kurzem restaurieren lassen. Der fährt wie am Schnürchen. Hab dich gesehen, wie du eben draußen auf dem Parkplatz vor der Redaktion damit vorgefahren bist."

„Ich …" Tscharly scheiterte beim Versuch, sich eine weitere Ausrede auszudenken.

„Ist schon gut", kam ihm sein Ex-Schwiegervater entgegen, „als Augenklappenträger verzeihe ich dir, vielleicht habe ich mich ja verschaut. Als dein Chef müsste ich dich allerdings ermahnen. Als dein Freund und Leidensgenosse habe ich Verständnis. Du ziehst dich zurück in dein Schneckenhaus. Es tut weh, wenn das eigene Kind keinen Kontakt zu einem mehr haben will."

Tscharly wollte über dieses Thema nicht sprechen und wich aus: „Ich halte einfach die Kollegen in der Redaktionssitzung mit ihren selbstgefälligen Mienen nicht mehr aus. Das ist alles!"

„Ich kann dich nicht immer vor ihnen beschützen", nickte der alte Methusalem, „aber deine Schnapsidee, ausgerechnet in Wien nach deiner Tochter zu recherchieren, halte ich für völlig daneben. Dass ich nicht lache, warum sollte sie sich ausgerechnet in die österreichische Hauptstadt abgesetzt haben?"

„Milla ist nicht freiwillig in Österreich!"

„Jetzt fängt das wieder an. Deine Tochter ist nicht die neue Natascha Kampusch. Und Roland Wagner ist nicht Priklopil[1]. Schmink dir das ab."

„Milla ist entführt worden. Freiwillig ist sie ihm niemals gefolgt", beharrte Tscharly.

---

[1] Natascha Kampuschs Entführer

„Es gab doch überhaupt keinen Hinweis darauf, dass Milla mit Gewalt aus der Psychiatrie befreit oder entführt worden ist, Tscharly. Du verrennst dich da in etwas, das nicht der Realität entspricht. Sie hat Schlimmes durchgemacht und ist auf der Flucht vor ihrem alten Leben."

Er beschloss, dem alten Methusalem nichts von dem Anruf zu erzählen. Ein Peter Smuss hatte in seinem Leben genug Schicksalsschläge durchlitten, wovon auch die Tätowierung an seinem Handgelenk beredtes Zeugnis ablegte. Als einer der wenigen Überlebenden von Auschwitz hatte er nach dem Krieg eine Karriere vom Zeitungsjungen zum Verleger geschafft. Dass ihm seine erste Frau davongelaufen war, als seine Tochter Sara noch keine fünf Jahre alt gewesen war, gehörte zu den wunden Punkten in der Biografie des Selfmademans. Kein Wunder, dass er jeden Gedanken an die verschwundene Enkelin verdrängte und es verabscheute, wenn Tscharly darüber zu reden begann. Das Thema Milla gehörte für ihn – ebenso wie Auschwitz – zu den Tabus in seinem Leben, worauf man ihn besser niemals ansprach.

„Vielleicht hält sie sich in Israel auf. Bei ihrer Mutter", meinte Smuss.

Sara hatte nach Millas Verschwinden das Leben in Deutschland nicht mehr ertragen und war vor einem halben Jahr endgültig ins Exil nach Israel gegangen. Dort lebte sie mit ihrer Mutter und deren Lebensgefährten – Smuss´ Nachfolger – in einem Kibbuz im Westjordanland. Einen Kakteenzüchter hatte seine Frau ihm damals vorgezogen. Daran erinnerte der Feigenkaktus, der seit Urzeiten auf dem Fensterbrett seines Büros stand – ein Abschiedsgeschenk seiner ersten Ehefrau. Einerseits war die Pflanze Symbol seiner Niederlage als Familienvater und Ehemann, andererseits hatte er wohl niemals ganz mit dieser Frau, die ihm eine Tochter geschenkt hatte, abschließen können, vermutete Tscharly.

„Wenn Milla bei ihrer Mutter und ihrer Oma wäre, hätte sie uns längst ein Lebenszeichen geschickt", widersprach Tscharly.

„Wer versteht schon Frauen?", entgegnete der Vierundachtzigjährige und sog an seiner Pfeife, die seine zweite Frau ihm an ihrem ersten Hochzeitstag geschenkt hatte. Jene Frau, die knapp vierzig Jahre jünger war als er, die zu Hause in seiner Villa in Schwabing auf ihn wartete. Diese Frau war ausgebildete Opernsängerin, warum auch immer sie für einen alten Mann ihre Karriere auf Eis gelegt hatte und es vorzog, in seinem Schatten zu stehen, konnte Tscharly nicht nachvollziehen. Aber jeder sollte auf seine Weise glücklich werden. Manchmal beneidete Tscharly den alten Verleger um die Tatsache, dass er nach Hause kam und jemand auf ihn wartete. Ganz egal, wie groß der Altersunterschied auch sein mochte. Der Klingelton von Tscharlys Smartphone unterbrach ihr Gespräch. Der Alte runzelte die Stirn. Keine Frage, das empfand der Alte als ungehörig mitten im Gespräch, wie seine Miene verriet. Private Nummer, zeigte das Display an. Tscharly schaltete das Handy auf stumm und ließ es in seiner Hosentasche verschwinden, wo es munter weiter vibrierte.

„Ich weiß, dass ich Milla in Österreich finden werde“, ließ Tscharly nicht locker.

„Geh nur ran“, ermutigte ihn der Alte sarkastisch. „Vielleicht ist ja sogar Milla höchstpersönlich dran.“

Tscharly ignorierte den Sarkasmus des Alten und blickte auf das Gerät. Keine gespeicherten Nachrichten auf Ihrer Mobilbox, stand dort, aber dafür hatte er eine WhatsApp-Nachricht erhalten.

11.17 Uhr München HBF, Gleis 7, Bahnsteigende.

„Brennt's?“, fragte der alte Methusalem und fügte hinzu: „Schon gut, aber über Wien müssen wir uns noch unterhalten. Es gibt da eine alte Freundin von mir. Ich will, dass du sie besuchst. Das ist meine Bedingung. Und jetzt zieh deiner Wege. Mach das, was du beherrschst. Recherchiere, schreibe und bringe mir Anzeigenkunden zurück.“

„Ich melde mich“, versprach Tscharly und war schon zur Türe draußen.

„Ach“, rief Peter Smuss ihm hinterher, „noch was Tscharly.“

„Was?“

„Einen Wunsch habe ich.“

„Und der wäre?“

Smuss lächelte verschmitzt. „Einmal im Leben möchte ich, dass du mir die Schlüssel zu deinem Alfa Romeo überlässt und dann möchte ich eine Runde mit dem Spielzeug drehen dürfen. Ganz allein!“

Der Gedanke ließ Tscharly angst und bang werden; der Alte ließ sich seit Jahrzehnten von seinem Chauffeur herumkutschieren. Ihm die Schlüssel zu geben …

„Sonst lass ich dich nicht nach Wien fahren“, schob der Alte hinterher.

„Meinetwegen“, erwiderte Tscharly – und suchte nach einer Ausflucht, „wenn du das nächste Mal Geburtstag feierst, Peter – gerne.“ Vielleicht hatte der Alte bis dahin sein Versprechen längst wieder vergessen, hoffte er zumindest.

Als Tscharly zu seinem geliebten Cabrio zurückrannte, fühlte er sich in seinem Element. Sein Herz hämmerte in den lautesten Tönen. Hatte es sich also doch ausgezahlt, das Gerücht zu verbreiten, für sachdienliche Hinweise, die illegale Finanzierung rechter Netzwerke betreffend, attraktive Summen zu bezahlen. Die SMS war Beweis genug.

Er startete den Motor und raste los.

Auf Gleis sieben herrschte das übliche Gedränge. Männer, Frauen und Kinder warteten auf den ICE nach Berlin. Koffer, Taschen und Rucksäcke türmten sich. Tscharly lief Slalom. Er kämpfte sich ans Ende des Bahnsteigs vor. Da – ganz hinten, kurz vor dem Bahnsteigende, stand ein korpulenter Mann, der den Blick starr auf sein Handy gerichtet hielt. Die blonden Haare standen wie Schweineborsten ab und passten zum ungepflegten Erscheinungsbild und dem Jogginganzug unter einem schwarzen Ledertrenchcoat.

„Sind wir miteinander verabredet?“, fragte Tscharly.

Er wurde aus der Kleiderkombination nicht recht schlau; zur Jogginghose trug der Mann schwarze Slipper, die aussahen, als hätten sie locker dreihundert Euro gekostet. Bei dem Typen handelte es sich weder um Ober- noch um Unterschicht. Das

Sprichwort „Kleider machen Leute!" geriet in diesem speziellen Fall zur modischen Groteske.

„Wer will das wissen?", entgegnete der Mann scharf und blickte Tscharly eingehend an.

Tscharly konnte sich nicht entscheiden, ob er das Gesicht eher als Hack- oder Schweinefresse bezeichnen würde. Spielte eigentlich auch keine Rolle. Es ging um Informationen und keine Freundschaften fürs Leben.

„Tscharly Huber. Ich habe eine Nachricht erhalten, dass ich mich jetzt hier einfinden soll."

Der Mann salutierte. Das löste bei Tscharly unerfreuliche Assoziationen aus. In seiner kurzen Karriere bei der Bundeswehr war er der schlechteste Schütze gewesen. Warum nur kamen diese rot-grünen Politiker in Berlin nicht auf die Idee, die Wehrpflicht endlich abzuschaffen?

Tscharly erklärte: „Sie wollten mir sachdienliche Hinweise über die Finanzierung ..."

Mit einer eindeutigen Handbewegung schnitt ihm der geheimnisvolle Mann das Wort ab. Der Schmiss über der Wange konnte ein Erklärungsansatz über seine politische Herkunft liefern. Vielleicht hatte dieser Typ sich aber auch nur beim Rasieren verletzt.

„Folgen Sie mir! Wir wandern ein wenig im Bahnhof herum. Das fällt am wenigsten auf. Und gleich vorneweg: Behalten Sie Ihre Kröten! Geld interessiert mich nicht die Bohne."

Dieser Befehl leuchtete Tscharly keineswegs ein. Was sollte diese Taktik? Überall standen Polizisten und Kameras sorgten für zusätzliche Sicherheit. Abgesehen davon – was wollte dieser Mann, wenn es ihm nicht um Geld ging? Ihm blieb vorerst nichts übrig, als neben dem „Herrn General", wie er ihn in Gedanken nannte, her zu trotten.

„Hier sind wir am sichersten", erklärte der General. „Gerade da, wo sich Menschen tummeln und jeder Quadratzentimeter mit Kameras überwacht wird und unser Gespräch durch die Hintergrundgeräusche überdeckt werden, vermutet kein Mensch konspirative Gespräche. Sollte uns doch jemand entdecken und Sie später jemand darauf ansprechen, behaupten Sie, dass wir uns vom Studium kennen, uns zufällig hier über den Weg gelaufen sind und uns über alte Zeiten unterhalten haben."

„Verstanden."

„Mein Name tut nichts zur Sache und im Netz müssen Sie lange suchen, bis Sie ein Fitzelchen über meine Identität finden. Ich habe es bisher vermieden, elektronische Schleifspuren zu hinterlassen. Was ich Ihnen sage, entspricht der Wahrheit. Ich gebe Ihnen mein Ehrenwort. Ich bin einer der wenigen Menschen in Deutschland, die das Wort Ehre noch ernst nehmen. Und wenn Sie in die von mir angedeutete Richtung weiter bohren, werden Sie mehr Dreck finden, als Ihnen lieb ist und für Ihre Sicherheit möchte ich dann nicht meine Hand ins Feuer legen."

Diese Worte hörten sich an, als entstammten sie dem Buche der Offenbarung aus der Bibel. Fehlten nur die Reiter der Apokalypse. In Tscharly bewirkte die Drohung ein Gefühl der Euphorie. Er würde jede noch so teuflische Gefahr in Kauf nehmen, um Rechtsterroristen und ihre Finanziers zu entlarven. Auch wenn es ihn sein Leben kostete.

„Ihre Ankündigungen klingen verheißungsvoll", antwortete er und ließ nicht eine Spur von Zweifel in seiner Stimme durchklingen. „Ich hoffe, dass es sich um überprüfbare Angaben …"

Der General blickte ihn brüskiert an. „Ich kann auch gleich wieder gehen, wenn Sie mir nicht glauben. Ein wenig Eigenrecherche muss schon sein. Dafür werden Sie doch bezahlt. Aber stellen Sie nie meine Integrität in Frage, sonst war's das."

„So war das gar nicht gemeint", beeilte sich Tscharly und fluchte einmal mehr innerlich, seine Zunge im Umgang mit diesen rechten Herren nicht genug im Griff zu haben. Hoffentlich merkte der Typ ihm seine Aversion nicht an. „Ich habe es leider oft mit sogenannten Informanten zu tun, die sich produzieren wollen und die wildesten Geschichten auftischen."

Der Blick des Generals sprach Bände – noch ein frevlerisches Wort und das war's … Dann atmete er sichtlich dreimal tief durch und gab sich einen Ruck.

„Es wird etwas auf uns zukommen, das sich noch niemand vorstellen kann", orakelte er geheimnisvoll. „Ein Sturm wird über Deutschland hinwegfegen, nach dem kein Stein mehr auf dem anderen stehen wird."

„Die rechte Revolution?", hakte Tscharly ein.

Der Mann blieb bei einer Bäckerei stehen und bestellte einen Cappuccino to go. „Nennen Sie es, wie Sie wollen", antwortete er, während er passend das Kleingeld abzählte. „Damit wir uns richtig verstehen: Ich rede hier weder über Parteien-Kindergarten noch über T-Shirt-Terroristen."

Der Begriff war Tscharly neu: T-Shirt-Terroristen waren vermutlich Glatzen, die nach außen hin militant-martialisch auftraten, mit Stilgranaten und NS-Symbolen auf den Bekleidungsoberteilen, einer Menge verbotener Messer, CS-Gas, Wurfsterne, Armbrüsten, Stahlkappen in den Stiefeln und so weiter. Aber letztlich blieb es bei diesen Pappkameraden immer nur bei pubertärem Blabla, das sich mit jedem Bier steigerte, bis sie sich die Niederlage des Dritten Reichs im Zweiten Weltkrieg zum grandiosen Sieg gesoffen hatten. Alkohol verändert eben Wahrnehmungen. Manchmal drehten diese Typen durch und erschlugen im Vollrausch einen Afrikaner und fühlten sich dabei, als hätten sie Stalingrad im Alleingang eingenommen.

„Haben Sie sich einmal gefragt, was mit KSK-Kräften passiert, wenn sie mit knapp über dreißig zwangsweise ausgemustert werden?", holte ihn seine Quelle aus seiner Gedankenwelt zurück ins Hier und Jetzt.

Diese Frage hatte Tscharly sich nie gestellt. Das Kommando Spezialkräfte der Bundeswehr war als Vorzeige-Elite-Truppe in Verruf geraten, soviel wusste er. In Journalistenkreisen munkelten die Kollegen über SS-Devotionalien in den Kasernen und Ritualen, die dem NS-Geist entsprangen. Bisher hatte die Politik alles in vorauseilendem Gehorsam gedeckelt. Und ein besonders umtriebiger Journalist, den Tscharly gut kannte, hatte bereits eine heftige Abreibung erhalten, ohne dass die Polizei den Tätern auf die Spur gekommen wäre.

„Ich denke, die machen sich selbstständig und gehen in die Sicherheitsbranche“, antwortete er, worauf der General lachte.

„Vielleicht heuern auch einige als Söldner irgendwo an“, fuhr Tscharly fort.

„Wen außer Politikern und eventuell Stars wollen diese Typen denn heutzutage beschützen, Huber?“ Er nippte und setzte seine beleibte Figur langsam wieder in Bewegung. „Und in den Busch zu fliegen, um ein paar Affen mit dem IQ eines Elfjährigen zu töten, ist nicht der feuchte Traum der ehemaligen Elitesoldaten der deutschen Bundeswehr, zumal die Besoldung dafür immer schlechter wird.“ Er machte eine wohlakzentuierte Pause. „Das ist nur die Spitze des Eisbergs. Diese Männer sind hocheffiziente Tötungsmaschinen, deren Ausbildung einen Spezialisierungsgrad erreicht hat, die Ihresgleichen auf der Welt sucht. Versetzen Sie sich in die Psyche dieser Männer. Für sie gibt es schlagartig keine Verwendung mehr. Was denken Sie, wie die sich fühlen? Während der Dienstzeit wurde ihnen Korpsgeist vom Feinsten eingetrichtert und nun sollen sie als friedliche einsame Wölfe in die zivile Welt entlassen werden und klarkommen. Es eignet sich nicht jeder Ex-Bundeswehrler zum Fahrlehrer. Sie merken, da knirscht es.“

Das leuchtete Tscharly ein. „Aber gibt’s denn keine Möglichkeit, diese Leute weiter bei der Bundeswehr zu beschäftigen?“

Ein zynisches Lächeln zeichnete sich auf dem Gesicht der Schwabbelbacke ab. „Theoretisch schon. Aber diese Männer haben Würde. Rückgrat. Sie zählen jahrelang zur obersten militärischen Elite eines Landes, sind bereit ihr Leben zu geben und gehen in die heikelsten Geheimmissionen. Glauben Sie wirklich, dass diese Männer für den Rest ihres Lebens Schweinefleischkonserven und WC-Papier für Bundeswehrsoldaten bestellen wollen?“

„Würde mir vielleicht genauso gehen“, schmeichelte Tscharly sich ein.

„Jetzt nehmen Sie das zusammen mit frustrierten Rechten, die normale Soldaten beim Bund waren, also auf einem geringeren Level Töten gelernt haben und die danach im sozialen Nichts verschwinden. Diese Typen schließen sich in Freien Kameradschaften oder sonstigen Vereinen zusammen. Manchmal gibt es zudem Elite-Polizisten und Militärs, die aktiv, aber frustriert sind, weil sie bei Beförderungen übergangen worden sind oder sich ungerecht behandelt fühlen. Manche der im Dienst Aktiven sind im Grunde ihres Herzens überzeugte Rechtsextremisten. Stellen Sie sich vor, jemand finanziert paramilitärische Übungen, die von den KSK-Leuten, die militärisch, taktisch und strategisch die beste Ausbildung genossen haben, geleitet werden."

Bei dieser Aussicht wurde Tscharly schwindelig. Solch ein Szenario hatte er sich nicht einmal in seinen übelsten Albträumen vorgestellt.

„Die arbeiten auf den Tag X hin?", wagte er einen Schuss ins Blaue, wobei er sich ärgerte, dass ihm keine bessere Formulierung als „Tag X" einfiel, aber Staatsstreich oder Putsch schienen ihm doch zu hoch gegriffen.

General Schweineborste winkte ab – vergiss den Tag X und höre zu, was ich zu sagen habe.

„Die Frage ist doch", fuhr der General fort, während er den halbvollen Papp-Becher treffsicher in einen der silbernen Mülleimer versenkte, „wer hat Interesse daran, die Verhältnisse ins Wanken zu bringen?"

Die letzten Worte hatte Tscharly kaum verstanden, da eine Lautsprecherdurchsage über verspätete Züge die nächste jagte.

„Die Rechtsradikalen natürlich", antwortete er seinem Gegenüber. „Die alten Seilschaften. Die ehemaligen Glatzen und heutigen Anzugträger. Vielleicht auch Topp-Militärs, Elite-Polizisten, Politiker am rechten Rand. Also potenziell alle, die Probleme mit dem freiheitlich-demokratischen System haben und sich die gute alte Zeit zurückwünschen."

Der Mann mit dem Schmiss verzog verächtlich das Gesicht.

„Mehr haben Sie nicht auf Lager, Huber? Leute wie Sie landen bei der Presse? Kein Wunder, dass so viel unentdeckt bleibt. Ich gebe Ihnen ein paar weitere Hinweise und verschwinde dann. Erstens: Es gibt hochpotente Finanziers, die sich eine Destabilisierung der Verhältnisse in Deutschland auf die Fahnen geschrieben haben. Ihre persönliche Denke ist da viel zu eng, Huber. Weil es sich um Nationalsozialisten handelt, müssen nicht alle diesbezüglichen Zusammenhänge auf Deutschland beschränkt sein. Sie sollten vielmehr in geopolitischen Dimensionen denken. Noch nie was von Globalisierung gehört?"

Irgendwie stand Tscharly auf dem Schlauch und konnte das mimisch nicht überspielen.

„Ihr Stand hat schon lange nicht mehr den besten Ruf", wurde der Informant aggressiv. „Pah, die Presse – da haben sogar Facility-Manager einen besseren Ruf. Ich stelle Ihnen mal eine Frage, um Ihrem Gedächtnis ein wenig auf die Sprünge zu helfen, Huber. Wieso unterstützt ein orientalischer Diktator wie Muamar al Gaddafi die IRA?"

Tscharly dämmerte, worauf der General hinauswollte.

„Zweitens: Alle Wege führen über die österreichische Hauptstadt."

Tscharlys innerliches Beben verdiente mindestens eine Sieben auf der Skala eines Seismografen.

„Machen Sie es gut und passen Sie auf sich auf!", beendete sein Informant das Gespräch und stand im Begriff sich umzudrehen. Dabei hatte Tscharly tausend Fragen. Warum der Typ ihm die Informationen zukommen ließ, wen er repräsentierte und überhaupt …

„Warten Sie!", rief er dem korpulenten Mann hinterher.

Tatsächlich drehte dieser sich noch einmal um. „Versuchen Sie nicht mir zu folgen", befahl er. „Und nur weil ich Ihre Naivität rührend finde, ein letzter Tipp, der Sie als Privatperson angeht: In Wien und Kärnten liegen die Antworten auf all Ihre Fragen, Sie müssen nur tief genug bohren."

Dann formte er mit den Daumen und Zeigefingern ein Herz. Für einige Sekunden hatte Tscharly den Eindruck, dass sein Herzschlag aussetzte. Danach formte er mit Daumen- und Zeigefinger eine Pistole und drückte ab.

„Milla?“, schrie er wie ein Verrückter in das Irrenhaus des Hauptbahnhofes, doch im Gedränge entdeckte er den General nirgends mehr. Verdammt, dachte Tscharly. Jetzt habe ich mehr Fragen als Antworten in meinem Kopf. Ich hätte den Drecksack festhalten und aus ihm herausprügeln müssen, was er über Milla weiß. Er versuchte sich zu trösten: Immerhin weiß ich, dass die Wiener Spur kein Irrweg ist.

Sonntag, 28. September, Wien

Die Matratze verbreitete einen Geruch von Desinfektionsmittel und Urin; Familiendynastien von Wiener Bettnässern hatten sich darin verewigt. Zwischen Dusche und Toilette hing ein Portrait von Kaiserin Elisabeth, die als Namensgeberin der Pension fungierte. Ob Sisi diese Ehre zu schätzen gewusst hätte, wagte Tscharly zu bezweifeln. Am ehesten hätte vielleicht Romy Schneider – als ihre Stellvertreterin auf Erden – diese Frage beantworten können. Aber sie weilte bekanntlich schon lange nicht mehr unter den Lebenden. Zwei Frauen, die auf tragische Weise das Zeitliche gesegnet hatten. Auf alle Fälle würde Tscharly dem alten Methusalem beim nächsten Mal ein großzügigeres Reisebudget abverlangen, das nahm er sich fest vor, während er das Antidepressiva, das er seit vier Jahren jede Nacht zum Einschlafen brauchte, schluckte. Die Tablette bewahrte ihn allerdings nicht davor, immer wieder aus ein und demselben Albtraum schweißgebadet zu erwachen. Tscharly war an diesem Sonntagmorgen, den 28. September, um drei Uhr in der Nacht schreiend erwacht. Aus Erfahrung wusste er, dass jeder weitere Versuch wieder einzuschlafen sich als sinnlos erwies. Also stand er auf und trank einen schwarzen Kaffee. Anschließend packte er sein Trainingsgewand ein. Er fand ein Sportstudio, das zu einer internationalen Fitnesskette mit Stammsitz in München gehörte und in Wien rund um die Uhr geöffnet hatte. Mit Blick auf den Stephansdom stemmte er Hanteln, machte Klimmzüge mit Zusatzgewicht und absolvierte ein einstündiges Ausdauertraining auf einem Laufband. Das Training half ihm, den Kopf wenigstens für ein paar Stunden freizubekommen. Dann dämmerte endlich der Morgen. Tscharly verbrachte den beginnenden Tag damit, durch Wien zu schlendern und die Atmosphäre auf sich wirken zu lassen.

Er trieb sich in der Mariahilfer Straße rum; die Geschäfte waren geschlossen. Er ließ sich von einem Taxifahrer den Gürtel entlang fahren; die Prostituierten standen wie bestellt und nicht abgeholt. Er aß zu Mittag einen Tafelspitz in einem Gasthaus in

Alt-Hietzing. Am Nachmittag machte er sich auf den Weg nach Schönbrunn, um seinen Informanten zu treffen. Zwei Stunden stand Tscharly neben der linken Säule der Gloriette im Schlosspark mit Blick auf das berühmte Sisi-Schloss. Keine Spur von seinem Informanten. Deshalb war er wieder bergabwärts marschiert – vorbei an glücklichen Familien, deren Kinder die Stadt-Eichhörnchen mit Haselnüssen und Brot fütterten. Was wie eine Tollwutepidemie aussah, war in Wien Normalität. „Wien ist anders", las Tscharly auf Plakaten.

Er schaute auf die Rado. Noch eine Stunde, dann wusste die Welt, wer in Zukunft dem österreichischen Nationalrat als Kanzler für die nächsten vier Jahre vorstand. Und das Bundesland Kärnten erfuhr, ob es einem Rechtspopulisten ein zweites Mal eine Bühne bot. Tscharly ließ das Schloss und seine Umgebung hinter sich. In der Parkgarage bezahlte er an einem Automaten eine horrende Gebühr und lenkte den Alfa Spider über die Gleise einer Straßenbahnlinie. Er bog irgendwann links ab in eine Straße, die den Namen Jagdschlossgasse trug, und fand schließlich die Adresse einer Frau, die der alte Methusalem ihm in München diktiert hatte.

Auf der einen Seite der Straße standen prachtvolle Villen, die an Schlösser erinnerten, auf der anderen sogenannte Gemeindebauten – eine österreichische Bezeichnung für Sozialwohnungen. Böse Zungen behaupteten, Wien sei das Tor zum Balkan. Die mit Graffiti verzierten Bauten verhießen eine Gegenwelt zu den bekannten Wiener Touristenmeilen. Die eckigen Gebäude boten einen Innenhof mit Laubbäumen und Grünflächen. Dazwischen lockten Spielplätze mit Schaukeln, Rutschen und Sandkästen Kinder an. Ein halbes Dutzend Jungen mit dunklem Teint kickte einen Fußball hin und her neben einem Schild mit der Aufschrift: „Ballspielen verboten". Sie schossen Tscharly das Leder zu, der es prompt den Jungen zurückpasste. Neben einem Schild mit der Aufschrift „Radfahren wird angezeigt" brachte ein junger Vater seiner fünfjährigen Tochter das Fahren mit Stützrädern bei. Beide blickten ihn freundlich an. Rosensträucher rankten neben Hauswänden. Der Wildwuchs hätte ohne weiteres an Schönheit mit den gestutzten Hecken des Schönbrunner Schlossparks konkurrieren können, fand Tscharly. Das Leben im Gemeindebau war echter.

Tscharly betätigte die Türglocke. Keine Reaktion. Daraufhin wählte er eine Nummer auf seinem Smartphone. Ein Surren verhieß ihm, einzutreten. Im Treppenhaus bröckelte Putz von den Wänden. Der Geruch von Schimmel und würzigen Speisen lag in der Luft. Tscharly folgte den Stufen in den ersten Stock, wo eine Frau ihn vor ihrer Haustür erwartete.

„Herr Huber?"

„Der bin ich."

„Mira. Mira Filipovic."

Sie trug eine braune Bluse, Jeans und ging mit nackten Füßen in die Wohnung. Er folgte ihr. Sie blieben in einem Wohnzimmer, dessen bunte Einrichtung nach IKEA aussah, stehen. Tscharly blickte in ihr Gesicht und versuchte anhand ihrer Falten ihr Alter zu schätzen. Zwischen dreißig und vierzig, vermutete er. Andererseits wirkten die Augen jünger, wenn auch sehr traurig.

„Möchten Sie einen Kaffee?"

„Nein, danke, nicht um diese Zeit, ich kann sonst später nicht mehr einschlafen."

Sie lächelte und wies ihm einen Sessel zu. Sie nahm auf einer roten Couch Platz und schlang das rechte Bein über das linke.

„Ich habe gewusst, dass Sie zu spät kommen werden, Herr Huber", sagte sie wie eine Hellseherin.

„Mein Ex-Schwiegervater hat mein Kommen ja angekündigt. Ich weiß nicht, was er Ihnen über mich erzählt hat. Ich entschuldige mich jedenfalls. Ist nicht gerade …" Er hatte vergessen, was er sagen wollte.

Sie lächelte und legte ihre Hände entspannt auf den Knien ab. Er verstummte und bemerkte ihre Fingerknöchel. Geschwollen und unbeweglich. Diese Frau musste wahnsinnige Schmerzen leiden. Er wandte seinen Blick ab und kam auf den Grund seines Kommens zu sprechen: „Mein Schwiegervater behauptete, Sie könnten mir etwas über die Lage der Roma und Sinti in Kärnten erzählen. Er meinte, Sie hätten dort eine Zeit lang gelebt, nachdem Sie 1995 aus Ex-Jugoslawien geflohen sind, Frau Filipovic."

„Ich habe nach meiner Flucht ein paar Monate in München gelebt und als Putzfrau in seinem Haus gearbeitet. Ich war illegal in Deutschland. Peter Smuss hat mich großzügig bezahlt und mir ein Dach über den Kopf gegeben."

Dermaßen selbstloses Verhalten hätte er dem Alten gar nicht zugetraut. „Hat er mir gar nicht erzählt, dass Sie Sklavenarbeit für ihn gemacht haben, Frau Filipovic."

„Das war keine Sklavenarbeit. Ich war in Sicherheit."

„Der alte Verleger hat Ihre Notlage ausgenutzt."

„Er hat Anwälte bezahlt, die mir geholfen haben, einen legalen Aufenthaltsstatus für Deutschland zu bekommen. Ohne ihn wäre ich heute nicht hier, Herr Huber. Es würde mich vielleicht gar nicht mehr geben."

„Warum sind Sie anschließend nach Kärnten gegangen? Und später nach Wien?"

„Sie stellen Fragen, dabei sind Sie doch selbst alles andere als ein typischer Gadsche."

„Ein was?"

„Ein Gadsche. So nennen wir Roma die sesshaften Menschen. Wenn ich mich recht erinnere, waren Sie in den Neunzigerjahren auf Reisen. Bis vor sieben Jahren haben Sie sich ständig irgendwo in der Welt herumgetrieben, nur nicht dort, wo Sie dem Herzen nach hingehören. Peter hat mir viel über Sie erzählt."

Tscharly brauste auf. „Was hat mein Ex-Schwiegervater Ihnen noch alles über mich erzählt?"

Mira Filipovic gab sich vom gereizten Klang seiner Stimme unbeeindruckt. „Jetzt hat Ihr Weg Sie jedenfalls zu mir geführt. Den Auftrag, für den Sie für Ihren Ex-Schwiegervater und die Münchener Neuesten Nachrichten recherchieren sollen, soll ich Ihnen erklären", eröffnete sie ihm. „Smuss hat mich darum gebeten. Das ist der Grund, warum Sie heute hier sitzen."

Tscharly fiel aus allen Wolken. „Warum erteilt er mir die Aufträge nicht selbst?"

„Sehen Sie, das hat Ihr Ex-Schwiegervater auch gesagt."

„Was?“
„Dass Sie genau so reagieren werden.“
„Ist Smuss neuerdings unter die Hellseher gegangen?“
Er schaute sich um auf der Suche nach Gegenständen wie Traumfängern, Hasenpfoten oder sonstigen Glücksbringern, die an Esoterik, Schwarze Magie oder allerlei Humbug hätten denken lassen. Vergebens. Trotzdem befiel ihn eine Vorahnung, die ihn angst und bange werden ließ. „Ich glaube, ich bin der Falsche für den Job, Frau Filipovic.“
„Besitzen Sie denn eine Glaskugel, Tscharly?“, führte sie seine Angriffe ad absurdum.
„Nein.“
„Sehen Sie, ich auch nicht. Und das ist der Grund, warum ich auf Ihre Hilfe hoffe.“
Er musste an Milla denken. „Ich weiß nicht, ob ich momentan …“
„Herr Smuss hat mir von Ihrer Tochter erzählt. Und glauben Sie mir, wir sitzen beide im gleichen Boot. Auch ich habe ein Kind verloren. Mein Sohn, 1995, Srebrenica – und auch meinen Mann.“
Tscharly unterdrückte seinen Groll und erwiderte gereizt: „Meinetwegen kann ich mir das Ganze mal anhören.“
„Ich danke Ihnen von Herzen.“
„Haben Sie was dagegen, wenn ich unser Interview aufzeichne?“ Er legte das Diktiergerät auf den Wohnzimmertisch.
„Nein.“
„Dann legen Sie los.“
Vielleicht, tröstete er sich, schreibe ich ja eines Tages einen Roman über das alles.

Siegfried, Tatsachen-Roman von Tscharly Huber, Entwurf (Textschnipsel Nummer 1)

… regnete es ununterbrochen gegen das Wellblechdach, Regen perlte von der Plane – und noch immer stöhnte und wimmerte die junge Frau, die sich mit eisernen Kräften an den Händen ihres Begleiters festhielt, der mit beruhigender Sprache – auf Italienisch – auf sie einredete. Die beiden hatten den Pass über das Gebirge zu Fuß hinter sich gebracht, dabei waren sie – in letzter Sekunde – auf diese einsame Hütte gestoßen. Der Mann hatte Reisig und Holz gesammelt und in einem Kanonenofen ein Feuer entfacht. In einem Kochtopf mit siedend heißem Wasser schwamm ein schmutziges Handtuch. Die junge Frau lag auf einer Matratze; Rosshaar lugte durch das zerschlissene Gewebe, Schimmelsporen glichen schwarzen Geschwüren. Schweißperlen liefen der Gebärenden über die Stirn und sie sprach in ihrer Not ein Gebet zur Heiligen Jungfrau. Wieder und wieder. Während eine Wehe nach der anderen den mädchenhaften Körper peinvoll erfasste. Als das Kind endlich das Licht der Welt erblickte, fing ihr Begleiter es mit dem schmutzigen Handtuch auf. Der Junge strampelte und plärrte. Der Mann durchtrennte mit einem rostigen Taschenmesser die Nabelschnur. Die Mutter erschrak beim Anblick der weißen Haut des Säuglings. Diese Haut leuchtete geradezu magisch hell und die Augen schimmerten durchsichtig wie Wasser. Die Frau und ihr Begleiter fürchteten bei seinem Anblick, einer der Totengeister ihrer Familie wäre in Gestalt dieses Kindes wiedergeboren worden. Als Strafe dafür, dass sie ihrem Zuhause in der Nähe von Neapel – und damit ihrem Clan – den Rücken gekehrt hatten. Die junge Mutter war erst dreizehn, ihr Begleiter kaum älter. Sie hatten die Tortur über die Berge auf sich genommen, um anderswo ein besseres Leben zu finden. In ihrer Heimat blieb ihnen eine Schulbildung verwehrt. Die Familien hausten in Baracken aus Wellblech und alten Autoreifen. Der Vater arbeitete in einer Lohnschlächterei, die Mutter der jungen Frau hatte ihren Job als Näherin in einer der Fabriken verloren. Der Bürgermeister von Neapel galt den mächtigen Mafia-Familien als Verbündeter und

Freund, jenen Männern, denen auch der Schlachthof gehörte. Er hatte verfügt, dass sämtlichen Sinti und Roma keine neuen Ausweispapiere mehr ausgestellt würden, dadurch verloren sie nicht nur ihren Anspruch auf Leistungen aus der Sozialhilfe, sondern ebenso die Möglichkeit, ein eigenes Gewerbe legal anzumelden oder einem steuerpflichtigen Beschäftigungsverhältnis legal nachzugehen. Dadurch hatten diese Menschen offiziell aufgehört zu existieren.

Als die beiden in der Nacht davonliefen, flohen sie vor den Schergen der Mafia, die ihr Geschäftsgeheimnis entdeckt hatten. Die Frau und der Mann verkauften nämlich Batiktücher am Strand an Touristen. Den Stoff und die Farben hatte der Mann durch einen Einbruch in einer Fabrik erbeutet. Anschließend hatte die Mutter der Dreizehnjährigen die Tücher kunstvoll bemalt. Die junge Frau und ihr Begleiter verkauften die Ware. Die Mafia schickte ihnen bereits am ersten Tag einen Mann, der rührselig vorgab, es doch nur gut mit ihnen zu meinen. Am zweiten Tag kamen zwei Männer und schlugen den Mann kaltblütig vor den Augen seiner Geschäftspartnerin nieder. Am dritten Tag vergewaltigten sie schließlich das Mädchen. Die ersten vier Monate nach jenem Vorfall schaffte sie es, die Anzeichen ihrer Schwangerschaft zu verdrängen. Nach einem halben Jahr kündeten körperliche Veränderungen von dem bevorstehenden Ereignis. Tagtäglich begegnete sie jenen Männern in der Stadt, von denen einer der Vater des Kindes war. Schließlich hielt sie nichts mehr in ihrer Heimat …

(Fußnote)

… in Italien ist es Tradition, sobald irgendwo ein Kind spurlos verschwindet, suchen die Behörden jedes Mal in einem der Roma-Camps – jedoch ohne Erfolg …

(Notiz: außerdem werden die Roma und Sinti in Italien als „Nomadi" bezeichnet, obwohl sie schon seit Generationen sesshaft sind.)

Wahrscheinlich lag es auch an der Vergewaltigung, die es der jungen Frau unmöglich machte, dieses seltsame „weiße Baby“ zu behalten, vermutete ihr Begleiter in der Hütte. In der Nacht erwachte die junge Mutter und versuchte, ihr Kind mit einem Kissen zu ersticken. Der Mann erwachte ebenfalls und erschrak. Das Mädchen, das ein Kind geboren hatte, wirkte wie vom Teufel besessen. Es gelang ihm nur unter Aufbringung all seiner körperlichen und mentalen Kräfte, sie von ihrem mörderischen Vorhaben abzubringen. Er gab sich selbst die Schuld an allem. Immerhin war das mit dem Verkauf von Batiktüchern am Strand seine verrückte Idee gewesen. Wäre er nur niemals in die alte Fabrik eingebrochen, wäre das alles nicht geschehen. Böses gebar Böses – warum hatte er an diese Weisheit seines Volkes keinen Gedanken verschwendet?

Was also sollte er jetzt tun?

Eines Sommermorgens lag ein Säugling in der Babyklappe des Krankenhauses in Klagenfurt. Ärzte und Hebammen schätzten, dass der Junge vor drei Tagen geboren worden war. In der Luftröhre fanden sie schnell die Stofffasern, die vom Kissen stammten. Die Fahndung begann. Als die Beamten die verfallene Berghütte entdeckten, fanden sie darin allerdings nur noch Spuren der beiden Menschen. Das Genmaterial stimmte aber mit keinem in ihren Datenbanken überein.

Der „weiße Säugling“, wie auch die Medien das Kind nannten, beherrschte einige Tage lang sämtliche Schlagzeilen. Die Ärzte diagnostizierten ein Albino-Syndrom, wie es bei Menschen in einem Verhältnis von 1:20000 vorkommt. Das Albino-Baby lag auf der Säuglingsstation ohne seine Eltern.

Eine Putzfrau konnte sich vom Anblick dieses faszinierenden Kindes kaum loseisen. Das Baby hatte noch keinen Namen; vielleicht meldeten sich die Eltern noch. Die Putzfrau trat leise an die Gestalt mit dem Kapuzenpulli heran, die das Kind ebenfalls seit einer geraumen Weile durch die Glasscheibe hindurch anzustarren schien.

„Kann ich Ihnen helfen?“, fragte sie vorsichtig und legte den Schrubber beiseite.

Die Putzfrau erhaschte einen Blick in die blauen Augen der Frau. Die untere Gesichtspartie blieb durch den Pulli verborgen. Die Fremde drehte sich abrupt weg und verließ den Krankenhausflur.

Am nächsten Morgen, gegen vier Uhr, sah die Kinderschwester, die Nachtdienst hatte, nach dem Säugling. Sie war über Stunden mit einem Neugeborenen beschäftigt gewesen, der von einer Blutzuckerkrise in die nächste glitt. Die Nachtschwester fand zu ihrem Entsetzen nur die leere Wiege vor.

Eine rasch eingeleitete Großfahndung im Umkreis von fünfzig Kilometern rund um das Krankenhaus blieb ohne Erfolg. Auf die Beschreibung der Putzfrau hin entstand ein Phantombild der Verdächtigen. Wie zwei Totengeister, die sich in Nichts aufgelöst hatten, um in das Reich ihrer Ahnen heimzukehren, blieben sowohl der Säugling als auch die Kapuzenpulli-Trägerin spurlos verschwunden.

Sonntag, 28. September, Wien, 18:00 Uhr

„... die ganzen Ermittlungen der Polizei sind im Nichts verlaufen. Kein Mensch weiß, was aus dem Kind geworden ist, Herr Huber."

„Woher wollen Sie wissen, dass das Baby von einem Roma-Pärchen aus Neapel in die Babyklappe gelegt worden ist?"

Tscharly hatte Frage für Frage gestellt, wodurch die Szenen in seinem Kopf wie ein Film entstanden. Ganz gleich, wie groß sein innerer Widerstand war, als Werkzeug seines Schwiegervaters zu agieren – Mira Filipovic zog ihn in ihren Bann. Tscharly seufzte tief und schaute auf seine Rado. Die Serbin nahm sein Bedürfnis nach Informationen wahr. „Wenn Sie möchten, schalte ich Ihnen den Fernseher ein, Herr Huber."

„Sehr gerne. Aber Sie haben meine Frage nicht beantwortet."

Mira drehte das TV-Gerät auf. Moderatoren kommentierten Diagramme – Mira schaltete auf stumm. Tscharly erkannte den Österreicher, der mit seinen politischen Verbündeten über das Wahlergebnis in Kärnten jubelte.

„Dann finden Sie meine Geschichte also interessant, Herr Huber", lautete ihre Antwort.

Der lauernde Blick des Österreichers erinnerte Tscharly an einen Gecko, die Solarienbräune stand stellvertretend für das Programm seiner Partei. Im Bundesland Kärnten würde für die nächsten fünf Jahre Europas bekanntester Rechtspopulist die politischen Weichen stellen. Ganz klar. Das war so sicher wie das Amen in der Kirche.

„Woher kennen Sie diesen Mann?", fragte Mira Filipovic – und wechselte damit unauffällig das Thema.

„Wie kommen Sie darauf, ich könnte ihn kennen?", konterte er.

„Ihre Miene verrät es mir."

„Wenn Sie es genau wissen wollen, ich habe diesen Mann nie persönlich getroffen. Aber ich kenne ihn natürlich wie jeder andere Mensch aus den Medien. In den späten Neunzigerjahren bin ich zum ersten Mal auf ihn aufmerksam geworden. Er hat sich Anfang des Jahrtausends mit dem osmanischen Diktator Saddam

Badri getroffen. Dessen Sohn dürfte ein guter Freund des Österreichers gewesen sein, als er in Wien studiert hat. Der Gaddafi-Sohn gehörte übrigens auch zu der Clique. Als ich im Nahen Osten für eine große Medienagentur tätig war, gehörte es zu meinen Hobbys, Diktatoren hinterherzujagen."

„Und? Haben Sie Badri, Gaddafi oder wen auch immer jemals zu Gesicht bekommen?"

„Leider nein. Der Österreicher dagegen hat sich sogar mit Saddam Hussein getroffen. Die Amerikaner haben Saddam 2003 gehenkt. Der Sohn von Badri ist zu der Zeit bei einem Attentat ums Leben gekommen. Diese Leute leben gefährlich. Der Österreicher hat in dieser Hinsicht Glück gehabt. Heute darf er einen Wahltriumph feiern, im Gegensatz zu vielen seiner orientalischen Freunde. Das ist alles große Politik, einer geht, einer kommt."

„Ich verstehe, so ist das Leben", stimmte sie ihm zu und wandte ihren Blick zu Boden.

„Und was ist jetzt mit Ihrer Geschichte?", hakte er nach.

„Wer sagt Ihnen denn, dass der Österreicher besonders lange leben wird?", konterte sie.

Ihre Frage brachte ihn aus dem Konzept. „Wie kommen Sie darauf?"

„Mmh." Sie hob die Schultern.

„Es gibt keinen Grund, warum der Österreicher sterben sollte. So frisch und kernig, wie er aussieht, wird er wahrscheinlich einhundert Jahre."

Auf seine Bitte hin schaltete sie den Fernseher wieder aus.

„Emilio stand eines Tages vor meiner Tür und berichtete mir vom weißen Säugling", wechselte sie scheinbar erneut das Thema.

„Wer ist Emilio?"

„Das ist der Name des Begleiters."

„Und wie heißt die Mutter?"

„Was spielt das für eine Rolle? Emilio lebt hier in Wien im Keller eines Freundes."

„Eine ungewöhnliche Behausung", fand er. „Aber warum erzählen Sie mir das? Warum war der alte Methusalem so scharf drauf, dass ich Ihnen unbedingt diesen Besuch abstatte?"

„Es hat mit Ihrer Tochter zu tun, Herr Huber."

Tscharly erstarrte, als habe sie einen magischen Bann über ihn verhängt. Dann rang er um Atem. Er warf einen Blick auf das Diktiergerät und schaltete es endgültig aus.

„Ich glaube, es ist ratsam, wenn ich besser die Hände von dieser ominösen Sache lasse."

Er rechnete mit Widerstand.

„Wie Sie meinen", entgegnete sie stattdessen, was in ihm umso mehr Verwirrung stiftete.

„Sagen Sie dem alten Methusalem, ich bin zu alt für sein Voodoo." Er machte Anstalten, sich aufzurichten. „Es hat mich gefreut, Sie kennengelernt zu haben."

„Sagen Sie es ihm selbst. Aber eine Sache will ich Ihnen noch zeigen, bevor Sie gehen."

„Ich habe genug gehört."

„Dann kommt es darauf auch nicht mehr an", entgegnete sie.

Worauf?

Er ließ das Gerät in der Tasche seiner Cordjacke verschwinden und sank auf die Couch zurück. Ihm graute bei der Vorstellung daran, die Nacht allein in seinem Pensionszimmer verbringen zu müssen. Nicht ohne Grund, dachte er, war diese Metropole noch vor hundert Jahren das Mekka der Selbstmörder gewesen; zumindest hatte er davon im Reiseführer gelesen. Der schwere Rotwein dazu und die dunklen Herbsttage im Wiener Becken ließen den Einsamen kaum eine Wahl.

„Eine Minute habe ich noch", erklärte er.

„Gut! Die Putzfrau, die damals in der Klinik die Fremde beobachtet hat, war eine Roma."

„Lassen Sie mich raten – Sie waren diese Putzfrau."

Sie schüttelte den Kopf. „Da muss ich Sie enttäuschen. Auch ich kann nicht überall sein. Sie haben mich noch gar nicht gefragt, wann die Entführung stattgefunden hat."

„Also gut, wann hat die Entführung stattgefunden?"

„2005."

„Und?"

„Ein Jahr nach dem Verschwinden Ihrer Tochter."

„Warum tun Sie mir das an?"

„Weil ich dem alten Methusalem einen Gefallen schuldig bin. Er ist ein alter Freund."

„Ich wusste gar nicht, dass der alte Methusalem sowas wie Freunde hat."

„Er hat mir vom Schicksal seiner Enkelin erzählt. Er hat mir ein Bild von Milla gezeigt. Da habe ich mir nichts dabei gedacht. Letzte Woche kam Emilio zu mir, ebenfalls ein Freund von einem Freund von einem Freund, ein italienischer Roma. Er hat mir die Geschichte vom weißen Säugling erzählt und eine Zeitung von damals gezeigt. Er hat große Angst. Deshalb versteckt er sich im Keller eines Freundes hier in Wien."

„Das ist eine tragische Geschichte. Wovor fürchtet er sich?"

„Das Phantombild, das nach den Beschreibungen der Putzfrau entstanden ist", ehe Tscharly einen Einwand erheben konnte, breitete Mira die Zeitung vor ihm aus, „sieht wie Ihre Tochter Milla aus. Sie müssen sich nur die Kapuze wegdenken."

Samstag, 27. September 2008, 20:30 Uhr – Im Inneren der Ritterburg bei Kassel

Der Mann im braunen Cord-Sakko spielte die letzten Takte von „Ich hatt´ einen Kameraden" auf dem schwarzen Steinway & Sons-Flügel. Einige der Anwesenden hatten Tränen in den Augen.

„Liebe Kameraden", begann der beinahe zwei Meter große Hüne mit dem imposanten Vollbart danach seine Rede, „ich freue mich über eure Anwesenheit."

Die knapp zwanzig Gäste klatschten, doch der Führer der rechtsmilitanten Bewegung winkte ab.

„Es ist uns heute gelungen, Kameraden aus den unterschiedlichsten Spektren zusammenzubringen, die alle der nationalen Sache dienen. Das ist der Treibstoff, der uns am Laufen hält. Wir stehen mit derselben Frage auf, mit der wir uns am Abend schlafen legen: Habe ich heute genug für mein Volk getan? Bin ich meiner großartigen Nation gerecht geworden?"

Nun ließ sich der Applaus kaum abwürgen.

„Ich bitte um eine stille Gedenkminute, bevor wir es uns vor dem Kamin bequem machen und ins Detail gehen."

Die Männer stellten sich im Halbkreis auf. Eine überdimensionierte silberne Statue Adolf Hitlers stand auf einem weißen Podest. Die schneeweiße Wand wurde von einer Hakenkreuzfahne ausgekleidet. Die Männer senkten die Häupter wie bei einem Gottesdienst, um dem Führer des Dritten Reichs zu huldigen. Als sie sich anschließend auf den exklusiven, dunkelbraunen Ledersofas und Sesseln niederließen, rauschte die Herrin des Hauses in den Salon. Sie schob ein Tablett mit erlesenem Bier und Wein herein. Die blonde Frau wirkte zart, aber im Hinblick auf ihren ehrenvollen Verdienst, dem deutschen Volk sieben Kinder geboren zu haben, maßen die Männer sie mit Respekt in ihren Blicken.

Auf einem weiteren Silbertablett lockten harte Alkoholika und Zigarren. Einer der Teilnehmer saß abseits in einem Ohrensessel. Es handelte sich um einen hartnäckigen Holocaust-Leugner, der gerade eine fünfjährige Haftstrafe abgesessen hatte. Er war ein treuer Kamerad, auch wenn er nicht immer in ein und demselben Verein mitgespielt hatte. Dass er vor 50 Jahren eine linksmilitante Gruppe aufgebaut hatte, welche die Bundesrepublik beinahe 30 Jahre in Angst und Schrecken versetzte, hatten die anderen ihm längst verziehen. Als Anwalt hatte er es zweimal geschafft, ein Verbotsverfahren gegen die extremste Partei des rechten Spektrums zu verhindern, dessen Bundesvorsitzender der Hausherr war und der viele der Anwesenden angehörten oder aber ihr freundschaftlich verbunden waren. Genüsslich zündete der Rollstuhlfahrer sich eine Zigarre an, obwohl ihm im Krankentrakt einer JVA kürzlich der zweite Oberschenkel wegen Durchblutungsstörungen amputiert worden war.

Gläser klirrten, Zigarren und Zigaretten glommen vor sich hin. Die imposanten Kriegsgemälde der SS-Division *Dirrlewanger*, die über dem Kamin hingen, waren den meisten Anwesenden bekannt. Ebenso die Karabiner, Maschinenpistolen, Mauser, Bajonette – sogar mit Blutrinne – und weitere Devotionalien.

Schließlich legte sich das Gerede und alle schauten gespannt zum Hausherrn, der auf seinem ledernen Chefsessel thronte. Er erhob sein mit Cognac gefülltes Glas und sprach einen Toast auf die nationale Sache aus, den die anderen sektenartig wiederholten. Dann räusperte er sich. „Kameraden, die Zeiten sind hart", begann er. „Die Repressionswalze durch die Sicherheitsorgane der BRD-GmbH schlagen immer härter zu. Kameraden werden für kleinste Vergehen für Jahre weggesperrt. Überall werden unsere Vereins-, Magazin- und Verlagskonten gekündigt. Beinahe jeder Schritt von uns wird durch die Seuche Bundesverfassungsschutz überwacht. Unter diesen Parametern wird es immer schwerer, legale politische Aktivitäten zu betreiben."

Ein Seufzen ging durch die Reihen der Männer. Roland Wagner saß ganz hinten. Er strich sich über den Schnurrbart. Was für ein Bild von einem Mann, dachte er. Optisch und charakterlich. Dieser Redner hat sein Leben lang der rechten Sache gedient. Hatte federführend eine inzwischen verbotene Partei aufgebaut und war wegen diverser Straftaten, darunter Verstößen gegen das internationale Kriegswaffenrecht, in den Knast gewandert. Eine Bilderbuchkarriere in der rechten Szene. Odin Renner lautete sein bürgerlicher Name.

„Der entscheidende Punkt", fuhr dieser nun fort, „sind die Finanzen. Trotz aller großzügigen Spenden", hierbei ließ er effektvoll den Blick über die anwesenden Honoratioren gleiten, „wird es immer schwieriger, eine militant organisierte Oppositionspolitik zu betreiben. Die Kosten sind hoch und Ihre Spenden decken leider nur einen Teil der Kosten. Jetzt begrüße ich einen der bekanntesten Rockmusiker unserer Bewegung, der Ihnen einiges zum Thema Finanzen sagen wird."

Der Angesprochene hatte die langen, dunkelbraunen Haare zu einem ordentlichen Pferdeschwanz zusammengebunden; das Haar geriet in Bewegung, als der Mann sich von seinem Stuhl schwungvoll erhob. Wagner kannte auch diesen Mann bestens: Obwohl er aus England stammte, handelte es sich bei ihm um einen Nationalsozialisten erster Güte. Seine Band lief seit ihrer Gründung vor zehn Jahren Gefahr, als terroristische Vereinigung eingestuft zu werden. Seine Mission galt dem Kampf gegen das Aussterben der weißen Rasse. Eigentlich, dachte Wagner, hätte dieser Typ mit Akzent auch ohne weiteres ein Mitglied des Ku-Klux-Clans sein können. Rockmusiker wirkten auf ihn immer amerikanisch. Er nannte sich Frank, wie Frank Zappa oder Frank Sinatra. Mal sehen, was er zu sagen hatte. Wagner lehnte sich zurück. Er hätte bedeutend lieber einem Opernsänger gelauscht.

„Eine unserer Haupteinnahmequellen", begann Frank mit seiner Bassstimme, „bildet die Musikbranche. Wir rechtsradikalen Bands sind momentan der finanzielle Motor, der den Traum der Rechten Revolution aufrechterhält. Als überzeugte und weltanschaulich gefestigte Nationalsozialisten behalten wir nur einen Bruchteil unserer Einnahmen für uns und spenden den Rest der Bewegung. Leider verfahren nicht alle anderen Bands ebenso weltanschaulich korrekt. Insofern können wir zu Recht behaupten, dass wir durch unsere Konzerte weltanschauliche Aufklärungsarbeit betreiben. Zudem spülen wir durch Eintritte, Merchandising, Bier- und Wurstverkauf teilweise sechsstellige Summen in die Kassen der Bewegung. Aber wie auch die Kameraden auf der ganzen Welt – sei es in Spanien, Portugal, USA, Südafrika und so weiter – versichern, reicht dieses Geld nicht ansatzweise dafür, einen halbwegs ernstgemeinten Revolutionsversuch zu starten. Das ist bedauerlich, da wir junge Kameraden am Start haben, welche die beste militärische Ausbildung genossen haben und bereits mit den Füßen scharren. Uns fehlt es nicht an Manpower, sondern an Hardware. Wir benötigen Unsummen für den bewaffneten Kampf. Jeder gut ausgebildete Kamerad ist eine Tötungsmaschine mit besonderen Qualitäten. Nehmen wir die Gruppe als Ganzes, ist sie mit ihrem militärischen, strategischen und taktischen Know-how durchaus in der Lage, in Deutschland eine Revolution zu beginnen. Aber was wir vorher dringend brauchen, sind Panzer und Flugzeuge!"

Bleiernes Schweigen senkte sich über die Runde. War jetzt der Zeitpunkt gekommen, um die Katze aus dem Sack zu lassen? Wagner spürte Schmetterlinge im Bauch. Die Revolution war näher, als er je gedacht hatte. Je länger die Stille andauerte, umso mehr drückte seine Blase. Aber er würde den Teufel tun – keine zehn Pferde bringen mich ausgerechnet jetzt auf die Toilette!

Odin Renner kehrte auf die Bühne zurück und löste Frank ab. „Besten Dank", verneigte er sich bei dem Rockmusiker. Ein Applaus folgte – dann fuhr er fort: „Wir haben uns heute hier eingefunden, um Ideen zur legalen und gegebenenfalls illegalen Finanzierung der Rechten Revolution zu entwerfen. Wie Sie gehört haben, reichen unsere Events für die rechte Szene, illegale CDs, Merchandising und so weiter bei weitem noch nicht aus."

Der Mann im Rollstuhl hob die Hand. Alle Blicke wandten sich ihm ehrfürchtig zu. „Seinerzeit haben wir die Illegalität durch Banküberfälle finanziert", schlug er vor.

Die Anwesenden nickten, aber verzogen zugleich den Mund.

„Das sind Themen, die wir in dieser Runde nicht ansprechen wollen", sagte Renner.

Der Rockmusiker meinte mit seinem Akzent zu dem Revolutionspensionär: „Sei versichert, Kamerad, dass wir das im fucking engeren Zirkel diskutieren." Die Muskeln an seinem Hals verrieten den leidenschaftlichen Sportler.

In Sachen Männer, befand Wagner, hatte die rechte Bewegung eindeutig mehr zu bieten als die linke. Die dortigen Ratten litten nicht nur unter einer grundverkehrten verkorksten politischen Einstellung, nein, ihr Aussehen wirkte genauso appetitanregend wie Bio-Hanfsamen auf einen Dobermann. Beinahe mitleidig dachte er an die in der Kälte ausharrenden Kollegen, denen das alles hier entging.

Sollte er jetzt die Bombe platzen lassen?, fragte er sich. Er spürte, wie sein Bauch rumorte. Allein die Vorstellung, gleich im Fokus der Aufmerksamkeit zu stehen und das Ei des Kolumbus zu präsentieren, verlieh ihm jenes High, das ihn seine volle Blase vergessen ließ.

Wagner richtete sich auf und räusperte sich. Alle Blicke wandten sich ihm zu. Wagner betrachtete drei Sekunden lang bewusst eine Hakenkreuzflagge; aus diesem Akt schöpfte er Kraft und Mut.

„Zunächst möchte ich mich bei Herrn Renner bedanken, heute hier sein zu dürfen“, begann er. Odin nickte ihm zu; jede einzelne Geste in dieser Inszenierung war abgesprochen. „Diese Runde ist dermaßen exklusiv, dass ich es als Gnade empfinde, daran teilnehmen und hier mit einer tiefen Demut vor Ihnen allen stehen zu dürfen.“

Das wohlwollende Nicken folgte, wie zu erwarten gewesen war. Er hatte mit Odin im Vorfeld besprochen, seine Amtsidentität nicht aktiv anzusprechen, bei Nachfragen würde er seinen Arbeitgeber aber auch nicht verleugnen.

„Es gibt internationale Finanziers, die unsere Bewegung und ihre Zielsetzungen positiv beurteilen“, fuhr Wagner fort. „Aber es bleibt nicht bei den positiven Beurteilungen, sondern sie sind auch bereit, unserer Bewegung finanzielle Ressourcen zur Verfügung zu stellen. Denn sie kämpfen gegen denselben Feind!“

In der salbungsvollen Stille hätte man einem Regenwurm beim Kacken zuhören können. Wagner fühlte sich wie auf Wolke sieben. Genoss die Aufmerksamkeit wie einen Kokainrausch.

„Ich rede hier nicht über vier- oder fünfstellige Summen“, kam Wagner zum Höhepunkt seiner Ansprache. Er intonierte die letzten Worte und gestikulierte wie sein in der Statue verewigtes Idol: „Nein, werte Kameraden und Ehrenmänner, ich rede insgesamt von einer Anschubfinanzierung im mittleren sechsstelligen Bereich!"

Allein die Ankündigung der vielen schwarzen Nullen, die plötzlich durch den Raum schwebten, bewirkte tosenden Beifall. Ein Kamerad nach dem anderen erhob sich. Wie Odin es versprochen hatte, fragte niemand danach, woher das Geld stammte. Wagner verneigte sich und bemerkte, dass diese Bewegung beinahe eine Katastrophe auslöste; Wagner beherrschte seinen Harnfluss mit letzter Energie. Der Applaus wollte nicht enden. Wagner hätte jetzt nur ungern eine erfundene Geschichte über die Herkunft der halben Million aufgetischt. Er verabscheute die Lüge. Denn er hielt sich für einen aufrechten, anständigen Kameraden, auch wenn es ihm schwerfiel, Odin und Frank nicht ständig mit seinen Blicken auszuziehen.

Sonntag, 28. September 2008, 20:00 Uhr – Wien

Seit ihrem Volontariat bei den Münchener Neuesten Nachrichten waren vier Jahre vergangen. Tscharly hatte ihre Entscheidung, nach Wien zu ziehen, wo sie für eine linkspolitische Wochenzeitung namens *Die Flatter* schrieb, mit einem lachenden und einem weinenden Auge betrachtet. Kira, ein Münchner Kindl, wie der Volksmund sagte, hatte ihre Pubertät in einem Klosterinternat in Rosenheim verbracht. Vater Finanzbeamter, Mutter Pflegedienstleitung im Klinikum Rechts der Isar, waren sicher stolz auf ihre Tochter, die in Wien ihrer eigenen Wege ging. Außerdem hatte Kira einen zehn Jahre älteren Bruder, der in München ein Unternehmen, das sich auf Computersoftware für Lagerlogistik spezialisiert hatte, leitete. Ihr jüngerer Bruder wiederum wohnte noch in München zu Hause bei den Eltern und besuchte die Otto-Falckenberg-Schauspielschule. Das war Kiras familiärer Hintergrund.

Kira öffnete ihm die Haustür. „Komm rein, bin gleich fertig, Tscharly."

Tscharly erwiderte ihre Umarmung, Küsschen links und Küsschen rechts. „Ich bin wohl wieder zu spät", entschuldigte er sich.

Wahrscheinlich fand sie seinen zerknirschten Gesichtsausdruck amüsant. Anders konnte er sich ihr Lächeln kaum erklären.

„Genau dreißig Minuten", antwortete sie. „Aber ich habe mit einer Stunde gerechnet. Deswegen bist du eigentlich viel zu früh dran. Jetzt bin ich noch nicht fertig."

Er folgte ihr ins lichtdurchflutete Wohnzimmer. Drei Abendkleider lagen nebeneinander auf der weißen Couch, während ihre Besitzerin in einem seidenen Morgenmantel steckte. Tscharly verbot sich, Kiras rote Kupferlocken und ihre grünen Augen zu lange und zu intensiv zu betrachten. Allein ihr Parfüm roch betörend. Kein Zweifel, seit sie in Wien lebte, hatte Kira sich zu einer selbstbewussten Frau entwickelt. Vergessen schien ihm jenes unscheinbar schüchterne Wesen, das in München von seinen männlichen Kollegen gemobbt worden war.

„Ich bin gerade an einer Geschichte dran“, erzählte sie ihm wie nebenbei und drückte ihm einen aufgeklappten Laptop in die Hände.

„Sind wir das nicht alle irgendwie?“, entgegnete er resigniert.

„Eine Geschichte, die dich interessieren könnte.“ Sie bürstete ihre Haare nebenbei.

Die Buchstaben auf dem Bildschirm verschwammen vor seinen Augen. Er hatte ein Redebedürfnis: „Stell dir vor, ich war gerade bei einer Roma. Die hat mir weismachen wollen, eine Freundin von ihr hätte meine Tochter gesehen. Du musst verzeihen, wenn ich für heute genug von Sensationsgeschichten habe.“ Er legte den Laptop weg und ließ sich auf einem Fauteuil nieder.

„Ich habe aber Beweise für meine Story.“

„Womit du heute schon die Zweite bist, die mir irgendwelche Beweise vorlegen will.“

Sie versuchte, sein Interesse zu wecken. „Die Geschichte hat mit dem Österreicher zu tun. Und wie es aussieht, mischen auch bundesdeutsche Personen aus der rechten Szene in dieser ungustiösen Angelegenheit mit.“

Er erlaubte sich nun doch einen Blick in ihre Augen, die ihn wiederum frech abtasteten. „Vielleicht schreibe ich irgendwann einen Roman“, wich er aus. „Bei allem, was ich in den letzten Jahren erlebt habe, wird es Zeit, Resümee zu ziehen.“

Er senkte den Blick und betrachtete ihre Füße. Ein halbes Jahr lang hatte er Kira regelmäßig gedated. Kira hatte sich von ihm die Zehennägel gerne rot lackieren lassen. Im Gegenzug hatte er ihrer Vorliebe für Fesselspiele Rechnung getragen. Als Kira nach Wien gegangen war, hatte er aufgeatmet; die Rolle des reiferen Liebhabers hatte er selbst als lächerlich empfunden. Er hatte sich geschämt. Er war derjenige gewesen, der es nicht geschafft hatte, sich von ihr zu lösen.

„Und wenn ich dir sage, dass zu den Namen, um die es geht, ein gewisser Roland Wagner gehört?“

Tscharlys Schultern erschlafften bei der Erwähnung des Namens. Die Eiseskälte, die sich klamm um sein Herz legte, war fester Bestandteil jener Eiszeit, in der er sich seit Millas Verschwinden befand. Er schluckte Tränen tapfer hinunter. Mit heiserer Stimme antwortete er: „Die Sache Wagner ist für mich erledigt."

Er hatte seinen Blick längst von ihren Füßen losgeeist und schaute an ihr vorbei auf ein Bücherregal, in dem die gesammelten Werke von Sigmund Freud, Carl Gustav Jung und Friedrich Nietzsche sich die Ehre gaben.

„Du hast noch immer dieses ausgeprägte Interesse für Psychologie?"

„Du kennst mich noch immer besser als die meisten Menschen."

„Hier, in Wien, der Heimatstadt von Freud und Jung, da hast du die ideale Umgebung für ein solches Psychologiestudium. Wäre das denn nichts?"

„Ich bin dreißig, Tscharly, da studiere ich lieber direkt die Menschen selbst. Und ich merke schnell, wenn mir jemand ein X für ein U vormacht. Roland Wagner ist dein persönlicher Hauptverdächtiger, was das Verschwinden deiner Tochter angeht. Sag nichts, Tscharly, deine Miene sagt mir etwas anderes als deine Worte. Das ist auch der Grund, warum der Fall Wagner für dich erst zu Ende sein wird, wenn du endgültig weißt, was aus Milla geworden ist."

„Woher willst du das wissen?"

„Hältst du mich für ein Kind?"

„Nein, natürlich nicht."

„Ich kenne dich. Solange du dieses Geheimnis nicht gelöst hast, wirst du niemals frei sein, dein Leben auf die Reihe zu kriegen – geschweige denn, dich mit Leib und Seele auf eine neue Beziehung einlassen können."

„Du bist doch diejenige, die nach Wien geflüchtet ist. Ich bin fünfzehn Jahre älter und außerdem ein kaputter Typ. Das hast du rechtzeitig durchschaut."

„Du hast dir nur selbst verboten, jemals wieder mit jemandem glücklich zu sein. Immer wenn du glücklich bist, hast du gleichzeitig Schuldgefühle. Das war auch gleichzeitig der wahre Grund, warum du unser Verhältnis immer vor allen anderen verheimlicht hast. Ich habe dir den Gefallen getan und habe die Stadt verlassen, damit du keine Schuldgefühle deiner Familie gegenüber mehr haben musst. Und jetzt sitzt du hier bei mir. Du warst derjenige, der mich angerufen hat, und um dieses Wiedersehen gebeten hat, Tscharly."

„Ich glaube, ich sollte besser gehen. Verzeih mir, Kira." Er richtete sich auf.

„Nein, nicht!", rief sie verzweifelt. „Das kannst du doch nicht tun. Ich habe extra reserviert. Außerdem möchte ich dir einen Überraschungsgast vorstellen."

Er beschloss, ihr Gespräch wieder in Richtung Berufliches zu lenken. „Wenn du willst, dann schick mir deine Story. Meine E-Mail-Adresse kennst du ja."

„Auswendig", bestätigte sie.

Sie setzte sich auf das Fauteuil und verschickte, die Zunge vor Konzentration zwischen den Lippen, die Mail. Er widerstand mit äußerster Willensanstrengung dem Impuls, sie in die Arme zu nehmen und hier und jetzt mit ihr zu schlafen. Er versuchte krampfhaft, die Erinnerungen an ihre Zeiten voller Zweisamkeit aus seinem Gedächtnis zu verbannen. Eine Zweisamkeit, die ihm im Nachhinein wie eine Flucht vor der Realität schien. Er wandte seinen Blick zum Fenster. Kira Obermaier verschwand kurz darauf im Badezimmer. Tscharly klickte auf den Ordner *Gesendete E-Mails*. Die Datei, die sie an seine Adresse verschickt hatte, trug den Namen „Wagner Dossier".

Sonntag, 28. September 2008, 20:30 Uhr – Wien

Der Alfa Romeo Spider – Jahrgang 1970, Otto-Motor, 130 PS, metallicrot – stach aus der Reihe der Autos heraus, die entlang des Bürgersteigs geparkt hatten, allein schon durch seine Rundungen. Tscharly hatte das Stoffverdeck trotz der herbstlichen Temperaturen offengelassen. Er fuhr den Oldtimer seit fünfzehn Jahren. Das sollte auch so bleiben. Ganz egal, wie teuer die Reparaturen sein mochten. Falls diese in ihrer Häufigkeit weiter zunehmen sollten, würde er sich notfalls ein zweites – baugleiches – Fahrzeug kaufen. Damit hätte er die Möglichkeit, dass immer einer der beiden irgendwo in München in einer Werkstatt stand, während er mit dem anderen herumcruiste. Der Spider brachte es auf eine Maximalgeschwindigkeit von 200 Stundenkilometern. Es war ihm schwergefallen, hier in Österreich die vorgeschriebenen 130 einzuhalten. Das Autofahren bedeutete für ihn einen Glückszustand, der ihn an Schweben erinnerte. Der Spider war für ihn Fortbewegungsmittel und Therapie.

„Immer noch das alte Spielzeug“, stellte Kira fest.

Tscharly öffnete ihr galant die Beifahrertür. „Manche Dinge ändern sich nie.“

„Damit ließe sich schon irgendwie leben.“

Er startete den Motor und genoss den Sound. „Womit?“

„Meinen Mann mit einem Auto zu teilen.“

Er warf einen Blick in den Seitenspiegel und legte einen Kavalierstart hin. Kurz darauf drosselte er die Geschwindigkeit und konzentrierte sich darauf, das Tempo in einer 30er-Zone einzuhalten. „Glaub mir, Kira, das kannst du nicht wollen. Keine vernünftige Frau, die bei Verstand ist, will das.“

Er schaltete das Radio ein und drehte auf eine Lautstärke, die eine Unterhaltung unmöglich machte. Ein Sender namens Ö3 spielte ausgerechnet jetzt „Rock me, Amadeus!“, eine Nummer des österreichischen Pop-Super-Stars Falco, der vor ein paar Jahren in der Dominikanischen Republik im Kokainrausch mit seinem Geländewagen tödlich verunglückt war.

Sonntag, 28. September 2008, 20:55 Uhr – Wien

Er war hinter dem italienischen Angeber-Auto hergefahren, ohne die geringste Aufmerksamkeit zu erregen. Nicht umsonst hatte er sich den Vornamen Sinan zugelegt, was so viel bedeutete wie „die eiserne Speerspitze“. Der Name war Programm und seine Auftraggeber hatten sich bisher auf ihn verlassen können. Er erledigte seine Jobs lautlos, unsichtbar, seine Waffe folgte auf magische Weise ihrem Ziel, ohne jemals nach Gründen, Hintermännern oder weiß der Teufel wonach zu fragen. Er war im Westjordanland geboren worden – oder besser gesagt: Palästina. So nannten die Hamas das Gelobte Land. Wie hätte er jemals jenen Tag vergessen können, an dem israelische Soldaten auf ihn und seine Familie gefeuert hatten? Seine beiden kleinen Geschwister und Eltern waren im Kugelhagel ums Leben gekommen. Das Gerücht, Hamas-Terroristen hätten in ihrem Häuserblock ein Waffenlager, war gezielt von den Amerikanern in die Welt gesetzt worden. Stunden nach dem Überfall der Israelis erschienen Männer und Frauen der Hamas zwischen den Ruinen. Sie brachten den neunjährigen Jungen zu Berbern, die ihm in ihren Höhlen in der Nähe des Golan ein Zuhause gaben. Von ihnen erhielt er seine ersten Lektionen im Umgang mit dem Gewehr, damit ihm nichts mehr passieren konnte. Ab seinem sechzehnten Lebensjahr lernte er in einem Terrorcamp im Süd-Jemen mit Panzerfäusten und Maschinenpistolen umzugehen. Als zwanzigjähriger Mann installierte er zum ersten Mal eine Autobombe in der Altstadt von Ostjerusalem. Das Geschoss zerfetzte eine Gruppe von orthodoxen Juden, die auf dem Weg zur Klagemauer ihre Gebete sprachen. Es war ihm ein Vergnügen, mitanzusehen, wie Blut und Körperteile der Feinde des palästinensischen Volks von Gebäuden und Fahrzeugen gekratzt wurden. Von da an gehörte er zu den politischen Akteuren seines Landes. Später – er konnte selbst nicht mehr sagen, wann er damit begonnen hatte – erledigte er Aufträge ausnahmslos für Geld. Vielleicht hatte der schier endlose Krieg ihn müde gemacht. Politik hatte aufgehört, ihn zu interessieren. Jeder Mensch musste schauen, wo er blieb.

Drei Tage bevor er in Wien anlangte, war er in Kiel mit gefälschten Papieren von Bord eines Containerschiffs für Bananen gegangen. Seine Reise hatte ursprünglich in der Dominikanischen Republik begonnen. Er hatte sich neben dem Deutschen und Französischen auch Spanisch beigebracht. Sinan liebte den Schreibstil eines Gabriel García Márquez, die Beschreibung des

Niedergangs einer ganzen Familie in seinem Roman „Hundert Jahre Einsamkeit“, die atmosphärische Schilderung der Agonie vor dem Hintergrund eines von Unruhen geprägten Kolumbiens. Er hatte eine Vorliebe für poetische Sprache. Und das, obwohl er sich das Lesen erst mit Dreißig selbst beigebracht hatte. Seither war die Literatur wie eine Droge für ihn. Er würde wieder einmal für ein paar Tage ohne seine heiß geliebten Bücher auskommen müssen. Dieser Abschied fiel ihm am schwersten. Die Bücher in seinem Zuhause waren für ihn Familie und Trost und Flucht.

In der Dominikanischen Republik war er in ein Flugzeug gestiegen, das ihn nach Ecuador gebracht hatte. In einem Container hatte der Verbindungsmann ihn mit Papieren und Informationen ausgestattet. Sinan hatte den Boten kurzerhand mit einem Messerstich in die Leiste zum Schweigen gebracht und ihn im mitternächtlichen Hafen versenkt. Dreißig Minuten später befand er sich an Bord des Containerschiffs auf dem Pazifik, wo der stetige Geruch von grünen Bananen Assoziationen an den spanischen Literaturklassiker „Hundert Jahre Einsamkeit“ in ihm erweckt hatte.

Der Alfa Romeo, in dem sein Zielobjekt Platz genommen hatte, parkte zwei Gehminuten von dem koscheren Lokal entfernt, neben dem Bürgersteig. Sinan lenkte einen Audi A3, Jahrgang 2001, schwarz, mit Alufelgen, den er eine Straße weiter in einer Seitengasse abstellte. Er würde das Fahrzeug nicht mehr benutzen. Karmelitermarkt, las er auf einem Schild. In Sichtweite ragte ein Hilton-Hotel in den Himmel auf. Sinan stieg aus und ging mit federndem Schritt in Richtung Lokal, für das auf Tafeln mit Lammkoteletts, Falafel und Humus geworben wurde. An Tischen davor saßen vereinzelt Gäste mit Jacken und Schal. Ein Blick durch das Fenster verriet ihm ein Full House. Die Frau und ihr Begleiter schlenderten gemütlich auf das Lokal zu. Sein Zielobjekt trug ein rotes Abendkleid. Sinan hatte seinem Auftraggeber eine SMS geschrieben; von einem männlichen Begleiter war keine Rede gewesen. Er spazierte unauffällig über den menschenleeren Marktplatz. Drei Minuten später erhielt er den erwarteten Anruf und eine verstellte Frauenstimme befahl ihm, seinen Auftrag um jeden Preis auszuführen. Er verlangte zu den bereits ausbezahlten zehntausend Schweizer Franken nochmal zehntausend – als Bonus! Seine Gesprächspartnerin sagte ihm zu, das Geld umgehend auf das Nummernkonto zu überweisen. Auf diese Weise endete das Gespräch. Sinan trat wieder vor das Lokal. Dort turtelten noch immer der Mann und die Frau, auf die er es abgesehen hatte.

„Guten Abend, können Sie mir sagen, wie ich von hier aus zum Stephansdom gelange?“, fragte er das weibliche Zielobjekt.

Kira Obermaier musterte den schlanken Mann im grauen Anzug mit dem gepflegten Vollbart und beschrieb ihm den Weg. Sinan bedankte sich mit adretter Verbeugung. Endlich betraten die beiden das Lokal. Einerseits mochte seine direkte Kontaktaufnahme unter die Kategorie Leichtsinn fallen – andererseits: Wer erinnerte sich denn im Nachhinein an einen unscheinbaren Orientalen, 60 Kilo bei einer Größe von knapp zwei Metern? Es gefiel ihm einfach, mit seinen Opfern letzte Worte zu sprechen, ehe er sie töten musste. Ihr Begleiter wirkte wie ein Abklatsch von George Clooney – aber nur, wenn man genug Fantasie aufbrachte. Keine Frage, die beiden verband mehr als Freundschaft. Sie machten einen sympathischen Eindruck; sie hatten sich einen kurzen, schmerzlosen Tod mehr als verdient, fand er. Sinan ging zu einem anderen Auto als jenem, mit dem er gekommen war. Ebenfalls ein schwarzer Audi. Mit auffällig lackierten grünen Seitenspiegeln. Mehr brauchte es an Informationen nicht, um zu tun, was er tun musste. Der Autoschlüssel passte. Der Kofferraum öffnete sich automatisch. Er warf einen Blick auf den Sprengstoff. Ach, wie sehr sehnte er sich nach reifen, fruchtigen Bananen und einem guten Buch. Er konnte es kaum erwarten, heimzukommen.

Sonntag, 28. September 2008, 21:00 Uhr – Wien

„Ich habe einen Bärenhunger, Tscharly."

„Ich verstehe nicht, warum du mich dann ausgerechnet in ein koscheres Lokal schleppst", entgegnete Tscharly. „Der alte Methusalem sagt selbst, dass koscheres Essen nix kann. Der muss es als jüdischer Metzgersohn und Verleger wissen! Hätte es ein normales Wiener Schnitzel nicht auch getan?"

Sie scherzte: „Hast du Angst, hungrig ins Bett gehen zu müssen?", woraufhin sie an einem reservierten Tisch Platz nahmen, an dem drei Stühle standen und drei Gedecke aufgelegt waren.

„Erwartest du jemanden?", fragte er.

„Es gibt hier einen super Veggie-Burger", versuchte sie abzulenken.

„Wer ist unser dritter Gast?", beharrte er.

„Dreimal darfst du raten, Tscharly."

Ihn befiel eine vage Ahnung. „Nein!"

„Doch!"

„Das ist nicht dein Ernst."

„Mein völliger."

„Das gibt's doch nicht …"

Ehe Tscharly sich versah, erschien am Eingang eine Gestalt, die in der rechten Hand eine Pfeife hielt. Die Augenklappe links, im rechten Auge ein verschmitztes Grinsen, welches das Gesicht zur Gänze beherrschte, legte der alte Methusalem seinen Mantel ab und trat an ihren Tisch.

„Guten Abend, meine Lieben, bin ich zu spät?"

Tscharly traute seinen Augen nicht. „Die späten Gäste sind die besten", stammelte er. „Was machst du in Wien, Peter? Wenn ich das gewusst hätte, hätten wir zu zweit fahren können."

„Ich bin hier, um mit euch Turteltauben meinen vierundachtzigsten Geburtstag zu feiern", lautete die Antwort des Alten. „Heute vor vierundachtzig Jahren hat meine Mama ihr erstes Kind zur Welt gebracht. In Danzig. Heute gehört die Stadt nicht mehr zu Deutschland und das Kind von damals ist ein alter Mann geworden. Wer weiß, wie lange so ein Leben noch dauert? Im

Alter muss man stets auf Überraschungen gefasst sein, deswegen stehe ich heute hier, Tscharly, damit du diese Lektion rechtzeitig lernst, bist ja auch nicht mehr der Jüngste."

Smuss und Kira fielen sich um den Hals. Tscharly umarmte ihn ebenfalls und gratulierte ihm, woraufhin sie sich setzten. Smuss bestellte eine Flasche Champagner; Tscharly hätte lieber Bier getrunken, ersparte sich jedoch jeden Einwand.

„Ausgerechnet du, Tscharly, bist alles, was mir von meiner Familie geblieben ist", sagte Smuss sentimental.

„Und was ist mit deiner Frau?", entgegnete Tscharly. „Ist sie freiwillig in München geblieben?"

Der Verleger hob die Schultern. „Hat meinen Geburtstag vergessen. Wir leben bereits ein ganzes Jahr nicht mehr an derselben Adresse. Ich bin mit dieser Neuigkeit nicht hausieren gegangen, deswegen weißt du davon bisher nichts, Tscharly. Ich kann Alexandra verstehen. Wer könnte es ihr verdenken, wenn man mit so einem alten Knacker verheiratet ist? Ein klassischer Fall von auseinandergelebt, würde ich sagen. Ich habe sie gebeten, die Scheidung einzureichen und werde sie großzügig abfinden. Ich bin ihr dankbar für alles, was sie die letzten beiden Jahrzehnte für mich getan hat. Ein Mensch, ganz gleich wie alt er ist, sollte niemals des Geldes oder der Sicherheit wegen in seinem Unglück verharren müssen. Das Leben ist kurz. Wenn du dir jeden Tag bewusst machst, dass jeder Tag dein letzter sein könnte, verändern sich mit der Zeit die Prioritäten. Das wirkt auf die Jungen oft weise, ist es aber nicht. Das ist nur pragmatisch."

Der Ober brachte die Flasche. Sie stießen feierlich an.

Tscharly blickte zwischen dem Alten und Kira hin und her. „Erinnert an eine Verschwörung, diese ganze Angelegenheit", sagte er.

„Nenn es wie du willst, mein Lieblings-Ex-Schwiegersohn."

Sein Blick streifte die dunkle Stelle am Handgelenk des Alten. Die Häftlingsnummer, die die Nazis ihm als Erinnerung an seinen Leidensweg in ihren Konzentrationslagern eintätowiert hatten, hatte sich im Laufe der Jahrzehnte in einen schwarzen Fleck verwandelt und mochte auf den Unwissenden wie eine Art Druckfehler des Lebens auf dünner Seidenhaut wirken.

„Wenn einer weiß, was wichtig ist und was nicht, dann bist das du, Peter", sinnierte Tscharly.

Sie bestellten drei Veggie-Burger und tratschten drauf los. Tscharly fühlte sich pudelwohl. Wann war er zuletzt glücklich gewesen? Sie erzählten sich Szenen aus Filmen mit Peter Alexander und Hans Moser, beides Schauspiellegenden, die aus Wien stammten und die den Wiener Schmäh berühmt gemacht hatten. Zum ersten Mal seit langer Zeit gelang es Tscharly, kein einziges Mal an Milla zu denken. Auch das Wagner-Dossier und seine Recherchen traten in den Hintergrund. Der alte Methusalem nuckelte genüsslich an seiner Pfeife wie ein Säugling, der von der Welt da draußen keinen blassen Schimmer hatte. Sogar die koscheren Veggie-Burger mundeten Tscharly ausgezeichnet. Als sie gegessen hatten, bestellten sie Espresso.

„Macht euch wegen der Rechnung keine Sorgen", sagte der Alte.

Kira protestierte.

„Man wird nur einmal vierundachtzig und man feiert nicht jeden Tag eine Verlobung", antwortete er.

Tscharly wäre um ein Haar die Tasse entglitten. Er betrachtete die beiden abwechselnd. „Gibt es da etwas, das ihr mir unbedingt mitteilen wollt?"

Smuss griff in die Innentasche seines Jacketts. Seine Finger zitterten, als er die viereckige Schachtel auf den Tisch legte. Tscharly betrachtete die rote Schleife und ihm schwante Unheil. Er blickte zu Kira, deren Miene todernst wirkte. Mit leuchtenden Augen sahen der Greis und die junge Frau einander an.

Tscharly schüttelte den Kopf. „Das kann unmöglich euer Ernst sein!"

Smuss lächelte entschlossen. „Und ob es mein Ernst ist, Tscharly." Er legte feierlich seine Pfeife beiseite und ließ die Schachtel aufschnappen. Tscharly erkannte zwei schlichte silberne Ringe in rotem Futteral.

„Ihr wollt doch nicht …"

„Und ob ich will“, sagte der Alte.

Kira lächelte leicht nervös zu Tscharly.

„Aber ... Hast du dir das ...“ – auch gut überlegt?, wollte er sie fragen.

„... du meinst den Altersunterschied“, erriet Smuss Tscharlys Bedenken.

„Du hast gerade erst deine Ehe beendet ...“

„So ist es, Tscharly, denn ich mache alles, was ich tue aus der reinen Überzeugung heraus, das Richtige zu tun. Nenn mich einen Kindskopf, mein lieber Freund, aber Kira ist einverstanden ... Ich weiß, das ist ein etwas unkonventioneller Ablauf ... Aber ich habe mir erlaubt, die hier anwesende Kira Obermaier für dich zu fragen, Tscharly. Und was soll ich sagen – sie hat ja gesagt. Und somit frage ich dich, Tscharly, willst du der hier anwesenden Kira Obermaier die Ehe versprechen? Ich kann dir nur sagen, es würde mich glücklich machen, ein Ja aus deinem Munde zu hören. Du machst damit einem alten Mann die größte Freude zu seinem Geburtstag. Geschlafen habt ihr ja bereits miteinander, wie ich weiß ... Warum also nicht gleich heiraten?“

Tscharlys Kinnlade erschlaffte. „... Das ist ja verrückt!“, waren die ersten Worte, die er nach Sekunden der Ratlosigkeit herausbrachte.

„Was soll daran verrückt sein?“, entgegnete Kira, deren Augen langsam ein feuchter Glanz überdeckte.

„Ich ... Lass uns in Ruhe über die ganze Sache reden, Kira ... über das Wagner-Dossier ...“, stammelte er. Er sah ihre Tränen und grübelte, darüber, wie er die Situation hätte retten können.

Tscharly spürte Wut gegen Smuss in sich aufsteigen. Er fuhr seinen Ex-Schwiegervater an: „Was hast du dir nur dabei gedacht, uns beide in eine solche Situation zu bringen?“

„Lass den alten Methusalem in Frieden!“, stellte Kira sich symbolisch dazwischen. „Zugegeben, es war vielleicht seine Idee. Ich habe mich aber gerne dazu überreden lassen. Aber nur, weil ich gewusst habe, dass es vielleicht die einzige Möglichkeit sein wird, dich zur Vernunft zu bringen. Ich kenne dich gut genug, Tscharly

Huber, aber dass du so ein sturer Brocken bist, der nicht einmal durch …"

Peter Smuss reichte ihr ein Taschentuch. Sie schaute zu ihm auf; Tscharly spürte den Schmerz, der sich in ihren Zügen widerspiegelte.

Der Ober brachte das Dessert.

„Jetzt setzt euch doch wieder hin!", sprach der alte Methusalem. „Wollt ihr denn diese herrliche Pavlova-Torte einfach stehen lassen? Das ist Verschwendung! Man kann doch über alles reden."

„Mir ist der Appetit vergangen", sagte Kira.

Sie klemmte die Handtasche unter ihren Arm und wandte sich zum Gehen.

„Bleib hier! Wir müssen reden", flehte Tscharly hilflos. „Es tut mir leid."

„Das muss es nicht. Ich bin selbst schuld. Ich habe mich noch nie in meinem Leben wegen einem Mann dermaßen erniedrigt. Wie habe ich mich nur auf diese Schnapsidee einlassen können? Ich hätte es wissen müssen!"

„Kira, du bist eine wunderbare Frau … und ich habe dich nicht verdient … Bitte lass uns reden. Ich fahr dich auch nach Hause", bot er an.

„Ich scheiße auf dein Männerspielzeug, Tscharly! Die U-Bahn-Station ist nur einen Sprung entfernt."

Kira rauschte ab. Tscharly verharrte wie versteinert.

„Es tut mir leid, was ich angerichtet habe", hörte er den alten Methusalem sagen.

„Ist das alles, was dir dazu einfällt?", fuhr er den Verleger an. Woher kam nur der Schmerz, der sich in ihm breitmachte? Die Trauer, die sich schwer über seine Brust legte wie eine Kiste voller Blei.

„Ich dachte, dass dir wirklich an ihr liegt."

„Glaubst du vielleicht, mir liegt nicht an ihr?"

„Worauf wartest du dann, Tscharly? Lauf ihr hinterher!"

„Aber der Wagen … Ich kann ihn doch nicht einfach stehen lassen …"

„Scheiß auf den Wagen! Um den kann ich mich hernach kümmern. Denk daran, was du mir in München versprochen hast. Du hast gesagt, wenn ich Geburtstag habe, darf ich eine Runde damit drehen. Ganz allein!"

Tscharly zögerte, obwohl ihm sein Einwand selbst lächerlich erschien. Wie erbärmlich er sich fühlte, hätte er unmöglich in Worte fassen können.

„Gib mir schon die Schlüssel. Ich habe gesehen, wie die Kleine dich anschaut und wie du sie anschaust. Das sagt mehr als tausend Worte. Los, nimm den Ring und lauf ihr nach."

Tscharly fragte atemlos: „Wo geht's zur U-Bahn?"

„Zur Türe raus links und dann geradeaus. Du kannst es nicht verfehlen. Und jetzt los! Ich kümmere mich um die Torte. Die Pavlova ist morgen auch noch gut. Die kann man einpacken."

Sonntag, 28. September 2008, 22:00 Uhr – Wien

Er hatte sich sehr beeilt, denn er wusste nicht, wie viel Zeit ihm blieb, bevor die Polizei auftauchen würde. Er ging von zwei Stunden aus. Dabei waren alle Eventualitäten einberechnet. Er hatte schon Aufträge erledigt, in denen die Zeitfenster ungünstiger gewesen waren. Aufträge, bei denen es für ihn knapp geworden war. Hier sah es nach Routine aus. Allerdings hatte er die klare Ansage seiner Auftraggeber im Ohr, alle Winkel des Hauses nach digitalen und analogen Formen des Wagner-Dossiers zu durchsuchen. Zwei Stunden reichten für einen Vollprofi wie ihn spielend bei einem alten Jugendstilhaus, wie Kira Obermaier es bewohnte. Das Gebäude war saniert worden, wie er an den Fenstern erkannte. Für ihn stellte der Gebäudekomplex die richtige Mischung zwischen architektonischem Anschluss an die Bauten der Ringstraße und neuen Bausubstanzen und moderneren Arten des Bauens dar. In der k.u.k-Zeit hatten darin kaiserliche Offiziere mit ihren Familien residiert. Auf dem Weg nach Wien hatte er während der langen Überfahrt Reise- und Architekturführer über sein Ziel gelesen. Einer der Artikel ergoss sich über den Versuch, die Neubauten, die dem historischen Wiener Innenstadtkern angeschlossen wurden, auf ihre geschichtlichen Vorbildbauten anzupassen. Allerdings wurden dabei weder überwiegend Zement noch Stahl, sondern alte, heute klimaneutrale Stoffe wie Holz oder ein Vulkangestein namens Perlit in größerem Umfang verwendet.

Sinan war es eigentlich egal, da er aus bitterer Erfahrung wusste, dass den Großteil der Menschheit in der südlichen Hemisphäre andere Probleme als Umweltschutz beschäftigten. Er fand es immer wieder verrückt, was sich die Menschen in der zivilisierten Welt ausdachten, um die Brücken zur Vergangenheit nicht völlig abreißen zu lassen. Das unterschied den modernen westlichen Menschen vielleicht von ihm. Es gab nämlich nichts, aber auch wirklich überhaupt nichts, was ihn an seiner Vergangenheit fesselte. Er war ein Mann ohne Spuren. Im Grunde unterschied er sich kaum von einem Müllmann. Er entsorgte, was andere für überflüssig hielten, ganz gleich wie viel Methan ein Mensch zu seinen Lebzeiten ausgeschieden hatte – der Tod machte alle wieder gleich. Dass der Tod ausgerechnet ein Wiener sein sollte, wie in den Reiseführern stand, amüsierte ihn umso mehr.

In dem Haus wohnten sechs Parteien. In allen Wohnungen brannte noch Licht. Bis auf eine.

Aber dort würde das Licht die ganze Nacht leuchten, wenn erst die österreichische Spurensicherung kein Staubkörnchen mehr auf dem anderen ließ. Idealer Zeitpunkt also. Er schlug den Kragen des Trenchcoats nach oben; das Kleidungsstück hatte neben dem Sprengstoff gelegen. Dann wandte er unauffällig seinen Blick dem Haustürsystem zu. Neuere Technik, erkannte er. Hochwertig, nicht ganz einfach zu knacken. Die Hand in seiner rechten Jackentasche spielte er unentschlossen mit dem Einbruchsset. Er hörte Stimmen von Spaziergängern, die sich näherten. Jetzt war guter Rat teuer.

Er betätigte den Klingelknopf neben jenem Namensschild, deren Bewohner die direkten Nachbarn seines Zielobjekts sein mussten. Die Spaziergänger promenierten an ihm vorbei und sprachen über die Wahlergebnisse. Sinan achtete auf so etwas, denn in seinem Job war Vorsicht das, was für einen Künstler die Achtsamkeit bedeutete. Jedes Detail hatte eine Bedeutung, die einem oft erst viel später bewusst wurde. Die Frage, wozu etwas gut war, ließ sich oft erst Jahre später beantworten. Er zählte leise die verstreichenden Sekunden. Knapp zwei Minuten.

„*Hearst*[2] *!?*", meldete sich eine schroffe Frauenstimme im Dialekt.

Bei ihrer Tonlage hatte die Dame schon dem Rotwein zugesprochen, vermutete er. Sinan bemühte sich um möglichst akzentfreies Deutsch: „Entschuldigen Sie bitte die späte Störung, es tut mir wirklich leid." Er liebte diese Sprache der Dichter und Denker und hätte die Frage nicht beantworten können, wen er mehr verehrte – Goethe oder Schiller?

„Schleich di, du Oaschloch, wir kauf`ma nix!", setzte die Dame in Wienerisch nach. (deutsch: *Verschwinde, du Arschloch, wir kaufen nichts!*) Diese Verballhornung der deutschen Sprache verursachte ihm eine Gänsehaut. Er schauderte und fuhr fort: „Ich war vorhin zu Gast bei Ihrer Nachbarin, Kira Obermaier."

„Ah, geh – bei der Deitsch`n?", ertönte es interessiert aus dem inzwischen ein wenig blechern klingenden Lautsprecher. „Soooohhh?" (deutsch: *Ach, ja, bei der Deutschen. So?*)

Höchste Zeit, zur Sache zu kommen, um dieser Verschandelung deutscher Sprache ein Ende zu setzen.

„Ich habe etwas Wichtiges in der Wohnung vergessen. Kira hat mir ihre Schlüssel anvertraut und …"

Weiter kam er nicht. Die Dame schien ihn auszulachen. Das Gackern klang hässlich.

„Geh!", sagte sie dann überraschend. „Ich habe zwei Jahre gebraucht, um mit dem neuen Türsystem zurechtzukommen. Aber oben werden's ja schon allein zurechtkommen, gell?"

Ohne ein weiteres Wort ertönte der Türöffner. Allah sei Dank! Jetzt hieß es schnell agieren. Bereits beim Aufdrücken der Tür holte Sinan sein Dietrichset aus der Trenchcoat-Jacke. Er hatte exakt zwei Stockwerke Zeit, um den richtigen Dietrich vorzube-

---

[2] Wiener Ausdruck der Empörung

reiten. Er war sich sicher, dass ihn die Dame interessiert hinter dem Türspion erwartete. Im ersten Stockwerk taxierte er die Türen auf beiden Stockwerkseiten und atmete erleichtert auf. Offensichtlich Schema F. Hier hatte die Baufirma im Gegensatz zur Eingangstür eindeutig gespart. Es sei denn, sein Zielobjekt hatte auf eigene Kosten ein Sicherheitsschloss der besseren Sorte einbauen lassen. Dann würde er sich schnell was einfallen lassen müssen. Improvisieren war eine seiner Spezialitäten. Das Kreative an seinem Job liebte er am meisten.

In Kira Obermaiers Stockwerk angelangt, achtete er auf die Natürlichkeit seiner Bewegungen, keinesfalls zu hektisch. Er machte sich kleiner und plusterte sich in der Breite ein wenig auf, damit seine Statur etwas an den Begleiter seines Zielobjekts erinnerte. Vermutlich waren beide inzwischen tot. Er hatte die Bombe sicher im Alfa Romeo installiert.

Die Tür ließ sich mühelos öffnen. Sinan trat ein und machte hinter sich gleich wieder zu. Er schaltete im hinteren Wohnungsbereich das Licht an und täuschte Schritte vor, lugte aber durch den Spion, um die gegenüberliegende Türe zu beobachten. Nach exakt siebzig Sekunden schien die Dame das Interesse an dem Spektakel verloren zu haben, denn er sah durch den Türschlitz, wie das Licht dort wieder erlosch. Seine Menschenkenntnis hatte ihn also doch nicht getrogen.

Gut, nun musste er sich beeilen. Seine Auftraggeber hatten deutlich gemacht, dass sie Wert auf das legten, was sie schwammiger Weise als das „Wagner-Dossier“ bezeichneten. Zum Glück wusste er bei diesem Auftrag über sämtliche Verstecke in dieser Wohnung Bescheid. Er hatte alte Baupläne des Hauses im Vorfeld seiner Reise studiert.

Der Laptop stand einladend auf dem Wohnzimmertisch. Gib mir deinen Laptop und ich sage dir, wer du bist!

Zum Glück hatten ihn erfolgreich durchgeführte Aufträge in die Lage versetzt, sich das beste technische Equipment zuzulegen, das Computer-Passwörter in Sekundenschnelle knackte und den Inhalt ganzer Festplatten noch schneller auf andere Speichermaterialien übertragen konnte. Die heutige Technik schien ihm Fluch und Segen zugleich. Doch bei ihrem Laptop allein durfte er es ausdrücklich nicht belassen. Sein Auftrag lautete, die ganze Wohnung nach Spuren dieses Geheim-Dossiers zu durchsuchen und nicht, nur eine Version des Dossiers zu sichern. In diesen Altbauten gab es traditionell Badekacheln, lockere Dielen und allerlei Schnickschnack wie Zwischenfächer in Schränken und Schreibtischen. In Gedanken wanderte er über den berühmten Wiener Zentralfriedhof, auf den die Menschen sich in dieser Stadt so viel einbildeten. Grünes Wien, lautete der Slogan der Stadt. Klimaneutral und traditionell. Sinan konnte über so viel Einfalt dieser mitteleuropäischen Menschen nur lachen. Der Tod war eindeutig kein Einheimischer – und erst recht kein Wiener! Nein, der Tod war mit Flugzeug und Schiff um die halbe Welt gereist, um in dieser Wohnung seinen Auftrag endgültig zu erledigen. Das war alles andere als traditionell und klimaneutral.

Sonntag, 28. September, 22:15 Uhr – Wien

Die Station Schottentor, U4, geriet in Tscharlys Sichtweite. Wie hatte er nur glauben können, der Alte selber wollte sich mit Kira verloben? Allein der Gedanke an seine eigene Naivität erfüllte ihn mit Scham. Er war wie ein Fliehender gerannt, um den Ort jener peinlichen Groteske so schnell wie möglich hinter sich zu bringen. Da erspähte er Kira, die über die Gleise einer Straßenbahn marschierte und sich entschlossenen Schrittes den Treppen näherte, die den Eingang zur U-Bahn-Station bildeten.

„Kira …“, ächzte er.

Sie sah ihn und marschierte scheinbar ungerührt weiter. „Bitte lass mich in Ruhe! Ich will dich nie mehr sehen“, entgegnete sie, woraufhin einige Passanten auf die Szene aufmerksam wurden.

„Bitte, Kira, lass uns über alles in Ruhe reden.“

Sie blieb stehen. „Ich habe leider nicht erkannt, wie sehr du ein Gefangener deiner Vergangenheit bist, Tscharly. Das tut mir unendlich leid.“ Sie sprach mit klarer Stimme. „Aber du wirst verstehen, wenn ich es vorziehe, mein Leben nicht mit einem Mann zu teilen, der unfähig ist, in der Gegenwart zu leben."

Sie schritt über die Rolltreppe nach unten. Zum ersten Mal seit Jahren fürchtete er um sein Leben – eine Reaktion, die er sich selbst nicht erklären konnte. Als hinge seine gesamte irdische Existenz von dieser wunderbaren Frau für ihn ab. Die U-Bahn fuhr in die Station ein. Kira steuerte zielgerade auf eine der automatischen Türen zu. Tscharly sah seine Chance, seinen Fehler ungeschehen zu machen, wie Sand zwischen seinen Fingern davonrinnen.

„Ich bitte dich, bleib! Ich fahr dich auch nach Hause. Es wird mir ein Vergnügen sein. Ich …"

„Leb wohl, Tscharly!"

Sie sprang in allerletzter Sekunde in den Waggon. Die Türen schlossen sich. Tscharly hämmerte dagegen.

„Bitte zurücktreten!", tönte die automatische Stimme des Schaffners.

Tscharly spürte sein Herz in den Magen sinken, während die Waggons sich in Bewegung setzten. Die Luft in der U-Bahn-Station schmeckte abgestanden und es fiel ihm schwer, zu atmen. Er begann zu schluchzen. Die unterdrückten Tränen der letzten Jahre brachen sich Bahn. Er wischte sie mit seinen Fäusten weg und stierte auf die zerkratzte Rado. Noch war es nicht zu spät, der Abend jung.

Zur selben Zeit, dreihundert Meter entfernt, steckte der alte Methusalem einen Schlüssel ins Schloss des Alfa Romeo. Die Autobombe detonierte planmäßig. Durch den Druck schleuderte das Fahrzeug zwei Meter in die Höhe und die Explosion zerfetzte in Sekundenbruchteilen den Körper jenes Mannes, der zwischen 1939 und 1945 sieben Arbeits- und Todeslager in jahrelangem Todeskampf überlebt hatte. Das Fahrzeug verwandelte sich in einen Feuerball, ehe es mit der Motorhaube voran auf der Straße landete. In einem Umfeld von fünfzig Metern flogen Autoteile, Stühle und Sessel durch die Luft. Es war allein dem kalten Herbstwind zu verdanken, dass auch die letzten Gäste ihre Sitzplätze mittlerweile in das warme Lokal verlegt hatten. Ohrenzeugen hörten die Explosion in einem Radius von drei Kilometern. Die Bewohner in den Wiener Innenbezirken gerieten in Angst. Die Menschen in der nahegelegenen U-Bahn-Station brachen in Panik aus. Tscharly Huber löste sich aus seiner Erstarrung und rannte die Rolltreppe hinauf, kämpfte sich an den Fliehenden vorbei. Ein Geruch von Asche, Feuer und verbrennendem Öl drang stechend in seine Nase; er würgte. Wusste zwar nicht, was passiert war, doch Bilder, die er während Kriegsberichterstattungen im Irak gesehen hatte, erstanden in ihm zu seinem ganz persönlichen Action-Kino. Adrenalin jagte heiß durch seinen Körper. Während der Großteil der Menschen vor der Explosion floh, rannte er schnurstracks darauf zu. An Häuserblocks und Gebäuden aus der Gründerzeit vorbei direkt zum Ort des Geschehens. Als er das Inferno erblickte ... erinnerte er sich zuerst an das Dossier. Dann an seinen Streit mit Kira und zuletzt fielen ihm die Worte des alten Methusalems ein ...

Jemand tippte ihm hart gegen die Schulter. „Ist das Ihr Auto?“

Tscharly erwachte aus seiner Starre. Asche und Kohle im Gesicht wie ein Eisenschmelzer vor einem glühenden Kessel, rann ihm Schweiß über die Stirn in die Augen. Tscharly drehte sich um und sah einen Mann vor sich stehen.

„Inspektor Karajan“, stellte der Typ sich vor und nickte zu einem anderen. „Das ist mein Kollege Mozart.“

Mozart stand drei Meter entfernt von ihnen.

„Was ... was wollen Sie von mir?“

„Ob das Ihr Fahrzeug ist, habe ich Sie gefragt?“

Tscharly schüttelte den Kopf und schrie: „Wie kommen Sie darauf?“

Karajan hatte sich auf ihn eingeschossen und brüllte gegen das Knistern der Flammen: „Kommen Sie! Dort drüben steht unser Dienstfahrzeug, Herr Huber. Wir müssen Ihnen dringend einige Fragen stellen.“

Feuerwehr, Notarzt, Polizei. Sirenen ertönten und ließen Tscharly erschaudern.

„Woher kennen Sie meinen Namen ...?“

„Folgen Sie uns gefälligst, Herr Huber! Oder wollen Sie die Nacht in einer Ausnüchterungszelle verbringen?", drohte Karajan.

„Machen Sie sich keine Sorgen", plärrte Mozart mit Bassstimme, „wir sind gleich fertig mit Ihnen!"

Er folgte ihnen zu einem VW-Bus. Tscharly blickte zwischen den beiden Gestalten vor dem Fahrzeug hin und her und verfiel in hysterisches Lachen. „Was für eine musikalische Abteilung!", schluchzte er. „Der Dirigent und der Komponist …"

„Na los, kommen Sie schon!", dirigierte Karajan ihn ins Innere des Fahrzeugs. Tscharly ließ sich auf der Rückbank nieder. Die beiden Polizisten nahmen ihm gegenüber Platz.

„Haben Sie das Wagner-Dossier gelesen?"

„Ich weiß nicht, wovon Sie reden", erwiderte Tscharly geistesgegenwärtig.

„Was wissen Sie über den Verbleib Ihrer Tochter?"

„Meine Tochter …" Seine Augen weiteten sich. „Woher wissen Sie von meiner …?"

Tscharly verkrampfte sich. Jemand hielt ihm von hinten ein Tuch gegen Nase und Mund gepresst. Er wehrte sich aus Leibeskräften dagegen, diesen Toilettengeruch einzuatmen. Chloroform. Sie waren drei gegen einen. Er hatte keine Chance. Tscharly fiel in Ohnmacht.

Als er wieder zu sich kam, saß er noch immer in dem Polizeibus. Eine Polizistin in Uniform klopfte energisch gegen die Scheibe und riss die Schiebetür mit aller Gewalt auf.

„Wer sind Sie?", fragte die Beamtin.

Tscharly grinste – eine Reaktion, die er sich selbst hätte beim besten Willen nicht erklären können. „Fragen Sie doch Ihre Kollegen Karajan und Mozart. Mein Name ist übrigens Papageno … und Sie sind dann wohl das Phantom der Oper!"

Die Blondine schüttelte den Kopf. Schock, lautete wohl die Diagnose, die sie über ihn fällte, vermutete er. Die beiden Namen schienen ihr jedenfalls wenig zu sagen. Ihre hellen Augen, in denen sich das Feuer widerspiegelte, blitzten ihn an. „Hören Sie zu, der Herr, Sie sitzen hier in einem Auto, das vor einer knappen Stunde als gestohlen gemeldet worden ist. Also, ich frage Sie nochmal, wie lautet Ihr Name? Und i sog dir ansz du Oaschloch[3], überleg dir guat, was d´ sogst … Euso, pflanz mi net laaang oder i hoi an Achter aussa!"[4]

Die Situation schien ihm wie aus einem Action-Film über chinesische Tiraden. Er verstand kein Wort; ebenso gut hätte sie Mandarin mit ihm sprechen können. Tscharly antwortete mit einem stummen Kopfschütteln. Wie hatte er nur auf zwei Tarnnamen wie Mozart und Karajan hereinfallen können?

Sonntag, 28. September 2008, 22:30 Uhr – Wien

Zu einem rauschenden Fest hatte der Österreicher seine Freunde und Parteigenossen in die Wiener Hofburg geladen. Der Höhepunkt der Veranstaltung – das Feuerwerk – stand noch aus. Immerhin gab es einen Wahlsieg zu feiern. Der große Ballsaal war aus Gründen der parteiübergreifenden Staatsräson wieder nicht verfügbar gewesen. Aber immerhin hatte die Nationale Partei einen Seitenflügel für ihre Freunde und Finanziers besetzen können. Diesen Triumph mussten die bürgerlichen Parteien ihnen zugestehen. Livrierte Diener brachten Champagner und italienisches Fingerfood wie Oliven, Schinken und Lachs, wahlweise konnten auch Gösser-Bier und Sacher-Würstel mit Estragon-Senf geordert werden. Und wer nicht längst betrunken war, der durfte nicht aus medizinischen Gründen oder aber präferierte andere Substanzen. Die Stimmung war überschäumend wie die Reaktion in einer Cola-Flasche mit Pfefferminzbonbons. Niemand, aber auch wirklich niemand, hatte einen solch erdrutschartigen Sieg vorhersehen können. Das Ergebnis reichte aus, um die Bundespolitik in Österreich von Kärnten aus für die nächsten Jahre zu

---

[3] Und ich sage dir eines, du Arschloch …

[4] Also, verarsche mich gefälligst nicht, oder ich hole die Handschellen raus!

beeinflussen wie ein Uhrwerk im Uhrwerk. Was spielte da die rote Bundesregierung in der Hauptstadt schon für eine Rolle? Und selbst die roten Rathaus-Deppen in Wien brauchte kein Mensch mehr – an denen würde man vorbeiregieren. Der Österreicher strahlte; Chancen ohne Ende bedeutete diese Tatsache für ihn. Beinahe hatte es auf die Parteifreunde den Anschein, als trüge er einen Atomreaktor in sich, der sogar funktionierte – was in einem Land wie Österreich kaum zu glauben war. Bei genauerer Betrachtung und Überlegung war aber schnell klar, dass der Triumph des Sieges wohl reichlich körpereigene Endorphine ausschüttete und die ostentative Solarium-Bräune das Übrige dazu beitrug.

Wie sollte solch ein Wahlerfolg anders gefeiert werden? Ständig klopften seine Gefolgsleute ihm enthusiastisch auf den Rücken, raunten ihm ins Ohr oder umarmten ihn. Insbesondere die Damen, die reichlich mit Gold, Silber, Brillanten und Diamanten behangen waren, suchten seine Nähe. Dann folgten Bussi-Bussi und manches Mal musste der attraktive Held des Abends sich auch den einen oder anderen verdeckten Griff an seinen Allerwertesten oder tiefer zwischen den Beinen gefallen lassen. Mancher Zettel mit Telefonnummer landete in dem Trachtenanzug. Davon stammten drei von Männern. Der Erfolg verlieh ihm eine anziehende Wirkung, wie sie das Licht auf Motten besaß.

Niemand nahm Notiz von diesen geheimen Liebesbezeugungen, außer zwei auf dem Haupt kahlgeschorenen Schränken von Männern, die Knöpfe im Ohr und leichte Artillerie unter den Anzügen versteckt trugen. Der Chef hatte sie angewiesen, im Falle eines grandiosen Wahlsiegs zurückhaltend zu sein und die Fans an ihn heranzulassen. Je mehr Nähe er jetzt ausstrahlte, desto mehr würden die Menschen ihm vertrauen und desto weniger seine Politik der nächsten fünf Jahre hinterfragen. Bewusst drehte er Profil und Gesicht frontal den Kameras zu – Volksnähe en pure.

Dann flüsterte der Österreicher, gerade noch beide Arme nach oben gereckt und zwei Victory-Zeichen signalisierend, einem seiner Leibwächter einen kurzen Hinweis zu. Dieser nickte und sprach dann in sein Mikrofon, das im zweiten Knopf des blütenweißen Hemdes steckte; kaum jemand bemerkte diesen Vorgang.

Zur gleichen Zeit saß nämlich der deutsche Politiker Hermann Wohlfeil in einem Seitenzimmer. Er spielte gelangweilt mit einem Scotch, dessen Mitte ein runder Bollen aus Eis zierte, der hin und wieder an den Rand des Glases stieß und vor sich hinschmolz, Erderwärmung im Modell. Der Deutsche war allein und wusste nicht recht, ob er froh oder traurig ob dieses Umstands sein sollte. Dies war der große Abend eines anderen. Einer, der sich einen Ruf als Rechtspopulist in der ganzen Welt erarbeitet hatte. Was war dagegen schon Köln?

Wohlfeil nahm ein zylinderförmiges, fünf Zentimeter langes vergoldetes Gerät zur Hand, legte es zuerst an das linke Nasenloch, drückte zweimal auf einen unsichtbaren Auslöser und wiederholte dasselbe am rechten. Danach genehmigte er sich einen anständigen Schluck des hochwertigen Malzgetränks und seufzte wohlig. Ausgerechnet jetzt kündigte sich der Anruf an, auf den er gewartet hatte. Sein Handy spielte die Anfangstöne des Liedes „Deutschland, Deutschland über alles …" Hermann Wohlfeil lächelte auf den ersten Blick mitleidig, als er die eingeblendete Nummer sah. Im Gegensatz zu seinen öffentlichen Auftritten in Nordwestdeutschland wirkte dieses Lächeln hinterhältig. Der Mann, der wie die Reinkarnation eines Sprösslings der feinsten hanseatischen Kaufmannsdynastie aussah, berührte sein Toupet, als gelte es, dessen Sitz zu kontrollieren, und drückte mit zitternden Fingern den Knopf. Er meldete sich mit einem geschäftsmäßigen: „Ja, bitte?"

„Wagner hier!", tönte es im Befehlston. „Ich wollte dem Österreicher zum Wahlsieg gratulieren."

Wohlfeil runzelte die Stirn und zog eine Grimasse, die alles andere als von Wohlwollen gegenüber seinem Gesprächspartner zeugte.

„Hallo, Wagner. Das ist nett, dass du an uns denkst. Der Österreicher ist aber leider unabkömmlich, wie du dir sicher vorstellen kannst."

„Ich will ihm gerne meine persönliche Wertschätzung und Gratulation überbringen. Schließlich habe ich einen nicht unbeachtlichen Teil ..."

Wohlfeils rechte Hand machte eine verächtliche Kaulquappen-Bewegung. „Habe ich mir schon gedacht", würgte er sein Gegenüber ab. „Geht aber nicht. Ich werde dem Österreicher deine Glückwünsche persönlich überbringen. Das muss reichen!"

„Meine untertänigsten Grüße", knurrte Wagner, „und segenreichsten Glückwünsche."

„Immer doch! Du hörst dich unrund an, Roland."

„Bauchschmerzen", lautete die knappe Erklärung. „Richte dem Österreicher aus, dass ich alsbald in Wien sein werde. Wie du weißt, geht es um Deutschland."

„Was du nicht sagst, mein schwuler Engel. Ich könnte mal eine Schallplatte mit Kratzern nach dir benennen. Was hältst du davon?"

„Halt die Klappe!"

„Also, was soll ich konkret ausrichten? Halt es kurz, Roland! Ich habe keine Zeit und du hast offenbar dringend einen Termin auf der Toilette."

Für einen Moment herrschte angespannte Stille in der Leitung, dann antwortete Wagner: „Österreich zuerst! Dann Deutschland! Ich werde mich beurlauben lassen, um die diesbezüglichen Pläne mit ihm vor Ort zu besprechen. Kannst du dir das merken, Hermann? Oder ist das zu kompliziert für deine Politikerbirne?"

Wohlfeil hielt den Hörer angeekelt von seinem Ohr weg, da Wagner zu brüllen begonnen hatte. Trotz Koks und Whisky erinnerte er sich voller Widerwillen daran, dass Wagner in so echauffiertem Zustand wie ein Wiederkäuer speichelte. Er empfand es als peinlich, sich vorzustellen, früher mit diesem primitiven Menschen regelmäßig geschlafen zu haben. Natürlich wussten Wohlfeils Frau und sein pubertierender Sohn bis heute nichts von der Affäre des Familienvaters mit einem Agenten des Verfassungsschutzes. Und das sollte auch so bleiben.

„Er soll mir sagen, wann ich kommen kann“, fuhr Wagner fort. „Die Kameraden in Deutschland warten und scharren mit den Stiefeln.“

„Halt dein Scheißmaul, du schwule Sau! Der Österreicher will jetzt nichts von dir wissen. Er ist ein anständiger Mann.“

Wohlfeil legte eine wohl akzentuierte Sprechpause ein; Wagner verstummte. Gut. Es war immer wichtig, die Hierarchien zu verdeutlichen. Wagner war als Kämpfer für die nationale Sache unabdingbar; darin gründete ihre Verbundenheit. In seinem Eifer tendierte Wagner dazu, zu vergessen, wer oben und wer unten zu liegen hatte. Wagner stand aus Wohlfeils Sicht ganz unten, gar keine Frage. Geheimdienst hin, Geheimdienst her. Wagners Vater war ein SS-Offizier gewesen, die Mutter Jüdin. Wagner wurde im letzten Kriegsjahr geboren. Die Mutter hatte ihn weggegeben und war später die erste Ehefrau des Verlegers Peter Smuss geworden. Über dieses Geheimnis wusste allein Wohlfeil Bescheid. Niemand in ihren Kreisen konnte auf Wagner verzichten. Aber es verlieh Wohlfeil Macht über seinen Ex-Liebhaber.

„Ich gehe jetzt zu ihm, Roland. Wenn es sich ergibt, werde ich ihm deine Glückwünsche übermitteln. In Ordnung, Kamerad?“

„Für ein geeintes Großdeutschland!“, verabschiedete Wagner sich kurz angebunden.

Hermann Wohlfeil legte auf. Ihm schwirrte ob Wagners Lautstärke der Kopf. Das Peruvian Flake, beinahe siebenundneunzig Prozent Reinheitsgrad, knallte ausgerechnet jetzt gegen seine Schädeldecke; er hatte Angst, abzuheben, zumal seine Pumpe auf Hochtouren lief. Er nahm einen anständigen Schluck Whisky. Vielleicht noch zwei oder drei weitere Schlucke, dann würde er in der Stimmung sein, um sich in die Höhle des Löwen zu begeben. Wenn er Glück hatte, würde einer der anwesenden Journalisten oder die TV-Kameras just in diesem Augenblick ein Bild schießen. Ein Bild, das ihn und den Österreicher in brüderlicher Umarmung zeigte, besaß mehr Symbolkraft als sämtliche politische Reden zusammen. Beim Gedanken daran, wähnte er sich höheren Sphären nahe. Und das lag keineswegs am Koks. Im Gegenteil, denn für den Bruchteil einer Sekunde überlegte er, ob er nachlegen sollte, um in die Öffentlichkeit der Wiener Hofburg wie ein Erlöser hinein zu schweben. Nach einer Bedenk-Sekunde entschied er sich jedoch dagegen. Aufhören, wenn es am schönsten ist, lautete das Motto. Ein Mann muss sich auch seiner Grenzen bewusst sein, dann ist er unschlagbar. Mit einem wohligen Seufzer erhob er sich aus dem Lederfauteuil. Dann strich er den Anzug glatt, kontrollierte den Knoten der schwarzrotgoldenen Krawatte und berührte unbewusst das Toupet – ein Handgriff, der vor großen Auftritten längst zu einem unbewussten Automatismus in seiner Politikerlaufbahn geworden war.

Sonntag, 28. September 2008, 22:40 Uhr – Wien

Er hatte seinen Ex-Schwiegervater geliebt und bewundert – war er doch ohne Vater aufgewachsen … Smuss war für Tscharly Ersatzvater und Freund gewesen, seit er begonnen hatte für dessen Zeitung zu arbeiten, aber jetzt war weder die Zeit noch befand er sich am richtigen Ort, um sich der Trauer um den alten Methusalem hinzugeben. Jetzt war die Zeit, zu handeln. Das war er dem alten Verleger schuldig und so schüttelte er entschlossen den Kopf. „Ich kann Ihnen nicht weiterhelfen", erklärte er der Polizistin und ihrem Kollegen zum gefühlt hundertsten Mal. „Ich weiß nicht, wer die beiden Kollegen sind. Sie haben sich mir als Mozart und Karajan vorgestellt!"

„Und Sie wollen uns tatsächlich weismachen, Sie wissen auch nicht, wer in Ihrem Auto gesessen ist und wem der Anschlag gegolten hat, Herr Huber?" Die Beamtin las den Namen von seiner Visitenkarte ab.

„Nein, ich habe keine Ahnung", erklärte er und fügte in Gedanken hinzu: Das ist nicht einfach irgendein Scheißauto, das ist ein *Ex*-Alfa-Romeo-Spider, das schönste Auto, das die Welt je gesehen hatte. „Lassen Sie mich jetzt endlich gehen! Ich habe zu tun …"

„Herr Huber, Sie sind unser wichtigster Zeuge. Und wir mögen es nicht, wenn uns jemand anlügt."

Er zeigte ihr seinen Presseausweis. „Ich muss meinen Job erledigen. Ich habe einen Termin in der Hofburg, um den Österreicher nach seinem Wahlsieg zu interviewen. Und jetzt geben Sie mir meinen Personalausweis zurück, sonst rufe ich meinen Anwalt an."

„Morgen auf der Wache kriegen Sie Ihre Papiere zurück, Herr Huber, nachdem Sie Ihre Aussage unterschrieben haben."

Die Willkür dieser Beamtin machte ihn wütend. Als sie ihn endlich gehen ließen, hatte er zwanzig Minuten Zeit verloren. Tscharly hustete und bewegte sich im Laufschritt zum Taxistand. Er nannte dem Fahrer Kiras Adresse. „Fahren Sie schnell! Es geht um Leben und Tod." Oh Gott, dachte er, wie abgedroschen manche Phrasen klingen.

Der Fahrer, ein orientalisch aussehender Mann, reagierte mit einem Schmunzeln. „Auf Leben und Tod", wiederholte er und legte einen Kavalierstart hin. Der Toyota verhielt sich jedoch wie eine lahme Krücke im Vergleich zum Spider; der Fahrer holte das Maximum aus der Karre heraus und hetzte ihn am Wiener Gürtel entlang wie ein Rennpferd, das schon bessere Zeiten gesehen hatte. Häuserblocks, Nachtlokale, Pornokinos und jede Menge Damen vom Straßenstrich zogen am Fenster vorbei – Wien von jener Seite, die in keinem Reiseführer Erwähnung fand. Tscharly erinnerte sich der Zeilen eines alten Liedes …

Haben Sie Wien schon bei Nacht gesehen?

Haben Sie das schon erlebt …

Auf einmal verstand er, was der Sänger mit diesem Text gemeint hatte. Der neue Klingelton seines Smartphones durchbrach seine Gedanken, ein Gitarrenriff von AC/DC aus dem legendären Song „Highway to hell" bildete einen Kontrast zum Austro-Pop der Achtzigerjahre in seinem Kopf. ‚Unbekannter Anrufer' stand in leuchtenden Buchstaben auf dem Display. Tscharly tippte mit dem Zeigefinger gegen das grüne Symbol.

„Wer sind Sie?", fragte er.

„Wir kümmern uns um die Sache“, antwortete eine Frauenstimme.

„Kennen wir uns?“, entgegnete er verächtlich.

„Wir kümmern uns um Ihre Verlobte.“

„Hören Sie auf, so zu reden! Wie lange beschatten Sie mich schon?“, lautete seine Schlussfolgerung.

„Halt dich da raus, Tscharly, beim Leben deiner Tochter!“

„Was ist mit meiner Tochter?“ Er schrie: „Was ist mit Milla?“

Der Taxifahrer musterte ihn misstrauisch. Tscharly wiederholte seine Frage. Die Anruferin hatte einfach aufgelegt!

„Alles in Ordnung?“, fragte der Fahrer und startete gleichzeitig ein Überholmanöver, obwohl der Gegenverkehr bereits in Sichtweite war. Tscharly hielt sich an einem Griff über dem Seitenfenster fest. Der alte Methusalem hatte ihn vor der riskanten Fahrweise der Wiener Taxifahrer gewarnt. Wie recht er gehabt hatte. Wien war eine gefährliche Stadt.

„Alles in Ordnung.“

„Wir sind gleich da“, der Fahrer verlieh ihm nach alter österreichischer Tradition auch noch den Titel, „Herr Professor. Ich hoffe, ich bin für Sie schnell genug gefahren.“ Er wechselte in letzter Sekunde auf die rechte Spur und Tscharly kämpfte gegen die Übelkeit in seinem Magen an. Dieser Mann hatte sich sein Trinkgeld redlich verdient.

Sonntag, 28. September 2008, 23:20 Uhr – Wien

Sie trug die hochhackigen Sandalen in den Händen und stapfte die letzten Meter durch den Rasen barfuß auf das Mehrparteienhauses zu. Im Bruchteil einer Sekunde wandte er seinen Blick ab und starrte gegen die Haustür, die er soeben hinter sich zugemacht hatte. Etwas an seinem Plan war schiefgelaufen. Er hatte jetzt keine Zeit, sich über den Verbleib ihres Begleiters Gedanken zu machen. Wenn sie die Wohnung betrat, würde sie spätestens morgen früh das Fehlen des Dossiers feststellen. Außerdem würde sie von der Explosion in der Innenstadt erfahren, die eigentlich ihr gegolten hatte. Und dann kam die Sache ans Licht. Sinan hatte weder Fingerabdrücke noch Haare oder Wimpern hinterlassen. Er hatte einen Anzug, wie ihn die Spurensicherung benutzte, getragen. Verdammt! Wie konnte das nur sein? Warum hatte die Bombe sie nicht in tausend Fetzen zerrissen? Es konnte nur einen Grund dafür geben: Das romantische Essen war in die Hose gegangen, war vorzeitig beendet worden. Er drehte sich langsam zu ihr um und erkannte im Laternenschein ihre geröteten Augen. Tränen hatten ihr Gesicht in ein Porträt aus Rouge und Wimperntusche verwandelt – eine traurige Clownesse.

Sie zuckte bei seinem Anblick zurück; er tat es ihr gleich, um einen Schreck vorzutäuschen. „Huch", er gab seiner Stimme einen femininen Klang und lächelte vor Verlegenheit, „haben Sie mich aber erschreckt! Entschuldigung", sagte er, „ich bin Arafat. Ich bin neu hier eingezogen. Ich habe den Schlüssel in der Wohnung liegen gelassen. Oben in der Wohnung herrscht noch das reinste Chaos. Ich fürchte fast, ich werde heute Nacht draußen schlafen müssen. Ich bin übrigens Violinist ... Aber Sie sehen ja so traurig aus …", er stockte.

Seine Täuschung funktionierte. Und auch den Brocken, den er ihr hingeschmissen hatte, hob sie dankbar auf. Ihre Augenbrauen hoben sich und sie musterte ihn interessiert. „Sie spielen Violine?"

„Ja, an der Staatsoper", bastelte er die Legende spontan weiter.

„Seit wann?"

„Seit nächster Woche", scherzte er. „Puccini", erinnerte er sich an die Plakate, die er in der Innenstadt gesehen hatte.

„Madame Butterfly?", fragte sie sachkundig.

„Ja, genau", er hob die Schultern, „aber wie es aussieht, werde ich mir hier draußen vorher die Finger abfrieren und dann ist es nicht gut bestellt um meine berufliche Zukunft …" Er zeigte ihr seine feinen Hände.

Die Einfalt in Person, dachte er, fiel auf den ältesten Trick der Welt herein. Das geborene Groupie. Er genoss die Show und setzte noch eins drauf: „Ich kann Ihnen leider keine Freikarten für die Premiere versprechen, aber ich kann mal sehen, was ich für Sie …"

„Schon gut. Ich sperre Ihnen die Tür auf. Wir wollen Madame Butterfly schließlich nicht erfrieren lassen."

Er trat zur Seite, sie steckte den Schlüssel ins Schloss. Im Nu stand er neben ihr in der Diele.

„Wo wohnen Sie denn?"

„Ganz oben."

„Ich dachte, das Dachgeschoss stünde nicht zur Vermietung."

„Seit Kurzem wird es wieder vermietet. Zu meinem Glück. Der Vermieter ist mit dem Direktor der Wiener Staatsoper befreundet, schon seit seiner Kindheit – aber pssst." Er setzte verschwörerisch seinen Zeigefinger an die Lippen und zwinkerte ihr zu.

Sie lachte sogar leise. Es tat ihm gut, sie in diesem Zustand zu sehen. Sie gefiel ihm und er fand sie sympathisch. Was immer ihr Begleiter dieser entzückenden Deutschen angetan hatte, dafür verdiente er die Höchststrafe.

„Das wird heiß werden im Sommer", erklärte sie ihm. „Ich wohne nämlich im Stock unter dem Dachgeschoss und die Wohnungen gehen alle nach Süden hinaus."

Sie stiegen die Treppen empor, drei Stockwerke. Die Waschbecken in den Gängen zeugten von einer Zeit, in der fließendes Wasser in jeder Wohnung noch ein Traum gewesen war. Generationen von Menschen hatten hier gelebt und hatten diese Stufen benutzt. Kira Obermaier tappte mit nackten Füßen neben ihm her. Schließlich blieb sie vor ihrer Tür stehen. Er zögerte. Sie schaute ihn an.

„Ich wünsche Ihnen einen guten Abend", sprach er und bestieg die ersten zwei Stufen zum Dachgeschoss. „Ich danke Ihnen recht herzlich, Frau …"

„Kira", half sie ihm aus seiner Verlegenheit.

„Kira." Er lächelte.

„Das ist ein japanischer Name. Bedeutet so viel wie die Glänzende oder die Funkelnde."

„Ihre Eltern müssen wohl einen sechsten Sinn gehabt haben, als sie Ihnen diesen Namen gaben." Er erklomm langsam zwei weitere Stufen. Sein Zielobjekt öffnete gleichzeitig die Wohnungstür. Dann ging alles blitzschnell: Er sprang auf sie zu. Ehe sie die Gelegenheit gehabt hätte, um zu einem Schrei anzusetzen, lag seine Hand auf ihren Lippen. Er stieß sie in die Dunkelheit des Wohnungsflurs und landete planmäßig mit dem Gewicht seines Körpers auf ihr. Das verdammte Miststück biss ihn in die Handinnenfläche. Er schlug ihr mit dem anderen Handrücken ins Gesicht. Sie schleuderte ihre Schuhe nach ihm und verfehlte ihn um Längen. Irgendwo kippte eine Vase von einem überdimensionalen Schuhregal. Wie konnte eine einzige Frau nur dermaßen viele Schuhe besitzen?, hatte er sich beim Inspizieren der Wohnung schon gefragt. Sie besaß doch nur ein einziges Paar Füße. Aus welchen Gründen die Frauen in diesem Teil der Welt ihr Geld verschleuderten, auch dieser Punkt würde ihm für immer und ewig ein Rätsel bleiben. Die kleine Fotze spuckte ihm ins Gesicht. Jetzt reichte es! Er verpasste ihr einen weiteren Schlag – diesmal gegen das linke Jochbein; die Haut darüber platzte wie eine überreife Frucht auf. Er prügelte auf sie ein, ohne sich auch nur die mindeste Mühe zu machen, die Spuren des Kampfes gering zu halten. Er würde sie ohnmächtig schlagen und anschließend in der Badewanne ertränken. Daraufhin würde er die Pulsadern mit einem Messer öffnen. Selbstmord aus Liebeskummer! Das perfekte Bild. Bis durch die Obduktion eine Fremdeinwirkung festgestellt würde, wäre er längst außer Landes. Der Verdacht würde außerdem auf ihren Begleiter fallen …

Ein Klingelton riss ihn aus seiner tollwütigen Raserei. Er presste ihr die blutende Hand gegen die Lippen und hockte mit seinem Körpergewicht auf ihrer Brust.

Wer immer draußen vor der Haustür stand, läutete jetzt ein zweites Mal.

„Wer kann das sein?“, fragte er sie.

Sie starrte ihn an, das Gesicht blutig wie das einer katholischen Märtyrerin, die von Heiden in die Mangel genommen worden war. Kira sprach keinen Laut.

„Steh auf!“

Er zückte seinen Dolch und hielt ihn ihr an die Kehle. „Und jetzt kein falsches Wort!“, zischte er. Diese Inszenierung lief ja noch besser, als er es noch vor fünf Minuten für möglich gehalten hätte. Am Ende würde alles nach einem Mord aus Eifersucht und anschließendem Suizid aussehen. Ein Beziehungsdrama mit tödlichem Ausgang. Eine wunderschöne Schlagzeile für die Boulevardmedien, über deren wahren Hintergrund allein er und seine Auftraggeber Bescheid wissen würden.

Tscharly fröstelte. Er vernahm ein Knacken, dann ein Rauschen, ein Seufzen, das zweifellos Kiras Kehle entstammte.

„Kira, hörst du mich?“, wiederholte er.

Das Taxi entfernte sich. Tscharly hatte dem Fahrer ein ordentliches Trinkgeld in die Hand gedrückt und war aus dem Fahrzeug herausgesprungen. Das Licht der Straßenlaternen spiegelte sich noch kurz in den Fahrzeugscheiben. Zwei Sekunden später war das Gefährt aus Tscharlys Sichtfeld verschwunden. Er stand allein vor dem großen Mietshaus mit den Barockfassaden.

„Ja“, antwortete Kira mit schwacher, tränenerstickter Stimme.

„Alles in Ordnung?“, fragte er und wähnte sich wie der größte Tölpel aller Zeiten. Nichts ist in Ordnung, du hast sie gekränkt – du hast Glück, wenn sie überhaupt noch mit dir reden will …

„Ja“, lautete überraschend ihre Antwort, die ihn völlig irritierte. Er hätte eher mit einem Wutanfall gerechnet. „Das ist …“, er schluckte, „… ist wirklich alles okay bei dir?“, wiederholte er.

„Ja.“

Zweifel keimten in ihm. „Bist du allein da oben in der Wohnung?“

Verzögerte Antwort: „Ja.“

„Bitte, mach mir auf, ich muss mit dir reden.“

Tscharly stemmte sich gegen die Haustür mit ihren eisernen Beschlägen und den beiden Löwenköpfen aus Messing. Der automatische Summer ertönte und Tscharly stürmte atemlos die Stufen empor.

Sonntag, 28. September 2008, 23:23 Uhr – Wien

Tscharly Hubers Schritte hallten wie die eines Elefanten auf Stöckelschuhen durch das Treppenhaus; Stuck und Gemäuer bebten, wodurch ein Toter ohne weiteres zu neuem Leben hätte erwachen können. Tscharly!, fluchte sie innerlich, denn sie hatte ihn längst an seinem Gang erkannt. Warum nur tat er nicht, was sie ihm per Smartphone vorhin befohlen hatte? Das war typisch für ihn. Hätte sie sich denken können. Vor vier Jahren hatte sie in ihrer damaligen Rolle als Agentin des Bundesverfassungsschutzes mit Tscharly zusammengearbeitet. Sie hatten nach Verbindungen zwischen ihrem Vorgesetzten Roland Wagner und deutschen Neo-Nazis recherchiert. Wagner hatte sich am Ende als zu mächtig erwiesen; die Existenz des NSU wurde vertuscht … die sogenannten „Döner-Morde“ gingen weiter.

Jetzt hatte sie sich im Schrank in Kira Obermaiers Wohnung versteckt. Dass die linke Journalistin ermordet werden sollte, war ihren neuen Auftraggebern bekannt. Von einer Autobombe war jedoch niemals die Rede gewesen. Verdammte Scheiße, wie hatte das nur passieren können? Und jetzt stand Tscharly wieder einmal im Begriff, blindlings in eine Falle zu tappen. Das alles wegen einer Frau. Frauen waren schon immer Tscharlys Schwäche gewesen.

Dieses Haus hatte eine Geschichte. 1941 waren seine jüdischen Bewohner zuerst deportiert und dann ermordet worden. Das Gebäude war in den Besitz aufrechter österreichischer Nazis übergegangen. Was deren Nachfahren nicht wussten – die aktuelle Hausverwaltung gehörte einer Holding mit Hauptsitz in Tel Aviv, Israel, die Originalpläne aus den Achtzehnhundertdreißigerjahren besaß. Darin schien dieses Versteck auf, von dem nicht einmal die deportierten Juden während der Nazizeit gewusst hatten. Ein schlanker Erwachsener oder ein zehnjähriges Kind passten, sofern man sauerstoffsparend atmete, hinein. Die ursprünglichen Besitzer jenes Gebäudes mochten darin ihre Wertsachen gebunkert haben. Diese Stadt atmete wahrlich die Geschichte von viertausend Jahren.

Sie hatte ihr Versteck verlassen und spähte durch einen Spalt vom Wohnzimmer aus in den Wohnungsflur. Ihr Atem stockte; ihre Auftraggeber hatten ihr verboten, in das Geschehen einzugreifen. Ihre Aufgabe bestand darin, eine Unsichtbare zu bleiben.

Jetzt sah sie *sein* Gesicht …

Tscharly Huber erstarrte beim Anblick des Killers.

„Keinen Schritt weiter!", sprach der Palästinenser. Er drückte die Klinge eines Dolches gegen Kiras Halsschlagader. Keine Frage, er würde sie wie ein Opferlamm schächten. Sie gab seltsame, erstickte Laute von sich. Tscharly blickte in ihre vor Angst geweiteten Augen.

Vom Versteck der ehemaligen deutschen Verfassungsschutzagentin aus gesehen, stand Kira ungünstig. Vorzuschnellen und in die Richtung des Palästinensers zu feuern, konnte sich als Fehler erweisen. Die berühmt-berüchtigte Speerspitze würde nicht davor zurückschrecken, vor dem eigenen Tod – aus letzter Kraft – schnell die Halsschlagader der Journalistin zu öffnen, um ein letztes Zeichen zu setzen. Die Leute, für die sie die letzten beiden Jahre anheuerte, führten eine Akte über ihn. In seiner Zeit bei der Hamas hatte Sinan neun Politiker, die für ultra-orthodoxe Parteien kandidiert hatten, innerhalb von zwei Jahren ausgeschaltet. Zwei davon durch Autobomben, drei durch die Drahtschlinge und den Rest durch gezielte Schüsse in den Kopf, wobei es bei zweien sogar wie Selbstmord ausgesehen hatte. Was immer ihn schließlich dazu bewogen hatte, seinen Kampf für einen freien palästinensischen Staat aufzugeben und seine Dienste für Geld anzubieten, blieb selbst ihren Auftraggebern ein Rätsel. Warum verriet ein Mann seine Ideale?

„Keinen Schritt!", wiederholte Sinan in akzentfreiem Deutsch.

Tscharly breitete demonstrativ beide Handflächen vor ihm aus. Kein Zweifel, er würde jetzt versuchen, Zeit zu gewinnen. „Wer sind Sie?", fragte er den Berufskiller.

Sinan flüsterte mit rauer Stimme: „Ins Badezimmer!"

Ratlosigkeit und Entsetzen spiegelten sich in Tscharlys Gesicht wider.

„Ich …"

„Tscharly, nicht …“, winselte Kira Obermaier. „Lauf! Verschwinde …!“

„Halt dein Maul!“, knurrte Sinan.

Tscharly tappte wie in Zeitlupe auf die Badezimmertür zu.

„Schön langsam“, sprach Sinan in hypnotischem Tonfall.

Tscharly trat zu einer Badewanne. Das Licht über dem Waschbeckenspiegel ging automatisch an. Die handbemalten italienischen Fliesen zeigten jede Menge Rosen und Dornen.

„Dreh das Wasser auf!“

Tscharly zögerte.

„Na los. Mach schon!“

Kira schluchzte: „Ich wollte das nicht …“

Sinan presste seine Hand über ihre Lippen.

„Schon gut“, sagte Tscharly, „alles wird gut, Kira …“

„Worauf wartest du?“

Tscharly streckte den rechten Arm nach dem goldverzierten Wasserhahn aus, dessen Design an das Schönbrunner Schloss erinnerte. Am Rand der Badewanne stand eine Flasche mit Nagellackentferner. Irrte sie sich – oder hatte er soeben mit der linken Hand unauffällig die Flasche berührt? Tscharly stand jetzt direkt davor, wodurch weder Sinan noch jemand anderer einen Blick auf die Flasche erheischen konnte. Dann ließ er Wasser in die Wanne einlaufen. Er nahm die Flasche und lächelte. „Ein Schaumbad …“

Sinan grinste schief. Einen Sekundenbruchteil später landete Nagellackentferner in seinem Gesicht. Sinan brüllte heiser vor Schmerz; seine Augen brannten. Er ließ von Kira ab und stolperte. Mit den Ärmeln seines Mantels versuchte er die Lösung aus seinen Augen zu wischen. Der Terpentingestank erfüllte stechend das Badezimmer und den Wohnungsflur. Kira kreischte. Tscharly sprang in Richtung des Palästinensers. Im selben Moment folgte der Schuss, den die Agentin aus ihrem Versteck abgefeuert hatte. Der Schalldämpfer verschluckte jedoch das Geräusch. Die Kugel schlug neben der Badewanne ins Emaille. Durch seine blitzschnelle Aktion hatte Tscharly den Killer zu einem unkontrollierten Sturz gebracht, dadurch verfehlte das Projektil Sinans Herz.

Ein zweiter Schuss erwies sich als Querschläger; der Spiegel zerbarst in tausend Scherben. Sinan erholte sich innerhalb von Sekunden. Ein gezielter Schlag mit der Handkante gegen Tscharlys Adamsapfel setzte diesen außer Gefecht. Sinans Handflächen mochten bluten, das Weiß in seinen Augen leuchtete entzündlich rot. Er sah sie und versteinerte. Sie hob den Arm und zielte mit der Pistole auf sein Gesicht. Für weitere drei Sekunden fixierten sie einander. Er fluchte auf Arabisch. Sie ließ den Arm sinken. Er sprang auf, humpelte durch die Scherben zur Tür. Sie lief ihm nach. Er riss die Wohnungstür auf und floh lautlos ins finstere Treppenhaus.

„Jenny …“, hörte sie Tscharly nach ihr rufen.

Sie sperrte die Wohnungstür ab und drehte sich um.

„Ich habe gar nicht gewusst, dass du mit Nagellackentferner dermaßen vertraut bist, Tscharly“, lauteten ihre Begrüßungsworte.

„Du …“

„Ja, ich war die Stimme am Telefon.“

Sie ließ den Arm mit der Pistole kraftlos sinken. Es war ein Fehler gewesen, den Killer laufen zu lassen. Aber was hätte sie tun sollen? Sie hatte eindeutig *nicht* den Auftrag erhalten, ihn in der Wohnung der Journalistin zu erschießen. Zu viel Aufsehen …

„Wo warst du? Was hast du all die Jahre gemacht, Jenny? Damals … in der Moschee … nach dem Anschlag … Ich habe die ganze Zeit gedacht, die Bombe hat dich zerfetzt.“

Kira, die 2004 noch ihr Volontariat bei den Münchener Neuesten Nachrichten absolviert hatte, schien über ihre Existenz Bescheid zu wissen, denn in die Augen der jungen Frau trat das Erkennen.

„Sie sind … Jennifer Görlitz“, sprach sie halb schluchzend, halb fassungslos.

„Für wen arbeitest du?“, wollte Taschary wissen.

Jenny stierte ihn schweigend an.

„Für den deutschen Verfassungsschutz jedenfalls nicht mehr“, schloss er.

Sie beschloss, ihm einen Hinweis zu geben. „Schabbat Schalom, Tscharly", sprach sie wie eine Rabbinerin.

Er schüttelte den Kopf. Und nickte. Hatte verstanden. Sah ungläubig zu ihr auf. „Nein!"

In der Ferne tönten Polizeisirenen. Jenny steckte die Pistole in das Halfter unter ihrer Jacke und steuerte auf die Wohnungstür zu.

„Du kannst jetzt nicht einfach abhauen." Tscharly rang um Atem. „Was hast du verdammt nochmal hier gesucht, Jenny?"

Als er die Worte zu Ende gesprochen hatte, war sie schon längst im Treppenhaus verschwunden.

Sonntag, 28. September 2008, kurz vor Mitternacht – Wien

„Das ist ja gerade nochmal gut gegangen. Gratuliere", rief er dem Österreicher zu, „mein Führer!" Und verneigte sich.

Die Anhänger des Kärntner Politikers grinsten ob des misslungenen Scherzes. Der Österreicher verabscheute derartige Anspielungen, wie jeder im Raum wusste. Ein solches Gerede schadete am Ende mehr als es nützte. Wenigstens befanden sich nur ausgewählte Journalisten im Raum, die den verbalen Ausrutscher des Kölner Rechtspopulisten geflissentlich zu ignorieren wussten.

Der Österreicher schüttelte mit angewiderter Miene den Kopf. „Wollen Sie nicht mit uns rausgehen und das Feuerwerk genießen, werter Wohlfeil?"

„Aber ist das nicht … *verboten?*", stammelte der Deutsche.

„Hier in unserem schönen Land brauchen wir keine Genehmigung für ein Feuerwerk, Wohlfeil. Das unterscheidet uns von euch Pief-Chinesen, weil wir nicht für alles eine Genehmigung brauchen. Apropos, kennen Sie den Witz? Ein Wal frisst einen Deutschen. Zwei Wochen später trifft er einen anderen Wal, der ihn fragt, wie es ihm geht. Der Wal antwortet verzweifelt: Stell dir vor, ich habe einen Piefke gefressen! Was war daran so schlimm?, will der andere wissen. Darauf der verzweifelte Wal: Der hat so viel Luft im Schädel gehabt, dass ich zwei Wochen lang nicht mehr habe tauchen können."

Gelächter folgte. Wohlfeil schluckte die Demütigung und konterte: „Genialer Humor. Apropos, da fällt mir auch ein Witz ein. Was machen die Ostfriesen bei Ebbe?" Gespanntes Schweigen in der Runde. „Sie verkaufen Bauland an die Österreicher."

Die Österreicher lachten aus Höflichkeit dem deutschen Gast gegenüber. Der Österreicher klopfte ihm vertraut auf die durchtrainierten Schultern.

„Und jetzt?", fragte er. „Wollen Sie sich unser Feuerwerk ansehen oder nicht?"

„Es ist mir eine Ehre", nickte Wohlfeil.

„Dann gehen Sie voraus. Ich komme gleich nach."

„Aber …"

„Servus, der Herr", unterbrach ein junger Mann, der ebenfalls einen Trachtenanzug trug – wie alle anderen. „Stets zu Diensten, Herr Wohlfeil."

Wohlfeil stutzte.

„Kümmer du dich um unseren deutschen Ehrengast, Stephan", sprach der Österreicher.

„Aber …"

„Der Stephan kümmert sich um Sie. Ich komme gleich nach", versprach der Österreicher.

Wohlfeil verkniff sich seinen Unmut und der junge Typ namens Stephan entführte ihn nach draußen. Ein malerischer Anblick bot sich vom Balkon aus. Über den Dächern der Wiener Hofburg erstrahlte der Sternenhimmel vor den barocken Häusern und Kirchtürmen der Stadt. Überall in Wien herrschte noch geschäftiges Treiben, wie Wohlfeil an den Menschen erkennen konnte, die über den Heldenplatz wieselten. Aus vereinzelten Lautsprechern hallte Musik von Beethoven bis Queen.

„Jede Partei hat heute gewonnen!", erklärte Stephan. „Ganz Österreich ist voller Sieger."

„Aber haben die Konservativen denn nicht große Verluste eingefahren?", fragte Wohlfeil.

„Sechs Österreicher unter den ersten fünf, das ist unsere Mentalität – schreiben Sie sich das hinter Ihre Ohren“, konterte Stephan mit einer affektierten Stimme.

Wohlfeil blickte auf seine Armbanduhr. Eine Minute vor Mitternacht. Warum nur hatte man ihn von den anderen Partygästen abgesondert?

„Ich dachte, ich bekomme ein Foto von mir und dem Österreicher in der Presse“, kam er zur Sache.

Stephan drückte ihm daraufhin einen Umschlag in die Hand.

„Was ist das?“

Stephan grinste ihn an – verschlagen.

Wohlfeil öffnete das Kuvert an der Seite und erschrak über ein Foto, das einen weißen Tiger zeigte, zu dessen linker und rechter Seite zwei Männer posierten. Der Mann auf der einen war der Österreicher in einem weißen Anzug – passend zum Tier. Aber wer war dieser Typ mit dem arabischen Gesicht und der glatt rasierten Glatze? Verdammt, was hatte Wagner, das verdammte Arschloch, ihm da schon wieder verschwiegen?

„Das ist niemand geringerer als Said al-Islam al-Badri, der Sohn des Staatspräsidenten von Osman“, erklärte Stephan.

„Was ist mit ihm?“

„Das ist übrigens sein ganz persönlicher weißer Tiger. Der Österreicher hat dem Prinzen dabei geholfen, einen Platz für das erhabene Tier in Schönbrunn zu bekommen. Solange Said in unserer schönen Stadt seinem Studium nachgeht, ist sein edler Tiger die Touristenattraktion schlechthin in Kaiserin Sisis altehrwürdigem Zoo. Ist das nicht ein genialer Coup?“

„Wenn ich eine Show mit weißen Tigern hätte sehen wollen, wäre ich nach Las Vegas gereist.“

„Schauen Sie sich Bild Nummer zwei an.“

Wohlfeil schob wütend das erste hinter das nächste Foto.

Dieses Mal befand sich anstelle eines Tigers eine Frau zwischen den beiden Männern. Die Dame zeigte eine laszive Pose. Ihr Gesicht war grell geschminkt, wodurch kein Zweifel an ihrer beruflichen Ausrichtung offenblieb. Der Sohn des osmanischen Staatspräsidenten knabberte lustvoll an ihrem Ohrläppchen. Der Österreicher schien die Szene von der Seite mit Humor zu kommentieren, verriet sein lausbubenhaftes Lächeln.

„Was wollen Sie mir damit beweisen?"

„Die Dame ist eine slowakische Prostituierte mit dem klangvollen Namen Angelina. Zwei Tage später war Angelina, falls es ihr richtiger Name ist, tot. Mitten auf dem Grundstück der Villa des osmanischen Prinzen in Wien ist sie gefunden worden."

Bestürzung übermannte Wohlfeil. „Was habe ich damit zu tun? Woher haben Sie dieses Bild und diese Information?"

Wohlfeil gierte mit entsetzlichem Verlangen nach der nächsten Line. Wieder einmal hatte Wagner ihn ins offene Messer laufen lassen. Ganz sicher wusste er von der Existenz dieser Fotos. Er warf einen Blick auf die Uhr. Noch zehn Sekunden bis Mitternacht. Er konnte es auf einmal kaum erwarten, nach Köln zurückzukehren – in jene deutsche Großstadt, in der er als die einzige und wahre Nummer eins unter den Rechtspopulisten galt. Keine zehn Pferde hielten ihn freiwillig in Wien.

Stephan betrachtete ihn aus seinen braunen Reh-Augen wie faules Gemüse und erklärte: „Sagen Sie Ihrem Freund Wagner, wir Österreicher werden uns nicht von einem dahergelaufenen deutschen Verfassungsschutz-Agenten erpressen lassen. Ich wünsche Ihnen noch einen angenehmen Aufenthalt."

Stephan wandte sich ab und ließ ihn allein auf dem Balkon zurück. Wohlfeil schüttelte den Kopf. Das Feuerwerk explodierte. Er fröstelte. Die Menschen auf dem Heldenplatz jubelten. Nur Wohlfeil war zum Heulen zumute.

Montag, 29. September 2008 – Ostbrandenburg an der Grenze zum benachbarten Polen, 5:00 Uhr

Das Schreien des Kindes, das sich unter Albträumen neben ihr gewunden hatte, war an diesem Morgen zweifellos die Ursache all ihrer Müdigkeit. Der Wecker zeigte fünf Uhr. Obwohl der vierjährige Junge, dessen Name Siegfried war, nach Umarmungen und Küssen zu weinen aufgehört hatte, fand Milla nicht mehr in den Schlaf zurück. Eigentlich war das nicht schlimm, denn sie hatte geträumt, dass sie von einer hohen Klippe gesprungen war. Der Sprung dauerte und dauerte und während sie auf den Aufprall wartete, schien der Fall nie enden zu wollen. Also war der Wachzustand im Zweifel die bessere Alternative. Und so lag sie eine ganze Weile in der Dunkelheit und überlegte, wo sie war und wie es weitergehen sollte. Seit dreiundneunzig Tagen lebte sie jetzt auf dem Aussiedlerhof der Reichsbürger. Wenigstens hatte das Weinen des Kindes keinen der Mitschläfer im großen Saal geweckt, stellte sie fest. Milla hielt deren Schlafgeräusche nur schwer aus. Am unangenehmsten empfand sie die Flatulenzen. Tagsüber wurde zu jedem Essen Sauerkraut serviert – also war das tägliche Furz-Konzert kein Wunder. Milla saß in der Stube des Aussiedlerhofs in einem der östlichsten Winkel Brandenburgs.

Andererseits hatte sie die letzten vier Jahre auf der Flucht verbracht. Was waren dagegen schon drei Monate unter diesen Krautfressern?

Sie beobachtete das Geschehen auf dem Hof vom Fenster aus und wiegte das Kind auf ihrem Schoß mit endloser Geduld hin und her. Leise summte sie ein jüdisches Kinderlied, das ihre Mutter für sie gesungen hatte. Milla erschrak, als sie realisierte, welchen Text sie da leise vor sich hin sang: „Schlof schojn, majn orem klejn mejdele / wajl der schlof lindert di nojt …“ – Das war feinstes Jiddisch. Milla verstummte. Hoffentlich hatte keiner der Männer, Frauen und Kinder sie belauscht. Bei diesem undurchsichtigen Klüngel von Möchtegern-Nazis, Kaisergetreuen und Kleingeistern war es nicht ausgeschlossen, dass einer diese Melodie kannte. Voller Verachtung dachte sie an ihren für dieses Hoheitsgebiet gültigen Pass des „Ostbrandenburgischen Kleinstaats Oberhavelland". Dessen selbsternannter Fürst nannte sich sinnigerweise Fritz und liebte es, sich mit Fantasieuniformen zu schmücken. Fritz war der einzige hier unter diesen Krautfressern, der ihre Vorgeschichte kannte. Er hatte sie, ohne weitere Fragen zu stellen, bei sich aufgenommen. Milla atmete auf; kein Mensch stand hinter oder neben ihr.

Der Junge mit der durchscheinenden, weißen Haut wimmerte. Worunter seine kleine Kinderseele wohl ständig leiden mochte? Er war inzwischen vier Jahre alt und schlief keine einzige Nacht durch. Milla hatte alles versucht – von Bachblüten bis hin zu Valium-Tropfen. Ihre mütterlichen Bemühungen fruchteten in keiner Weise. Sie drückte seinen Körper an sich. Das Kind begann dadurch auch noch zu zappeln. Dann ging das Wimmern des Albino-Jungen in Schreie über. Er strampelte mit erstaunlicher Kraft und versuchte sich loszumachen. Milla spürte eine in seinem Körper herrschende Urgewalt, seufzte und löste ihre Umklammerung. Sie lächelte den Jungen an; irrte sie sich oder blitzte ihr aus den hellen Augen mörderische Wut entgegen?

„Wenn du nicht ruhig bist, dann kommst du in den Schrank", sagte sie mit mütterlicher Strenge.

Er hieb mit seinen Fäusten auf ihre Schenkel. Sie ergriff seine Arme und hielt ihn fest. Er spuckte ihr in die Augen. Sie schlug ihm ins Gesicht. Die Ohrfeige schien ihm wie immer nichts auszumachen. Milla versuchte ein zweites Mal ihr Glück – jedoch ohne Erfolg. Der Junge war voller blauer Flecken, von denen der Großteil vom Spielen stammte. Hämatome, die ihr gar nicht mehr auffielen, weil sie sich an deren Anblick gewöhnt hatte.

„Boden … oden, Mama!", brabbelte er stattdessen müde wie ein Schnapstrinker.

Sie setzte ihn auf den Holzfußboden, der mit einer jahrzehntealten Patina überzogen war. Überhaupt befand sich dieses Gehöft, das nach dem Verständnis seiner Bewohner eindeutig nicht zum deutschen Staat gehörte, in einem Zustand wie Polen nach dem Krieg. Reparaturen, Ausbesserungen und Putzen wären dringend angesagt gewesen, doch für solche Banalitäten schien sich keiner der Bewohner zu interessieren. Vierhundert Meter von der Stube entfernt befand sich eine Holzhütte mit zwei Donnerbalken. Besonders im Winter mochten der Weg und der dortige Aufenthalt eine Tortur sein. Einmal im Monat kaufte Fritz Löschkalk, wobei er jedes Mal mit einer Mischung aus Hohn und Trotz erzählte, dass die Magazine der Lügenpresse wieder schreiben würden, dass die Rechten Löschkalk kaufen würden, um Leichen verschwinden zu lassen. Dann schimpfte er auf die Lügenpresseidioten und dass jeder Prepper mit Outdoor-Erfahrung mehr Verstand besäße als ein Journalist öffentlich-rechtlicher Medien und deren privaten Ablegern.

Siegfried wackelte schlaftrunken durch die Stube, ohne ihr Beachtung zu schenken. Sein Desinteresse gab ihr Gelegenheit, ungestört das Geschehen draußen weiter zu verfolgen. Ein durchtrainierter Hüne mit imposantem Vollbart beugte sich zum offiziellen Vorsteher des Aussiedlerhofs hinunter und sprach mit einer energischen Miene. Zur Unterstreichung seiner Worte schlug er immer wieder mit der rechten Handkante auf die linke Handfläche ein. Die Augen des Mannes schienen Feuer zu versprühen. Fritz nickte unentwegt. Es war klar, dass er den großen Mann zumindest respektierte. Milla traute Fritz nicht über den Weg. Roland Wagner hatte für sie den Kontakt zu ihm hergestellt. Roland Wagner – ihr Mentor –, der ihr vor vier Jahren bei ihrer Flucht aus der Kölner Psychiatrie geholfen hatte. Wagner, der Mann, der die Schuld an ihrem Zustand – an ihrer Existenz im Untergrund – trug. Nach ihrem missglückten Anschlag auf die Moschee hatte er ihr wenigstens beim Untertauchen geholfen. Ohne seine schützende Hand wäre sie längst im Knast des bundesdeutschen Verbrecherstaates verschwunden, der seine Bürger manipulierte und als pseudofreie Sklaven hielt.

Auf Fritzens Hof herrschte Disziplin. Sobald jemand seinen Dienst nicht pflichtgetreu erfüllte, musste er mit drastischen Sanktionen rechnen. Deshalb funktionierte das Zusammenleben trotz Kargheit, technischem Rückstand und erdrückender Enge wie ein Uhrwerk. Die Stube strotzte zwar vor Staub, die Holzbalken rochen modrig und durch die kleinen Fenster drang wenig Licht, aber die Versorgung mit Fleisch, Gemüse und jeder Menge Sauerkraut war stets gesichert.

Überall auf dem Gutshof hingen bunte Flaggen von Fritzens Fantasiestaat, die eindeutige Bezüge zur Reichskriegs- und Hakenkreuzflagge aufwiesen. Die Reichsbürgerbewegung an sich war jedoch wenig homogen, fand Milla – jeder kochte auf seine eigene Art sein ganz persönliches Süppchen. Nur ein Punkt einte alle: Sie lehnten die Autorität des BRD-Staats ab. Gab es Bußgelder, wurden diese ignoriert, ebenso Vorladungen vor Gericht. Kam der Gerichtsvollzieher, musste er froh sein, wenn er ungeschoren das Grundstück wieder verlassen konnte. Bisher hatten sich die Behörden nicht zu einem entscheidenden Schlag gegen das Anwesen entschließen können. Offenbar waren sie von dem neuen Phänomen überfordert und hofften, dass dies in der Abgeschiedenheit des Grenzgebiets zu Polen nicht für allzu viel Aufsehen sorgen würde. Es ging ihnen mit den Reichsbürgern wie ihr mit Siegfried.

Milla beschloss, nach draußen zu gehen. Jeder Neuankömmling bedeutete eine potenzielle Bedrohung für sie und ihr Kind. Sie fing Siegfried vor dem erloschenen Kamin ein, in dem nur noch die Asche der letzten Nacht lag. Sie zog ihn an der Hand hinter sich her; wenigstens sträubte er sich ausnahmsweise einmal nicht sofort gegen sie.

„Wir gehen nach draußen!“, befahl sie.

„Au ja!“, triumphierte er.

Sie erklomm die Stufen mit nackten Füßen und trat in den Flur. Schon wieder schweiften ihre Gedanken zu ihren neuen Mitbewohnern ab. Da gab es stramme Rechtsextremisten, die von einer blutigen Revolution träumten, die das – aus ihrer Sicht gesehen – Besatzerregime der deutschen Regierung hinwegfegen würde. Andere waren vom Leben enttäuscht, fühlten sich, als seien sie zu kurz gekommen und weigerten sich deshalb, die Autorität des Staats anzuerkennen. Wenige versuchten der Einsamkeit des Lebens zu entfliehen. Manche suchten Selbstverwirklichung. Die waren für Milla beinahe die unangenehmsten. Während die ersten

Kategorien sich durch flammende revolutionäre Reden auszeichneten, kamen die Postmaterialisten leise auf die pseudoreligiöse Tour, was sie auf den Tod nicht ausstehen konnte; indoktrinierende Gehirnficks hatte sie mehr als genug erlebt. Diese Typen redeten ihr ein, wie sie sich am besten gesund zu ernähren hätte, unterbreiteten ihr verschwurbelt-fantastische Theorien, dass die Lebensmittelindustrie die gesamte Bevölkerung töten wollte und dass die BRD-Marionetten-Regierung ihre Untertanen durch Chemtrails, unsichtbare Strahlen und Beruhigungsmittel im Trinkwasser zu unterdrücken in der Lage waren. Die Postmaterialisten – im Gegensatz zu den stark politisierten Mitbewohnern – ließen sie einfach nicht in Ruhe. Einer von ihnen, Hans, hatte ihr sogar Prügel angedroht, sollte sie es nicht mit Meditation versuchen, um ihren inneren Frieden zu finden. Spätestens seit dieser Situation hatte sie gegen jedwede Avancen dieser Gestalten dicht gemacht. Was ihr wiederum Pluspunkte bei den Politisierten brachte, die Milla fix auf ihrer Seite wähnten. Die Grüppchenbildung auf dem Hof war nicht zu übersehen und dennoch gelang Tag für Tag ein friedliches Zusammenleben.

Milla schloss die schwere, alte Holztür hinter sich. Die Luft fühlte sich noch schneidend kalt an, Vorboten der Sonne ließen einen klassischen Altweibersommertag erahnen. Vielleicht hätte sie doch Schuhe anziehen sollen, aber barfuß ließ sich hier fast lautlos herumschleichen. Kaum war sie einige Schritte über das kalte Pflaster gegangen, fühlte sie sich hellwach. Jetzt brauchte sie nur noch einen Vorwand, sich den beiden Männern zu nähern. Zum Glück riss der Junge sich los und rannte über eine Pfütze hinweg direkt auf die beiden zu. Der Ostwind wehte wie auf hoher See und trug Satzfetzen in Millas Richtung.

Fritz faselte irgendwas von „… noch sind die Staatsmachtschweine erst zweimal aufgetaucht … alles durchsucht, aber nichts Ermittlungsrelevantes gefunden … am Tag X werden sie dafür bezahlen!“ Typisch Fritz, der häufig über den Tag X fabulierte, der das Goldene Zeitalter in Deutschland anbrechen lassen würde – ein Viertes Reich.

Der bärtige Riese stimmte ihm zu: „... Zeit noch nicht reif ... müssen erst Entwicklungen abwarten ... Signal aus Österreich ...“

„... aber die Schlinge zieht sich immer mehr zu ... viele Behördenschreiben mit letzten Mahnungen, Aufforderungen und so weiter ...“

„... immer so ... versuchen den Druck zu erhöhen, bis ihr zusammenklappt ... stark sein, den Kopf nicht in den Sand stecken ...“

Siegfried stolperte und landete genau zwischen den beiden Männern. Fritz starrte den Jungen tadelnd mit strengen Augen an. Der Seeräuber musterte den Jungen mit einem scheinbar amüsierten Lächeln und sah zu Milla. Sein Blick, so fühlte es sich an, scannte ihre Erscheinung von Kopf bis Fuß. Sie spürte ein seltsames Kribbeln in ihrem Rücken, auf ihren Unterarmen und errötete.

„Komm her!“, befahl sie Siegfried. Ihre Lippen waren rau wie Sandpapier.

„Na, auch schon wach?“, fragte Fritz. „Hat der kleine Blondi keine Lust gehabt, bis in die Puppen zu schlafen?“

„Siegfried hat Albträume gehabt und mich geweckt“, entgegnete Milla und bereute im selben Atemzug ihren Fehler, sich vor diesem Mann zu rechtfertigen. Ich bin eine erwachsene Frau und brauche niemandem Rede und Antwort stehen, ermahnte sie sich. „Siegfried, komm her!“, schrie sie dem Jungen zu.

Der Junge gehorchte ausnahmsweise und schmiegte seinen Kopf in ihren Schoß. Sie legte schützend ihre Arme um ihn.

„Interessant“, sagte der Pirat. „Sieht ja aus wie ein kleiner Heino. Schwarz-braun ist die Haselnuss“, stimmte er an und fügte hinzu: „Fehlt nur noch die Sonnenbrille. Am Äquator, wo der Durchschnitts-Intelligenz-Quotient bei knapp über achtzig liegt, gelten diese Kinder als böses Omen, haben Sie das gewusst, Volksgenossin? Als Teufel. Nicht selten werden sie umgebracht und geopfert und von Kannibalen verspeist.“

Milla reckte ihm trotzig ihr Kinn entgegen und stand auf Zehenspitzen. „Dann können wir ja froh sein, hier unter kultivierten Deutschen gelandet zu sein."

„Man kann es wenden, wie man will", sagte der Pirat, „aber im Großen wie im Kleinen folgt der Revolution immer die Evolution. Aber es gibt auch evolutionäre Sackgassen. Fehler, welche die Natur nicht verzeiht. Die verhindern, dass sich ein Volk als Ganzes, ja als Volkswesen gesund weiter entwickeln kann. Ich bin mir sicher, dass unser kleiner Volksgenosse hier für Prof. Heidenreich ein interessantes Forschungsobjekt wäre." Er beugte sich zu Siegfried hinab und streichelte diesem zärtlich durch das helle Haar.

„Heidenreich!", schnaubte Fritz voller Verachtung. Zweifellos klang der Name für seinen Geschmack zu jüdisch, erkannte Milla.

„Der Professor kommt am Donnerstag zur wöchentlichen Zusammenkunft", erklärte der Pirat. „Das wäre eine ideale Gelegenheit, ihm das außergewöhnliche Kind zu präsentieren."

Ihr Mutterinstinkt versetzte Milla in Alarmbereitschaft. Der Ausdruck *präsentieren* im Zusammenhang mit ihrem Kind lag ihr schwer im Magen.

„Mein Junge ist kein wissenschaftliches Objekt. Er sieht deutscher aus als der deutscheste Deutsche."

Die beiden Männer grinsten ihr ins Gesicht. Dann fuhr der Pirat fort: „Auf keinen Fall handelt es sich bei dem Jungen um unwertes Leben. Das sieht man doch auf den ersten Blick, dass er was Besonderes ist. Professor Heidenreich wäre sicher begeistert von dem Jungen. Er präsentiert die Rasse der Deutschen in ihrer reinsten Form. Sag, wie ist dein Name, Volksgenossin?"

„Das ist unsere Milla", kam Fritz ihr flugs mit einer Antwort zuvor. „Sie hat hier Zuflucht gefunden, weil es Leute und Institutionen gibt, die ein bestimmtes Interesse an ihr besitzen. Sie dient loyal unserer nationalen Sache."

Der Pirat erhob sich und steckte mit Fritz die Köpfe zusammen. Sie flüsterten über sie. „Ja, unser Wagner", sagte Fritz daraufhin und nickte ihr gönnerhaft zu: „Milla, dieser Mann hier ist einer der wichtigsten Akteure unserer Bewegung." In diesem

Moment hatte er eine gewisse Ähnlichkeit mit dem Bürgermeister eines versteckten Bergdorfes, der stolz den Besuch eines Ministers ankündigte.

„Odin“, stellte der Pirat sich mit einer tieferen Stimme vor und die Art und Weise, wie er seinen Namen aussprach, ließen Milla fast keine andere Wahl, als ihn anziehend zu finden. „Fritz und ich sind alte Kameraden und haben so manchen Kampf gegen die da oben gemeinsam ausgefochten. Bis unsere Wege sich irgendwann leider trennten. Denn Fritz hält das hier“, dabei machte er eine ausladende Armbewegung, die das gesamte Reichsbürgergebiet des Aussiedlerhofs umfasste, „für die Lösung, unser Vaterland zu retten. Das Vaterland, das sich noch im Kriegszustand mit den Alliierten befindet und deshalb jede Sekunde vernichtet werden kann. Unser geliebtes Vaterland, das von Schweinen besetzt ist. Unser Vaterland, das nach den Plänen der plutokratischen Finanzoligarchie durch Umsiedlungsprozesse und dem daraus resultierenden Volkstod ausgelöscht werden soll. Die Globalisten wollen uns unserer germanischen Identität berauben. Die uns den jüdisch-christlichen Glauben aufgezwungen haben. Die uns weismachen wollen, dass ich die andere Wange hinhalten soll, wenn ich einen Hieb auf die eine Wange eingesteckt habe, hahaha. Und Fritz glaubt, dass Reichsbürgerenklaven wie eine Vorstufe zur altgermanischen Thing-Demokratie sind.“

Er machte eine Pause. Wahrscheinlich merkte er Milla an, dass sie seinen Worten nur teilweise folgen konnte. Siegfried turnte nervös zwischen ihren Beinen.

„Das neue Reich wird eine Mischung aus basisdemokratischen Things, der Selektion der Besten sowie einem alles zusammenführenden Führer, der die Geschicke für alle Menschen unseres Volkes zum Besten lenkt. Aber der Kerngedanke dieser Demokratieform sind die Things. Jedes Dorf und jeder Stadtteil bestimmt basisdemokratisch einen Vertreter, der dann in eine darüber angeordnete Versammlung, auch einen Thing, entsendet wird. Jeder Abgeordnete weiß am besten über die ihn umgebenden Menschen und die Probleme in seinem jeweiligen Thing Bescheid. Und schließlich benötigen wir an der Spitze einen harten, aber sein Volk über alles liebenden Führer, der über allem steht und alles zu einem idealen Ganzen zusammenführt. Nicht mehr und nicht weniger ist die Vorsehung für unser deutsches Volk. Trotz aller Differenzen“, Odin sah mitleidig zu Fritz, „arbeiten mein alter Freund Fritz und ich nach wie vor an ein und demselben Ziel. Auch wenn Fritz bewusst die am wenigsten wirksame Form des Widerstands gewählt hat. Die innere wie äußere Immigration ist zugleich ein Zeichen der Kapitulation und der Angst vor der Konfrontation.“

Wow, diese Worte hätten einer Mao-Bibel entstammen können!, staunte Milla.

Fritz‘ Kopf nahm eine ungesunde Farbe an. Vielleicht verursachte ihm übermäßiger Sauerkrautkonsum Blähungen – schon der Führer hatte unter Darmproblemen gelitten, allerdings hatten sie bei ihm vom Fleischkonsum her gerührt. Oder zeichnete exzessiver Kartoffelkonsum in Form von Alkohol für seinen Bluthochdruck verantwortlich? Alkoholismus jeglicher Art hatte der Führer stets als schädlich erachtet. Andererseits wuchs und gedieh die Kartoffel dank der Weitsicht des alten Fritz seit Jahrhunderten in Preußen und hatte es sogar geschafft, Hungersnöte abzuwenden. Und Sauerkraut war im Winter das einzige Nahrungsmittel, das Zahnausfall durch Skorbut verhinderte. Wer benötigte da schon Orangen und Zitronen aus dem Ausland?

„Was fällt dir ein!“, fuhr Fritz den Piraten an.

Odin brachte ihn mit einem aggressiven Räuspern zum Schweigen. Fritz wirkte wie ein dressierter Hund neben diesem Führer der deutschen Sache.

„Das Kind wäre für unsere Bewegung von großem Interesse“, behauptete Odin und seine Worte klangen wie Musik in Millas Ohren. „Wissenschaftlich sowieso und wir könnten ihn zu einer Gallionsfigur stilisieren, vielleicht eine Art germanische Erlöserfigur. Was sagst du dazu, Milla?“

Er starrte ihr direkt in die Augen. Alles in Milla sträubte sich dagegen, ihn ihre Zuneigung spüren zu lassen. „Das klingt nach ziemlich verquaster Scheiße“, antwortete sie.

Wie Milla von ihm erwartet hätte, blieb er trotz ihrer Zurückweisung scheinbar gelassen. Mit nachdenklicher Miene fuhr er sich mit Daumen und Zeigefinger durch den Vollbart und schaute zu Siegfried.

„Nun, ich weiß noch nicht so recht, Milla, aber du und das Kind, ihr könntet jederzeit bei mir auf meinem Gutshof Unterschlupf finden. Dort geht es auch wesentlich komfortabler zu als hier. Wir haben richtige Toiletten. Außerdem wohnen dort die interessanteren Menschen und wir haben wöchentliche Zusammenkünfte, bei denen die Führer der rechten Bewegungen Europas zusammenfinden. Alles verdiente Männer, die es ernst meinen mit der Rechten Revolution. Männer und Frauen, welche die rechte Revolution theoretisch auf einem hohen Niveau begründen können. Einer unserer ältesten Kameraden, quasi der Philosoph unserer Bewegung, hat Hegels teleologische Philosophie in der Vollendung des germanischen Weltgeists gesehen – in einer Vision. Und außerdem haben wir einen gemeinsamen Bekannten namens Roland Wagner. Soviel ich weiß, hat er niemals aufgehört, in dir seine ideologische Tochter und engste Verbündete zu sehen. Und auch Hermann Wohlfeil gehört zu unseren Gästen. Was hältst du von meinem Angebot? Oder willst du für den Rest deines Lebens hierbleiben und Sauerkraut fressen?" Er wandte den Blick herausfordernd in Richtung einer Schubkarre mit Kohlköpfen, die darauf warteten, im Keller eingelagert zu werden. Milla drehte sich der Magen um. Tatsächlich klang alles, was Odin ihr versprach, verheißungsvoller, als ihre Zeit weiterhin am Ende der Welt auf einem alten Bauernhof mit weltfremden Idioten zu verbringen.

„Ich mag keine Schwuchteln wie Wagner und Wohlfeil", entgegnete sie.

Odin nickte verständig. „Du weißt aber auch, welche Verdienste Wagner für unsere Sache geleistet hat. Er ist unser Draht zu dieser deutschen Diktatur, in der wir leben. Und er hat sich bisher als äußerst loyal erwiesen. Deswegen müssen wir noch eine Weile mit ihm auskommen."

Seine blauen Augen und die Denkerstirn verrieten den Strategen. Ohne Zweifel, dieser Mann war intelligent. Das unterschied ihn vom Großteil seiner Kameraden – und von Fritz.

„Wie stellst du dir das vor?", fragte sie.

Odin deutete mit dem Daumen hinter sich und erst jetzt entdeckte Milla einen pechschwarzen Bulli-Wagen der neueren Generation.

„Ein echter Volkswagen. Damit kommt man zur Not auch bis Stalingrad", deutete er eine Quer-Verbindung zum sogenannten Kübelwagen an. Die Firma Volkswagen war von einem gewissen Adolf H. gegründet worden; das wusste jedes Kind, das im Geschichtsunterricht aufgepasst hatte. Und ein gewisser Konstrukteur namens Ferdinand Porsche hatte die Technik dazu geliefert.

„Ich hoffe, du weißt auch, wo du den Vergaser findest", sagte Odin.

Linientreu entgegnete Milla: „Na, in Auschwitz natürlich." Und zwinkerte ihm zu.

Täuschte sie sich – oder errötete dieses Mal er unter seinem Bart? Er räusperte sich. „Jetzt weißt du auch, warum Adolf Hitler keinen Führerschein hatte – er hat seinen Fahrprüfern immer die verkehrte Antwort gegeben", sprach er mit belegter Stimme.

„Womit haben mein Herr und Führer denn gerechnet?", fragte sie, anstatt seine Antwort mit einem Lachen zu honorieren. Dieser Neo-Nazi-Scherz war dermaßen alt, dass Milla ihn noch aus ihrer Schulzeit in München kannte.

Er wich aus: „Ach so, was ich noch sagen wollte, da ist ausreichend Platz für zwei Koffer, für Siegfried und dich, Kameradin."

„Es reicht jetzt!", meldete sich Fritz. „Milla, du gehörst hierher. Das ist Roland Wagners ausdrücklicher Befehl."

Odin blickte auf eine goldene Taschenuhr, die so biedermeierhaft wirkte, dass sie wahrscheinlich täglich aufgezogen werden musste; ein graviertes Hakenkreuz zierte die Rückseite. „Ich habe vor Ort ungefähr eine Stunde lang zu tun. Mein Gutshof ist besser gesichert als Fort Knox, was Geheimdienstler und Zecken der Antifanten schmerzvoll erfahren haben. Überleg dir mein Angebot, Milla. Es würde mich freuen." Jetzt zwinkerte er ihr zu.

„Deinen Pass für dieses Reichsbürger-Disney-Land und die Fritz-Taler kannst du ja an den alten Kaiser persönlich zurückgeben. Der hat sicher nichts dagegen." Dann fasste er Fritz an der Schulter und schob ihn bestimmt in Richtung eines der Gebäude, einem halb verfallenen Kuhstall, in dem drei Kühe angebunden standen. Für die Normalbewohner war der Stall tabu. Um die Kühe kümmerte sich ausschließlich Fritz. Die Reichsbürger munkelten, Fritz bunkere unter der Kuhscheiße Waffen, deren Kaliber unter das Kriegswaffengesetz fielen. Manche behaupteten sogar, er habe in einem unterirdischen Keller einen alten Panzer der Wehrmacht versteckt, sein absolutes Lieblingssammlerstück.

Als die Männer hinter der windschiefen Stalltür endlich verschwunden waren, blickte Milla zu ihrem Sohn, der sich an ihre Beine geklammert hatte.

„Siegfried, was sollen wir tun?", fragte sie.

Siegfrieds Augen verrieten keine Regung, sahen aus wie ein Bildschirmschoner, der einen freien Fall in ein unendliches Universum simulierte. In diesem Zustand reagierte er weder auf Ansprache noch auf Rütteln oder Schmerzreize; sie kannte ihn beinahe seit seiner Geburt und bereits als Säugling waren ihr diese Zustände bei ihm aufgefallen. Milla schauderte. Wütend wandte sie ihren Blick von ihm ab und betrachtete das imposante Fahrzeug, das sie von diesem verwunschenen Ort wegbringen sollte – sofern sie nur dafür bereit war. VW, original völkisches Fabrikat, einst Kraft-durch-Freude-Wagen genannt, ging ihr durch den Kopf. Solide deutsche Wertarbeit.

„Aber vorher muss ich noch ein Geschäft erledigen", sagte sie. „Dieses verdammte Sauerkraut!"

Dienstag, 30. September 2008, 8:00 Uhr – Wien

Tscharly vernahm die Ansage ihrer vertrauten Stimme – jenen Text, an dem sich seit Jahren keine Silbe geändert hatte: „Alle Achtung! Sie haben es tatsächlich geschafft, die Ziffern 0 6 7 6 5 6 3 2 und 1 7 8 einwandfrei zu wählen. Als nächstes probieren Sie mal, eine Nachricht auf Band zu sprechen, denn ich liege im Moment noch in der Badewanne. Keine Angst, auch das ist nicht schwer. Ich rufe Sie – sobald das Wasser kalt ist – gerne zurück. Eure Milla.“ Ein Piepton folgte und Tscharly legte auf. Anscheinend hatte sie ihr Handy seit Jahren nicht benutzt. Oder sie legte keinen Wert darauf, auf seine Anrufe zu reagieren. Oder das Gerät lag irgendwo in einem Gebüsch oder tief unter einer Müllhalde vergraben. Oder in einer Schublade, versperrt und unzugänglich. Wer immer das Gerät noch besaß, hatte es auf alle Fälle abgedreht, denn man gelangte ohne Umschweife direkt zur Mailbox. Tscharly fragte sich zum gefühlt millionsten Mal, ob er Milla jemals wieder in seine Arme würde schließen können. Was hatten Wagner und Konsorten nur mit seiner Tochter gemacht? Ebenso gut hätte Milla das Mitglied einer Psychosekte sein können. Milla war zur Gefangenen einer Weltanschauung geworden und dadurch hatte das verdammte Verhängnis seinen Lauf genommen. Ob er wollte oder nicht – seine Tochter hatte eine Gehirnwäsche hinter sich. Er hatte den Begriff „Nazi-Sekte“ neben zahlreichen anderen mit einem Kugelschreiber in einen Ringblock gekritzelt und stellte sich tausend Fragen. Dermaßen in Gedanken versunken, kam er erst zu sich, als Kira ihm den Block aus der Hand nahm. Sie lag neben ihm im Bett, ohne auf Tuchfühlung zu gehen.

„Schreibst du schon wieder an deinem Roman?“, fragte sie und gähnte.

Er wich ihrem Blick aus. „Wie hast du geschlafen?“, antwortete er mit einer Gegenfrage.

Sie betrachtete eine Uhr, die über dem Fernseher des Hotelzimmers hing. „Drei Stunden“, erwiderte sie. „Das sagt wohl auch schon alles über die Schlafqualität, oder?“

Sie richtete ihren Oberkörper auf und betrachtete ihre rot lackierten Zehennägel. „Glaubst du, *die* sind uns auf der Spur, Tscharly?"

Tscharly drehte sein Smartphone ab und baute die Sim-Karte wieder aus. Eine Sicherheitsmaßnahme, um einer Ortung zu entgehen.

„Wir haben das Hotelzimmer in bar bezahlt. Gestern eine Pension im zweiten Bezirk, heute Nacht das Hilton Garten Inn im zehnten Wiener Gemeindebezirk", las er von einem Prospekt, „ein Paradies für Golfer am Stadtrand ... Mehr Zickzack geht fast nicht. Schütteln, schütteln, schütteln – das ist die Devise. Wenn wir Glück haben, sind wir bisher unsichtbar geblieben."

Kira hatte die Kampfspuren in ihrem Gesicht mit Makeup beinahe komplett ausgelöscht. Jetzt, auf den zweiten Blick, sah er jedoch die lädierte linke Gesichtshälfte; er hatte sich bereits an ihr Aussehen gewöhnt. Tscharly hatte die letzten beiden Tage ebenfalls mit Make-up sein Aussehen verändert, indem er den Dreitagebart dunkler scheinen ließ. Außerdem war er in einem Solarium gewesen und hatte sich einen Sonnenbrand Grad eins geholt; dieser schmerzte vor allem auf seiner Nasenspitze, am Rücken und am Hals. Es widerstrebte ihm zutiefst, auch noch seine Haarfarbe oder die Frisur zu ändern. Passend zum Sonnenbrand hatte er deshalb eine Kappe von einem Souvenirstand gekauft. „There are no kangaroos in Austria", stand darauf. Kira hatte sich ihr kupferrotes Haar in der Pension selbst blond gefärbt und es mit einer Bastelschere geschickt auf Schulterlänge gekürzt. Es tat ihm weh, ihr dabei zuzusehen, wie Strähne für Strähne der geliebten roten Pracht zu Boden fiel.

„Was machen wir heute, Tscharly?", fragte sie und sah dabei dermaßen verletzlich aus, dass ihr Anblick ihm in der Seele wehtat.

Sie sprang aus dem Bett und schob die Vorhänge zur Seite. Tscharly raffte sich auf und trat hinter sie. Er hatte sich die ganze Nacht von einer Seite auf die andere gewälzt und zweimal versucht, zu schreiben.

Vor ihnen lag ein Golfplatz, auf dem reger Spielbetrieb herrschte.

Tscharly seufzte. Auf einem Teakholzschreibtisch neben einem Globus lag jenes Phantombild, das Mira Filipovic ihm als Anhaltspunkt mitgegeben hatte. Allein der Anblick hatte ausgereicht, um die Büchse der Pandora in ihm zu öffnen. Millas Geist begleitete ihn seitdem, als schwebte er irgendwo wie ein schwarzer Schatten über ihm.

Kira kannte die Geschichte. Geduldig hatte sie ihm zugehört. Das war in ihrer ersten Nacht gewesen. Sie hatten Kiras Wohnung fluchtartig verlassen, bevor die Polizei eingetroffen war. Kira hatte sich ihren Laptop unter die Arme geklemmt. In einer Sporttasche verstaute sie Jeans, T-Shirts, Unterwäsche, Make-up-Utensilien und ein Paar Turnschuhe. Tscharly war aus Sicherheitsgründen dem Zimmer in seiner Pension ferngeblieben. Todsicher wartete, wer immer hinter ihnen her war, dort auf ihn, um zu Ende zu bringen, was Jennifer Görlitz in Kiras Wohnung in letzter Sekunde verhindert hatte. Das konnte er sich an seinen Fingern abzählen.

„Du hast meine Frage nicht beantwortet, Tscharly."

„Ich werde heute meinen Informanten treffen", eröffnete er ihr und ließ sich auf den Schreibtischsessel sinken. Er blätterte durch Notizen und Romanfragmente; das Ergebnis seiner Schlaflosigkeit. Ob Journalisten als Romanschriftsteller taugten, würde sich noch herausstellen. Andererseits bot ihm ein Prosatext vielleicht die Möglichkeit, seine Gedanken schweifen zu lassen, indem er sich in Menschen einfühlte und Situationen aus vielerlei persönlichen Blickwinkeln betrachten durfte. Das war eindeutig ein Vorteil des Romanschriftstellers – und gleichzeitig seine größte Schwäche; die Texte entstammten einer Region im Bauch anstatt dem klaren Verstand. Selbstzweifel hatten ihn aufgefressen und er beendete den Versuch schließlich und legte sich neben sie ins Bett. Die Nachricht vom Tod des alten Verlegers hatte in München eingeschlagen wie eine Bombe. Selbst erzkonservative Konkurrenzblätter widmeten Peter Smuss wohlgesonnene Nachrufe und kondolierten ihm mit Artikeln, die sein Lebenswerk lobten.

Warum eigentlich muss der Prophet erst sterben, bevor er im eigenen Land was gilt?, hatte Tscharly sich gedacht. Über die Drahtzieher des Anschlags dagegen tappte die Polizei nach wie vor im Dunkeln. Ein rechtsradikales Motiv wurde immerhin nicht ganz ausgeschlossen. Antisemitische Anfeindungen hatten zu Peter Smuss´ Leben gehört wie Vanilleeis zu heißen Himbeeren. Die Reaktionen, die er mit seiner Arbeit bewirkte, offenbarten, wie sehr er mit seiner Haltung recht gehabt hatte. Morddrohungen hatten ihn dazu angespornt, konsequent seinen Weg zu gehen, anstatt zu schweigen. Je mehr, desto besser. Tscharly sah im alten Methusalem einen Gott. Und eigentlich – so war ihm bewusst – wäre es seine Aufgabe gewesen, auf dem schnellsten Weg nach München zurückzukehren und in der Redaktion alles Nötige zu veranlassen, um eine gebührende Trauerfeier zu organisieren. Aber aus Beerdigungen hatte Smuss sich zeitlebens nichts gemacht. Smuss wäre der ganze Firlefanz, der um einer Leiche willen stattfand, schlichtweg zuwider gewesen. Und Lobeshymnen im Angesicht des Todes hielt er für überflüssig. Allein das Werk zählte, das Leben. Also, sagte Tscharly sich, kann ich genauso gut hier in Wien bleiben und nach Milla suchen.

Gestern am Nachmittag hatte er von einem Internetcafé in der Meidlinger Hauptstraße auf sein E-Mail-Postfach zugegriffen. Von der Nachricht, die Kira ihm gesendet hatte, entdeckte er keine Spur mehr. Das Wagner-Dossier hatte jemand still und heimlich gelöscht.

Alles war weg.

Derjenige hatte ganze Arbeit geleistet.

Nichts ließ sich mehr im Postfach finden.

„Darf ich dich zu deinem Informanten begleiten?“, fragte Kira.

Er schüttelte den Kopf.

„Warum nicht?“

„Zu gefährlich.“

„Wenn sie das Hotel beobachten, dann wissen sie längst, wo ich bin.“

„Kira, ich …“

„Nein, Tscharly, ich bin kein kleines Kind. Und nach allem, was zwischen dir und mir passiert ist, kann es dir eh gleichgültig sein … Du liebst mich nicht!“

„Kira …“, er räusperte sich errötend, „Kira, ich …“

„Ja, Tscharly?“

„Ist dir vielleicht der Name der E-Mail-Adresse wieder eingefallen, über die dir das Dossier zugespielt worden ist?“

„Das war ein Absender mit No-Reply-Funktion. Wie oft, Tscharly, muss ich das noch wiederholen? Hältst du mich für dement?“

„Keinesfalls, ich dachte nur … vielleicht …“

„Das Dossier enthielt E-Mails mit verschlüsselten Botschaften. Du weißt schon, Zahlencodes und digitale Codes. Ich habe leider nur Bruchstücke davon entziffern können. Ich habe gehofft, du könntest mir da weiterhelfen. Es gibt in Österreich rechtsnationale Burschenschaften, die den Österreicher lieber heute als morgen tot sehen würden. Das ist alles, was ich irgendwie entziffert habe.“

„Mmh, ich frage mich, woher unsere österreichischen Nachbarn nur diese Affinität für rechtsnationale Parteien haben.“

„Kannst du dir das denn nicht denken?“

„Irgendwie“, gab er ihr zu verstehen.

„Die Menschen hier haben einfach sehr schnell vergessen, dass sie Hitler 1938 in Scharen zugejubelt haben. Und als sogenanntes Opfer des Nationalsozialismus war man bei der Aufarbeitung der eigenen Nazivergangenheit ziemlich nachlässig. Das wiederum hat dazu geführt, dass die Verbrechen österreichischer Nazis schnell unter den Teppich gekehrt worden sind. Das war so bis 1986. Damals haben die Österreicher einen ehemaligen SA-Mann in das bedeutendste Amt der sogenannten Zweiten Republik gewählt. Womit sie nicht gerechnet haben, waren Proteststürme unter den Nachgeborenen und aus dem Ausland. Dieser Bundespräsident hat seine Nazivergangenheit stets bestritten. Von ihm stammt das Zitat, dass lediglich sein Pferd bei der SA gewesen sei. Er blieb fünf Jahre lang, bis 1991, der Bundespräsident. Man muss sich vorstellen, das ganze Land litt unter einer kollektiven

Demenz der Kriegsgeneration. Und so haben die Proteste gegen den Bundespräsidenten wenigstens zu einer Aufarbeitung der eigenen Vergangenheit geführt. Das war das Gute an dieser Ära. Und dann kam der Österreicher ins Spiel. Er führte einen Wahlkampf, in dem er den Österreichern zu verstehen gab, dass sie sich ihrer Vergangenheit nicht zu schämen bräuchten. Das war ein großer Trost in diesem Moment. Er hat sich auf die alten Feindbilder berufen und die Tapferkeit der Wehrmacht gelobt. Er gilt als ein Mann aus dem Volk, gleichzeitig ist er ein Jurist und zweifellos ein Intellektueller. Selbst wer politisch nicht auf seiner Seite steht, findet ihn auf irgendeine Weise interessant. Die Österreicher sind nicht anfälliger für den Nationalsozialismus, aber in dem Österreicher haben sie den weltweit charismatischsten Führer der Rechten in ihrem Land. Das kann Zufall oder Schicksal sein. So ein Typ hätte theoretisch jedem Land passieren können, auch im Nachkriegsdeutschland."

„Du hast mir noch nicht erzählt, was du mit deinen Recherchen herausfinden wolltest."

Sie setzte sich auf das Bett und schlug das rechte über das linke Bein. Er betrachtete sie; wie gerne hätte er jetzt ihre Füße massiert. Aber dieser Zug war ein für alle Mal abgefahren.

„Das liegt doch auf der Hand, Tscharly. Denk nur einmal zurück an Faltenacker. Das ist ein kleiner Ort in der Steiermark mit knapp zehntausend Einwohnern. Der Ort ist berühmt geworden, weil er 2005 Geschichte geschrieben hat – auch wenn wir davon in Deutschland nicht allzu viel mitbekommen haben. Bei diesem Parteitag der Rechten ist es zu einer Spaltung innerhalb der Nationalen Partei Österreichs gekommen. Der Österreicher und seine Minister haben ihre Ämter niedergelegt. Er hat daraufhin ein eigenes Bündnis gegründet, damit aber die Kraft der gesamten rechten Kräfte in Österreich geschwächt. Eine Spaltung tut einer Gemeinschaft nie gut. Seither regiert er mit seiner eigenen kleinen Gruppe hauptsächlich von Kärnten aus. Und seine ehemaligen Kameraden im Rest Österreichs sind wegen dieses Egotrips stinksauer auf ihn. Es gibt viele, die würden ihn am liebsten dafür an die Wand stellen. Und an der Stelle kommt Roland Wagner ins Spiel …"

„Lass mich raten", unterbrach er sie, „Wagner unterstützt die Feinde des Österreichers in den eigenen Reihen? Das ist die These, die du mit deinen Recherchen beweisen willst – einen Geheimkrieg der Rechten im Hintergrund!"

„That's it!" Sie nickte. „Außerdem gibt es da auch noch Gerüchte über Geldquellen aus dem Nahen Osten, die über Nacht versiegt sein sollen. Der Österreicher galt als enger Freund von Said al-Islam al-Badri. Das ist einer der Söhne des Staatspräsidenten der Republik Osman. Said studiert hier in Wien und lebt in einer Villa, aber das weißt du eh alles aus den Medien. Natürlich genießt al-Badri diplomatische Immunität. Im Land seines Vaters herrscht eine stramme Militärdiktatur. Das Land spielt in der Liga der größten Erdöllieferanten der Welt mit und gehört zu den wichtigsten Erdöllieferanten Österreichs. Der Österreicher war 2002 zu Gast bei Saids Vater. Die Bilder davon waren ja nicht nur in Österreich in sämtlichen Medien. Er ist derjenige, der den Prinzensohn dazu bewogen haben soll, in Wien Medizin zu studieren."

Er ließ diese These für zehn Sekunden auf sich wirken. „Wenn du mich fragst, klingt das alles ziemlich unlogisch, was soll das eine mit dem anderen zu tun haben?"

„Das Bindeglied zwischen den Nazis und diesen Wüstensöhnen ist ihr Hass gegen die Juden, Tscharly. Aber ohne das Dossier ist meine Geschichte keinen Pfifferling – oder wie die Österreicher sagen, Eierschwammerl – mehr wert. Du musst mir helfen, Tscharly. Du musst mir helfen, dieses Dossier wiederzubeschaffen. Ich bin mir sicher, Wagner hat hier seine Hände im Spiel."

„Ich bin hierhergekommen, um meine Tochter zu suchen!" Er zerknüllte die Romanfragmente. Bevor sie gemeinsam auscheckten, würde er die Blätter über die Toilettenspülung entsorgen.

„Aber was macht dich so sicher, dass Milla noch in Österreich ist?"

„Weil sie in Kärnten diesen Säugling entführt hat."

„Aber sie kann Österreich doch längst verlassen haben. Mit dem Kind an ihrer Seite. Sie kann überall sein und nirgends."

„Vielleicht hast du recht. Aber ein Vater spürt sowas."

„Was wäre dir lieber?"

„Was?"

„Wenn diese Geschichte mit dem Phantombild sich als Ente herausstellt oder wenn deine Ermittlungen dich direkt zu Roland Wagner führen?"

Er legte den Zeigefinger in Denkermanier an sein Kinn. „Du hast wahrscheinlich recht. Falls beides sich bewahrheitet, dann hängt das eine mit dem anderen zusammen."

Dienstag, 30. September 2008, 9:00 Uhr – Wien

Das Hilton Garden Inn unterschied sich in der Qualität seiner Zimmer in nichts von den Hilton-Hotels in den USA, Südamerika oder jedem anderen Land dieser Erde. Wie die milliardenschwere Familie und deren Franchisenehmer es wohl anstellten, diesen Standard weltweit auf einem derart einzigartig-hohen Niveau zu halten, blieb ihm ein Rätsel. Dieser Umstand stellte in den Augen des erfahrenen Berufskillers die logistische Meisterleistung schlechthin dar. Auch bezüglich der Sicherheitssysteme imponierte ihm die Hotel-Kette. Wer mit seinem Personalausweis eincheckte, vertraute seine Daten einem privaten Sicherheitssystem an, das die CIA und europäischen Dienste für sich als wertvolle Informationsquelle entdeckt hatten und bei Bedarf anzapften. Sinan hatte nach dem Mann und der Frau eineinhalb Tage lang die gesamte Stadt abgesucht. Seine Auftraggeber hatten ihm dazu Personal zur Verfügung gestellt. Emre, der Tschetschene, arbeitete im Hauptberuf für einen Zuhälter in der Ringstraße. Sinan nannte ihn in Gedanken nur „Narbengesicht". Johann Müller, suspendierter Kriminalbeamter, betrieb eine Privatdetektei in Wien, die sich zur Fassade auf Wirtschaftsverbrechen spezialisiert hatte, jedoch in erster Linie mithilfe von weiblichen Lockvögeln Erpresservideos fabrizierte; Sinan nannte ihn Blondi. Igor hatte früher für den KGB Auftragsmorde erledigt. Nach dem Fall des Eisernen Vorhangs hatte er eine Sicherheitsfirma mit Sitz in Wien und Zürich gegründet. Er war mit seinen knapp sechzig Jahren zwar der Älteste von allen, aber Russlandkontakte waren wertvoll. Sinan taufte ihn wegen seiner geringen Körpergröße Stummel. Außerdem gab es noch den unscheinbaren Türken Ali und seinen Bruder Mohammed, die sich ebenfalls in der Nähe des Hotels postiert hatten und ihm sofort Bescheid geben würden, sobald der Journalist und seine Kollegin das Gebäude durch eine Seitentür oder einen Notausgang verließen. Den beiden war es gelungen, sechsunddreißig Stunden lang unsichtbar zu bleiben. Erst als sie im Hilton eingecheckt hatten, waren Tscharly Huber und Kira Obermaier wieder auf dem Radar seiner Auftraggeber aufgetaucht. Seine Auftraggeber hatten sich in das IT-System der Hilton Hotels eingehackt. Sinan und seine Gefährten wussten auf einmal sogar, in welches Zimmer die beiden eingecheckt hatten. Die beiden hatten bei ihrer ersten Begegnung verdammt viel Glück gehabt. Mehr als Allah einem gewöhnlich Sterblichen gemeinhin zugestand. Sie waren ihm zweimal durch die Lappen gegangen. Ein drittes Mal durfte das nicht passieren. Wenn er vorhatte, am Leben zu bleiben, musste er verdammt nochmal erfolgreich sein. Andernfalls würde einer jener Männer, die seine Auftraggeber ihm zur Seite gestellt hatten, ihn liquidieren. Die beiden Türken waren Ex-Fremdenlegionäre, die im Anschluss an ihre Zeit bei der Fremdenlegion für eine private Söldnerfirma namens ‚Wagner' sowohl im Jemen als auch in Algerien einiges an Drecksarbeit erledigt hatten. Er würde die beiden im Auge behalten. Er musste vor den verdammten Türken auf der Hut sein, sich als der Schnellere und Lautlosere erweisen, falls sie es auf sein Leben abgesehen hatten. Er wollte nicht sterben. Es gab so viele wunderbare Bücher, die er gerne lesen wollte, die ihn interessierten, und Schriftsteller, über deren Schaffen er schon so viel gehört hatte. Derlei Gedanken hielten ihn wach, während er die Nacht im Zimmer neben den beiden Zielobjekten verbrachte. Es war ihm gelungen, über ein gekipptes Fenster eine Wanze unterhalb des Teakholzschreibtisches zu platzieren. Wenigstens ersparte ihm das Pärchen unnötige peinliche Sexszenen. Der Prophet hatte seine Gründe dafür gehabt, den Frauen den Schleier aufzuerlegen, sagte er sich. Die öffentlich zur Schau getragene Dekadenz und Sexualität der westlichen Welt wirkte auf ihn immer noch abstoßend. Nichts war ästhetischer und erotisierender als der Schleiertanz einer muslimischen Frau, die sich einzig und allein ihrem Ehemann offenbarte …

„Hinterausgang!", meldete Narbengesicht und riss Sinan aus seinem Nachdenken.

„Sie nehmen ein Taxi", berichtete Blondi.

Sinan ergriff das Funkgerät. „Dranbleiben!", befahl er und nahm Kontakt zu Igor auf, der in einem schwarzen Porsche Cayenne vor dem Haupteingang wartete: „Dem Taxi folgen!"

Die beiden Türken warteten auf der Ostseite des Hotels. Sinan nahm den Lift nach unten und entwich durch einen offenen Notausgang, in dem es entsetzlich nach kaltem Zigarettenrauch stank. Er erspähte Ali, im Jogginganzug, der scheinbar Gymnastikübungen in der Nähe einer Tankstelle vollführte. Mohammed bretterte mit einem weißen Kastenwagen auf ihn zu. Sinan trug an diesem Morgen eine Latzhose und schleppte einen Werkzeugkasten. Emre bremste neben dem Bürgersteig, Sinan riss die Beifahrertür auf und stieg ein. Über das Funkgerät lauschten sie Igor, der sie darüber auf dem Laufenden hielt, welchen Weg das Taxi mit dem Pärchen an Bord nahm.

Ein malerisch bunter Herbsttag über der Stadt kündigte sich an und Sinan musste an ein Gedicht seines deutschsprachigen Lieblingsdichters denken – Rainer Maria Rilke:

„*Wer jetzt kein Haus hat, baut sich keines mehr.*
Wer jetzt allein ist, wird es lange bleiben,
wird wachen, lesen, lange Briefe schreiben
und wird in den Alleen hin und her
unruhig wandern, wenn die Blätter treiben.“

Am Straßenrand trieb der Wind Blätterwerk voll betörender Schönheit vor sich her. Die Herbstsonne verlieh den Dächern und Firsten silbernen Glanz und spiegelte sich in den Glaswänden moderner Hochauskomplexe wider. Sinan spürte Neid in sich aufsteigen, Neid gegenüber dem Mann und der Frau. Einen schöneren Tag zum Sterben konnte man sich kaum vorstellen. Und dabei ahnten die beiden noch nichts von ihrem Glück.

Dienstag, 30. September 2008, 9:33 Uhr – Wien

„Am besten, wir trennen uns hier, Tscharly."

Er hatte sich soeben ein Eis gekauft. Dann hatten sie an einer Ampel die Straße überquert und waren auf den Hietzinger Eingang zum Schönbrunner Schlosspark zumarschiert.

„Wollte ich gerade vorschlagen", antwortete er und rückte mit der freien Hand seine hässliche Kappe mit der dämlichen Aufschrift zurecht. Das vegane Schokoladeneis schmeckte überraschend gut, die Kugel mit Erdbeere dagegen hätte er sich sparen können; einfach nur künstlich. Als Touristen auftretend, waren ihre Überlebenschancen am größten. Deshalb hatte Tscharly sich die beiden Kugeln gegönnt. Tscharly zog das Smartphone aus seiner Brusttasche und tat so, als fotografiere er die schnurgeraden Hecken im Schlosspark. Seine Schritte knirschten über den Kies. Kira bog direkt in Richtung Schloss nach links ab. Laut Plan führte der Pfad vorbei an einem Bassin zur Rückseite eines aus Hecken angelegten Irrgartens. Tscharly marschierte geradeaus und bog erst auf dem großen Platz vor dem Schloss ebenfalls nach links ab. Jede Menge Touristen mit Kameras und Smartphones knipsten dort Fotos von der Römischen Ruine. Das Bauwerk stammte aus dem achtzehnten Jahrhundert, seine Architekten hatten dabei die Überreste eines antiken römischen Tempels nachgeahmt. Die Mesdames und Messieurs der Barockzeit liebten es, ihre Rendezvous an derart geheimnisumwobenen künstlichen Ruinen zu zelebrieren. In der Luft schwebte das Odeur unzähliger Parfüms und Deodorants neben dem von Schweiß und Talg. Tscharly spähte nach dem Irrgarten. Falls Kira richtig gegangen war, stand sie jetzt in seiner unmittelbaren Nähe hinter Sträuchern und Laubbäumen versteckt. Um Punkt zehn Uhr – genau wie Mira Filipovic ihm versprochen hatte – trat ein Mann aus dem Irrgarten hervor. Tscharly zuckte innerlich. Trotz der kühlen Herbstluft trug der Mann nur ein dünnes weißes T-Shirt, eine weiße Hose und weiße Stoffschuhe. Südländischer Typ, der exakt Tscharlys Klischee-Vorstellung eines Romas oder Sintis entsprach. Das pechschwarze Haar war an den Seiten ergraut, sein Gesicht von tiefen Falten gezeichnet und die dunkle Farbe seiner Iris wirkte wie Kohle. Eine Zigarette hing schlaff in seinem Mundwinkel. Bei Tscharlys Anblick nahm er den Glimmstängel aus dem Mund und nickte. Tscharly schaute sich um, entdeckte jedoch nirgends eine Spur von Kira. Eine Kutsche mit Fiaker-Pferden fuhr vorüber. Das Schönbrunner Schloss mochte höchstens hundert Meter entfernt sein. In der Herbstsonne flimmerte die Luft, wodurch das legendäre Schönbrunner Gelb vor Tscharlys Augen verrann. Auch vor dem Haupteingang des Schlosses tummelte sich eine Traube von Menschen in Trekkingschuhen, Sandalen und Turnschuhen.

Tscharly blieb stehen.

„Auch schon hier, Herr Huber?", fragte der Typ, der ihm nun direkt gegenüberstand.

Tscharly erkundigte sich: „Emilio?"

„Emilio kann nicht kommen", erwiderte sein Gegenüber mit rauer Stimme und schnippte die Zigarette in Richtung der Statue eines römischen Legionärs.

„Was ist mit Emilio?"

Der Fremde zündete sich mit einem billigen Plastikfeuerzeug die nächste Zigarette an und inhalierte tief. Seine Stimme klang wie ein Motor mit Kolbenfresser: „Emilio ist verschwunden. Abgehauen."

„Seit wann?"

Tscharly schlenderte neben seinem Begleiter über das große Parterre des Schlosses. Die nächsten Touristen standen zehn bis zwanzig Meter von ihnen entfernt und stierten in den blauen Herbsthimmel auf.

Tscharly spähte zum Irrgarten. Gott sei Dank blieb Kira in Deckung. Auf der anderen Seite – dem Schloss gegenüber.

„Sie sind sehr wortkarg", stellte Tscharly fest.

Irrte er sich oder befanden sich im Gesicht des Mannes einige Narben, die vielleicht von Messerstechereien herrührten?

„Ich mache mir große Sorgen um meinen Cousin Emilio", begann der Roma daraufhin zu erzählen. „Er ist untergetaucht, dabei hat er mir bei unserem letzten Treffen erzählt, er hätte endlich einen heißen Tipp bekommen, wohin dieses Baby aus dem Krankenhaus in Klagenfurt entführt worden ist. Jemand hat ihm gegenüber steif und fest behauptet, er hätte die Frau auf dem Phantombild in Begleitung eines dreijährigen Jungen mit sehr heller Haut vor über einem Jahr auf der Straße erkannt."

„Haben Sie ihm das geglaubt?"

„Es war nicht das erste Mal, dass er geglaubt hat, er wäre auf einer heißen Fährte."

„Wer war derjenige, der Emilio angeblich diesen heißen Tipp gegeben hat?"

„Derjenige hat angeblich sogar gewusst, wohin die Frau und das Kind gegangen sind, nachdem sie Klagenfurt wieder verlassen haben. Der Mann soll als Barkeeper in einer Schwulenbar in Klagenfurt arbeiten."

Tscharly blieb stehen und unterdrückte ein Seufzen. „Warum soll die Hauptverdächtige im Fall einer Säuglingsentführung ausgerechnet in die Stadt zurückkehren, in der sie das Kind entführt hat? Das ergibt doch keinen Sinn."

„Das habe ich meinem Cousin auch einzureden versucht."

„Und dann ist er wahrscheinlich erst einmal nach Kärnten gefahren, um den Zeugen persönlich zu treffen."

„Das war vor zwei Wochen."

Der Mann inhalierte. Tscharly hustete wegen des kalten Rauchs. Sie trotteten drei Schritte voran und blieben wieder auf offenem Feld stehen.

„Es gibt einen Baron im Waldviertel. Von dem haben Sie bestimmt gehört. Sein Name ist Hans von Storckheim."

„Ist das nicht der berühmte Holocaustleugner?" Tscharly erinnerte sich an Zeitungsberichte.

„Ein Freund von uns war früher ein Forstarbeiter vom alten Baron. Und er hat ihn gefahren. Eine Art Chauffeur und Hausmeister – Mädchen für alles, schweigt wie ein Grab, wenn Sie verstehen, was ich meine."

„Verstehe."

„Jedenfalls hat er erzählt, dass die junge Frau mit diesem sonderbaren Kind schon vor zwei Jahren für einige Zeit bei dem

Baron im Schloss gewohnt hat. Ein Deutscher soll die Frau immer wieder besucht haben. Sie haben sie Brunhilde genannt, was für eine Frau in ihrem Alter eher ungewöhnlich ist. Aber angeblich ist das so eine Figur aus einer Oper. Ihren richtigen Namen hat nur der Baron gewusst und dieser Deutsche. Der Junge heißt Siegfried, falls das sein richtiger Name ist. Auch ungewöhnlich, wenn Sie mich fragen."

„Wie lange hat Brunhilde beim Baron gelebt?"

„Zwei, drei Monate. Aber aus irgendeinem Grund ist sie dem Baron davongelaufen. Angeblich wollte sie zu einem Bekannten nach Klagenfurt reisen."

„Woher wissen Sie, dass Sie dort heil angekommen ist?"

„Dieser Freund – der Chauffeur des Barons – ist ihr gefolgt, hat sie beobachtet und hat dann seinem Herrn Meldung darüber erstattet."

„Und ihr letzter Kontakt, bevor sie Klagenfurt wieder verlassen hat, soll dieser Barkeeper gewesen sein?"

„Im Alten Kramladen. So heißt die Bar."

Tscharlys Atem stockte. Sein Blut rauschte in den Schläfen. Sollten diese Informationen sich als echt erweisen, dann … hätte er seine Freude unmöglich in Worte fassen können. Plötzlich fürchtete er nichts mehr als eine mögliche Enttäuschung. „Aber was ist, wenn jemand Emilio bewusst auf eine falsche Spur gelockt hat?"

Der Roma zündete sich die nächste Zigarette an. „Das habe ich mich auch gefragt, aber wo ist Emilio abgeblieben? Das ist meine größte Sorge." Er hustete und spuckte grünen Schleim in eine Rosenhecke. Tscharly wandte seinen Blick ab. Sein Herz machte Freudensprünge und er fragte: „Wie heißt dieser Barkeeper in …?"

Tscharly hörte und spürte einen Schuss. Der Anblick eines kraterartigen Punktes auf der Stirn des Mannes ließ ihn begreifen, dass er einen Fehler gemacht hatte. Sie hatten sich in falscher Sicherheit gewogen; ihre Verfolger hafteten ihnen an den Fersen. Schreie hallten über den Schlossplatz. Kreischen. Der Roma stürzte wie ein gefällter Baum. Anstatt sich auf den Boden zu werfen, um sich vor Attacken aus dem Nichts zu schützen, rannte Tscharly auf das Schloss zu. Er rechnete mit weiteren Schüssen. In Panik rammte er einen Ständer mit Ansichtskarten. Motive von Kaiserin Sisi und ihrem Gemahl Franz Josef flatterten unkontrolliert durch die Luft. Die Touristen reagierten je nach Charakter mit Erstarren oder Fluchtreflex. Eine wilde Stampede riss Tscharly mit sich. Diejenigen, die sich auf den Boden geworfen hatten, gerieten dadurch augenblicklich in Lebensgefahr.

Dienstag, 30. September 2008, 9:41 Uhr – Wien

„Schaitan! Wer immer geschossen hat, wird dafür in der Hölle schmoren", fluchte Sinan in sein Funkgerät.

„Nein", protestierte Igor über das Mikro in seinem Ohr, „von uns hat keiner geschossen, Chef!"

Emre funkte dazwischen. „Aktion abbrechen!", befahl das tschetschenische Narbengesicht.

„Ich leite die Aktion!", beharrte die Speerspitze und hielt nach der Frau Ausschau. Eben noch war Sinan knapp davor gewesen, Kira Obermaier von hinten in den Kopf zu schießen. Die Kleine hatte ihn kurz zuvor sogar mit großen Augen angeblickt, denn sie hatte sich zu ihm umgedreht und ihn für einen Handwerker oder Gärtner gehalten. Er hatte sein arglosestes Lächeln aufgesetzt. Im Gegenzug hatte sie ihm allerdings keinerlei Beachtung beigemessen und ihre Aufmerksamkeit wieder ihrem Begleiter und dem Roma gewidmet. Kira Obermaier befand sich noch im Kampf-Flucht-Modus. Früher oder später würde ihr jedoch das Gesicht des Gärtners im Traum erscheinen und dann würde es sich über das jenes Mannes in ihrer Wohnung legen, der ihr im Halbdunkel eine Klinge an die Kehle gehalten hatte. Aber nur, wenn sie lange genug lebte, um zu träumen, was Sinan zu bezweifeln wagte.

Kira Obermaier war abgeschwirrt. Wie ein Pfeil. Sinan verfolgte sie, verlor sie Sekunden später in der Menschenmenge aus den Augen.

„Chef, wir haben die Kleine auf der Rückseite hinter dem Schloss gesichtet“, meldete sich Blondi via Funk.

„Nicht schießen!“, befahl er außer Atem.

In seiner kalten Wut fragte er sich, wer um Allahs willen dieses dreckige Zigeunergesicht erschossen hatte, der aussah, als wäre er mit Emre verwandt? Schaitan persönlich hatte seine Finger im Spiel gehabt. Ihm fielen grandiose Action-Romane amerikanischer Autoren wie Lee Child und Robert Ludlum ein. Jack Reacher und Jason Born schafften es jedes Mal mit Bravour, hinterlistigen Killern zu entfliehen. Die Realität, wie Sinan sie kannte, unterschied sich von derlei literarischem Schund gewöhnlich grundlegend. Ausgerechnet hier in dieser Metropole, in diesem Disneyland für Kulturtouristen, sollte die Fiktion zur Realität werden? Er konnte es kaum erwarten, in Wien/Schwechat in das nächstbeste Flugzeug zu steigen und in einem Zickzackkurs rund um die Welt zu fliegen. Anschließend würde er sich zu Hause auf der Veranda seines Hauses in eine Hängematte legen und lesen, lesen und nochmals lesen. Von allem in der Welt würde er sich notfalls trennen, falls es die Lage erforderte, unterzutauchen. Aber niemals werde ich meine geliebten Bücher zurücklassen, dachte er. Niemals. Auch nicht wegen eines verrückten Pärchens, das ihn gerade vorführte und vor aller Welt lächerlich machte.

Dienstag, 30. September 2008, 10:00 Uhr – Gutshof

An diesem Morgen erwachte sie und fand sich umgeben von deutschen Soldaten. Acht an der Zahl. Die Schaufensterpuppen trugen Uniformen. Mottenlöcher von Jahrzehnten und eine dicke, fette Staubschicht verrieten, dass es sich um Originale handelte. Odin hatte ihr darauf sein Wort gegeben. Reichsadler, Hakenkreuzbinden, SA- und SS-Abzeichen ließen keine Zweifel an der Herkunft. Milla gähnte und streckte sich in ihrem bequemen Bett, von dem aus sie die Truppe beobachtete. Nach längerem Überlegen gelang es ihr sogar, Gebirgsjäger von Fallschirmjägern – den sogenannten Grünen Teufeln – zu unterscheiden. Dagegen erwies sich eine Differenzierung zwischen U-Boot-Fahrer und Marinesoldat als schwieriger. Odin hatte sie das Unterscheidungsmerkmal gelehrt: Bei Infanteristen und den Panzergrenadieren musste sie passen, das hatte sie bereits wieder vergessen. Milla löste sich aus ihrer weichen Decke. Wie eine Partisanin im Nachthemd näherte sie sich lautlos den Pappkameraden von der Seite an. In deren Pistolenhalftern steckten p38er, natürlich echte. Unter dem Arm des Fallschirmjägers klemmte eine Schmeisser-Maschinenpistole, bereit zum Angriff. Von den Gürteln der Panzergrenadiere baumelten lässig echte Stilgranaten, jeweils mindestens zwei. Allein der gemeine Infanterie-Landser trug das deutsche Standardgewehr des Zweiten Weltkriegs, den Karabiner 38, wie er millionenfach im Zweiten Weltkrieg zum Einsatz gekommen war. Am Seitengürtel befand sich ein langes Bajonett für den Nahkampf. Einer der tapferen Helden trug eine grüne, mit Tarnflecken übersäte Uniform, die gestern Abend ihr besonderes Interesse erregt hatte; SS-Runen am Kragen und ein Totenkopf am Käppi standen für seine Zugehörigkeit zur Schutzstaffel des Führers. Nur das Sturmgewehr konnte sie nicht zuordnen. Mist! Sie war dermaßen müde gewesen, als sie mit Odin und dem Jungen am Abend auf dem Gutshof angekommen war, dass sie kaum die Augen hatte offenhalten können. Odin hatte ihr ihr Schlafzimmer gezeigt, das einem Museum glich. Leider hatte Milla sich nur einen Teil seiner faszinierenden Ausführungen merken können.

Dieses eigenartige Sturmgewehr in den Händen des SS-Offiziers sah aufgrund des leicht gekrümmten Magazins beinahe wie eine Kalaschnikow aus. Diese Tatsache irritierte sie zutiefst; der Russe hatte doch dieses Gewehr entwickelt – und zwar später. Sie grübelte – und da fiel ihr wieder ein: Odin hatte ihr einzutrichtern versucht, Modernität und Technik der Nazi-Waffen niemals zu unterschätzen. Wären Strahlenjäger, Langstrecken-U-Boote, Strahlenbombe und andere Wunderwaffen rechtzeitig zum Tragen gekommen, dann hätte der Krieg ein anderes Ende genommen. Im Grunde hatten die Ingenieure des Dritten Reiches diesen Krieg verloren; es war allein ihre Schuld, weil sie um eine Millisekunde zu langsam gewesen waren, aber exakt dieser winzige Zeitabschnitt hatte das deutsche Volk schließlich den Endsieg gekostet.

Milla schob die Vorhänge zurück und spähte in den Innenhof. Eine zehn Meter hohe Mauer grenzte das Grundstück ein. Auf halbem Weg zur Mauer stand ein alter Panzer, Fabrikat Nummer: Tiger II, wie er in Russland zum Einsatz gekommen war.

Milla ging nach draußen, um die angenehme Morgenluft zu genießen. Mit keinem einzigen Gedanken hatte sie seit dem Erwachen an Siegfried gedacht. Sie erschrak, als sie seine Stimme hörte: „Uuhhhuu, ahhhhh …“ Sie entdeckte ihren Sohn hinter dem Panzer. Odin lag vor ihm auf dem Boden und mimte den Besiegten. Siegfried erhob sein Schwert und stach zu. Odin gab ein theatralisches Ächzen und Stöhnen von sich, was den kleinen Kämpfer mit Genugtuung erfüllte.

„Aggha, hahaha, tot …“, brabbelte er.

Dann bemerkte er die Anwesenheit seiner Mutter und wandte sich ihr stolz mit dem massiven Holzschwert in seinen kleinen Händen zu.

„Mama, Mama, Odin spielen mit mir“, verkündete Siegfried. Ein glücklicher Schimmer trat in seine Augen. „…wonnen“, fügte er voller Inbrunst hinzu und drückte Milla kräftig. Sie legte automatisch ihre Arme um ihn; er riss sich abrupt los und rannte zum Eingang des Haupthauses davon. Milla wollte ihm nachlaufen. Odin stellte sich ihr in den Weg.

„Ich muss ihn …"
„Du musst gar nichts", entgegnete er. Unter seinem Vollbart zeichnete sich ein Lächeln ab. Die ebenfalls mit grauen Strähnen durchzogenen Haare hatte er heute zu einer imposanten Sturmfrisur nach oben gegelt; dadurch wirkte er wie ein alter germanischer Krieger oder wie ein Wikinger.
„Guten Morgen", sagte er tollkühn. „Ich hoffe, deine erste Nacht in meinem Zuhause ist dir wohl bekommen."
Sie verharrte und beschloss, sich später um das Kind zu kümmern. Seine Blicke hafteten wie Magnete an ihr. „So gut habe ich schon seit Ewigkeiten nicht mehr geschlafen", erwiderte sie.
Odins Gesichtszüge entspannten sich, wurden zum Abbild ritterlichen Edelmuts. Beinahe hätte sie losgeprustet, weil er sie an Richard Gere in der Hollywood-Schmonzette „Der Erste Ritter" erinnerte. Ob er sich dieser Ähnlichkeit wohl bewusst war und sich tatsächlich einbildete, sie auf diese Weise beeindrucken zu können?
„Die Ritter der Tafelrunde haben auf mich aufgepasst", sagte sie.
„Schön", sagte er. „Unsere Götter meinen es gut mit dir. Das zeigt sich auch an dem fabelhaften Kind, das du mitgebracht hast. Siegfried ist wunderbar. Er hat bereits jetzt alle Merkmale eines arischen Helden. Er ist kräftig, flink, intelligent und verfügt über einen durch und durch kriegerischen Instinkt."
Milla konnte nicht anders, als ihn zu provozieren. „Ein kleiner Knappe, der darauf harrt, zum Ritter ausgebildet zu werden. Aber ich muss mich um ihn kümmern." Sie wollte gehen. „Er hat bestimmt noch nichts gegessen und …"
„Nicht nötig", hielt er sie davon ab, nach ihrem Sohn zu sehen. „Jeder hier kümmert sich um Siegfried. Jetzt ist es erst einmal Zeit für dein Frühstück, Milla. Du hast gestern Abend bei deiner Ankunft nichts zu dir genommen. Siegfried hat schon gefrühstückt und ich muss sagen, sein Appetit ist dem eines Germanen mehr als würdig. Du hast ihn zu einem perfekten Krieger erzogen!"
Er starrte ihr tief in die Augen.

Sie spürte ihre Wangen glühend heiß; Wut regte sich in ihr gegen seine selbstgefällige Art. Sie wich seinem hypnotisierenden Blick aus. „Falls Bärenhunger das Gütemerkmal eines Germanen ist, dann kenne ich viele Kandidaten, die gar nicht so recht ins rechte Raster passen", entgegnete sie.

„Wichtig ist die Einstellung", führte Odin staatsmännisch ins Feld. „Nur wer innerlich durch und durch ideologisiert ist, der ist ein glühender Nationalsozialist, ganz unabhängig von Herkunft, Aussehen und Anlagen", machte er eine Anspielung auf Siegfrieds Erbkrankheit. Er ließ die Worte wirken. Milla zitterte, hatte auf einmal Angst um das Leben ihres Sohnes. Auf welche Sache hatte sie sich da wieder eingelassen?

„Um es anders zu wenden", fuhr er fort, „wer Jude ist, bestimme immer noch ich, soll der Generalfeldmarschall Herrmann Göring einmal gesagt haben und im Prinzip kann ich dem nur zustimmen. Denn es kommt neben der Genetik auch auf die durch die Sozialisation vermittelten Fähigkeiten an. Insbesondere ist der Wille zum Sieg entscheidend. Selbst wenn Siegfried tatsächlich einen Tropfen jüdisches Blut in sich trüge", schloss Odin seinen Vortrag, „spüre ich in seinem Inneren den unbedingten Willen zum Sieg. Wenn wir ihm unsere Weltanschauung vermitteln, ist er einer von uns."

Wenn nur ihre Mutter und ihr Großvater nicht wären, fluchte sie; ganz sicher wusste Odin auch von diesem Zweig ihrer Familie. Und damit blieb sie für alle Zeiten erpressbar.

Er führte sie ins Haus. Sie folgte ihm eine Treppe hinauf. Hinter einer Tür hörte sie Siegfrieds Stimme. „Hier oben im ersten Stock", erklärte Odin ihr, „befindet sich zur Linken mein Büro, in dem sich Siegfried mit Original-Soldatenfiguren, Panzern, Kanonen, Schiffen, Flugzeugen, Fieseler Storchen und so weiter aus der NS-Zeit vergnügt. Alles aus Holz und ohne giftige Stoffe hergestelltes Spielzeug aus dem goldenen Zeitalter."

Odin legte den Finger auf die Lippen. Tatsächlich drangen trotz angelehnter Türe aus dem Inneren des Arbeitszimmers kindliche Kampfgeräusche.

„Pffft, bscht, bumm, peng, peng, peng …"

„Er scheint sich wie zu Hause zu fühlen. Was hast du mit ihm gemacht?"

Ein schiefes Grinsen als Antwort musste ihr reichen. „Außerdem", fuhr er fort, „befindet sich hinter der Tür eine fantastische Bibliothek, mit deren Hilfe du deine weltanschaulichen Lücken schließen kannst. Aber natürlich nur, wenn du es willst. Denn eines musst du wissen: Bei uns basiert alles auf dem Prinzip der Freiwilligkeit. Wir zwingen niemanden."

„Ein zukünftiger Soldat braucht eine strenge Hand, die ihm den Weg weist", entgegnete sie selbstsicher. Ich selbst habe diese strenge Hand in meiner Kindheit immer vermisst, fügte sie in Gedanken hinzu. Die alkoholkranke Mutter und der nichtanwesende Vater … Wie sehr hatte sie Grenzen und Fürsorge vermisst.

„Sprichst du aus Erfahrung?", analysierte er sie.

Milla geriet ins Stottern. „Siegfried soll es einmal besser haben."

Er grinste, was ihre Wut verstärkte. „Dasselbe gilt auch für unsere harmlosen Wehrsportübungen. Wir haben den Auftrag, uns bis zum Tag X fit zu halten. Hinter der Bibliothek gibt es weitere Räume, doch die sind momentan für dich tabu. Jeder, der die Ehre erhält, sie zu sehen, muss sich das erst verdienen. Das gilt auch für jede neue Frau hier."

Nahm dieser Mann sie ernst?

Ein erneuter Blick in Odins Gesicht wischte alle Zweifel hinweg. Es ist, als würden wir uns schon ewig kennen, flüsterte die Stimme in ihrem Innern.

„Und jetzt muss ich leider arbeiten", sagte er. „Aber Heidrun hat dir unten in der Küche ein Frühstück bereitet."

„Na, dann freue ich mich, jetzt auch endlich dein Weib kennenzulernen", antwortete sie provozierend im Nazi-Jargon der Dreißigerjahre.

„Und Heidrun freut sich auf dich", antwortete er galant.

Milla tappte die steilen Holztreppen wieder nach unten. Manche Nationalsozialisten, fiel ihr ein, hingen der Vielweiberei an. Das beste und reinste Blut sollte möglichst viele Nachkommen zeugen. Gerade der sexuelle Spätzünder Heinrich Himmler hatte diese Idee propagiert. Hitler hatte den SS-Chef dafür auf lustfeindliche Weise in die Schranken gewiesen.

Milla betrat die Küche.

„Guten Morgen", hörte sie eine Stimme.

Milla blieb stehen. „Guten ..." Sie erblickte Heidrun.

Diese Frau ist einen Kopf kleiner als ich und viel zu klein für einen Riesen wie Odin, lautete ihr erster Gedanke.

Außerdem besaß sie eine zierliche Figur. Die Hüften waren beinahe so schmal, dass Odins kräftige Bauarbeiterhände sie mühelos umfassen konnten. Das Haar war vermutlich naturblond und etwas länger als bei den meisten Frauen ihres Alters. Odin hatte ihr auf der Fahrt im Bulli verraten, dass Heidrun sich der Mitte der vierzig näherte, was Milla bei näherer Betrachtung kaum glauben konnte. Im Gegenteil, auf den ersten Blick wirkte die Frau des Anführers wie Mitte zwanzig. Jugendlich, beinahe völlig frei von Falten. Offensichtlich bedurften auch ihre Haare keiner Farbkorrektur. Trotzdem konnte sie sich nur schwer vorstellen, dass diese Kindfrau bereits sieben Kinder zur Welt gebracht haben sollte.

„Du musst Milla sein. Du hast sicher Hunger", empfing sie sie mit freundlichen Worten.

Sie wies auf einen Teller mit Blut- und Leberwürsten.

„Das ist ja ..."

„Das ist eine ausgewogene Ernährung", begann Heidrun zu dozieren: „Ja, wir versuchen uns gesund zu ernähren. Odins Kameraden haben uns bereits vor zwanzig Jahren darauf hingewiesen, dass die deutsche Lebensmittelindustrie versucht, uns mit ihrem Fraß zu vergiften. Damals waren wir jung und lachten darüber, weil wir es nicht besser wussten. Aber nach und nach haben wir alles recherchiert und herausgefunden, dass alles stimmte. Die günstigen Lebensmittel in den Discountern sind die schlimmste Strafe, die du deinem Körper zumuten kannst – da sind Drogen noch die bessere Alternative. Weißt du, wie viele Konservierungsstoffe enthalten sind, um die Lebensmittel haltbar zu machen und welche Nebenwirkungen sie haben? Weißt du, wie das ach-so-gesunde Jod ins Salz gemischt wird? Das sind industrielle Abfallprodukte, die krebserregend sind. Das Zuckerkartell hat durchgesetzt, dass fast allen Lebensmitteln Zucker zugesetzt wird. Zucker in der Wurst. Zucker in der Bratensoße. Zucker im Brot. Du verstehst, worauf ich hinaus will?“

Milla nickte verlegen. „Ich denke, ja.“

Und setzte sich. Ärger gleich am ersten Tag – noch dazu mit der Frau des Anführers … Reiß dich zusammen!, beschwor sie sich innerlich und aß brav ihre Portion unter Heidruns Argusaugen auf. Als sie den gigantischen Teller von sich schob, war sie so satt wie eine Löwin, die eine Antilope allein vertilgt hatte. Heidrun strahlte.

„Hat es dir geschmeckt?“, fragte sie. „Sieht man dir überhaupt nicht an, dass du in der Lage bist, solche Löwenportionen zu verspeisen.“

„Ich weiß gar nicht, wann ich das letzte Mal so gut gegessen habe“, antwortete Milla. Das deftige Essen hatte ihr besser gemundet, als sie selbst es für möglich gehalten hätte. „Wahrscheinlich war das das beste Frühstück *ever*!“

Heidruns Mimik verdunkelte sich beim letzten Wort des Satzes. Milla erkannte blitzschnell den Fauxpas und korrigierte: „Das beste Frühstück, das ich jemals gegessen habe.“ Heidrun schien augenblicklich versöhnt und begann das Geschirr, das selbstgebackene Brot und die Reste der Schlachtplatte abzutragen.

„Aber du hast ja dein Sauerkraut gar nicht gegessen, Milla“, merkte sie an. „Das ist unglaublich gesund für die Darmbakterien, weißt du das denn nicht?“

Verdammt! Wie erklärte sie ihrer Gastgeberin, dass sie gerade eine dreimonatige Sauerkrautkur in einem Reichsbürgerdorf hinter sich hatte, ohne diese zu verletzen.

„Ich habe eine Sauerkrautallergie.“

Heidrun lächelte und nahm den Teller. „Wir haben vorgestern geschlachtet. Wir benutzen kein Nitrit-Pökelsalz, das hochgradig krebserregend, aber kostengünstig ist. In unsere Wurst gehört nur Schwein. Man ist nämlich, was man isst. Und eins kannst du mir glauben: Auf unserem Gutshof haben wir nur glückliche Tiere. Ob es die Wachhunde sind, die tagsüber frei herumlaufen, die

Pferde auf der Weide, die Schweine im Stall und draußen die freilaufenden Hühner und unsere Kühe nicht zu vergessen. Natürlich haben wir auch einen Garten, in dem wir Gemüse und Salat anbauen. Frei von Pestiziden jeder Art."

Es fiel Milla schwer, ihr Erstaunen mimisch zu unterdrücken. „Das bedeutet sicher viel Arbeit."

„Hast du je ein Kaninchen geschlachtet?", fragte Heidrun.

„Nein."

„Und der Junge?"

„Auch nicht."

„Wir benötigen Hilfe", wechselte Heidrun abrupt das Thema. „Odin besitzt einen harten Kern von Kameraden, die mit ihm durch das Feuer der Hölle gehen würden. Ohne ihre Hilfe hätten wir das Gebäude niemals so instand setzen können. Zum Glück sind die meisten der Kameraden handwerklich begabt und wohnen in der Nähe. Wir haben einen Organisationsplan entwickelt, wer wann mit welcher Tätigkeit dran ist. Dann gibt es am wenigsten Ärger. Seltene Ausnahmeexemplare wollen sich manchmal vor der Arbeit drücken, weil sie am Abend zuvor zu viel gesoffen haben. Aber der Plan ist dazu da, sie an ihre Verbindlichkeit zu erinnern. Meistens ist es aber anders herum. Jeder will derjenige sein, der uns am meisten unterstützt. Damit es kein Hauen und Stechen gibt, ist dieser Plan eigentlich entwickelt worden."

Heidrun zwinkerte. Milla fragte sich, ob es vor dem Hintergrund dieser Worte noch zu früh wäre, ihre Hilfe aktiv anzubieten. Sie stand auf und räumte die Gläser und das Geschirr eigenhändig weg.

„Das ist nett von dir", meinte Heidrun. „Du musst dir aber keine Umstände machen."

Millas Unterkiefer klaffte nach unten. „Ich bin Gast, da möchte ich nicht gleich die erste Geige in der Küche spielen und …"

Das brachte ihr einen bösen Seitenblick der Hausherrin ein. „Du bist nicht Gast, sondern ab jetzt gehörst du zur Familie. Das hat Odin bestimmt und so soll es sein."

Milla musste plötzlich Tränen zurückhalten. Heidrun spürte ihre sensiblen Schwingungen. Sie hörte auf, die Spülmaschine einzuräumen und öffnete ihre dünnen Arme. „Na, na, na, komm her Kleines“, sagte sie liebevoll und ihre blauen Augen strahlten eine herzliche Wärme aus. Milla ließ sich fallen und Heidrun fing sie sanft auf, strich ihr den Rücken rauf und runter. Das Streicheln löste in Milla positive Vibes aus. Sie fühlte sich wie ein geborgenes Kleinkind.

„Später“, meinte Heidrun vielsagend und löste sich aus der Umarmung. „Aber jetzt räumen wir auf und dann zeige ich dir Hof und Haus.“

Ein freudiges „Ja!“ folgte stehenden Fußes und Milla fühlte sich erregt wie seit Urzeiten nicht mehr.

„Abschließend mache ich dich mit dem Betrieb bekannt“, fuhr Heidrun fort. „Wir führen einen Internet-Shop, der Devotionalien, T-Shirts und anderes Merchandising vertreibt. Die dort erlösten Gewinne spendet Odin der Sache für den Tag X.“

„Kann ich Siegfried auf die Erkundungstour mitnehmen?“, versuchte Milla eine unverfängliche Frage, aber eine kleine Nuance in ihrer Stimme musste ihre Sorge verraten haben.

„Siegfried wird sich früh genug mit Haus und Hof vertraut machen.“

„Okay.“

„Odin ist nicht nur mein Ehemann, sondern auch mein bester Kamerad. Du darfst nicht vergessen, dass wir gemeinsam sieben Kinder großgezogen haben.“

Offensichtlich erwartete sie eine Antwort; Milla räusperte sich leise.

„Also musst du dir um Siegfried keine Sorgen machen“, nahm Heidrun den Faden wieder auf. „Bei Odin ist er so sicher wie in Odins Schoß.“

Sie gingen nach draußen. Milla kam nicht umhin, Heidruns knackigen Po zu bewundern. Ob dieser ein Ergebnis germanischer Ernährung, harten Trainings oder schwerer Arbeit war, hätte sie gerne gewusst. Als Heidrun an dem ausbleibenden Echo ihrer Schritte hörte, dass Milla ihr nicht folgte, blieb sie stehen und drehte sich um. „Na komm schon, du scheues Reh!“, forderte sie Milla auf. „Hier gibt es viel zu entdecken. Das ist wie bei einem dieser finanzkapitalistischen Computer-Spiele. Kaum hast du eine Ebene kennengelernt, wirst du in die nächste katapultiert. Glaube mir, das hier“, an dieser Stelle machte sie mit ihrem rechten Arm eine Bewegung nach oben, rechts, links und unten, „ist ein multidimensionaler Raum!“

„Das echte Leben“, stimmte Milla ihr zu. Endlich einmal eine Phase, in der sie sich von ihrem anstrengenden Leben im Untergrund erholen konnte.

„Du bist aber ein stilles Wasser“, stellte Heidrun voller Ironie in ihrer Stimme fest. „Mal sehen, was du drauf hast, Kameradin.“

Milla spürte einen Druck in ihrer Blase. Zum Teufel ... Wo befanden sich eigentlich die von Odin hoch gepriesenen luxuriösen Toiletten?

Dienstag, 30. September 2008, 10:45 Uhr – Ostbrandenburg an der Grenze zum benachbarten Polen

Die Aktion mit Milla hatte das Fass zum Überlaufen gebracht. Tauchte doch dieser Pseudo-Mustergermane in seinem Reich auf, das sich von der Schein-Republik BRD losgesagt hatte, und spielte hier den Ober-Macker.

Natürlich hatte Odin die nötigen Eier und den Schneid, das musste er ihm lassen, wenn es um die rechte Revolution ging. Wenn einer den Marionettenstaat BRD zum Einsturz bringen konnte, dann war es Odin. Ehre, wem Ehre gebührt. Das gab ihm aber noch lange nicht das Recht, sich auf seinem Reichsbürgerhof wie der Führer persönlich aufzuführen. Gut, dem behinderten Kind weinte er keine Träne nach, aber Milla …

Die junge Frau gerierte sich zwar als scheues Häslein, aber in seinem Innersten glaubte er, die massive sexuelle Energie, die sie ausstrahlte, zu spüren. Er war sich sicher gewesen, sobald ihr Widerstand einmal gebrochen war, würden auch alle anderen Dämme in ihr brechen. Das Ziel war in Reichweite gewesen. Dann hatte Odin sie ihm einfach entführt. Höchste Zeit, dem Oberhäuptling einen Denkzettel zu verpassen. Immer noch unschlüssig drehte er die blendendweiße Visitenkarte aus Büttenpapier in seiner Hand. Dunkel erinnerte er sich, wie er an sie gelangt war. Als er vor einigen Jahren an einem Schieß- und Militärtraining in der Tschechei teilgenommen hatte, war sein Auto auf dem Rückweg kurz nach der Grenze von Zivilpolizisten angehalten worden. Da er noch Besorgungen erledigt hatte, war kein Kamerad bei ihm mitgefahren. Die zwei in Freizeithemden gekleideten Polizisten hatten ihn heraus gewunken. Anstatt Führerschein und Fahrzeugpapiere zu verlangen, war ein dritter Mann dem Auto entstiegen.

Der ist bestimmt vom einem der Dienste, war Fritz' erste Sorge gewesen.

Damit lag er goldrichtig. Der Mann trug trotz Hitze einen schwarzen Anzug, ein blütenweißes Hemd und eine silberne Krawatte. Der Haarkranz war graumeliert und passte nicht recht zum jugendlichen Gesicht. Distinguiert, wie es nur ein Beamter des Höheren Dienstes sein konnte, ging er auf Fritz zu.

Es folgte eine recht unangenehme Befragung. Der Mann mit dem schwäbischen Akzent stellte sich ihm mit Nachnamen Schöberle vor und wusste genauestens über die Aktivitäten seiner Kameraden Bescheid. Auch bezüglich Fritz' Aktivitäten ließ er durchblicken, dass er vollkommen über ihn im Bilde war.

„Verpissen Sie sich, Sie können mir nichts nachweisen!", hatte Fritz sein Mantra dem Geheimdienstmenschen voller Wut ins Gesicht geschleudert.

Trotz der herben Wortwahl blieb Schöberle aalglatt. Er drohte nicht und wurde nicht handgreiflich. Er forderte auch seine Lakaien nicht auf, ihre Hand gegen ihn zu erheben. Sondern bemühte sich um Konzilianz. Abschließend hatte er ihm seine Visitenkarte gereicht und Fritz fragte sich, wieso er diese nicht direkt auf den Boden geworfen, darauf gespuckt und sie zertreten hatte. Vielleicht hatte das an dem psychologisch geschickt platzierten Statement Schöberles gelegen, das gelautet hatte: „Sie müssen wissen, dass ich für den Bundesnachrichtendienst arbeite. Mich interessieren nicht Ihre Machenschaften in Deutschland. Da können Sie tun und lassen, was Sie wollen, das fällt nicht in mein Aufgabengebiet. Dafür sind andere Dienste zuständig. Aber alles, was entfernt mit deutschen Interessen im Ausland zu tun hat, ist für uns von höchstem Interesse. Vielleicht benötigen Sie die Telefonnummer. Wäre nicht der erste Hilferuf, der unerwartet durchdringt. Viele versuchen sich von der rechten Szene zu lösen und werden dann unter Druck gesetzt, manchmal an Leib und Leben bedroht. In einem solchen Fall kann ich Ihnen unbürokratisch helfen. Oder aber Ihnen tritt ein Kamerad zu sehr auf die Füße. Dann können Sie mich zur Hilfe rufen. Anonym versteht sich. Keinerlei Gefährdung für Sie. Wir werden das Ganze so inszenieren, dass nicht einmal ansatzweise der Verdacht auf Sie fällt."

Dann hatte Schöberle eine gut einstudierte Kunstpause eingelegt, da er bemerkt hatte, dass Fritz ins Grübeln gekommen war.

„Wir sind auch nicht knausrig!“, hatte Schöberle den Sack zugemacht. „Bei guten Tipps lassen wir gerne einige Euros springen.“

Ohne jegliche Erwiderung abzuwarten, hatte er das Zeichen zum Aufbruch gegeben und der rote VW Touran mit Zwickauer Kennzeichen war schnell verschwunden.

Jetzt war die Zeit gekommen, diese eigentlich bereits vergessene Trumpfkarte auszuspielen. Bei einem seiner Knastaufenthalte hatte er vor lauter Langeweile mal einen Zuhälter gefragt, was er mache, wenn ihm die Konkurrenz zu lästig wurde, sich also nicht an territoriale Absprachen hielt oder ihm seine Mädels abwarb. Er ging davon aus, dass die Antwort auf eine Knarre und ein Loch in der Mitte der Stirn des Kontrahenten hinauslaufen würde. Doch zu seiner Überraschung lautete die Antwort des smarten Zuhälters: „Ich beschäftige ihn dann, sodass er keine Zeit mehr hat, gewissenhaft seinen Geschäften nachzugehen, geschweige denn, mir das Leben zu erschweren. Ich schicke ihm das Ordnungsamt in seine Etablissements, indem ich behaupte, dass er die Kondompflicht nicht einhält. Ich rufe die Lebensmittelhygiene-Kontrolleure los, weil ich ihm unterstelle, dass er abgelaufenes Bier an Stammkunden ausschenkt. Sollte er mit dem ganzen Ämtergedöns, seiner Rechtsanwaltskorrespondenz und dem Papierkram noch nicht ausgelastet sein, streue ich in der Szene die wildesten Gerüchte. Ich spreche mit Kollegen und verbreite Dinge, die ich angeblich von anderen über ihn gehört habe. Zum Beispiel, dass besagter Zuhälter sich nicht an Preisabsprachen hält und die Preise drückt, um Konkurrenz aus dem Weg zu räumen. Ich behaupte, dass er Minderjährige anschaffen schickt. Das zieht immer, nicht weil wir besonders moralische Menschen sind, sondern weil alle auch für sich selber Behördenschikanen fürchten. Ebenso zieht es, wenn ich behaupte, dass er eine seiner Stuten um die Ecke gebracht hat und dass, sobald die Leiche auftaucht, die ganze Szene bis in die dunkelsten Ecken durchleuchtet werden wird. Das stört die Geschäfte empfindlich und jeder reagiert gereizt, wenn es an seinen Geldbeutel geht. Also rücken ihm die Kollegen auf die Pelle, ohne dass ich in irgendeiner Form gewalttätig werden muss."

Auch wenn er den Knast wegen der tödlichen Langeweile hasste, so besaß dieser Ort doch den Vorzug, dass geballte Lebenserfahrung auf einem kleinen Fleck konzentriert war. Man musste nur lernen, die Schwätzer und Wichtigtuer von den Intelligenten zu unterscheiden, die einem wirklich was beibringen konnten. Der Zuhälter hatte zur letzten Kategorie gezählt.

Fritz sah sich um. Auf dem Hof war kein Mensch zu sehen. Es war kein Versteck in der Nähe, von dem aus ihn jemand belauschen konnte. Dennoch zitterten seine Hände, als er sein Smartphone zückte und die auf der Visitenkarte angegebene Nummer wählte.

Um es seinem Gewissen nicht zu schwer zu machen, beschloss er, Schöberle zunächst einen kleinen Knochen als Köder hinzuwerfen. Mit Erstaunen las er auf der Karte, dass Schöberle sogar Abteilungsleiter war. Was er jedoch nicht wissen konnte, war der steile Aufstieg des Schwaben. Denn dieser hatte sich inzwischen in seiner Behörde zu einem der Vizepräsidenten der Institution gemausert. Entsprechend war er überrascht, als sich ein Mann mit dem Namen Schwarz unter der angegebenen Nummer meldete. Nach einigem Hin und Her konnte er ihn von der Wichtigkeit seiner Nachricht und dem persönlichen Kontakt zu Schöberle überzeugen. Als er durchgestellt wurde, hämmerte sein Herz wie wild.

„Schöberle", meldete sich eine vitale Stimme mit gewohnt schwäbischer Färbung. „Was kann ich für Sie tun?"

„Sie erinnern sich sicher nicht an mich", behauptete Fritz mit flehender Stimme. „Hier ist Fritz. Wir haben uns …"

„… kurz hinter der tschechischen Grenze, äh, getroffen. Sie hatten an einem Schieß- und Militärübungs-Camp der deutschen rechtsmilitanten Szene teilgenommen", ergänzte der Vizepräsident aus dem Effeff.

Fritz war wie vor den Kopf gestoßen. Er spürte, wie sein ohnehin viel zu hoher Blutdruck um einige Nuancen stieg. Er wollte nicht seinen Kopf sehen – der sah bestimmt wie eine rote Ampel aus.

„Also, inwiefern kann ich für Sie tätig werden?"

Der Beamte sprach distanziert und anteilnehmend. Wahrscheinlich bekamen diese Leute das bei unzähligen Fortbildungen beigebracht.

„Ich habe Hinweise, dass Odin Renner eine Schiffsladung indizierter Tonträger aus Thailand erwartet."

Anstatt wie erhofft vor Freude auszuflippen, atmete der Beamte scharf ein und aus. „Eine Schiffsladung", äffte er seinen Informanten bösartig nach. „So viel Platz hat Odin Renner gar nicht auf seinem Grundstück, um die von Ihnen behauptete Schiffsladung überhaupt zu lagern."

Inzwischen bereute Fritz seinen Anruf. Aber jetzt hatte er den Ball schon ins Rollen gebracht.

„Es müssten dreitausend sein."

„Gut", lobte Schöberle. „Welcher Hafen, welcher Logistikpartner?"

Da Odin am Tag zuvor nur Andeutungen gemacht hatte, schmückte Fritz die wackligen Informationen aus. Er erkundigte sich nach der avisierten Belohnung.

„Das ist nicht wasserdicht, Kamerad", spöttelte der Schlapphut. „Geht es konkreter? Außerdem: zweitausend oder dreitausend indizierte CDs sind für uns nicht der große Jackpot. Aus dem Stand heraus würde ich sagen hundert Euro."

Beinahe kriegte Fritz keine Luft mehr. Hatte sich der Beamtenwichser tatsächlich gerade erdreistet, ihm hundert Euro für seinen Judas-Dienst anzubieten?

„Was wäre der Hinweis auf die Lieferung einiger Maschinengewehre wert?"

Schöberle pfiff.

„Hm, nicht unsere Baustelle, aber dennoch interessant", ließ er Fritz zappeln, der sich vor Atemnot an die Brust fasste. „Inländische Ware oder übers Ausland?"

„Meinen Informationen nach handelt es sich um drei funktionstüchtige PKs der russischen Armee, die aus ukrainischen Beständen stammen.“

„Der Hinweis ist einen Tausender wert“, zeigte sich Schöberle anschmiegsamer. „Vorausgesetzt, dass die Information stimmt und es zum Zugriff kommt.“

Da er keine Luft mehr kriegte und Angst hatte, sein Leben durch jedes weitere Wort zu verkürzen, drückte Fritz den roten Knopf seines Smartphones. In gebückter Haltung verharrte er an Ort und Stelle und versuchte alles, damit sich seine Atmung wieder normalisierte. Doch das Stechen im Brustbereich wurde immer stärker. Er lehnte sich an die Tür des Kuhstalls und musste sich vor lauter Aufregung übergeben.

Dienstag, 30. September 2008, 13:00 Uhr – Wien

„Und ich habe immer geglaubt, in Österreich ist das Von in Adelsnamen offiziell verboten worden?"

Im Café Sacher rochen die Vorhänge nach kaltem Zigarettenrauch. Tscharly hustete.

„Hitler hat die Adelstitel im Dritten Reich verbieten lassen", belehrte ihn Kira. „Und die Österreicher sind nach dem Krieg bei der Entscheidung geblieben."

„Was tu ich, wenn Milla aber auch Kärnten inzwischen wieder verlassen hat? Dann habe ich nur unnötig Zeit verloren."

Er trug einen breitkrempigen Hut und einen doppelreihigen schwarzen Anzug, den er bei einem Herrenausstatter im Ersten Bezirk gekauft hatte. Kira hatte einen weinroten Blazer erstanden. Zusammen hatten sie für die Kleidung fast zweitausend Euro ausgegeben. Kira hatte sich zudem Extensions verpassen lassen; ihre Haare waren kastanienbraun getönt und reichten bis knapp zu den Schultern. Tscharly vermisste die wunderschönen Naturlocken an ihr.

„Wenn wir so weiter machen, sind wir bald pleite!", sagte Kira.

„Wenn wir derart dilettantisch weitermachen, sind wir bald tot", erwiderte Tscharly.

Sie hatten eine abenteuerliche Flucht hinter sich. Tscharly war bei Schönbrunn in der Menschenmenge untergetaucht und an der Kennedybrücke in die U4 eingestiegen. Kira hatte währenddessen ein Taxi genommen. Das Café Sacher war der vereinbarte Treffpunkt für Zwischenfälle dieser Art. Die Smartphones blieben auch jetzt abgedreht.

„Vielleicht will sie den Jungen in das Krankenhaus zurückbringen", überlegte Kira.

Tscharly schüttelte den Kopf. „Ich werde das Gefühl nicht los, dass der Typ mir Stuss erzählt hat."

„Das müssen wir herausfinden. Die große Frage ist, wohin fahren wir zuerst."

„Du meinst ins Waldviertel oder nach Klagenfurt?"

„Entweder wir schaffen es, irgendwie an den Baron heranzukommen oder wir machen den Barkeeper ausfindig. Wir haben die Wahl."

Tscharly schüttelte den Kopf. „Wer ist dieser Baron überhaupt?"

Kira erzählte: „Ein sehr enger Freund des Österreichers."

„Warum wundert mich das nicht?"

Kira sprach aus, was er sich ohnehin dachte: „Die Rechten streben die Mehrheit im EU-Parlament in Brüssel an. Dazu müssen sie länderübergreifende Bündnisse schmieden. Und da kommt dann dein alter Feind Wagner ins Spiel. Der Tag X erfordert eine Revolution der Massen und zugleich allerhand politische Vorarbeit von oben. Der Österreicher ist der populärste unter den sogenannten Rechtspopulisten in Europa, da will man sich von deutscher Seite wohl an ihn dranhängen."

„Wie auch immer", er lehnte sich zurück, „wir müssen uns entscheiden, wen wir uns zuerst vornehmen."

„Müssen wir nicht."

„Aber …"

„Einer von uns beiden fährt nach Klagenfurt und erfreut sich am Bergpanorama, der andere genießt die wunderbare Luft im Waldviertel … Keine Sorge! Ich kann auf mich aufpassen, Tscharly."

„Ich kann es nicht zulassen, dass dir auch …"

„Tscharly", fiel sie ihm ins Wort, „wir verwirren unsere Verfolger, indem wir uns trennen – das sorgt für zusätzliche Sicherheit. Du darfst nicht vergessen, diese Leute suchen nach einem Pärchen. Wir haben viel Glück gehabt. Mehr Glück als Verstand, wenn wir ehrlich sind. Deswegen ist es doch viel besser, wenn das Pärchen sich jetzt trennt."

Mit der Wahrheit lügt es sich immer noch am leichtesten, sinnierte er – und antwortete: „Ich mache mir Sorgen um Milla. Ich schlage vor, ich reise nach Kärnten, bevor Milla von dort wieder die Biege macht."

„Und ich stelle dem Herrn Nazi-Baron einige unangenehme Fragen."

„Aber sei vorsichtig.“

„Bin ich das nicht immer?“

Ihre Blicke trafen sich.

„Herr Ober, zahlen!“, rief sie einem der Kellner zu.

„Kira, ich …“, er nestelte in seiner Jackettasche.

„Lass stecken, Tscharly, ich übernehme die Rechnung“, kam sie einem möglichen Liebesgeständnis zuvor, das er ihr beinahe gemacht hätte. Er trug den Verlobungsring wie einen geheimen Schatz im hintersten Fach seiner Geldbörse.

„Danke“, seufzte er.

Fünf Minuten später verließ Kira das weltberühmte Café und stolzierte wie eine Touristin durch die Fußgängerzone in Richtung Stephansdom davon. Tscharly ging auf die Toilette und verließ drei Minuten später das Lokal. Er marschierte schnurstracks auf eines der Taxis gegenüber der Staatsoper zu und nannte dem Fahrer das Ziel. Der wiederum gab Rückmeldung an die Zentrale und steuerte das Fahrzeug gemächlich vom Ring über den Gürtel zum Hauptbahnhof. Offensichtlich hatte der Mann mit dem orientalischen Gesicht das Taxameter auf den teuersten Tarif eingestellt und kutschierte ihn nun kreuz und quer durch die ganze Stadt. Eine Spezialroute, extra für deutsche Touristen, eigentlich eine Unverschämtheit. Tscharly lehnte sich jedoch auf der Rückbank entspannt zurück. Der Fahrer ahnte wahrscheinlich nicht einmal im Entferntesten, welch großen Gefallen er ihm mit seinem Zickzackkurs erwies.

Mittwoch, 1. Oktober 2008, 8:30 Uhr – Gutshof/Ritterburg bei Kassel

Das Gebell der Hunde riss Milla aus dem Schlaf. Sie hatte von ihrem Vater geträumt, den eine Meute von Bluthunden in Stücke riss. Sie hatte diese Nacht sehr unruhig geschlafen. Vielleicht mochte dies an den vielen Eindrücken des gestrigen Tages liegen.

Als sie neben sich griff, ereilte sie ein Schock. Siegfried lag nicht da. Im Nachthemd eilte sie nach unten und rief nach ihm im Hausflur: „Siegfried! Siegfried! Wo steckst du schon wieder?"

Sie betrat die Wohnstube in der Hoffnung, dort auf Kameraden zu treffen, die ihr helfen konnten. Anstelle einer menschlichen Antwort erwartete sie dort das Bellen zweier Hunde. Plötzlich begriff sie, woher die Geräuschkulisse kam, die sie bis in ihre Träume hinein verfolgt hatte. Ihr blieb beinahe das Herz stehen. Siegfried saß in der Mitte zwischen Bormann und Goebbels; Bormann war ein furchteinflößender American Pitbull-Terrier, der nachts beim leisesten Geräusch anschlug. Er war ein Kraftpaket wie aus dem Bilderbuch. Goebbels war ein schwarzer American Staffordshire-Terrier mit weißen Einsprengseln. Auch er war fit und versuchte beim Beschützen von Haus und Hof, Bormann den Rang abzulaufen.

„Weg!", schrie Milla in ohrenbetäubender Lautstärke. „Weg!"

Die Hunde bellten sie aggressiv an und stürmten von zwei Seiten auf sie zu. Bormann und Goebbels waren ihrem Führer treu ergeben gewesen; deswegen hatte Odin seine Hunde auf diese beiden Namen getauft, hatte er ihr scherzhaft erzählt.

„Weg, ihr Tölen, lasst mich in Ruhe!", herrschte sie die beiden Nazigrößen an.

Die Stubentür öffnete sich in allerletzter Sekunde und die in eine Schürze gekleidete Heidrun betrat den Raum. Sie pfiff die Hunde zurück, die ihr prompt gehorchten.

„Am Anfang habe ich vor den Hunden auch Angst gehabt", erzählte sie daraufhin seelenruhig, „und heute finde ich sie immer noch hässlich. Aber du brauchst dir keine Sorgen um Siegfried zu machen. Odin hat unseren Bewachern gestern bis tief in die

Nacht beigebracht, dass es ihre Aufgabe ist, ihn zu schützen. Sie werden jeden zerfleischen, der es wagt, Siegfried auch nur ein Haar zu krümmen."

Offensichtlich erkannte Heidrun die Fragezeichen in Millas Augen.

„Du hast mir gestern Siegfrieds Wäsche gegeben", klärte sie sie auf. „Damit hat Odin die Hunde trainiert, dass sie Siegfried beschützen."

„Meine Unterwäsche bekommen die beiden Tölen ganz sicher nicht", entschied Milla. Die beiden Hunde waren ihr zutiefst unsympathisch.

„Komm mit mir nach nebenan in die Küche, das Frühstück ist fast fertig und wir möchten dich bitten, dass du uns heute hilfst. Das mit den Kaninchen gestern ist ja leider nichts geworden. Aber wer konnte schon wissen, dass die Tiere ausgebüxt sind?"

Milla spiegelte Enttäuschung vor. „Schade."

„Keine Sorge", meinte Heidrun, „die Viecher sind von selbst zurückgekommen. Heute sind sie dran. Und Siegfried wird uns dabei helfen."

„Aber er ist doch erst vier!", antwortete Milla entsetzt.

„Genau das richtige Alter, um kleinen Jungen und Mädchen das Schlachten zu lernen. In dem Alter gewöhnen sie sich ohne weiteres daran. Wenn du warten willst, bis er acht oder neun ist, dann bitte. Aber da wirkt das meist wie ein Schock auf die Kinder. Und sie haben es dann viel schwerer, sich an den Gedanken zu gewöhnen, dass Fleisch nicht auf Bäumen wächst."

Der Gedanke, mit Siegfried und dieser Frau Kaninchen zu schlachten, behagte ihr wie Taubenkot an einer Schuhspitze. Andererseits – was hatte sie für eine Wahl, wenn sie Heidrun nicht verärgern wollte? Sie folgte Heidrun in die Küche. Es gab weichgekochte Eier, selbstredend aus eigener Haltung, selbstgemachten Hüttenkäse und selbstgebackenes Brot. Milla half ihr beim Tischdecken und aß. Nach dem Frühstück ergriff Heidrun das Wort.

„Wir hätten heute noch eine Spezialaufgabe für dich."

„Und die wäre?"

„Wir wären dir dankbar, wenn du einige Bestellungen aus unserem Online-Shop im Postzentrum in Kassel aufgeben könntest. Die hiesige Post ist nämlich zu lahm und unsere Kunden legen Wert auf pünktliche Lieferung. Odin hat bereits den Navigator im Bus auf das Ziel eingestellt. Du musst nur den Anweisungen folgen. Halbe Stunde hin, halbe Stunde zurück. Du hast doch einen Führerschein, oder?"

Automatisch nickte Milla. Vielleicht, wenn sie sich Zeit ließ, vielleicht hatte Heidrun ihrem Sohn ja in der Zwischenzeit schon beigebracht, wie er mit Kaninchen am besten kurzen Prozess machte. Dann musste sie wenigstens nicht dabei sein, wie die armen Tiere das Zeitliche segneten.

„Es kommt nicht selten vor, dass unser Auto von der Polizei angehalten wird. Reine Schikane. Die Lieferung ist sauber. Aber wenn die Bullen dich stoppen, sagst du, dass du deine Ferien bei uns verbringst und als Dankeschön die Fuhre für uns übernommen hast. Was die Bullen interessiert, ist, wie es hier aussieht, damit sie im Falle einer Razzia möglichst viele Informationen haben. Deshalb nichts sagen – auf keinen Fall! Nur Angaben zur Person machen. Das ist für uns wichtig, denn trotz einiger Razzien hat die Staatsmacht keinen Schimmer, wie es wirklich bei uns aussieht. Die haben keine Ahnung, was es hier alles gibt. Hast du das verstanden?"

„Ja", antwortete Milla, „ich habe ohnehin nichts Geheimnisvolles gesehen." Den Blick zu den Zimmern hinter der offiziellen Bibliothek musste man sich ja zuerst erarbeiten. Aber vielleicht handelte es sich bei dieser Aufgabe bereits um einen ersten Vertrauensbeweis.

„Gut", Heidrun nickte, griff in die Tasche ihrer Schürze, „dann zieh dir was Ordentliches an und hier sind schon mal die Autoschlüssel."

Der Schlüsselbund landete auf dem Tisch. Milla umklammerte ihn mit einer Hand. Sie fühlte sich durch die Berührung des Metalls wie elektrisiert. „Mach dir keine Sorgen, Kameradin, ich werde euch auf keinen Fall enttäuschen."

Doch dann fiel ihr jäh etwas ein. Denn sie wusste nicht, ob die deutsche Polizei immer noch nach ihr suchte. Sie äußerte ihre Bedenken. Heidrun umarmte sie nur herzlich und meinte: „Alles gut, mach dir keine Sorgen, Kleines!" Seltsamerweise glaubte sie Heidrun – wieso auch immer! Heidrun schien sich ihrer Sache dermaßen sicher zu sein, dass sich ein Gefühl von Geborgenheit auf sie übertrug.

Mittwoch, 1. Oktober 2008, 10:30 Uhr – Gutshof

Odin verzog das Gesicht und presste das Smartphone gegen seine Ohrmuschel. „Natürlich checke ich regelmäßig meine Störsender und suche sowohl das Grundstück als auch die Umgebung nach Abhöranlagen jeglicher Art ab", beantwortete er Wagners Frage. Der Beamte ging ihm ziemlich auf den Geist; jemand vom Verfassungsschutz, der sich einbildete, ihm Belehrungen erteilen zu müssen, hatte ohne jeden Zweifel keine Ahnung, was er sich in seinen Jahren im Gefängnis und im revolutionären Milieu als Autodidakt selbst beigebracht hatte. Warum nur galt der Autodidakt heutzutage so wenig?

„Gut, dann hast du deine Hausaufgaben ja immerhin besser als unsere Freunde vom Bundesnachrichtendienst gemacht", gestand Wagner ihm wichtigtuerisch zu.

Odins verdrießlicher Gesichtsausdruck wich Interesse.

„Okay", erwiderte er unterkühlt und mit tiefer, verstellter Stimme; Wagner würde die Information ohnehin rausrücken und er missgönnte diesem den Triumph seiner Neugier.

„Schöberle", sagte Wagner.

Odins Stirn legte sich in Falten.

„Klingelt da nichts?"

„Klingt schwul und schwäbisch", erriet er.

Wagner lachte abgehackt und unnatürlich. „Aber das ist nicht der springende Punkt."

„Nun rück schon raus, zu Silvester erwarten wir eine Menge Gäste! Meine Frau und ich wären dir wirklich verbunden, wenn du die Katze bis spätestens Heiligabend noch aus dem Sack lässt."

„Es ist uns gelungen, Schöberles Leitung anzuzapfen."

„Wir – *das Amt*?", grenzte Odin ein.

„Spielt doch keine Rolle, wer."

„Verfickter Hinterlader und wichtigtuerischer Geheimnisträger, interessiert mich eigentlich nicht die Bohne", log er.

Wagner gluckste vor Vergnügen.

„Jemand hat dem Bundesnachrichtendienst einen Hinweis auf eine Ladung auf dem Index stehender CDs gegeben", verkündete Wagner mit gönnerhaftem Unterton.

„Und deswegen rufst du mich an? Das passiert mindestens sechsmal im Jahr."

„Kann schon sein. Aber vergisst du nicht die entscheidende Frage?"

Odin hasste es, wenn Wagner seinen Kosenamen gebrauchte. „Die da wäre?"

„Wer dich angeschissen hat."

„Das übliche Gesocks, wer denn sonst? Antifa, Zecken, Gutmenschen oder die Grünen. Vielleicht hat einer der Dienste seine Hausaufgaben gemacht."

„Falsch!" Wagner lachte affektiert, dann erklärte er: „Der Tipp kam vom guten, alten Freund Fritz."

Odin schluckte. Er schüttelte den Kopf und war froh, dass Wagner sein Gesicht in diesem Moment nicht sehen konnte. Er durfte sich keine Blöße erlauben, eine Antwort musste schnell her. „Dann wird er wohl einen Grund dafür haben", erwiderte er eine Nuance zu hell.

„Das ist alles, was du zu sagen hast?" Wagner wirkte enttäuscht.

„Mini-Mouse-Muschi-Truppe", knirschte Odin vor Wut.

Er verabschiedete sich bereits im Geiste, denn er sah keinen Grund zur besonderen Dankbarkeit. Solche Enttäuschungen gehörten zum Leben eines Betreibers eines rechtsextremistischen Online-Shops wie das Amen in die Kirche.

„Ach so, übrigens – das hätte ich jetzt fast vergessen dir zu sagen – diese kleine Kanalratte hat noch eins drauf gelegt."

„Echt?"

Wagner ließ sich Zeit mit einer Antwort: „Er hat behauptet, dass eine Ladung russischer Maschinengewehre zu dir unterwegs sein soll."

Trotz seines Willens am Telefon keine Schwäche zu zeigen, musste Odin den Schock ein paar Sekunden sacken lassen. Das war jetzt eine komplett andere Liga an Information.

„Danke, Wagner", entgegnete er, nachdem er seine Stimme wiedergefunden hatte.

„Lass den Kopf nicht hängen! Ich wünsche dir und deinen Lieben jedenfalls viel Vergnügen beim Hausputz. Persilreine Sauberkeit, wenn du verstehst, was ich meine …"

Odin drückte auf das rote Hörersymbol, um dieses unangenehme Gespräch mit diesem alten Schwulen zu beenden. Rufe ich zuerst die Bullen oder meine Kameraden an? – Das war die Frage, die es jetzt schnell zu beantworten galt. Ein Blick aus dem Fenster seines Büros verriet ihm, dass Milla noch nicht unterwegs war; der Bulli stand an Ort und Stelle. Also wählte er die Nummern einiger Kameraden und gab das Code-Wort für den Notfall aus. Danach atmete er ein paarmal tief durch. Milla näherte sich jetzt in Herbstkleidung dem Fahrzeug. Höchste Zeit, seine Freunde bei der örtlichen Polizei zu informieren. Es fühlte sich extrem gut an, so viele gute Freunde zu haben – besonders unterbezahlte Beamte erwiesen sich als praktisch. Geld regiert die Welt, lautete die alte Weisheit. Und am Ende zählte jede Männerfreundschaft mehr als die Beziehung zu irgendeiner Frau auf diesem Planeten; in dieser Hinsicht beneidete er schwule Männer wie diesen Wagner, weil sie vor Enttäuschungen jedweder Art durch Frauen verschont blieben.

Mittwoch, 1. Oktober 2008, 10:30 Uhr – Weg von Odins Gutshof zur Hauptpost in Kassel

Obwohl die Auffahrt zum Gutshof großzügig angelegt war, kostete es Milla einiges an Nerven, den Bulli aus der Ausfahrt heraus zu rangieren, ohne gegen eine der Mauern zu stoßen. Der Transporter war gefüllt mit zwanzig gelben Postboxen; hauptsächlich handelte es sich um CDs und Merchandisingprodukte, die sich darin befanden. Was den Inhalt anging, hatte Heidrun sie beruhigt. Lediglich was das Ausladen betraf, gab es unterschiedliche Meinungen. Einer der Kameraden, der beim Beladen geholfen hatte, versicherte Milla, die stets hilfsbereiten Beamten der Deutschen Bundespost würden einer hübschen Dame wie ihr gerne behilflich sein. Heidrun meinte, dass ebenjene Staatsbediensteten sich mit Vorliebe hinter ihrem Schalter ausruhten, sich auf das WC oder in die Kantine verdrückten. Jeder in der Poststelle kannte den Bulli, der zum Gutshof Odins, des Riesen, gehörte.

Milla gab Gas und bestaunte das saftige Grün dieser einsamen Landschaft; nur hier und da mal ein Hof, eine Ansiedlung mit drei Häusern. Sie sog die kühle Luft durch das offene Seitenfenster wie herrlichen Nektar in sich ein. Beim ersten ihr entgegenkommenden Auto dachte sie sich noch nichts dabei; der Fahrer hatte eine Glatze, trug eine verspiegelte Sonnenbrille und aus den Lautsprechern dröhnten die „Böhsen Onkelz". Sie quetschten sich auf der engen Straße aneinander vorbei. Vielleicht ein Kamerad auf dem Weg zur Arbeit, vermutete sie. In kürzester Zeit begegneten ihr dann mindestens sieben ebenso verdächtige Autos, die alle in Richtung Odins Anwesen fuhren. Sie musste jedes Mal auf Schrittgeschwindigkeit abbremsen, um eine Kollision zu vermeiden. Zwar erkannte man die sogenannten Glatzen heute nicht mehr an ihrer fehlenden Haarpracht, aber die Kleidungsstücke von LONSDALE und Thor Steinar sprachen Bände. Außerdem trugen die Autos Aufkleber wie „Freie Kameradschaft 18", die Reichskriegsflagge, „HKN-Krz", „88" et cetera. Von einem Kameradentreffen war weder gestern Abend noch am Morgen die Rede gewesen. Vielleicht ein dringender Notfall, überlegte sie.

Nicht ohne proletarischen Stolz hatte Odin ihr erklärt, dass er – ebenso wie der „Chef", also Hitler – am meisten die Kameradschaft der Arbeiter wertschätzte. Akademiker jeglicher Couleur hielt er dagegen für unzuverlässig.

Milla gab Gas. Sie fuhr durch eine Ortschaft, die zwar keine Gastwirtschaft, aber einen Bäcker hatte. Direkt nach der Bäckerei folgte ihr eine mattgraue Daimler-Limousine mit abgedunkelten Scheiben, die keinen Blick auf die Fahrer zuließ. Das Kennzeichen fiel hier in der Gegend auf. Im besten Fall der Staatsschutz der Kriminalpolizei oder sogar Landesverfassungsschutz wurde ihr schlagartig bewusst. Sie betete zu Adolf Hitler. Hoffentlich war ihre Ladung auch wirklich sauber. Das Strafmaß bei Wiederbetätigung …

Als die graue Limousine beim nächsten Kreisverkehr eine andere Abfahrt nahm, atmete sie auf. Vor lauter Freude schaltete sie den CD-Spieler an und sofort ertönte eine CD der Band Landser. Die harten Beats und die menschenverachtenden Texte erschreckten sie so sehr, dass sie den Aus-Knopf drückte. Kein Wunder, dass ein feiner Geist wie Hitler es vorgezogen hatte, den Konzentrationslagern fernzubleiben, redete sie sich ein. Ihr wäre es nicht anders ergangen. Da erspähte sie zwei Kastenwägen am Seitenrand. Verdammt! Entweder handelte es sich um eine Routinekontrolle – oder jemand hatte den verdammten Bullenschweinen einen Tipp gegeben. Mit bis zum Hals klopfendem Herzen wägte sie die Optionen ab, die ihr blieben, und regulierte schließlich die Geschwindigkeit, um sich an die erlaubten 70 Kilometer pro Stunde zu halten, aber diese auch keineswegs zu unterschreiten. Weder Umdrehen noch Anhalten war jetzt eine Option; beides zu auffällig. Sie bremste leicht ab. Jetzt cool bleiben! Sie erkannte zwei uniformierte Polizisten, die hinter einem VW-Bus standen. Einer hielt eine Kelle in der Hand, die ihr aus der Entfernung noch die grüne Seite zeigte: Weiterfahren! Uff – ein Stein fiel ihr vom Herzen – wirklich nur eine Routinekontrolle. Ich werde mein unschuldigstes Lächeln aufsetzen. Plötzlich drehte der Polizist die Kelle um, hob sie nach oben und winkte sie mit dem anderen Arm rechts ran. Scheiße!

Milla fluchte und lächelte und lächelte und lächelte. Dieses Scheiß-Lächeln nutzte nichts, der Polizist blieb bei seiner Entscheidung. Zwei Meter vor ihm kam sie zum Stehen und hätte beinahe hysterisch losgelacht; diese beiden Staatsaffen wirkten wie Abziehbilder uniformierter Polizisten; beide imponierten mit dunkelblondem Schnauzer, besaßen Spargelfiguren wie ungefickter Lauch, der allein aufgrund seiner Uniform eine Bedeutung besaß. Entweder sie kamen direkt aus einer Schwulenbar oder von einer Siebzigerjahre-Party. Milla versteckte ihren Galgenhumor hinter einer ernsten Miene und kurbelte das Fenster herunter. Der Polizist mit der Kelle trat auf sie zu, musterte sie eingehend wie eine Ware.

„Guten Tag, Führerschein und Fahrzeugpapiere, bitte“, verlangte er mit ungeölter Türangel-Stimme.

„Liegen im Handschuhfach“, antwortete sie.

„Dann holen Sie sie schon heraus!“

Die Hand des Polizisten lag über dem Pistolenhalfter. Millas Herz klopfte; sie bewegte sich langsam nach rechts und präsentierte ihm eine Minute später die Dokumente mit einem freundlichen Lächeln, das ihr Gegenüber offenbar als Arroganz auffasste.

„Es nützt Ihnen nichts, die Frau von Odin Renner zu sein“, sagte er.

„Nein“, antwortete Milla so ruhig sie konnte. „Ich bin bei der Familie Renner nur zu Gast und verbringe dort meine Ferien. Um mich für die Gastfreundschaft erkenntlich zu zeigen, habe ich mich bereit erklärt, zur Post zu fahren.“

Er prüfte mit zerknirschter Miene die Papiere.

„Würden Sie bitte den Kofferraum öffnen?“

Milla seufzte und suchte neben dem Sitz nach dem Knopf – vergeblich. Schließlich stieg sie aus. Die Polizisten nahmen sie in die Mitte. Tatsächlich ließ die Luke sich nur manuell mit dem Schlüssel öffnen. Staunend betrachteten die Ordnungshüter die sauber aufeinander gestapelten Post-Boxen.

„Ist Ihnen der Inhalt der Boxen bekannt?“, fragte – dieses Mal – der andere Beamte. „Wie Sie vielleicht wissen, nimmt es der Odin Renner mit dem Gesetz nicht immer ganz genau. Ich möchte nicht behaupten, dass er sich immer jenseits des Gesetzes befindet, aber er balanciert ganz bewusst auf einem schmalen Grat, auf dem sich gewisse Fehlschritte nicht immer vermeiden lassen."

„Der Inhalt ist sauber", versicherte Milla energisch. „Sie scheinen Odin ja gut zu kennen", stellte sie scheinbar konsterniert fest.

Der Polizist errötete. Die beiden Beamten nickten einander zu und entfernten sich außer Hörweite. Der mit der Türangel-Stimme tippte eine Nummer in sein Diensthandy und sprach. Er nickte mehrmals und erwiderte dann – sodass auch Milla es hören konnte: „Gut, dann machen wir das so."

Sie marschierten auf sie zu. Milla atmete in den Bauch und schwor sich, gelassen zu bleiben.

„Wir müssen den Inhalt Ihres Autos leider einer Routinekontrolle unterziehen", teilte der Beamte ihr mit und steckte das Handy weg. „Bitte steigen Sie ein, folgen Sie unserem Auto, halten Sie die Fenster geschlossen, werfen Sie während der Fahrt nichts aus dem Auto und leisten Sie bei Bedarf unseren Anweisungen Folge. Haben Sie verstanden?"

Der Polizei-VW-Bus setzte sich in Bewegung und Milla musste mit sich kämpfen, um nicht in Tränen auszubrechen. Ihr erster Auftrag und dann dieser Schlamassel.

Mittwoch, 1. Oktober 2008, 12:00 Uhr – Klagenfurt

Tscharly bestellte eine Melange und einen Kärntner Reindling, eine Art Napfkuchen, der ihn an einen Gugelhupf erinnerte. Seine erste Mahlzeit in den letzten dreiundzwanzig Stunden. Er rührte in dem lauwarmen Milchkaffee; als Espressotrinker hätte er seiner Linie besser treu bleiben sollen. Er hatte sich, in Klagenfurt am Hautbahnhof angekommen, einen Mietwagen genommen, den er in bar im Voraus bezahlte. Anschließend war er eine Stunde am Wörthersee entlanggefahren, bevor er ein passendes Hotel in der Altstadt gefunden hatte. Arkaden und Stuck an den Häusern und Wänden erinnerten an Venedig. 2005, ein Jahr nach Millas Verschwinden, hatte er mit Kira ein Osterwochenende in der Lagunenstadt verbracht. Er hatte sich danach wochenlang schuldig gefühlt und sein Verhältnis mit Kira geriet dadurch zur ständigen On-Off-Beziehung. Zwischen Klagenfurt und Venedig mochten kaum mehr als drei Autostunden liegen, vermutete er, je nach Stausituation vor den Tunnels. Tscharly stellte ein Gedankenspiel an: Angenommen ich finde Milla heute … Was wird dann sein? Wie wird meine Tochter auf mich reagieren? Will sie überhaupt von mir gefunden werden?

Und dann? Könnte er in Frieden weiterleben und mit Kira dort weitermachen, wo sie vor der misslungenen Verlobungsfeier aufgehört hatten? Wie lange kann ein Mann sich für eine Schuld selbst bestrafen?

„Hallo, Tscharly, schön dich zu sehen“, hörte er eine Stimme.

Eine Frau setzte sich an seinen Tisch.

„Jenny!“ Ihr nasses Haar war schwarz, zu einem Pagenschnitt frisiert. Sie trug einen blauen Trenchcoat und einen dunklen Rock. Er konnte die obere Hälfte einer lilafarbenen Bluse erkennen. Um ihren Hals flatterte im Herbstwind ein Seidenschal. Hätte sie zu ihrem Outfit auch noch eine Sonnenbrille aufgesetzt, hätte er sie für Jacky Onassis halten können, die die Rolle der Jacky Kennedy endgültig abgelegt hatte.

„Ich kann dir gar nicht sagen, wie froh ich bin, dass du noch lebst.“ Das waren die ersten Worte, die er nach all den Jahren mit

Bedacht an sie richten konnte. Wie oft hatte er sich vorgestellt, wie eine Begegnung mit ihr aussehen könnte. Und jetzt …

Sie grinste verschmitzt. „Und ich mich erst“, erwiderte sie in ihrer gewohnt zynischen Art, die jeden Sentiment bereits im Vorfeld im Keim erstickte.

„Was tust du hier?“

„Ich nehme an, du suchst Milla, Tscharly.“

„Und du …“

„Dreh dich nicht um“, sprach sie mit leiser Stimme auf ihn ein. „Der unauffällige Tourist da drüben vor dem alten Rathaus beobachtet dich seit einer Viertelstunde, falls du das noch nicht bemerkt hast.“

Es fiel ihm schwer, dem Impuls, einen Blick über die Schulter zu werfen, zu widerstehen. Dem Blick ihrer smaragdgrünen Augen wohnte die bekannte Strenge inne, gegen die sich zu widersetzen, er nicht den Mut aufbrachte.

„Lange her, seit wir zusammenarbeiteten“, sagte sie.

„Damals war Roland Wagner noch dein Vorgesetzter“, resümierte er. „Wir haben seine Intrigen und seine rechten Seilschaften beinahe enttarnt. Und doch haben wir das Spiel am Ende verloren.“

„Der deutsche Staat hat sich nicht an seine eigenen Spielregeln gehalten. Auf dem rechten Auge bleibt er lieber blind.“ Sie zwinkerte.

„Und deswegen arbeitest du jetzt für den MOSSAD?“

Er legte die Kuchengabel weg.

„Du siehst blass aus.“

„Muss wohl an der Wiedersehensfreude liegen.“

Sie lachte leise.

„Kennst du eigentlich den Mann, der mich beobachtet? Ist das der … *Killer?*“

„Die Speerspitze hat mit diesen Leuten nichts zu tun, die im Schlosspark von Schönbrunn auf deinen Informanten geschossen haben, Tscharly.“

„Warum haben diese Leute dann nicht auf mich geschossen?“

„Wagner hat den Mord an deinem Informanten in Auftrag gegeben."

„Aber ich dachte, Wagner hat den Mord an Kira … weil sie ihm …"

„Nein, Tscharly, das ist ein Irrtum. Ausnahmsweise hat Wagner mit dem Auftragsmord an Kira und deiner Wenigkeit nichts zu tun. Er kann nichts dafür, dass dein schönes Auto und der alte Verleger zu einem Opfer der Flammen geworden sind. Kira war an einer Sache dran, an der Wagner zwar beteiligt ist, aber diese Spur führt eindeutig in eine andere Richtung, die ihr bei ihren Nachforschungen aber bisher entgangen ist."

„Was hat der MOSSAD mit der ganzen Sache zu tun?"

„Der Verfassungsschutz hat deine Roman-Schnipsel gefunden und zusammengeklebt, Tscharly."

„Mist, ich habe vergessen, das Ganze die Toilette runterzuspülen. Scheiße!"

„Was nicht weiter schlimm ist. Wagner weiß über die Herkunft des Jungen Bescheid."

„Der deutsche Bundesverfassungsschutz in Österreich? Ist das nicht illegal?", fragte er.

„Wagner hat Kameraden aus aller Herren Länder."

Er tat, als müsste er etwas aufheben und äugte vorsichtig zum Rathaus. Dort stand kein Mensch.

„Zu spät", witzelte Jenny, „hast du geglaubt, diese Leute entstammen einem schlechten Detektivfilm?"

„Wo ist Milla?"

„Jedenfalls nicht hier."

„Aber … also hat Milla den Jungen entführt, wenn Wagner über ihn ohnehin Bescheid weiß. Und ganz sicher weiß er dann auch, wo ich meine Tochter finde. Und der MOSSAD will allen Ernstes nicht wissen, an welchem Ort sich eine untergetauchte rechte Terroristin befindet?"

„Ich erledige nur meinen Job, Tscharly. Ich glaube an ein freies Land, Demokratie und Menschenrechte. Wenn man in der Deutschen *Demokratischen* Republik aufgewachsen ist, will man nie wieder in irgendeiner Form von Diktatur aufwachen."

„Wer sind dann diese Leute, die die Autobombe in meinem Wagen installiert haben?“
„Das ist eine lange Geschichte, Tscharly.“
„Wie lang?“
„Sehr lang.“
„Gut. Ich habe Zeit. Vor allem will ich wissen, was hat das Ganze mit dem MOSSAD zu tun?“

Dienstag, 3. Oktober 2000, Tag der Osmanischen Unabhängigkeit – Internationaler Flughafen von Osman

„Der Österreicher ist immer für Überraschungen gut", sprach der Sohn des Staatspräsidenten. „Sagen Sie, Herr Wagner, wissen Sie das, konnte Adolf Hitler eigentlich Skifahren? Als Deutscher müssten Sie das doch wissen."

„Bonjour", erwiderte der Beamte des Bundesamtes für Verfassungsschutz und Terrorismusbekämpfung – sie sprachen Französisch. „In jungen Jahren war er begeisterter Skifahrer. Als Reichskanzler verbot sich dieser Sport wegen der Verletzungsgefahr. Ich nehme aber an, der Führer liebte es, mit seiner Rodel den Obersalzberg hinunterzufahren. Leibesertüchtigung gehörte zu seinen liebsten Beschäftigungen."

„Dann hätte Ihr geliebter Führer bestimmt seine Freude an einer Skihalle in der Wüste gehabt."

„Ja, Herr General, ganz bestimmt, Hitler und Eva Braun hätten Ihre Gastfreundschaft in vollen Zügen genossen. Wintersport in der Wüste, das hätte dem Führer gefallen. Davon bin ich überzeugt!" Gebot Nummer eins: Dem Sohn des osmanischen Präsidenten nie widersprechen.

„Hitler war ein großer Mann", lispelte dieser Wüstensohn des Diktators – der älteste der Söhne Saddam Badris. „Ich hoffe, die Deutschen essen auch so gern Apfelstrudel wie ihre österreichischen Nachbarn."

Wagner räusperte sich. „Solange keine Rosinen drin sind, gerne."

Said al-Islam al-Badri – in Kurzform Said Badri – blickte an ihm vorbei. Das Verhalten, seinem Gegenüber nie in die Augen zu sehen, hatte er von seinem Vater übernommen. Regel Nummer zwei: Suche niemals Blickkontakt mit dem Sohn des Staatspräsidenten. Zuvor hatte Said ihn zwei Stunden lang am Internationalen Flughafen von Osman in der Hitze bei vierzig Grad im Schatten warten lassen. Wenigstens standen sie in der klimatisierten Halle, Wagner fror jedoch wie im tiefsten Winter. Said Badri, Oberbefehlshaber der osmanischen Armee, steckte in einem weißen Armani-Anzug. Jetzt verriet seine Miene Unmut, was Wagners Puls wie die Maschine eines Formel 1-Wagens auf gefühlte zweihundert Schläge pro Minute beschleunigte. So kurz vor dem Ziel seiner Träume zu scheitern, hätte er nur schwer ertragen. Regel Nummer drei: Mitglieder der osmanischen Präsidentenfamilie sind unberechenbar.

„Verzeiht, General, es lag nicht in meiner Absicht, Sie mit meiner unbedachten Bemerkung zu kränken, denn ...“

„O nein“, fiel der Wüstensohn ihm ins Wort, „das haben Sie keineswegs. Ich fürchte nur, unser gemeinsamer Freund, der Österreicher, wird keine rechte Freude an Ihrer Bestellung haben, Herr Wagner. Er hat seinen Apfelstrudel ausdrücklich *mit* Rosinen bestellt. Er meinte, Apfelstrudel ohne Rosinen wäre ein Fressen für einen echten *Piefke* – so nannte er euch Deutsche verächtlich. Das ist kein gutes Omen für ein Bündnis, würde ich sagen, denn ...“ Das letzte Wort blieb Said im Halse stecken. Sie traten gerade aus der Halle nach draußen, als die ersten Salven aus unzähligen Maschinenpistolen in der flirrenden Hitze im Stakkato wie die Töne einer gewaltigen Oper über sie herniederprasselten. Said Badri schrie in arabischer Sprache. Wagner warf sich zu Boden. Schluckte Staub. Menschen trampelten in Panik an ihnen vorbei. Flohen. Said ging hinter einer Balustrade in Deckung. Leibwächter positionierten sich um ihn wie eine Mauer und feuerten in Richtung der Angreifer. Das Dutzend der Uniformierten schoss wahllos in die Menschenmenge. Eine verschleierte Gestalt neben einem Kinderwagen sank von mehreren Schüssen durchlöchert zu Boden. Der Wagen rollte wie durch Zauberhand weiter. Der Gestalt entglitt unerwartet eine Maschinenpistole. Hände ergriffen Wagner unter den Schultern. Er leistete keinerlei Gegenwehr. Der Kinderwagen explodierte. Dann brach Chaos aus. Die Männer zerrten den deutschen Gast zu einem Fahrzeug. Das rote Blech eines Porsches reflektierte die Wüstensonne. Wagner landete im Innern des Sportwagens. Ein abrupter Kavalierstart folgte. Der Wagen rammte Menschen, die wie Schießbudenfiguren umfielen. Wagner spürte jede einzelne Kollision in seinem Magen. Er hob den Kopf und spähte zu den Stufen, auf denen sie sich eine halbe Minute zuvor noch belanglos unterhalten hatten. Said Badri, von einer Kugel getroffen, lag auf dem Bauch – ein Hüne von einem Mann, ein Zweimeterkoloss, der diesen Anschlag seiner politischen Gegner zweifellos nicht überlebt hatte. Jemand packte Wagner im Nacken und drückte ihn nach unten. Er spürte einen weiteren Aufprall mit einer Gestalt, die wie eine Schaufensterpuppe an ihnen vorbeiwirbelte. Der Fahrer des roten Porsche Cayennes raste über die Autobahnauffahrt, wo ihm eine Kolonne ebenfalls roter Porsche Cayennes folgte, die einander abwechselnd überholten, anscheinend um mögliche Verfolger zu verwirren. Wagner hatte von dieser Taktik bereits in Deutschland gehört.

„Willkommen im Osman", lispelte der Fahrer.

Wagner blickte auf. Die Stimme schien ihm bekannt. Seine Bert-Brecht-Gedächtnisbrille hatte einen Sprung und etliche Kratzer abbekommen. Umso schwerer fiel es ihm, seinen Augen zu trauen ... Er nahm die Brille ab und stierte dem Chauffeur fassungslos ins Gesicht.

Said Badri höchstpersönlich grinste ihn an; er trug die für ihn typische Ray-Ban-Sonnenbrille. „Machen Sie sich keine Sorgen wegen Fidai", sagte Said.

„Was ist mit ...?", stammelte Wagner auf Französisch.

„Keine Sorge, meine Leibgarde hat Fidai in Sicherheit gebracht. Er hat richtig reagiert. Wie es sich für einen Doppelgänger gehört. Das ist nicht das erste Attentat, das er überlebt hat. Ich habe euer Gespräch mitangehört – durch den Knopf im Ohr. Manchmal habe ich den Eindruck, Fidai spielt mich besser, als ich mich selbst spielen könnte. Für einen Kurden keine üble Leistung."

„Dann ist er ..."

„In Sicherheit", antwortete der Mann hinter dem Lenkrad, „wir treffen ihn bald in Projekt sieben. Und von dort ist es nur einen Katzensprung in den Präsidentenpalast. Der Österreicher wartet auf uns."

„Der Öster ..."

„Sie wissen schon, Ihr Freund aus dem schönen Kärnten."

Wagner schüttelte den Kopf – die temporäre Amnesie ließ nach – er musste an ein Bergpanorama denken, an Lederhosen und … – „den Österreicher …"

Said half seinem Gedächtnis auf die Sprünge. „Wir müssen uns beeilen. Schließlich wollen wir nicht riskieren, dass der Apfelstrudel am Ende kalt wird. Das wäre ein trauriger Nationalfeiertag, finden Sie nicht auch? Lassen Sie uns feiern … C'est la vie-iiiieh!"

Die Fahrt zum Territorium der Präsidentenfamilie dauerte zwanzig Minuten. Auf den Straßen herrschte Linksverkehr; früher hatte der Osman zum britischen Königreich gehört. 1947 hatten die Engländer das Land verlassen und es war ein Bürgerkrieg zwischen drei Millionen Menschen ausgebrochen. Saids Vater hatte im Alter von knapp zwanzig Jahren seinen Stamm gegen religiöse Eiferer und Feinde zum Sieg geführt. Drei Jahre später, am 3. Oktober 1950, hatte Muhammed al-Islam al-Badri sich zum Präsidenten des Landes ausgerufen. Als engste Verbündete galten Libyen und der Irak. Muhammed al-Islam al-Badri herrschte dank des Militärs, dessen Waffen überwiegend aus den USA geliefert wurden. Mitglieder der Muslimbruderschaft und später der Al-Qaida darbten in seinen Folterverliesen; dadurch gelangte seine Elite zu Wohlstand. Seine Söhne studierten in Paris, Wien und New York. Champagner galt als das Lieblingsgetränk des Präsidenten, er hatte ein Faible für Spielcasinos, die ihm allesamt selbst gehörten, und aß am liebsten mit Kokos gefüllte Schokoladenriegel: Bounty. Westliche Geheimdienste vereitelten regelmäßig seine Versuche, waffenfähiges Uran ins Land zu schmuggeln. Israel von der Landkarte zu löschen, stellte ein Kunststück dar, zu dem es wahrscheinlich den Iran als Verbündeten gebraucht hätte. Jedoch verabscheute Muhammed al-Islam al-Badri alle Schiiten genauso wie er alle Kurden hasste und jegliche Versuche dieses Bergvolks, einen eigenen Staat auf osmanischem Boden zu gründen mit Giftgas bereits im Keim erstickte. Die UNO unterstellte ihm, in den Neunzigerjahren für den Tod von siebzigtausend Kurden verantwortlich zu sein – zusammen mit dem Irak. Jedoch konzentrierten sich Embargos jeglicher Art auf den Haupttäter, der Osman galt lediglich als Handlanger. Ins Machtgefüge des Nahen Ostens einzugreifen, stellte ein unkalkulierbares Risiko dar und so blieb er verschont. Roland Wagner hatte den Sohn des Staatspräsidenten in Wien anlässlich einer Party kennengelernt, die Mitglieder der UNO veranstaltet hatten. Eine österreichische Firma bot Muhammed al-Islam al-Badri zwanzigtausend Maschinengewehre zu einem scheinbar selbstzerstörerischen Preis. Muhammeds Sohn Said spielte dabei die Rolle des Mittelsmannes. Das war die Gelegenheit gewesen, dem jungen Mann auf den Zahn zu fühlen. Roland Wagner hatte den Präsidenten des Bundesamtes für Verfassungsschutz damals weder über seine Österreichreise informiert noch über den Trip in den Osman. Niemand im Amt wusste, dass er in diesen Augenblicken aus einem Autofenster spähte und Sand in seinen Augen wegblinzelte.

Tore aus Stahl und Stacheldraht rollten zur Seite und gaben damit den Zutritt in den Hochsicherheitstrakt rund um das Präsidentenpalais frei. Die Mauern glichen denen in einem Todestrakt und umfassten ein Areal von sieben Quadratkilometern inmitten der Hauptstadt der osmanischen Republik, prahlte und lispelte Said. Sie fuhren an einer privaten Landebahn vorbei, die großen Passagierflugzeugen wie an internationalen Flughäfen Platz bot. Krankenhäuser und Golfplätze mit Palmen zogen an Wagners Auge vorüber – künstlich bewässert. „Hier“, berichtete Said und raste an einer gewaltigen Baustelle, die an ein überdachtes Stadion erinnerte, vorbei „möchte mein Vater die Skihalle errichten. Der Präsident plant auch eine Skisprunganlage und eine Rodelbahn, versteht sich.“

Wagner musterte diesen rätselhaften Wüstensohn über den Spiegel an der Mittelkonsole. Said bemerkte dies sofort, offenbarte ihm eine zornige Miene. Wagner wandte seinen Blick abrupt ab und sah ein eckiges Gebäude – das berühmte Gebäude Nummer sieben, von dem sämtliche Geheimdienste dieser Welt berichteten. Weiße Tiger sonnten sich davor in einem Gehege. Wagner zählte sechs der seltenen Tiere. Ein Swimmingpool mit Türmen und goldenen antiken Statuen bot einen einladenden Anblick. Wagner zählte auf dem Vorplatz zum Prinzenpalast ein Dutzend

Sportwagen bundesdeutscher Fabrikate. Das Faible der Präsidentenfamilie für Technologie made in germany galt in Insiderkreisen unter Geheimdienstleuten als sichere Eintrittskarte bei der Auswahl von Gastgeschenken. Die Familie betrieb in allen ihren Casinos deutsche Spielautomaten und Waschmaschinen, hieß es. Auch die Geräte in den OPs und Krankenstationen des familieneigenen Krankenhauses auf dem Präsidentenareal stammten allesamt aus Deutschland. Von der Stereoanlage des Prinzen bis zum Heimkino, den Waffen und Panzern ... made in germany lautete die Devise Muhammeds, die er seinen Söhnen eingebläut hatte. Das Herz des Staatspräsidenten schlug außerdem für den FC Bayern München; es gab kein Spiel, das er nicht mit Begeisterung am Fernseher verfolgte. Seine Sympathie galt der deutschen Nationalmannschaft.

„Wir sind da." Said würgte den Motor ab. Das halbe Dutzend der Fahrzeuge, die den Wüstensohn eskortiert hatten, fuhr weiter; Wagner vermutete eine Garage für die Fahrzeuge der Leibwache irgendwo in der Peripherie des Grundstücks.

Zwei Leibwachen in prächtigen Uniformen und mit Säbeln bewaffnet öffneten die Autotür.

„Aussteigen!", befahl einer in gebrochenem Englisch.

Wagner gehorchte. Die Sonne knallte ihm auf den Kopf wie ein Bumerang.

„Wir sehen uns später!", rief Said.

„Aber ..."

Sein Gastgeber hatte ihm längst den Rücken zugekehrt und verschwand mit seiner Entourage im Inneren des Prinzenpalastes. Wagner folgte den beiden Männern mit den Zwei-Stern-Epauletten zu einem Gebäude, das von seiner Architektur her an eine künstlich angelegte Berberhöhle erinnerte. Ein dritter legte ihm eine Augenbinde um den Kopf. Die Männer führten ihn durch einen Eingang, er merkte es an der Air-Condition, umso stärker wog sein Schrecken, als sie zum Stehen kamen und ein Aufzug ihn unvorbereitet in die Tiefe beförderte. Alles reine Formsache, ermahnte er sich. Den Sicherheitsprüfungen des osmanischen Präsidenten muss sich jeder Gast unterziehen. Der

Aufzug kam zum Stehen. Zwei andere Wächter als jene, die ihn ins Gebäude begleitet hatten, nahmen Wagner die Binde ab und befahlen ihm, drei Schritte nach vorne zu tun. Er fand sich in einem Raum wieder, der einer gynäkologischen Praxis ähnelte. Im künstlichen Licht stand ein Arzt im weißen Kittel. Ein Offizier tastete Wagners Kleidung ab, dann seine Achseln, das Gesäß und den Schambereich.

„Schuhe und Socken ausziehen!", befahl der Offizier.

„Ich …"

„Der Präsident verabscheut es, Männer in schmutzigen Socken zu empfangen", lautete die Erklärung, die zweifellos keinen Widerspruch duldete.

Wagner gehorchte und erhielt ein Paar blütenweiße Tennissocken, die er anzog. Der Arzt tauchte daraufhin einen Wattebausch in eine Tinktur, strich über Wagners Gesicht, Ohren, Hals und Hände. Anschließend rührte er mit dem Stäbchen in einer blauen Lösung. Vermutlich hätte diese bei Kontaktgift eine andere Farbe angenommen. Es folgte ein Abstrich auf der Zunge und eine Kontrolle der Backentaschen. Anschließend bedeutete ihm der Untersucher, sein Gesicht und die Hände mit einer Desinfektionslösung einzureiben. Wagners Augen tränten davon. Daraufhin griff einer der Offiziere zu einem Telefonhörer, Marke Siemens, und sprach in Arabisch einige Worte. Wagner wurde abgeholt. Fünf Minuten später stand der Gast aus Deutschland endlich im Foyer des Prinzenpalastes. Wagner musste wiederum seine Schuhe ausziehen und folgte den Offizieren gehorsam in den weißen Tennissocken.

Auf der Couch in einem Salon saß der Österreicher, der ebenfalls weiße Tennissocken trug, Said gegenüber. Es duftete nach Apfelstrudel und Mokka. Der Österreicher ließ bei Wagners Anblick seine Gabel sinken und zeigte sein berühmtes Siegerlächeln.

„Wagner!", rief er freudig – und fügte sogleich hinzu: „Servas[5], Roland, Kamerad – Roli … wie geht's dir?"

„Ich bin froh, endlich hier zu sein", antwortete Wagner.

---

[5] Österreichisch für Servus

Said hielt zwischen seinen Fingern eine Zigarre, Havanna, Nr. 8, und klopfte an einem goldenen Aschenbecher schwungvoll die Asche ab.

„Soll ich Ihnen einen Apfelstrudel bringen lassen? Was wollen Sie trinken?", fragte Said.

„Bitte sehr gerne, das wäre äußerst zuvorkommend. Und einen Milchkaffee."

Sie machten es sich gemütlich. In jeder Ecke, neben jedem Fenster und jeder Tür verharrte bewegungslos ein Leibwächter, Männer, denen keine Bewegung entging. Diener in gebeugter Haltung huschten wie unsichtbar durch den Raum. Der Prinz hatte offenbar eine Vorliebe für goldene Wände, Tapeten und Möbel. Kaum zu glauben, dachte Wagner, dass er sich in einem Land aufhielt, in dem Kinder an Hunger und banalsten Krankheiten verstarben.

„Ich fürchte", begann Said mit einem freundlich-verschlagen wirkenden Grinsen, „wir können die Rechnung nicht ohne meinen Vater machen, Messieurs."

„Ich kenne den Präsidenten sehr gut", meinte selbstbewusst der Österreicher. „Ich bin mir sicher, Muhammed al-Islam al-Badri wird uns gewogen sein."

„Da kennen Sie meinen Vater wohl besser als ich. Was in seinem Kopf vorgeht, erzählt er nicht einmal mir oder meiner Mutter."

Der Österreicher entgegnete: „Die Feinde meiner Feinde sollen auch meine Feinde sein, Général."

Wagner stocherte mit einer Gabel auf dem Teller herum und gab sich Mühe, seinen Ekel wegen der pappsüßen Rosinen zu verbergen.

Der Österreicher erklärte: „Es gilt die Bilderberger und die Zionisten zu zerstören. Nicht zu vergessen die Frankfurter Schule, zu der Helmut Schmidt und Henry Kissinger gehörten. Das alles sind in Wahrheit die Freunde Israels. Und sie verseuchen den Volkskörper mit jüdischem Gift. Langsam, aber sicher haben die Juden in den letzten zehn Jahren sogar das Getreide gentechnisch verändert. Fast jeder anständige Deutsche oder Österreicher leidet heute unter einer Gluten-Allergie, das ist nur eine Folge davon. Außerdem nimmt die Fruchtbarkeit des deutschen Mannes ab, weil seine Lebensmittel von diesen Giften durchsetzt sind. Von den Impfungen wollen wir lieber gar nicht erst reden, das sind die Pharmakonzerne, die sich in den Händen des Weltjudentums befinden. Die Juden wollen uns ausrotten!“

Said nickte genüsslich. „Das Weltjudentum regiert von den USA aus, das ist seine Tarnung.“

Die beiden verstanden sich hervorragend. Der Österreicher konnte auch noch mit einer Anekdote aufwarten: „Als ich letztes Jahr im November beim New-York-Marathon mitgelaufen bin, haben diese Zionisten in ihrem Viertel protestiert und eine Blockade wegen meiner Person errichtet. Die Veranstalter haben wegen meiner Wenigkeit sogar die Route verändert … Was soll ich euch sagen, Prinz? – Ich bin trotzdem mit dem ersten Drittel ins Ziel gelangt, ein sehr guter Schnitt, besser als der deutsche Außenminister Fischer!“

Wagner nippte an seinem Mokka und tat, als interessiere er sich für Sport: „Ich habe davon gehört. Das war ein richtiger Skandal. Die Juden beherrschen die Welt.“

„Wir müssen uns die Meinungsfreiheit zurückholen!“, stimmte der Österreicher ihm zu. „Es kann nicht sein, dass unsere Ahnen die Türken vor Wien geschlagen haben, und diese linken Gutmenschen holen diese Leute durch die Hintertür ins Land als Gastarbeiter und Scheinasylanten. Wir brauchen in Europa eine gezielte Zuwanderung. Wir brauchen Leistungsträger und freie Menschen. Und deswegen müssen wir Europa diesen Linken wieder wegnehmen, bevor es vor die Hunde geht!“

Said griff zur Ray-Ban-Sonnenbrille und rückte sie über seiner Nase zurecht; vielleicht empfand er die Art des Österreichers als Anbiederung. „Hier im Osman schneiden wir unseren Gastarbeitern die Köpfe ab, wenn sie frech werden. Aber niemals ohne ihnen vorher die Hoden zu zerquetschen! So geht man mit diesem Gesindel um.“ Er ahmte mit Zeige- und Mittelfinger eine Schere nach und lachte schrill – hysterisch, fand Wagner. Said ließ daraufhin französischen Kognak auftischen. Die Unterhaltung geriet ab jetzt zu einem antisemitischen Kanon höchster Güte; das klang wie Musik in Wagners Ohren.

„Wir lieben die Deutschen", sagte Said, „weil sie sechs Millionen Juden vernichtet haben."

Darauf stießen sie an.

Und Wagner, der unter dem gestrengen Blick des Prinzen schon das dritte Glas Kognak mittrinken hatte müssen, fand den Zeitpunkt richtig, sein Angebot zu wiederholen: „Wenn unsere Sache siegreich beendet sein wird, dann wird ausschließlich der Osman Deutschland und Österreich über eine eigene Pipeline mit Öl beliefern. Mit der längsten Pipeline, die man in der Menschheitsgeschichte je gesehen hat, Prinz."

„Deutschland mit Öl zu beliefern, wird meinem Vater die höchste Ehre sein!" Said schaute auf seine Armbanduhr, Marke Junghans, Schwarzwälder Modell. „Wie ich sehe, nähert sich der Tag dem Ende zu. Wenn die Nacht anbricht, sollen Gastgeber und Gäste rauschende Feste feiern, so heißt es bei uns. Es wird Zeit, dass Sie die schönsten Frauen des Osmans kennenlernen, Messieurs. Ich schlage vor, Sie ziehen sich jetzt in ihre Suiten zurück. Meine Soldaten werden Sie sicher begleiten. In einer Stunde steigt die größte Party, die Sie je erlebt haben, das kann ich Ihnen jetzt schon versprechen."

Zwei Stunden später, Punkt zehn Uhr nach osmanischer Ortszeit, stieg das Fest. Auf der zwanzig Meter langen Tafel fanden sich orientalische Speisen, garniert mit Nektarinen, Äpfeln, Grapefruits, Ananas und allen Früchten, die die Welt zu bieten hatte. Köche boten Entenbrust, Hasenrücken und Putenbrustroulade an. Das kalte Buffet bestand aus Lachs auf silbernen Tabletts, französischer Gänseleber, Zarenkaviar, kunstvoll angeordnetem Gemüse und etlichen Kompositionen arabischer Köstlichkeiten, von denen Wagner noch nie gehört hatte.

Und natürlich tummelten sich – wie versprochen – jede Menge junger Frauen in aufreizender Abendkleidung auf der Terrasse und um den Pool.

„Familie und Freunde!", eröffnete Said das Fest. „Es ist mir eine Ehre, eine große Künstlerin für heute Abend anzukündigen. Feiern Sie mit mir die wunderbare Fatima, die Lieblingstochter des Propheten persönlich! Applaus! Applaus!"

Wagner klatschte automatisch, kam sich vor wie ein Duracell-Hase. Überhaupt schienen die Leute um ihn herum wie der Hase aus der berühmten Batterie-Werbung. Der Österreicher grinste ihm beim Anblick der angekündigten Attraktion frivol zu. Eine Gestalt in Frauenkleidern und Perücke erklomm die Bühne und sang – nur von einem Klavier begleitet – die osmanische Nationalhymne: *Muhammed al-Islam al-Badri, oh du Großer …*

Der Applaus folgte auf den Schlag.

„Blut ist dicker als Wasser", rief der Österreicher ihm zu.

Wagner stand auf der Leitung.

„Schauen Sie mal", erklärte ihm der Österreicher, „welche Ähnlichkeit hier die Offiziere und Anzugträger untereinander haben. Die Vorliebe des osmanischen Präsidenten, wichtige Posten mit Cousins, Brüdern und Schwagern zu besetzen, dürfte einer der Gründe für die Beständigkeit dieses Regimes sein. Das ist fast wie bei uns in Österreich, da ist auch jeder mit jedem verwandt!"

Sie wandten ihre Blicke dem Prinzen zu. Said klatschte und torkelte. Anscheinend hatte er seit dem Nachmittag noch mehr Alkohol konsumiert. Die Luft roch nach Haschisch. Aus Lautsprechern tönte arabische Popmusik. Said drängte sich durch die Menge.

„Amüsieren Sie sich, Herr Wagner! Genießen Sie den Abend?", lispelte er.

„Großartig, Général, einfach großartig", entgegnete Wagner.

Der Transvestit, der eben noch die osmanische Hymne gesungen hatte, kicherte und hängte sich bei Wagner ein. Der Beamte zuckte vor Schreck bei der Berührung zusammen.

Said kicherte und sah ihm zum ersten Mal direkt ins Gesicht. „Warum nur sind die Deutschen immer so verklemmt, frage ich mich?"

Der Österreicher kraulte durch Fatimas Perücke und ließ sich einen Wangenkuss scheinbar anstandslos gefallen. Dann zauberte

Said aus der Jacke einer Fantasieuniform, die er sich wohl extra für den Abend hatte anfertigen lassen, eine silberne Dose. Der Deckel schnappte auf. Geschickt verrieb er feines weißes Kokain mit dem Zeigefinger in seiner Mundhöhle und stopfte sich großzügig die Nasenlöcher voll.

„Na los! Kosten Sie!", befahl er seinen beiden Gästen.

Wagner nahm davon. Schon mit der ersten Berührung auf seiner Nasenschleimhaut wirkte der Stoff elektrisierend. Niemals zuvor hatte er Ware von einer größeren Reinheit und Qualität probiert. Wagner spürte die Anspannung in seinem Körper abrupt nachlassen. Angenehme Gleichgültigkeit erfüllte ihn und die Euphorie folgte auf den Schlag. Plötzlich schien ihm alles ganz easy.

„Reißt diesen Nutten die Kleider vom Leib!", kreischte der Prinz. „Ich will euch alle nackt sehen …"

Wagner lachte. Edle Stoffe landeten im Pool und auf dem Marmorstein. Said riss zwei der Schönen an sich und vergnügte sich daraufhin mit ihnen neben den Tigerkäfigen auf einem weißen Bett. Die anderen Gäste tanzten und rieben sich aneinander. Das Kokain machte die Runde und ließ die Hemmungen schwinden. Wagner hatte den Österreicher aus den Augen verloren. Er spürte Fatimas Schwanz an seinem Hintern und genoss in vollen Zügen die Penetration. Mit einem derartigen Höhepunkt hätte er in seinen kühnsten Träumen nicht gerechnet. Die einzigen, die ihre Kleidung trugen, waren die Sicherheitsleute und die Kellner in ihren weißen Uniformen mit den gestärkten Krägen.

Wagner hielt sich an einer Marmorsäule fest und spürte einen Orgasmus, der …

„Allah yufiqni!", löste sich ein entsetzter Aufschrei aus Dutzenden von Kehlen und störte Wagner in seinem Lustempfinden. Fatima ließ mit einem Mal von ihm ab; der Penis erschlaffte. Wagner drehte sich um und erspähte eine weiße Raubkatze. Die Männer und Frauen reagierten mit panischen Schreien. Said sprang aus seinem Liebesnest. Drei weitere Tiere erklommen die Brüstung zur Terrasse. Die erste Katze packte eine Prostituierte am Genick und verschwand mit ihr in der Dunkelheit, als wäre die Frau nichts weiter als eine Maus, die in Todesangst um ihr Leben wimmerte und schrie. Maschinengewehrsalven donnerten durch die Nacht. Said stellte sich den Leibwächtern, die die Schüsse abgegeben hatten, entgegen.

„Hurensöhne!“, fluchte er. „Seid ihr lebensmüde? Was fällt euch ein, auf meine Lieblinge zu schießen? Wenn auch nur einer von ihnen eine Kugel abkriegt, dann lasse ich euch alle exekutieren … Habt ihr verstanden?“

Er sprach seine Drohung zwar in Arabisch – vielleicht lag es am Koks oder an seiner Todesangst, die Wagner trotzdem jedes Wort verstehen ließ. Sekunden später versuchten die Männer mit Fangnetzen die weißen Tiger zu bändigen. Zu zweit rissen zwei Tiger einen Mann in Stücke, der keine drei Meter von Wagner entfernt neben einer Nackten auf dem Boden lag. Ein dritter setzte zum Sprung auf Wagner an. Die gewaltigen Pranken lösten sich in Wagners Wahrnehmung wie in Zeitlupe vom weißen Marmor. Die gefletschten Zähne offenbarten ihm sein Schicksal. Schüsse aus einer Maschinenpistole erschallten. Wagner stürzte; jegliche Kraft schwand aus seinen Beinen. Die Raubkatze landete neben ihm wie eine Attrappe vor einem offenen Kamin in einem Herrenhaus. Der Kadaver zuckte epileptisch. Said tobte. Schrie. Mit puterrotem Gesicht. Entriss einem der Militärs eine Pistole und feuerte auf den Leibwächter, der für den Tod des Tigers verantwortlich war. Wagner suchte Zuflucht hinter der Marmorsäule. Dort lag der Kopf eines Mannes mit einem viel zu dick aufgetragenen Lippenstift und grellem Rouge; ohne die Perücke sah Fatima aus wie ein Clown, die Lippen entblößt zu einem hässlichen Grinsen wie der arabische Cousin von Pennywise persönlich.

Mittwoch, 1. Oktober 2008 12:30 Uhr – Klagenfurt

Tscharly, der andächtig zugehört hatte, versuchte, die Informationen in seinem Gehirn zu ordnen. „Der Osman ist immer als das Las Vegas des Nahen Ostens bezeichnet worden. Ähnlich wie der Irak, der war auch für seine Spielcasinos und die wilden Partys berühmt."

„Höre ich da etwa Sehnsucht in deiner Stimme, Tscharly?"

„Nein, das nicht, aber seit der Irak gefallen ist, übernehmen überall im Nahen Osten die religiösen Fundamentalisten die Macht. Der nächste Kandidat, der um sein Überleben kämpfen wird, ist Gaddafi in Libyen. Das kann ich dir jetzt schon sagen. Und dann kommt Tunesien. Um Algerien mache ich mir weniger Sorgen, das ist die stärkste Diktatur in der ganzen Umgebung."

„Das klingt fast, als würdest du Militärdiktaturen gut finden."

„Das nicht. Aber diese Diktatoren sind für den Westen immer zuverlässige Partner gewesen – sie sind das kleinere Übel. Die religiösen Fundamentalisten dagegen sind völlig unberechenbar. Und wenn der Nahe Osten diesen religiösen Fundamentalisten zujubelt, dann wird es zu Fluchtbewegungen kommen, wie man sie seit dem zweiten Weltkrieg nicht mehr erlebt hat. Muhammed al-Islam al-Badri ist 2003 durch einen Drohnenangriff der Amerikaner ums Leben gekommen. Seitdem hat einer von Saids kleinen Brüdern die Macht im Land übernommen. Aber wer weiß, wie lange sich die Familie al-Badri noch halten wird. Am Ende steht ein Chaos, wie es sich derzeit im Irak abspielt."

„Demokratie kann man lernen", meinte Jennifer und er wusste nicht, ob ihre Lektion zynisch, naiv oder optimistisch gemeint war.

„Lass mich raten, der österreichische und der deutsche Verfassungsschutz wussten natürlich beide nichts von diesem inoffiziellen Besuch von Wagner und dem Österreicher. Aber der MOSSAD war in die Sache eingeweiht."

Jennifer schwieg.

„Und wer weiß außer dem MOSSAD von dem Besuch?", hakte er nach.

Wieder keine Antwort.
„Jetzt sag schon!“
Sie schnaubte widerwillig. „Schöberle. Sagt dir der Name was?“
„Klingt wie ein schwäbisches Spätzle-Gericht.“
„Der MOSSAD liebt Spätzle“, lautete ihre Antwort, „aber nur, wenn sie koscher sind.“
„Weiß Wagner, dass dieses Spätzle-Gericht von seiner Aktion weiß?“
Sie hob die Schultern.
„Was wollten die beiden im Osman? Der Waffendeal kann doch nicht alles gewesen sein.“
Sie schaute ihm tief in die Augen. „Der Wüstensohn litt unter einem Krankheitsbild namens Homophobie. Um sich schwule Geschäftspartner vom Leib zu halten, schickte er in solchen Fällen Fatima voraus. Mit seinen Sexpartys hat er künftigen Geschäftspartnern gerne auf den Zahn gefühlt. Und Erpresserfotos und Filme dienten ihm dazu, jeden, der ihm gefährlich werden wollte, zu erpressen.“
„Dann hat Wagner ja wohl keinen Cent gesehen.“
Jennifer verschränkte die Arme. „Mehr kann ich dir im Moment nicht sagen.“
Tscharly prustete – lachte! Seine Gefühle spielten mit ihm Achterbahn.
„Was ist auf einmal so komisch, du altes Greenhorn?“
„Nichts. Ich habe mir nur gerade vorgestellt, wie Wagner von den Tigern fast gefressen wird. Und dann steht er dort im Palast dieses Wüstenprinzen nackt, nur mit weißen Socken. Muss ein Bild für die Götter gewesen sein! Schmutzige, weiße Tennissocken, an denen noch das Blut klebt.“

Mittwoch, 1. Oktober 2008, 19:00 Uhr – Gutshof

Der Fuchsbau war nun beinahe so sauber wie eine frische Pampers. Waffen, Datenträger, Devotionalien, Pistolen, Handgranaten, Maschinenpistolen, Maschinengewehre, Granatwerfer und weiteres Kriegsspielzeug war inklusive reichlich Munition entsorgt worden. Odin winkelte den Arm zum Führergruß an und sah erleichtert zu, wie der letzte seiner Kameraden mit vollbeladenem Auto das Anwesen verließ. Trotz der inzwischen empfindlich kühlen Temperaturen am Abend, wischte er sich mit dem Hemdsärmel den Schweiß von der Stirn. Er hatte über sieben Stunden körperliche und organisatorische Schwerstarbeit geleistet. Gott sei Dank, Wagner sei Dank, betete er in Gedanken – und das, obwohl er kein religiöser Mensch war. Mit seiner Vorgeschichte konnte bereits ein einziges lächerliches Maschinengewehr eine Haftstrafe bedeuten, auch wenn diese mit einer intelligenten Verteidigungsstrategie und einem wohlgesonnenen, national eingestellten Richter wohl zur Bewährung ausgesetzt worden wäre.

Voller Stolz dachte er an den harten Kern seiner Truppe – alles Männer, die für ihn in den Tod gehen würden und denen er, ohne mit der Wimper zu zucken, sein Leben anvertrauen konnte. Dezidiert hatte er Anweisungen gegeben, welche Waffen in welches Depot gebracht werden sollten und wer welche Datenträger bei sich zu Hause bunkern sollte. Seinem Kumpel Markus hatte er die beiden Koffer mit hunderttausend Euro Bargeld anvertraut. Es war nicht illegal, so viel Bargeld zu Hause aufzubewahren, aber er wollte sich blöde Fragen dieser Scheißbullen lieber ersparen.

Natürlich hatte er auch für Wagners Schutz vorgesorgt. Ganz bewusst hatte er juristisch grenzwertige Devotionalien, CS-Gase, Messer, die gegebenenfalls unter das Waffengesetz fielen und ein Seitenbajonett aus dem Zweiten Weltkrieg in seinem Gutshof behalten. Außerdem hatte er mehrere Sticks und Laptops versteckt, auf denen sich Listen befanden, die die Ermittler eine Weile beschäftigen würden. Allerdings waren die Listen blindlings zusammengeschrieben und besaßen keine tiefere Bedeutung. Daran würden sich die Staatsschweine die Zähne ausbeißen. Immerhin konnten sie nicht ohne den Rest eines Zweifels behaupten, dass er einen Tipp auf eine anstehende Razzia erhalten hatte. Aber vielleicht spielte dieser Schöberle ein ganz anderes Spiel und lauerte ihm an einer Ecke auf, an der er es niemals vermutete. Aber sicher war sicher und jetzt konnte das SEK kommen. Sollten sie kommen, gäbe das für ihn gute Propagandabilder ab. Er sah sich schon in Handschellen zum Bus abgeführt, der Presse durch einen Zuruf noch seine Unschuld beteuernd. Dennoch würden Polizei und Presse die sichergestellten Winzigkeiten zu gigantischen Bedrohungen aufplustern. Eigentlich liebte Odin dieses Katz-und-Maus-Spiel mit den Ordnungshütern, aber es besaß den Nachteil, dass es viel Zeit, Energie und Ressourcen band, die sinnvoller in das Revolutionsprojekt gesteckt werden konnten. Aber es war eben, was es war. Und so hatte er wieder einmal einen jener Nachmittage hinter sich, die schuld daran waren, dass in seinem Bart immer mehr graue Haare wuchsen.

Da klingelte das Telefon in seinem Büro. Die Nummer sagte ihm nichts. Nach dem dritten Klingeln ging er ran und meldete sich mit Klarnamen. Er schloss das Fenster, um den kalten Herbstwind auszusperren. Sein Kontaktmann bei der Polizei meldete sich; dessen Stimme und frohe Botschaft ließ Odin aufatmen. Es entspann sich ein Gespräch: „Hallo! Euch habe ich ganz vergessen. Wie hat sich mein Küken denn geschlagen …? Ihr habt sie bis jetzt festgehalten? Ihr seid ja harte Bullen, haha." Odins Lachen kam von Herzen. „Hoffentlich habt ihr ihr nicht allzu viel Angst eingejagt … Wie, den Staatsschutz habt ihr auch dazu geholt? Das stand aber so nicht im Drehbuch … Ach, verstehe: Ein Test auf Herz und Nieren wie von mir gefordert … Ihr habt auch Drogen- und Sprengstoffhunde durch mein Auto gejagt? Mann, da muss ich wieder mindestens eine Stunde lang saugen, bis die Haare entfernt sind, weil eure Beamten-Köter so fusseln. Was hättet ihr denn gemacht, wenn die angeschlagen hätten …? Hehe, was zu fressen gegeben. Na dann. Habt ihr sie wie besprochen nach den Örtlichkeiten in meinem Anwesen ausgequetscht? Genügend Druck aufgebaut … Haha, die Kleine hat euch nicht einmal verraten, wo das WC ist. Sehr gut. Die hat mehr Eier als euer oberster Dienstherr … Ihr habt sie also richtig böse in die Mangel genommen … Nur böser Cop? Das ist ja eine ganz neue Variante", wunderte er sich, „dass sie kurz geweint hat, verwundert mich nach deinen Ausführungen nicht. Ging mir bei meinen ersten stundenlangen Verhören anno dazumal auch nicht anders, außer dass richtige Männer natürlich nicht weinen, auch wenn ihnen zum Heulen zumute ist", er lauschte und entgegnete: „Gut, ich verlasse mich auf dein Urteil und deine Empfehlung. Das wird nicht der letzte Test gewesen sein, aber den ersten hat sie mit Bravour bestanden. Ich danke dir … Du weißt ja, dass ich mich wie immer erkenntlich … Keine Paranoia, mein Freund! Diese Leitung ist sicher. Spätestens Weihnachten bei eurer Feier … und Geschenke für die Familien … Okay, komm die nächsten Tage mal in Zivil vorbei, dann stecke ich dir einen kleinen, aber feinen Umschlag zu … Freut mich, dass du so zufrieden bist. Ich im Übrigen auch … Ja, bis dann!"

Er legte auf und sah der untergehenden Sonne zu, die sich gerade hinter einem Hügel zu verstecken begann. Langsam strich er sich über den imposanten Vollbart und schob dann die beeindruckende Haartolle nach hinten. Zwei Hürden an einem Tag war kein schlechtes Ergebnis. Goebbels und Bormann näherten sich ergeben ihrem Herrchen und klemmten ihre Schwänze zwischen die Hinterbeine.

„Na, ihr hässlichen Tölen", sagte er liebevoll und streichelte beiden Hunden zärtlich über den Kopf. „Das ist die berühmtberüchtigte Ruhe vor dem Sturm, der da auf uns zukommt."

Die Anfangsklänge des Horst-Wessel-Liedes rissen ihn aus seiner Gedankenwelt und dem Monolog. Dieses Mal läutete sein Smartphone. Das Display zeigte ihm Millas Namen. Er hob ab und hörte sie seinen Namen sagen. Mit tränenerstickter Stimme.

Eine Stunde später traf Milla mit dem Bulli auf dem Gutshof ein. Er nahm sie in seine Arme. Heidrun kam zu den beiden, die noch neben dem Fahrzeug standen, und umarmte Milla ebenfalls. Sie hatte die Ware noch in letzter Sekunde auf die Post bringen können.

„Du musst jetzt keine Angst mehr haben“, sagte Odin.

„Du gehörst zu unserem Blut, Schwester“, sagte Heidrun.

Milla weinte und Siegfried klammerte sich an Millas Beinen fest. Die Kampfhunde schwirrten wie zum Beweis um sie herum, bereit, jeden Feind in seine Einzelteile zu zerlegen. Nach all den Jahren im Untergrund, hatte Milla endlich eine Heimat gefunden.

„Meine Familie“, schluchzte sie, „meine Familie …“

Siegfried rief unverständliche Worte, die sich euphorisch anhörten, wie: „But … Kaninchen … tot … lecker!“

„Du kannst stolz auf deinen kleinen Sohn sein“, sagte Heidrun, „aus ihm wird ein richtiger kleiner arischer Krieger, der für das leibliche Wohl der ganzen Familie sorgen kann.“

Sie lachten und liebkosten alle drei den Jungen.

Donnerstag, 2. Oktober 2008, 9:15 Uhr und 18:30 Uhr, Gutshof

Das magere Fleisch der Kaninchen hatte hervorragend geschmeckt. Milla hatte voller Stolz über ihren Sohn davon gegessen. Anschließend hatte Siegfried von Heidrun auch noch einen Schokoladenpudding dafür bekommen, weil er ihr so tapfer und fleißig beim Schlachten der Kaninchen geholfen hatte. Milla hatte die Reste des Puddings mit dem Löffel ausgekratzt. Anschließend waren sie gesättigt und müde zu Bett gegangen. Am nächsten Morgen entdeckte Milla zu ihrer Erleichterung, dass Siegfried dieses Mal friedlich schlafend neben ihr lag. Alles war endlich so, wie es zu sein hatte, dachte sie in diesem herrlichen Moment der Geborgenheit. Dann löste die Stille Panik in ihr aus. Sie hatte plötzlich Angst davor, noch länger mit Siegfried allein zu sein. Sie zog sich an, weckte ihren Sohn, um ihn einer Katzenwäsche zu unterziehen und ging nach unten.

Der Tisch in der Stube war bereits gedeckt, aber lediglich für sie, wie es schien. Auf ihrem Platz lag ein nicht zu übersehender handgeschriebener Zettel mit folgender Botschaft: *Wir sind heute den ganzen Tag über Besorgungen machen. Fühl dich ganz frei und genieße einfach den Tag. In Notfällen sind wir IMMER auf dem Handy erreichbar* ☺. Es folgte noch ein rotes Herz und sowohl Heidrun als auch Odin hatten unterschrieben.

„Ach, Siegfried!“, seufzte Milla und beobachtete das Kind, das ein Brötchen in sich hineinstopfte und mit frischer Kuhmilch runterspülte.

Nun denn, sie würde einige Stunden auf sich gestellt sein. Sie versuchte, sich mit dem Gedanken abzufinden. Erst danach wandte sie sich dem hofeigenen Käse und dem frischgebackenen Sauerteigbrot zu und verschlang beides mit einem Riesenhunger.

Als sie gut gesättigt den Teller von sich schob, drängten sich ihr ein paar Fragen auf. Die letzten Wochen waren wie im Rausch an ihr vorbeigezogen und hatten ihr kaum Zeit zur Selbstreflexion gelassen.

Was sollte die ganze Geschichte mit Siegfried eigentlich?, fragte sie sich als erstes. Wäre sie denn nicht freier, ohne ihr Anhängsel? Was hatte sie denn überhaupt mit diesem Kind, das sie nicht einmal selbst geboren hatte, zu tun? Am liebsten hätte sie ihn auf der Stelle weggegeben. Jedoch bot das Kind ihr die Chance, es in allen Bereichen besser zu machen, als ihr eigener, gottverdammter Vater, der immer nur um sich selbst kreiste und als ihre in Alkohol, Tabletten und Selbstmitleid schwelgende Mutter. Und dazu ein unnahbarer Großvater, für den sie weniger interessant gewesen war als die Lektüre des Handelsblatts.

Ob der Alte überhaupt noch lebte?

Sie hatte schon vor Langem damit aufgehört, die linken Mainstream-Medien zu verfolgen.

Aus heiterem Himmel versetzte sie Siegfried eine Ohrfeige. Und der Junge reagierte nicht einmal. Er lachte sie an und zeigte ihr sein Holzschwert.

Was war an diesem verdammten Kind nicht normal?

Vielleicht handelte es sich tatsächlich um ein behindertes Kind, überlegte sie. Und deswegen hatten seine Eltern ihn in der Babyklappe des Krankenhauses in Klagenfurt abgegeben. Ihr blieb nichts übrig, als alles auf sich zukommen zu lassen, dachte sie resigniert.

Nach dem Frühstück ging sie mit Siegfried an der Hand nach draußen. Lautstark rief sie Goebbels und Bormann herbei. Beide Hunde kamen mit wedelnden Schwänzen, beziehungsweise mit dem, was davon nach dem Kupieren noch übriggeblieben war, herbeigerannt. Ohne ein Ziel vor Augen lief sie mit den Hunden und Siegfried in Richtung eines bewaldeten Hügels. Mehrfach musste sie Siegfried die Hand reichen, da der kleine Mann bei manchem emsig hingeworfenen Maulwurfshaufen ins Straucheln geriet.

Oben angekommen stemmte sie beide Fäuste entschlossen in die Hüften und betrachtete eingehend das, was ihre neue Heimat geworden war. Das ganze Gut in seiner vollen Pracht von oben zu sehen, imponierte ihr. Was für ein unglaublich vorteilhafter Tausch sie da mit dem traurig-tristen Reichsbürgerhof, diesem elendigen Schlammloch irgendwo im Nirgendwo an der polnischen Grenze, vollzogen hatte. Hier jedoch sah sie saftig grüne Wiesen, Bäume und Felder, ganz egal wohin sich ihr Blick auch wendete. Die wunderbare Natur offerierte sich ihr ganz ohne Narben und Wunden. Hier war Deutschland noch urwüchsig und frei, genauso wie Arminius es in der legendären Varusschlacht 900 nach Christus erfolgreich gegen die Römer verteidigt hatte.

Sie atmete tief durch und fühlte sich erleichtert. Ballast der Vergangenheit fiel von ihrer Seele, aber sie wusste, dass noch Bedarf an Aufarbeitung bestand, damit sie auch nur annähernd mit sich ins Reine kommen konnte.

Wahrscheinlich war sie untherapierbar, fürchtete sie, als Goebbels und Bormann sie ruckartig aus ihren Reflexionen und lüsternen Bildern rissen. Aus dem Nichts heraus bellten sie wie verrückt und zerrten mit unglaublicher Kraft an ihren Leinen. Keine Frage, die Kampf- und Wachhunde hatten Witterung aufgenommen. Und zwar von jemandem, der nicht zur Familie gehörte. Sie musste alle Energie aufbringen, um die kräftigen Hunde halten zu können. Schließlich schrie sie sie an, ruhig zu sitzen und ihre Schnauze zu halten. Sie gab dem besonders agil-aggressiven Bormann einen kräftigen Klaps auf seine flache Schnauze, was ihr einen beleidigten Blick einbrachte. Goebbels verstand sofort und beruhigte sich umgehend. Milla schaute sich aufmerksam um und identifizierte den mutmaßlichen Verursacher der Unruhe. Ein schlanker Mann mit einem teuren, grauen Mantel, einem schicken Hut, schwarzen Anzughosen und blankgewichsten schwarzen Halbschuhen kam in gemächlichen Schritten auf sie zu. Trotz der teuren Kleidung, der distinguierten Erscheinung und der Seriosität fühlte sich Milla sofort von dem Mann körperlich abgestoßen.

„Pssst, ist alles gut, alles gut, beruhigt euch, der Mann tut euch nichts“, wiederholte sie ein ums andere Mal.

„Grüß Gott“, sagte der Mann betont freundlich. „Was für ein wunderschöner Tag. Und ein solch schönes Fleckchen Erde, nicht wahr?“

Er lupfte den braunen Borsalino mit einem roten Band und Milla sah, dass er bis auf einen dürftigen, ergrauten Kranz kahl war. Ihre körperliche Abneigung steigerte sich.

„Hallo“, erwiderte sie. „Ich möchte Sie bitten, weiterzugehen. Die Hunde sind nämlich scharf. Je eher Sie weitergehen, umso schneller ist die prekäre Situation behoben. Nichts für ungut, aber die Hunde tun nur ihren Job. Ich nehme nicht an, dass Sie Bekanntschaft mit ihrer Pflichterfüllung machen möchten, oder?“

Anstatt einen Anflug von Furcht zu zeigen, grinste der Mann und zeigte dabei sein Hasengebiss.

„Oh, ich habe keine Angst vor den Hunden“, erwiderte er und seine stahlgrauen Augen bestätigten seine Aussage. „Ich kenne mich mit Kampf- und Wachhunden aus, glauben Sie mir. Mein Sicherheitsabstand ist perfekt taxiert und solange Sie die Hunde nicht von der Leine lassen, besteht kein Grund zur Sorge. Ich nehme nicht an, dass Sie die Hunde auf einen unschuldigen Spaziergänger hetzen werden. Oder täusche ich mich da?“

Statt eine Antwort abzuwarten, schlug der Mann mit dem Hut plötzlich den Mantel zurück und Milla erblickte ein braunes Pistolenhalfter. Ihr kam der schreckliche Gedanke, dass jemand die Abwesenheit ihrer neuen Freunde abgewartet und ihr aufgelauert haben mochte.

„Was wollen Sie von mir?“, fragte sie und ließ Goebbels ein klein wenig mehr Leine.

„Zunächst bitte einfach die Hunde zurückhalten“, erwiderte der Mann weiterhin scheinbar ruhig. „Wir wollen doch nicht, dass den Tieren was passiert. Das sind wirkliche Prachtexemplare.“

Milla bedachte ihn mit einem vernichtenden Blick. Sie würde sich nicht vom Geschwätz irgendeines Bürohengstes einlullen lassen; seine – für einen Mann – viel zu kleinen Hände beraubten ihn auch noch jeglichen Sexappeals.

„Was wollen Sie von mir?“, wiederholte sie.

Der Mann blickte in den Himmel; die immer wieder durchbrechende Herbstsonne entfaltete ihre Kraft und sorgte für eine angenehme Wärme – wenn nur die Herbstböen nicht gewesen wären, die einem durch Mark und Bein fuhren!

„Nun gut“, sagte er schließlich und schaute sie mit tadelndem Blick an, „ich fürchte, so kommen wir nur bedingt weiter.“

„Wer sagt Ihnen, dass ich mit Ihnen weiterkommen will? Ich kenne Sie nicht einmal. Und Bormann und Goebbels werden Ihnen den Schwanz und die Eier abbeißen, wenn Sie vorhaben sollten, mich zu vergewaltigen.“

Ein Hauch von Röte färbte sein Gesicht. „Dann möchte ich die Karten ganz offen auf den Tisch legen. Mein Name ist Schöberle, ich bin Stellvertreter des Direktors des Bundesnachrichtendienstes und möchte mit Ihnen kommunizieren.“

„Kommunizieren!“, prustete sie los. „Ein Beamter also, der mit mir labern will.“

„Wenn Sie es so nennen wollen.“

Auf eine solche Begegnung war sie eingehend durch Heidrun vorbereitet worden. „Verpiss dich dahin zurück, woher du kommst!“, lautete ihre konditionierte Standardantwort.

„Das werde ich sofort machen“, antwortete der Mann seelenruhig und Milla fragte sich, welche Art von Akzent er sprach und woher er die innere Gelassenheit nahm. „Aber zunächst einmal werde ich Ihnen eine Geschichte erzählen. Denn ich bin auf Ihrer Seite. Und ich hoffe, diese beiden Biosensoren“, verfiel er in sein Beamtendeutsch und zeigte auf die Hunde, „geben mir die nötige Zeit, mich Ihnen mitzuteilen, bevor sie mich hier inmitten dieser forstwirtschaftlichen Nutzfläche zerfleischen.“

„Fassen Sie sich kurz!“

„Haben Sie gewusst, dass Ihr Großvater, Peter Smuss, vor vier Tagen zum Opfer eines Anschlags geworden ist?“

Milla erstarrte. Beinahe wäre ihr die Leine entglitten, dann verkrampften sich ihre Finger um das Leder. Vor kaum einer Stunde hatte sie noch an den Alten gedacht.

Der Beamte fuhr mit seinen gnadenlosen Offenbarungen fort: „Dass Odin Renner Sie vom Reichsbürgerhof in Brandenburg weggelockt hat, würde ich ihm an Ihrer Stelle als gute Tat anrechnen. Für Sie ist er vielleicht sogar der Ritter in schimmernder Rüstung. Aber Sie sollten sich auch fragen, was Odin von Ihnen will.“

„Sie lügen … Sie wollen mir nur Angst einjagen!“, brüllte Milla. „Das wird Ihnen aber nicht gelingen.“

Der Mann hielt den freundlichen Gesichtsausdruck aufrecht; ihr Herz raste.

„Die Polizeikontrolle gestern wurde von Odin Renner persönlich in die Wege geleitet.“

„Sie lügen!“

„Dann werfen Sie mal einen Blick in eines jener sogenannten linken Mainstreamblätter – vielleicht in die Münchener Neuesten Nachrichten –, dann werden Sie sehen, dass der alte Methusalem seine letzte Reise in einem Lebensendzeiteinwegmobiliar bereits angetreten hat … beziehungsweise die paar Überreste, die von ihm nach der Explosion noch übrig geblieben sind, liegen jetzt …“

„Ich hasse meine Familie!“, brüllte sie.

„Glauben Sie mir“, entgegnete er seelenruhig, „nur weil Sie ihre Ursprungsfamilie ablehnen, bedeutet das noch lange nicht, dass Sie jetzt endlich ihre Zeugungsfamilie gefunden haben in Odin Renner und …“

„Halt dein Maul!“

Jetzt gab sie Bormann mehr Leine. Beide Hunde standen nur noch einen halben Meter vom ominösen Herrn Schöberle entfernt. Sie knurrten und zeigten neben ihren scharfen Zähnen ihre ausgeprägte Muskulatur, da sie immer stärker an den beiden Leinen zogen. Zwei Kraftpakete, die einen Menschen in Sekundenschnelle für immer außer Gefecht setzen konnten.

„Ich bitte um einen kleinen Augenblick Ihrer kostbaren Zeit“, bemühte er sich scheinbar charmant, „dann verspreche ich, Sie werden mich in ein paar Sekunden loshaben oder auch nicht – allein Ihre Entscheidung. Ich möchte Sie eindringlich warnen. Und Ihnen eine Chance geben, sozusagen eine völlig neue Perspektive eröffnen – jenseits von Extremismus und krankhaften sexuellen Beziehungen.“

„Ich gehe nicht mit Schweinen ins Bett“, spie sie ihm voller Abscheu ins Gesicht.

„Davon war niemals die Rede", konterte er. „Außerdem würde ich das auch gar nicht wollen, dafür bin ich zu professionell. Hoffentlich nehmen Sie mir meine Aufrichtigkeit nicht krumm. Ich biete Ihnen die Gelegenheit, sich in Sicherheit zu bringen."

Er zog ein Foto aus der Mantelinnentasche und hielt es in die Höhe. Milla konnte es trotz des Abstandes erkennen. Es handelte sich um ein offizielles Portrait-Foto von Wagner, der in staatstragender Pose in die Linse blickte. Wagner. Kein Zweifel, dieser Typ wusste alles über sie und Wagner. Milla fühlte sich, als stünde sie mit einem Mal nackt vor ihm.

„Mir geht es nicht um Ihren Freund Odin", sagte er, „und auch nicht um Sie und auch nicht um den Herrn Papa oder Ihren Großvater selig. Aber an diesem Mann auf dem Foto bin ich interessiert. Außerordentlich sogar … Und ich würde Ihre Diskretion in dieser Sache zu schätzen wissen. Dafür können Sie wiederum auf Diskretion meines Amtes und mir – nämlich Ihnen gegenüber – vertrauen. Außerdem müssen Sie damit rechnen, sobald Sie in die Öffentlichkeit zurückkehren, könnte bekannt werden, dass Sie es waren, die 2004 mit einem Sprengstoffgürtel die Moschee in Köln betrat. Gott sei Dank ist nichts Schlimmes passiert. Und Wagner konnte die Sache vertuschen. Aber stellen Sie sich vor, das Ganze kommt doch noch ans Licht. Der kleine Siegfried wäre sicher sehr traurig, wenn er seine Mutter in einer Justizvollzugsanstalt besuchen müsste."

Der Mann formte mit der Hand eine Pistole und zielte damit auf sie. „Was mich brennend interessiert und worauf ich einen heiligen Eid geschworen habe, sind die Sicherheitsbelange der Bundesrepublik Deutschland. Es ist meine vornehmste Pflicht, die Nation und ihre Bürgerinnen und Bürger zu schützen. Und Ihr, äh, Freund Wagner gefährdet unserer Einschätzung nach die Sicherheit unseres Staats. Damit steht er nicht allein da. Aber ich kann Ihnen versichern, dass er ein schlimmer Finger ist. Deshalb wären wir Ihnen verbunden, wenn Sie sich zur Zusammenarbeit entschließen könnten. Wir sind nicht knausrig, sodass es für Sie finanziell lukrativ werden könnte."

„Ich glaube Ihnen kein Wort!"

Der Mann war nicht aus der Ruhe zu bringen. Machte er jeden Morgen Yoga-Übungen oder vertraute er auf deutsche Chemie?

„Es verhält sich nämlich so: Ihrem Herrn Vater und seiner Ex-Geliebten dürfte unseren Informationen zufolge inzwischen ein brisantes Dossier über besagten Herrn Wagner in die Hände gefallen sein. Mit Ihrem Freund Odin teilt Wagner die Illusion einer nationalen Revolution – den Tag X, aber das wissen Sie bestimmt. Momentan hat Wagner Österreich fest im Visier seiner Interessen. Wir gehen davon aus, dass unser Nachbarland nur eine Zwischenstation für ihn ist. Anders formuliert: Vielleicht erhofft er sich, in Wien eine Initialzündung in Sachen rechter Revolution starten zu können, die auf das deutsche Bruderland übergreift."

„Ich kenne Roland. Und er würde sich niemals an jemanden dranhängen, das hat er überhaupt nicht nötig. Er ist ein Leader!"

„Wagner sammelt Gelder und leitet sie an ihm genehme Parteien und Organisationen weiter. Dadurch glaubt er, Dinge ins Rollen zu bringen und sich Kredit zu erkaufen, den er irgendwann einlösen kann. Zum Beispiel, wenn die Rechten geputscht haben, dass er einen Ministerposten erhält. Oder so ähnlich. Das Beunruhigende an der Geschichte ist die Bedrohung, die er und sein Dossier für Ihren Vater darstellen. Dasselbe gilt auch für die junge Dame, die Ihrem Vater eine gewisse Zeit lang recht nahestand."

„Lassen Sie mich mit meinem Vater und seinen verschlampten Matratzen in Ruhe. Wo ist er überhaupt?"

Auf Schöberles Mund zeichnete sich ein feinsinniges Lächeln ab.

„Er befindet sich in Wien, ebenso wie Wagner. Mit der Journalistin und einer anderen Ex-Geliebten. Die früher einmal für denselben Verein wie Wagner arbeitete, also Bundesverfassungsschutz-Agentin war, inzwischen aber beim israelischen MOSSAD angeheuert hat und das aus gutem Grund. Bei allen hässlichen Geschichten, die über den israelischen Geheimdienst verbreitet werden – er ist Wagner in ethischer Hinsicht haushoch überlegen."

„Was wollen Sie von mir?“

„Haben Sie jemals darüber nachgedacht, die Rolle des Bond-Girls für uns zu spielen?“

Sie zeigte ihm den Stinkefinger. „Sie haben exakt dreißig Sekunden Zeit, um sich zu verpissen. Danach werde ich Bormann und Goebbels auf Sie hetzen. Einen der beiden werden Sie mit Ihrer Knarre erwischen, aber der andere wird Sie …“

Schöberle zuckte ratlos mit den Schultern, zeigte aber keine Anzeichen von Panik.

„Nun gut, wer nicht will, der hat gehabt“, ließ er eine abgedroschene Lebensweisheit vom Stapel. „Und ich dachte, Ihnen täte es wenigstens um Ihren alten Großvater leid, Frau Huber.“

„Hat der alte Drecksack endlich das bekommen, was er verdient hat“, schrie sie ihn an. „Die dreckige Judensau hat lange genug gelebt!“

Plötzlich begann Siegfried zu quengeln. Schöberle hob mit bedauernder Miene schon wieder die Schultern und setzte den Hut auf.

„Wie Sie meinen, Milla, aber bevor unsere Wege sich trennen, möchte ich Ihnen noch einen Ratschlag mit auf den Weg geben.“

„Wüsste nicht, was Sie mir zu sagen hätten.“

„Wissen Sie“, hob er an mit erhobenem Zeigefinger zu dozieren, „dass ein Furz explodiert, wenn man ein Feuerzeug direkt an den Anus hält.“

„Scheiße!“, protestierte sie wütend.

„Nein, Methangas lautet die Lösung. Schreiben Sie sich das dick hinter die Ohren – nur für den Fall, dass Sie das in naher Zukunft brauchen könnten.“ Er lachte und drückte ihr eine Streichholzschachtel in die Hand.

„Was soll ich damit?“

„Darauf steht meine Nummer. Vielleicht brauchen Sie sie ja bei Gelegenheit.“

Sie widerstand dem Reflex, seinen Abschiedsgruß zu erwidern und beobachtete ihn, wie er zwischen Wald und allerlei Spontanvegetation aus ihrem Sichtfeld spazierte.

Nach einer Weile erhob sie sich, nahm die Hunde enger an die Leine und drückte Siegfried an sich. Wenigstens hatte dieser Schöberle ihr nicht damit gedroht, dem Jungen etwas zu tun. Sie atmete auf und begriff, dass sie Siegfried doch mehr liebte, als sie es je für möglich gehalten hätte. Obwohl er nicht einmal ihr eigen Fleisch und Blut war. Sie lachte über die Begrifflichkeiten, die er verwendet hatte: Ursprungsfamilie, Zeugungsfamilie. Beides für sie und den Jungen in keiner Weise zutreffend. Aber wahrscheinlich liebte sie Siegfried genau deswegen.

Heidrun und Odin zeigten sich bei ihrer Rückkehr bestens gelaunt. Siegfried ermüdete an diesem Tag früh und war bereits während des Abendessens eingeschlafen. Wahrscheinlich hatten ihm die frische Luft und die Bewegung zugesetzt. Vorsichtig bettete sie ihn in ihrem Zimmer. Unterdessen hatte Odin im Kaminzimmer Bier, Wein und harte Alkoholika aufgefahren. Das Alkohol-Buffet glänzte verlockend auf den Silber-Tabletts.

„Nun wollen wir feiern wie die alten Germanen", verkündete Odin und streckte seine ansehnliche Brust heraus. „Als ob es kein Morgen gäbe."

Tatsächlich sprachen alle kurz darauf reichlich dem Alkohol zu und die allgemeine Stimmung wurde mit jeder Minute ausgelassener. Ein dämlicher Witz jagte den nächsten. Auch vor den Juden machten sie nicht halt: Wie viele Juden passen in einen VW-Käfer? Sechs Millionen. Zwei vorne, drei hinten und der Rest im Aschenbecher. Schenkelklopfer, Gewieher und Freudentränen folgten. Bei den bösen Judenwitzen fühlte sich Milla hin und her gerissen, bemühte sich aber, keine Anzeichen der Unsicherheit zu zeigen. Sie fragte sich, ob Odin diese Scherze bewusst erzählte, um sie zu testen. Vielleicht wusste er, dass sie über das Schicksal des alten Methusalems Bescheid wusste. Dann wandte sich das Trio spirituellen Dingen zu. Sie würde sich auf keinen Fall in die Karten sehen lassen. Niemand hatte gesagt, dass der Weg zur Revolution ohne Opfer über die Bühne gehen werde. Niemand.

„Unsere Götter sind die besseren", grölte Odin und erhob einen gigantischen Cognac-Schwenker, der bis zur Hälfte mit der bernsteinfarbenen Flüssigkeit gefüllt war. „In Walhalla gibt es keine Grenzen mehr. In keinerlei Hinsicht. Alle Krieger werden dort ihre Kameraden wieder treffen."

Seine Augen glitten lüstern über Milla und Heidrun, die nebeneinander auf dem braunen Ledersofa saßen.

„Du weißt, dass einem rein arischen Mann mehrere Frauen zustehen?", fragte Heidrun und rutschte näher an sie heran, sodass ihre Oberschenkel sich berührten.

Milla genoss das Gefühl, das schlanke und durchtrainierte Bein ihrer Gastgeberin in ihrer Nähe zu spüren. Jetzt kicherte Milla wie ein Schulmädchen, das einen schmutzigen Witz gerissen hat. Sie sog Heidruns Duft gierig ein.

„Ach so?", spielte sie das Spiel mit.

„Jaha", sagte Odin. „Die Stärksten und Besten bleiben nach der natürlichen Auslese bestehen. Das ist der Gang der Evolution. Und diese auserlesenen Männer besitzen die Pflicht, die besten Gene dieser Welt weitmöglichst zu verstreuen, am besten …" Er brach ab und nahm einen gigantischen Schluck zu sich, woraufhin seine Augen einen besonderen Glanz erhielten.

„Und die Frauen dieser Super-Arier?", neckte Milla. „Heidrun, sehen die das genauso?"

Heidrun legte die linke Hand auf ihren Oberschenkel und streichelte sie in der Nähe ihres Knies.

„Die Damen schätzen sich glücklich, solch einen Göttergatten zu besitzen und stehen seiner Pflichterfüllung in keiner Weise im Wege."

„Aha", meinte Milla gedehnt und ihre Blicke wanderten unsicher, aber interessiert zwischen Heidrun und Odin hin und her.

„Natürlich wird niemand von edlem Blut dazu gezwungen, sondern es ist vielmehr eine Ehre so gewürdigt zu werden", behauptete Odin mit schwerer Zunge und glasigen Augen. „Habe ich von Anfang an gesagt, alles basiert auf Freiwilligkeit."

Milla spürte, wie ihr das Blut ins Gesicht schoss. Das lag aber nicht an der Vorstellung über die unterschwellig avisierten sexuellen Aktivitäten, sondern an der Bezeichnung „edlem Blut".

„Sei nicht so scheu, Kätzchen", meinte Heidrun und rückte noch näher an sie heran. „Komm her, Kleines. Du brauchst keine Angst zu haben."

Sie ließ sich in Heidruns gebräunte Arme sinken und bemerkte, wie ihr Mund den Ihrigen suchte. Wie in Trance ließ sie alles geschehen und als sie Heidruns Zunge zum ersten Mal schmeckte, ahnte sie bereits, welche Freuden auf sie zukommen würden.

„So ist das mit der germanischen Vielweiberei gemeint?", stellte sie sich naiv. „Das ist fortschrittlicher, als ich es mir hätte träumen lassen."

Odin lachte – enthemmt.

„Zumindest ist es nicht verboten."

Er zwinkerte den Damen zu.

„Immerhin kommen die treuen Ehefrauen auf ihre Kosten", ergänzte Heidrun. „Die Frauen waren gleichberechtigter, als allgemeinhin angenommen wird."

Milla trank den zu zwei Dritteln gefüllten Burgunderkelch mit Rotwein auf einen Zug leer.

„Worauf warten wir dann noch?", fragte sie, packte Heidrun an den dunkelblonden Haaren, riss ihr Gesicht auf die Höhe ihrer Lippen und schenkte ihr einen intensiven Zungenkuss, in den sie alle ihre Emotion legte. Dabei war es egal, dass die imposante Führerbüste mit Hakenkreuzflagge im Hintergrund dem wilden Treiben mit starrem Blick folgte.

Donnerstag, 2. Oktober 2008, 3:15 Uhr – Waldviertel

„Hier Schöberle vom Bundesnachrichtendienst, Frau Obermaier", meldete sich die Stimme über den Telefonhörer der Pension. „Ich glaube, Sie haben von mir bereits gehört. Ich will es kurz machen. Draußen vor der Pension steht ein schwarzer Mercedes. Darin sitzt jemand am Lenkrad, der Sie seit zwei Tagen beobachtet."

Das Läuten hatte sie aus einem oberflächlichen Schlaf gerissen. Sie hatte von Tscharly geträumt und den Szenen im Schönbrunner Schlosspark. Halbwach war Kira zum winzigen Tisch ihres Pensionszimmers gewankt und hatte den Hörer abgehoben, den sie wütend gegen ihre Ohrmuschel presste.

„Wer sind Sie? Warum rufen Sie mich um diese unheilige Zeit an?" Sie gab sich Mühe, ihrer Stimme einen dominanten Klang zu geben. Schlaftrunken fügte sie mit aller Verbissenheit hinzu: „Wenn Sie mir drohen wollen, dann kommen Sie zu spät. Ich lass mir von euch braunen Arschlöchern keine Angst einjagen!"

„Es tut mir leid, wenn meine direkte Art Sie irritiert, Frau Obermaier."

„Ich bin nicht irritiert", erwiderte sie im Beamtendeutsch ihres Gesprächspartners, „oder wie immer Sie es sonst nennen. Ich bin hier nicht das Rotkäppchen, das sich vorm bösen Wolf fürchtet."

Schöberle blieb seinem Beamtenjargon treu: „Sie haben sich bestimmt gefragt, wer das Mehrstück des Wagner-Dossiers an Ihre E-Mail-Adresse expediert hat?"

„Ich weiß nicht, wovon Sie sprechen."

„Für eine weibliche Person haben Sie viel Wirbel geschlagen. Rotkäppchen hat aber einen bedeutenden Fehler gemacht."

„Ich weiß immer noch nicht, was Sie meinen."

„Als Sie ihr Geheimnis mit dem alten Methusalem geteilt haben, hätten Sie bedenken müssen, dass das Amt die Telefonanlage der Münchener Neuesten Nachrichten seit Jahren anzapft. Wagner hat mit seinen Leuten im Verfassungsschutz nie aufgehört, die Münchner Neuesten Nachrichten auszuspionieren."

„Das wäre ein Skandal und außerdem illegal, was Sie so gut wie ich wissen, wenn Sie der sind, als der Sie sich ausgeben."

„Offiziell lautete die Begründung Terrorverdacht." Sie prustete los, doch Schöberle fuhr fort: „Smuss hatte so einige Geheimnisse in seinem Leben. Ihr Freund Herr Huber weiß als einziger davon. Wahrscheinlich hat Huber Ihnen das verschwiegen, um Sie nicht unnötig in Gefahr zu bringen. Zu diesen Geheimnissen gehören alte Verbindungen zu ehemaligen RAF-Leuten. Wagner und seine Leute wissen vermutlich, wo sich auch die letzten untergetauchten RAF-Terroristen aufhalten, weil sie regelmäßig den alten Methusalem belauscht haben."

„Warum nehmen Sie sie dann nicht fest?"

„Stellen Sie sich vor, das Schreckgespenst des Linksterrorismus würde verschwinden. Dann wäre das Amt gezwungen, die Blindheit auf dem rechten Auge loszuwerden. Und dann muss Wagner am Ende gegen sich selbst und seine eigenen Leute ermitteln."

„Warum haben Sie das Dossier an mich geschickt, Herr Schöberle?" Was für ein grässlicher schwäbischer Name. Und der Dialekt – in ihren Münchener Ohren taugte dieser Zungenschlag dazu, selbst erotische Geständnisse noch komisch klingen zu lassen. *I mag di veil voll arg*, hatte ein schwäbischer Kollege ihr vor Jahren einmal ins Ohr gesäuselt in der Hoffnung, ihr Herz zu erwärmen. Das war nach einem One-Night-Stand gewesen und er hatte gerade an ihren Ohrläppchen geknabbert. Der Typ hatte ein Faible für Ohrläppchen gehabt. Existierte überhaupt ein einziger Mann auf dieser Welt, der nicht irgendeinen Fetisch hatte?

„Gscheiter mr denkt alles, was mr sagt, als mr sagt alles, was mr denkt, Fräulein Obermaier." Er wechselte zurück ins Beamtendeutsch: „Nach gültiger Rechtsauffassung waren Sie als natürliche Person zu keiner Zeit das Zielobjekt behördlicher Observierung. Das unterschied Sie von Smuss und Huber. Außerdem unterliegen Sie – im Gegensatz zu meiner Amtsperson – keinen juristischen Einschränkungen. Es war Ihnen freigestellt, zu recherchieren und Bewegung in die Sache zu bringen."

„In welche Sache?", stellte sie sich weiterhin unwissend.

„Kurzum – durch Ihre Recherchen haben Sie schlafende Wölfe geweckt. Um es in Ihren Worten zu sagen: Rotkäppchen hat den Köder geschluckt, ist in den Wald gegangen und der böse Wolf hat Witterung aufgenommen."

Sie blieb nach außen hin ruhig. „Sie haben mich also als Köder benutzt? Wird ja immer interessanter. Und wer ist der böse Wolf?"

„Extraordinäre Konstellationen erfordern ebensolche Interventionen, wenn Sie verstehen, was ich meine", lautete seine Antwort.

Der Zweck heiligt die Mittel, übersetzte Kira. „Was soll ich jetzt Ihrer Ansicht nach tun, Null-Null-Sieben?"

„Der Baron wird Sie gegen sieben Uhr abholen lassen. Er wird Sie auf sein Familienanwesen bringen. Tun Sie uns den Gefallen und lassen Sie sich auf das Angebot ein."

„Woher weiß Rotkäppchen, dass Sie ihm keine Märchen erzählen? Vielleicht sind Sie ja sogar selbst der böse Wolf."

„Wenn Sie nicht kooperieren, wird ein Mann namens Sinan spätestens morgen Nachmittag für Ihr Ableben sorgen. Sie kennen den Herrn bereits. Er hat nämlich die Autobombe installiert. Und er war es auch, der Ihnen in Ihrer Wohnung in Wien aufgelauert hat."

„Soll das heißen …?"

„Ja – solange Sie sich in der Obhut des Barons befinden, sind Sie in Sicherheit vor …" Er stockte – hatte bereits zu viel verraten. Sicher lag hinter diesem Versprecher irgendeine konkrete Absicht.

„Vor wem?", bohrte sie nach.

Er hatte aufgelegt. Das Besetztzeichen schmerzte wie Tinnitus in ihrem Kopf. Kira wagte nicht, das Licht im muffigen Pensionszimmer einzuschalten und legte den Hörer leise zurück. Eine Viertelstunde saß sie, die Beine angewinkelt und mit den Armen umschlungen, auf dem Kopfkissen und stierte in die Dunkelheit vor sich hin. Mehr denn je sehnte sie sich nach Tscharly. Dachte daran, wie sein Dreitagebart sich auf ihrer Haut anfühlte. Und sie weinte ob der vielen Zeit und der verpassten Gelegenheiten, die sie wohl für immer verloren hatten.

Freitag, 3. Oktober 2008, 8:15 Uhr – Gutshof

Odin kraulte sich zuerst den Vollbart und danach die Eier. Die Kleine war süß gewesen, aber völlig anders als erwartet. Auf dem Höhepunkt hatte sie ihn angefleht, sie zu schlagen, was eigentlich überhaupt nicht seine Art war. Ein germanischer Krieger schlägt keine Frauen. Schließlich hatte er ihr den Gefallen getan, ihr zwei saftige Ohrfeigen zu verpassen und sie etwas härter penetriert. Auch Heidrun hatte schließlich keine Einwände gegen Millas Vorlieben geltend gemacht und ihr anschließend den Hintern mit einem Teppichklopfer versohlt. Milla Huber war ein seltsames Wesen, befand er, irgendwas zwischen Psychopathin und Opfer. Odin malte sich daher Szenen im Kopf aus, die er am Abend ausleben wollte. Aber erst die Arbeit!, ermahnte er sich. Das Telefon beendete gnadenlos seinen persönlichen Porno im Kopf. Er ließ es fünfmal klingeln, zumal der Anrufer seine Nummer auch noch unterdrückt hatte. Eigentlich nahm er ungern solche Anrufe an, aber manchmal gab es gute Gründe für die Kameraden, nicht unter ihrer Klar-Nummer anzurufen. Sein Abwarten war der frühen Uhrzeit geschuldet. Niemand sollte denken, dass er so früh am Schreibtisch saß und nichts Besseres zu tun hatte als belanglos scheinende Büroarbeit.

Als er die Stimme des Anrufers vernahm, war er mit einem Schlag hellwach.

„Wagner hier. Wie geht's?"

„Wagner!", seufzte er demonstrativ gelangweilt. „Ich hatte mit allem gerechnet, aber nicht mit deinem Anruf." Er warf einen Blick auf die Taschenuhr. „Wenn ich mich recht entsinne, haben wir vor knapp 48 Stunden zuletzt miteinander telefoniert. Was ist denn jetzt schon wieder los?"

„Und wie ich gehört habe, haben meine Kollegen vom Verfassungsschutz unsere gemeinsame Freundin Milla ziemlich in die Mangel genommen, während du in aller Ruhe deinen Fuchsbau gesäubert hast. Das verdankst du alles mir."

„Gelobt sei der Herr und sein Verfassungsschutz, unseren täglichen Verrat gib uns heute. Amen."

„Genug geschleimt", sagte Wagner. „Danke für die Blumen."

„Da fällt mir ein, wie geht es dir mit deinen Verdauungsproblemen, Wagner? Ich habe gehört, Kohletabletten sollen gegen die ganze Scheiße ziemlich gut helfen."

Der V-Mannführer ließ sich nicht von ihm provozieren. „Ich habe einen Spezialauftrag für dich."

„Wie sieht es mit Max und Gerry aus?", konterte er. „Ist denn jetzt nicht mehr der Nationalsozialistische Untergrund für deine Spezialaufträge zuständig?"

„Das geht im Augenblick nicht", druckste Wagner herum.

„Warum gehen die nicht?"

„Wenn sie nicht durch Deutschland touren, um fremde Volksschädlinge türkisch-kurdischer Herkunft auszuradieren, dann gerät unser Plan ins Wanken. Steter Tropfen höhlt den Stein. Kein Kanake darf sich in Deutschland mehr sicher fühlen."

„Verstehe."

„Du musst ins Ausland reisen", eröffnete ihm Wagner.

„Ins Ausland? Ich?"

„Ja, und zwar nach Österreich."

„Da bin ich aber mal gespannt, was ich in der Heimat des Führers für dich erledigen soll."

„Nicht allein! Du und Milla zusammen – und der Junge! Ihr drei habt eine Mission zu erfüllen, über die ich jetzt nicht sprechen kann. Ich werde euch, wenn ihr vor Ort seid, nähere Informationen zukommen lassen."

„Was soll die Geheimnistuerei?"

„Willst du, dass ich deinen Laden hochgehen lasse?", warf Wagner ein.

„Willst du, dass ich Milla und den kleinen Siegfried über die Klinge springen lasse?"

„Das wagst du nicht. Milla wird die Jeanne d'Arc der nationalsozialistischen Sache sein. Wenn die Zeit reif ist!"

„Sieh an, sieh an! Da scheint aber einer noch Gefühle zu haben. Also – wenn du willst, dass ich für dich arbeite, dann arbeite ich gleichberechtigt für dich. Haben wir uns verstanden?"

„Wie du meinst“, knirschte Wagner mit den Zähnen und gab scheinbar klein bei. Offensichtlich hatte er einen wunden Punkt des V-Mannführers getroffen. Milla schien ihm mehr zu bedeuten, als er angenommen hatte. Und doch wusste Odin, dass Wagner ihn benutzte; er spielte mit ihm. Aber ihm blieb keine Wahl. Also spielte auch er ein Spiel und tat so, als ob er sich soeben hätte täuschen lassen. Manchmal musste man eben Opfer bringen, um am Ball zu bleiben. „Dann schieß mal los! Kann es kaum erwarten, mit Milla und Siegfried gemeinsam in die grüne Ostmark zu reisen. Braunau soll im Herbst noch wunderschön sein.“

Freitag, 3. Oktober 2008, 8:30 Uhr – Waldviertel

„Wir freuen uns, dass Sie unserer Einladung gefolgt sind."

„Die Freude ist ganz auf Ihrer Seite, Baron", entgegnete Kira.

Der Adelige ignorierte ihre Provokation und hauchte galant einen Kuss auf Kiras Handrücken. Zwei Fahrer hatten sie dreißig Minuten zuvor mit einem schwarzen SUV vor ihrer Pension abgeholt.

Storckheim lachte schelmisch. „Wir fragen uns, ob wir Madames schlechte Laune mit einem Champagnerfrühstück vertreiben können."

Storckheim trug einen seidenen Morgenmantel, Kniestrümpfe und Lackschuhe. Die Strümpfe in rot-weiß-rotem Muster und jeder Menge Edelweiß verriet den österreichischen Patrioten. Dass der Baron von sich selbst auch noch als „Wir" sprach und Kira in der dritten Person anredete, sollte wohl seine aristokratische Haltung unterstreichen. Kira beschloss, ihm auf Augenhöhe zu begegnen: „Wir sind hier, um ihm einige Fragen zu stellen", ahmte sie seinen aristokratischen Sprachstil nach. „Uns ist keinesfalls nach Champagner mit Erdbeeren, Graf. Oder haben seine Spitzel da was falsch verstanden?"

„Wollen Sie sich nicht setzen?" Hoheit zeigte auf eine Tafel, an der zwei Fußballmannschaften samt Trainern ohne Weiteres Platz gefunden hätten. Kira blickte auf. Von den Wänden glotzten ausgestopfte Hirsche und Bären sie mit ausdruckslos-tumbem Blick an. Bisons, Antilopen und ein Puma gehörten ebenfalls zu den Jagdtrophäen. Kira nahm an der Tafel Platz mit Blick auf eine Wand mit mittelalterlichen Schwertern. Auf einem Schild prangte ein Wappen, das anscheinend die Familie Storckheim repräsentierte, als diese noch als Raubrittergeschlecht im ganzen Waldviertel verschrien gewesen war.

„Unsere Familienerinnerungen scheinen sie zu beeindrucken", reüssierte Storckheim.

„Was will er von mir?", konterte Mira.

„Burgfrieden ist ein uraltes Gesetz", antwortete der Baron.

„Burgfrieden bedeutet, dass ein Mann sich selbst im Krieg vor seinen Feinden sicher fühlen darf. Die Burg gilt für seine Feinde als Tabu", erinnerte sie sich an ihren Geschichtsunterricht.

„Bravo." Er klatschte in die Hände. „Sie hat aufgepasst."

„Fürchtet er denn, ich sei gekommen, um ihn zu ermorden?"

Storckheim schmunzelte: „So viel Humor haben wir einer Dame Ihres Alters gar nicht zugetraut, Frau Obermaier."

„Erwartet er vielleicht, dass wir ihm zum Wahlsieg des Österreichers gratulieren sollen? Oder sinniert er darauf, uns einzuschüchtern?"

Seine strahlend blauen Augen, die sein Amüsement über ihre Inszenierung verrieten, hätten ihr bei jedem anderen Mann imponiert.

Er setzte eine ernste Miene auf und wechselte in den Sprachstil der Neuzeit: „Sie haben Ihre Haare rot getönt, wie ich sehe. Ob die Haare einer Frau so viel Chemie über so lange Zeit vertragen, wage ich zu bezweifeln. Irgendwann wachen Sie auf und haben eine Glatze, Fräulein Obermaier – und das alles nur wegen der ganzen Chemie."

„Mit Chemie scheinen Sie sich ja ausgezeichnet auszukennen", erwiderte sie.

Der Baron hob kaum merkbar die rechte Braue.

„Wir sprechen von Blausäure."

„Ach", er grinste, „Fräulein Obermaier sprechen von Zyklon B und Auschwitz. Wir können uns vorstellen, worauf das werte Fräulein hinauswill. Aber glauben Sie kein Wort, Fräulein Obermaier, von dem, was Sie in den Geschichtsbüchern darüber gelesen haben. Das ist alles erfunden und völliger Schwachsinn. Das Wort Auschwitz existiert in meinem Vokabular einfach nicht."

„Was hält eigentlich der Österreicher von Ihren Ansichten?"

„Lassen Sie den Österreicher aus dem Spiel! Er ist im Grunde genommen ein Kretin."

„Ist das der Grund, warum Sie mich hierher gebracht haben, um mir das mitzuteilen?"

Der Baron lehnte sich zurück und erzählte ihr ausschweifend vom geheimen Treffen und der Party, die am dritten Oktober

2000 im Palast des osmanischen Wüstensohns stattgefunden hatte. „Wagner und der Österreicher haben sich nach der Party nie mehr getroffen. Die beiden sind einander aus dem Weg gegangen wie Erzfeinde. Irgendwas hat die Männer letztlich entzweit – und wenn Sie mich fragen, dann gibt es nur zwei Dinge auf der Welt, die es vermögen, einen Keil zwischen zwei Männer zu treiben."

Kira fühlte sich als Frau in diesen Räumen immer unwohler. „Ich kann mir denken, worauf Sie hinauswollen. Aber soweit ich weiß, steht mindestens einer der beiden auf Männer – also muss es wohl das andere gewesen sein."

„Ein kluges Mädchen sitzt da vor mir", stellte er fest und schüttete einen Schuss Obstler in seinen schwarzen Kaffee. Er trank genüsslich und stellte die Tasse zitternd auf den Unterteller zurück; wahrscheinlich litt er unter Parkinson, vermutete Kira. „Haben Sie eigentlich gewusst, dass das Bundesland Kärnten pleite ist?"

„Darüber habe ich mir bis dato keine Gedanken gemacht", gab sie zu.

„Die Kärntner Landesbank existiert nur deswegen, weil die Familie Badri dort einen großen Teil ihres Vermögens bunkert. Gäbe es die Connection zu diesen Wüstensöhnen nicht, dann müsste der Österreicher eingestehen, dass er das heißgelobte Heilige Land Kärnten heruntergewirtschaftet hat. Und wie es aussieht, läuft gerade ein Deal mit der Bayerischen Landesbank. Der Österreicher verkauft die Kärntner Landesbank an die Bayern LB. Solange die Prüfungen und die Verhandlungen laufen, ist der Österreicher auf das Wohlwollen und das schmutzige Geld der Familie Badri angewiesen."

„Wo liegt dann das Problem?"

„Der Österreicher hat sich mit den Juden eingelassen."

„Bitte werden Sie deutlicher."

„Er hat sich vom israelischen Geheimdienst MOSSAD anwerben lassen!"

Kira schüttelte den Kopf. „Wenn Herr Baron glauben, er kann uns hier Märchen erzählen, dann ist es wohl besser, wir verschwenden hier nicht länger unsere Zeit. Er hat uns wohl hierher geholt, um uns zu manipulieren. Aber wir glauben nicht mehr an den Osterhasen. Der Österreicher ist ein Rechtspopulist, der sich nie im Leben als V-Mann vom MOSSAD anwerben lassen würde. Eher friert die Hölle zu."

Schon wieder einer jener alten weißen Männer, der glaubte, sie als sein Werkzeug missbrauchen zu können. Allerhöchste Zeit, diese Posse endgültig zu beenden. Kira zog aus der Innentasche ihrer Jacke ein Foto mit Milla und legte es dem Baron hin.

„Ich kenne die Dame", sagte er zu ihrer Überraschung.

„Woher?"

„Ich wüsste nicht, warum ich Ihnen das auf die Nase binden müsste, Fräulein Obermaier."

Kira atmete tief in den Bauch, in der Hoffnung, ihre Wut noch ein paar Minuten in Zaum halten zu können. „Dann werde ich jetzt Ihrer Erinnerung auf die Sprünge helfen, Baron. Die junge Dame ist vor vier Jahren in Köln aus der geschlossenen Psychiatrie ausgebrochen. Und anschließend hat ein gewisser Roland Wagner ihr dabei geholfen, unterzutauchen. Und Sie haben Milla hier vorübergehend eine Heimat gegeben. Wahrscheinlich nicht ohne Gegenleistung nehme ich an, so wie ich Sie inzwischen einschätze."

„Wir verbitten uns jegliche schmutzige Fantasien, Fräulein!", protestierte diese Witzfigur eines österreichischen Möchtegernkaisers, der in seinem Leben nichts geleistet hatte, außer dass er Ländereien und Immobilien von seinem Vater geerbt hatte und sich einbildete, die ganze Welt habe ihm deshalb zu Füßen zu liegen. Die ungesunde Röte in seinem Gesicht bewies Kira, dass sie endlich einen wunden Punkt getroffen hatte.

„Haben Sie sie erpresst, zur Polizei zu gehen und Sie wegen des Kindes anzuzeigen, falls sie sich nicht willig zeigt?"

„Ich glaube, es ist besser, Sie gehen jetzt, Fräulein."

„Wo ist Milla jetzt?"

„Untergetaucht. Irgendwo in Deutschland, vermute ich."

„Nein, sie ist noch irgendwo in Kärnten!", trotzte Kira.

Baron Johann von Storckheim verschränkte die Arme.

„Heute Nachmittag – gegen sechzehn Uhr – sollten Sie in Linz am Hafen sein, das ist es, was ich Ihnen eigentlich mitteilen wollte“, lenkte er ab.

„Hören Sie auf, mir Sand in die Augen zu streuen.“

„Ich will Ihnen doch nur helfen, Fräulein Obermaier, weil ich es gut mit Ihnen meine.“

Sie lachte.

„Hören Sie auf mich!“, beschwor er sie. „Und es soll Ihr Schaden nicht sein. Was ich Ihnen jetzt mitteile, wird Sie in Ihren Recherchen über Wagner und den Österreicher auf alle Fälle einen großen Schritt weiterbringen. Einer der Frachter kommt nämlich heute aus Regensburg. Dort haben wir sehr gute Kameraden, wie Sie sich vorstellen können. Es wird ein Mann von Bord gehen, der Sie dort hinführen wird, wo Sie Ihre Beweise finden werden, Fräulein Obermaier. Beweise für die Verbindung zwischen dem Österreicher und dem israelischen Geheimdienst.“

„Warum soll ich jemandem, der den gesamten Holocaust leugnet und dafür sogar im Gefängnis gesessen ist, auch nur ein Wort glauben?“

Der Baron zündete sich eine Pfeife mit einem Streichholz an und inhalierte genüsslich. „Ich sage Ihnen eines, Fräulein: Die meisten dieser angeblich so unschuldigen Juden sind als Kriegsgegner getötet worden. Wieder andere sind von ihren eigenen Leuten umgebracht worden. Und den Großteil hat eine Seuche dahingerafft, die aus einem Labor der Alliierten stammte.“

„Das glaubt er doch selbst nicht!“

„Ich habe als Kind das Vergnügen gehabt, Hitler noch persönlich kennenzulernen. Mein Vater war Offizier und meine Mutter mit Reichsmarschall Herman Göring über drei Ecken verwandt. Mit der Rodel ist der Führer persönlich mit uns Kindern den Obersalzberg runtergesaust. Ich brauche nur die Augen schließen und sehe ihn heute noch vor mir. Ich frage Sie: Wollen Sie allen Ernstes einem kinderlieben Mann wie Adolf Hitler die Ermordung von sechs Millionen Menschen unterstellen?“

Mira schauderte. Die Worte dieses Mannes verursachten ihr körperlichen Schmerz.

„Ist Ihnen nicht gut, Fräulein?“, fragte Storckheim scheinbar galant.

Mira erhob sich. Keine Minute länger hielt sie es in Gegenwart dieses Mannes aus. „Ich glaube, es ist besser, ich gehe jetzt, Baron.“

Er hob bedauernd die Arme. „Schade, Fräulein, unsere kleine Runde fing gerade an, gemütlich zu werden.“

Freitag, 3. Oktober 2008, 16:00 Uhr – Linz

Sinan erkannte die junge Frau neben dem Container an ihren grünen Augen und der ebenmäßigen Kinn- und Wangenpartie. Sie wirkte leicht nervös. Sonnenstrahlen drangen vereinzelt durch das Wolkengeflecht und verliehen den Gebäuden und den überdimensionalen Graffitis eine Aura des Surrealen.

Die Szene erschien Sinan wie aus einem Science-Fiction-Film. Arbeiter mit Helmen und in Blaumännern erledigten ihren Job. Irgendwo lieferten sich zwei Gabelstapler ein Rennen darin, Container auf ein halbes Dutzend Lastwägen oder in Lagerhallen zu verteilen. Vereinzelt fielen Regentropfen auf Kiras Gesicht. Sie trug einen Schal, um ihren Hals gegen den eiskalten Wind zu schützen.

Sinan hatte Kira nach dem Schusswechsel in Schönbrunn aus den Augen verloren und freute sich, ihr nun endlich wieder zu begegnen, um seinen Job zu Ende zu bringen. Er tippte sich wie ein Soldat gegen den gelben Helm auf seinem Kopf und begrüßte sie.

„Hoffentlich mussten Sie nicht lange warten, Frau Obermaier."

Sie gab sich sichtlich Mühe, ihr Unbehagen zu verbergen; ihre Züge wirkten um eine Nuance zu starr. Sie war eine schlechte Schauspielerin. Er spürte ihre Blicke. Sie musterte sein Gesicht misstrauisch. Er hatte sich einen blonden Oberlippenbart aufgeklebt. Außerdem schwitzte er unter einer ebenfalls blonden Perücke. Schulterpolster täuschten über seinen leptosomen Körperbau hinweg. Das langstielige Messer steckte in seiner Arbeitshose an seinem linken Bein neben einem Schraubendreher und einem Bleistift in einem Lederetui. Ein Werkzeug wie jedes andere.

„Wer sind Sie?", fragte Kira.

„Ein Freund", antwortete er.

„Die Freunde des Barons sind niemals meine Freunde", stellte sie klar.

„Ich weiß nicht, wovon Sie sprechen, Madame."

„Storckheim", sagte sie.

Seine Verwunderung wirkte dermaßen authentisch, dass sie ihm sein Schauspiel abgenommen hätte – aber sie wusste es ja sicher längst besser. „Geben Sie mir bitte das Dossier", bat sie ihn höflich.

„Das …" Er stockte. „Ach ja, das Dossier."

„Ich hätte nicht gedacht, dass die Freunde des Barons unter Demenz leiden."

„Nicht hier!"

„Langsam habe ich dieses Geheimagentenspielchen satt."

„Kommen Sie mit!"

Kira hatte Mühe, ihm hinterherzustiefeln. Er schien es plötzlich eilig zu haben. Er begann zu laufen. Kira folgte ihm. Er packte sie an der Hand und zog sie wie ein unwilliges Kind hinter sich her.

„Was soll denn das!", protestierte sie.

Er ignorierte ihren Unmut und umklammerte ihre Hand nur umso stärker mit der Kraft eines Schraubstocks. Sie ächzte, hatte jedoch keine Lust, ihn wieder aus den Augen zu verlieren. So nah am Ziel musste sie derlei Schikane in Kauf nehmen. Das war sie dem alten Methusalem und Tscharly und seiner Tochter schuldig.

Kira rannte und versuchte, den Mann anhand seines Profils einer Ethnie zuzuordnen, was ihr nicht gelang, denn irgendwie stand das blonde Haar in krassem Widerspruch zu seinem dunklen Hauttyp.

War dieser Mann eventuell …?

„Emilio!", entfuhr es ihr.

„Ja", erwiderte er im Laufen, „ich bin Emilio."

Ihr Herz machte Freudensprünge. Der Mann, der Milla zuletzt gesehen hatte … Endlich!

Sie erreichten den Anlegeplatz für Passagierschiffe. Sie lachte gegen ihren Willen und rang um Atem. An den Piers und am Ufer tummelten sich Menschen mit Regenschirmen, die an Bord der Donaudampfer gingen oder an Land überwechselten. Schulklassen mit Lehrern, Fremdenführer mit Touristen, sogar eine Geburtstagspartie mit Kindern, die Luftballons an Schnüren festhielten, bevölkerten den Platz.

Emilio steuerte geradewegs auf den Pier zu. Sie stolperte, er half ihr auf die Füße zurück. Sie lachten einander an wie alte Bekannte, die sich lange nicht mehr gesehen hatten. Kira drehte den Blick nach rechts. In einer Entfernung von zehn Metern erspähte sie einen Motorradfahrer – ein Anblick, der sie erstarren ließ. Dunkles Visier, der Aufdruck irgendeines Biker-Clubs auf seiner Kutte, das Emblem zeigte die Zahl Achtundachtzig und eine geometrische Form, die dem Hakenkreuz ähnelte. Der erste Schuss erzeugte Panik, ging jedoch ins Leere. Der zweite traf Emilio. Kira schrie vor Entsetzen auf. Emilio hielt sich die linke Brust und zog sie mit der anderen Hand beharrlich weiter. Zwischen Ufer und Schiff entstand ein Spalt, der ausreichte, damit ein Mensch darin versinken und zwischen den Schiffsschrauben zermalmt werden konnte. Emilio setzte zum finalen Sprung an. Er hüpfte leichtfüßig wie ein Artist mit letzter Kraft, Kira noch immer an der Hand. Gleichzeitig landeten sie auf den Schiffsbohlen, als hätten sie für diesen Stunt vorher wochenlang in einem Studio trainiert. Der Anblick der Schussverletzung in Emilios Rücken ließ Kira das Ausmaß seiner Verletzung erst begreifen. Sie sank simultan mit ihm hinter der Reling zu Boden. Regen prasselte in dicken Fäden auf ihre Haut und fühlte sich an wie glühende Stecknadeln. Sie blickte in seine sterbenden Augen und hielt seine Hände. Seine Pupillen weiteten sich, die Gesichtszüge verloren jegliche Spannung. Das Schiff wankte, befand sich bereits in der Mitte der Strömung und fuhr mit hoher Geschwindigkeit flussabwärts. Unaufhaltsam.

Samstag, 4. Oktober 2008, 10:00 Uhr – zwanzig Kilometer außerhalb von Klagenfurt

Die Felsen glichen dem Rücken eines versteinerten Drachens. Nadelbäume und Gestrüpp wirkten im Morgenrot wie die Stacheln des Tieres, das mitten in der Dinosaurierära einfach eingeschlafen war und dadurch den Einschlag des Kometen verpasst hatte. Das eigene Aussterben versäumt, resümierte Tscharly und atmete Bergluft, die seine Lungen flutete und seinem Körper jene Energie zurückbrachte, die der andauernde Schlafmangel der letzten Tage ihm geraubt hatte. Aus einer Telefonzelle hatte er zweimal kurz in München in der Redaktion angerufen. Niemand wusste, wo Kira sich aufhielt; sie hatte sich bislang nicht gemeldet. Jedoch berichteten internationale Fernsehsender von einem Schuss-wechsel in Linz, bei dem ein Killer, der weltweit auf sämtlichen Fahndungslisten stand, tödlich verletzt worden war. Der Gesuchte war gemeinsam mit einer Frau an Bord eines Schiffes gegangen, von der wiederum jede Spur fehlte. Die unbekannte Begleiterin galt als dringend tatverdächtig. Tscharly hatte daraufhin den Fernseher in seinem Pensionszimmer ausgeschaltet und beschlossen, seine Suche nach dem Mann namens Emilio auf eigene Faust fortzusetzen. Er fühlte sich deprimiert. Zu allem Überfluss war die Befragung eines Barkeepers im Alten Kramladen erfolglos verlaufen – kein Barkeeper. Die Bar hatte sich als Treffpunkt für Schwule entpuppt. Warum auch sollte sich eine Frau ausgerechnet in dieses Ambiente verirren? Wahrscheinlich hatte dieser Mann, der sich als Emilios Cousin ausgegeben hatte, ihn bewusst auf eine falsche Fährte gelockt. Aber warum hatte jemand Tscharlys Informanten im Schlosspark Schönbrunn dann vor aller Augen zum Schweigen gebracht? Wer wollte verhindern, dass er seine Tochter fand …?

Tscharly fand keine Antworten auf seine Fragen.

Die Siedlung, die er an diesem Morgen in Kärnten aufsuchte, trug unter den Einheimischen den vielsagenden Namen „Sau-Alm“. Die traumhafte Kulisse, zwanzig Kilometer von der italienischen Grenze entfernt, diente außerdem der Unterbringung von Asylbewerbern sowie der Sinti und Romas, die ohne Papiere aus Slowenien, Italien und Ungarn nach Österreich eingereist waren; „Armutsmigration“ wollte man auf alle Fälle unterbinden. Der Österreicher persönlich hatte die verwaiste Alm, die einzig über einen Feldweg zu erreichen war, zur neuen Heimat all jener erklärt, die aus Sicht der Kärntner Landesregierung eine Gefahr für die österreichische Bevölkerung darstellten. Ein Plakat am Waldrand trug die Aufschrift „Roma zurück nach Indien!“ und war nicht das einzige seiner Art, an denen Tscharly auf seiner Wanderung vorbeikam. Tscharly blieb kurz stehen und schoss ein Bild mit einer Taschenkamera.

„Was wollen Sie hier?“, hörte er eine Stimme hinter sich.

Tscharly drehte sich langsam um. Er hielt die Luft an beim Anblick zweier Männer, die die Uniform einer privaten Sicherheitsfirma trugen.

„Äh, einen alten Freund besuchen“, fiel ihm spontan als Ausrede ein.

„Wer sind Sie?“

„Soweit ich weiß, ist das hier kein Gefängnis, sondern eine offene Behausung.“ Er nickte in Richtung einer Lichtung; dahinter vermutete er das Lager.

Die Uniformträger sahen ihn amüsiert an. „Offene Behausung … Dreimal darfst du raten, Herr Journalist, was wir mit Leuten wie dir hier oben bei uns machen. Wird wohl nix werden mit ein paar sentimentalen Fotos von armen schwarzen Negerleins und stinkenden Zigeunern.“

Einer riss Tscharly die Kamera weg. Ehe Tscharly protestieren konnte, stellte sich ihm der andere in den Weg. „So, und jetzt mach einen Abflug, Schmierfink!“

Tscharly fixierte seine Kamera.

Der Wortführer meldete in sein Funkgerät: „Hausfriedensbruch mit Widerstand gegen die Staatsgewalt, Herr Oberst. Dazu unerlaubtes Fotografieren auf einem Privatgrundstück.“

Tscharly schüttelte den Kopf. „Aber ich habe eine Genehmigung vom Herrn Landeshauptmann persönlich“, log er.

Aus dem Funkgerät tönte eine befehlsgewohnte Stimme.

„Du hast tatsächlich ein Gespräch mit dem Herrn Oberst persönlich“, teilte ihm der Wortführer daraufhin mit.

Tscharly versuchte, seine Irritation hinter einem Pokerface zu verbergen. „Sag ich doch. Sag ich doch, ich komme mit der ausdrücklichen Erlaubnis des Österreichers.“

Der Wortführer betrachtete ihn wie verwesende Innereien.

„Krieg ich jetzt die Kamera bitte zurück?“

„Später.“

Sie betraten das Lager. Ein Zaun umgab das Grundstück, als handle es sich um ein amerikanisches Gefängnisareal für Todeskandidaten. Männer, Frauen und Kinder standen vor Containern an: zum Duschen, zum Ausscheiden und um Nahrungsmittel. Afrikaner kickten barfuß einen Fußball, um sich die Zeit zu vertreiben. Die Frauen der Sinti und Roma trugen selbst in dieser Umgebung die traditionellen bunten Tücher um Hals und Brust, was ein wenig Farbe in den grauen Alltag brachte.

Tscharly folgte seinen Begleitern in einen Bürocontainer und nahm auf einem harten Sessel Platz. Die beiden standen vor dem Schreibtisch und ließen ihn keine Sekunde aus den Augen. Zwei Minuten vergingen. Fünf.

„Was soll das?“, fragte Tscharly.

„Sitzenbleiben!“, befahl der Wortführer.

Tscharly gehorchte mit Widerwillen.

„Vielleicht können Sie mir ja inzwischen sagen, wo ich diesen Mann hier finde.“ Er holte das Foto aus seiner Brusttasche. „Er heißt übrigens Emilio …“

Der Wortführer entriss ihm das Foto. Das einzige Bild des Gesuchten, der ihm vielleicht sagen konnte, wo seine Tochter sich aufhielt. „Das dürfen Sie mir nicht wegnehmen!“

Etwas Hartes landete in seiner Nierengegend. Der Wortführer verpasste ihm einen Stromstoß mit dem Elektroschocker gegen die Brust. Tscharly landete mit dem Gesicht voran auf dem PVC-Boden der improvisierten Amtsstube. Für Sekunden schwanden ihm die Sinne. Als er wieder zu sich kam, hörte er: „Widerstand gegen die Staatsgewalt … hat einen Wachmann tätlich angegriffen … Anzeige erstatten! Die Kamera haben wir sichergestellt …" Arme, Achselschweiß, feuchte Hände, die Tscharly unter den Schultern anpackten und zurück auf den Sessel hievten. Stechende Schmerzen in seinen Schläfen. Ein halbes Dutzend Polizeibeamte und Securitymitarbeiter befanden sich im Raum. Verschwommene Gesichter. Die Nachwehen des Elektroschocks hätten nicht stärker sein können, wenn er mit vollem Strahl gegen einen elektrischen Zaun gepinkelt hätte. Krampfhaft krallte er sich an der Sitzfläche fest und spürte Tropfen von Urin im Schritt; kein Zweifel, die elektrische Spannung hatte das Zusammenspiel seines vegetativen Nervensystems empfindlich gestört. Fühlte sich an wie ein Kurzschluss des Schließmuskels.

Ein Mann hinter einem Schreibtisch grinste ihn wohlwissend an.

„Sie können von Glück sagen, dass Sie keinen Herzinfarkt bekommen haben, Herr Huber."

Tscharly ließ seiner Wut freien Lauf – lispelte: „Sie dürfen mit einer Anzeige rechnen, Herr Oberst."

„Was ich Ihnen nicht raten würde, Herr Huber, damit reiten Sie sich nur noch tiefer hinein."

Er schluckte und entgegnete: „Das ist Amtswillkür."

„Sie haben einen Wachmann angegriffen. Außerdem haben Sie unerlaubter Weise hier Fotos gemacht und waren gerade dabei, illegal auf dieses Grundstück, das dem Land Kärnten gehört, einzudringen. Jede Menge Zeugen können das bestätigen. Wir sind hier an militante linke Journalisten gewöhnt und wissen auch mit Leuten wie Ihnen umzugehen. Oder halten Sie uns für dermaßen naiv, dass Sie geglaubt haben, Sie könnten hier Robin Hood spielen und Neger oder Zigeuner interviewen?"

„Geben Sie mir meine Kamera zurück!"

„Das ist beschlagnahmtes Beweismaterial. Es sei denn, Sie können uns Ihre Hilfe anbieten, Herr Huber. Aber dazu müssten Sie sich erst einmal eine frische Hose anziehen, würde ich sagen."

„Was wollen Sie von mir?"

„Dass Sie abhauen!"

„Ist das die neue Pressefreiheit?"

„Wir können Lügner wie Sie nicht brauchen."

„Und wenn ich nicht auf Ihren Erpressungsversuch eingehe?"
„Das ist ein fairer Deal."
„Das ist Ihre Sicht auf die …" Der Schlagstock landete dieses Mal krachend auf Tscharlys rechter Schulter. Er unterdrückte einen Aufschrei und biss die Zähne zusammen. Der Oberst nickte dem Uniformierten, der den Hieb getätigt hatte, zu und fuhr fort: „Wer ist dieser Mann auf dem Foto, den Sie hier gesucht haben?"
„Fragen Sie doch Ihren Herrn Landeshauptmann!", erwiderte Tscharly.
Der Beamte holte ein weiteres Mal aus; sein Vorgesetzter hielt ihn mit einer Geste zurück. „Wir hier in Österreich legen großen Wert auf das Amtsgeheimnis. Und ein jeder hat das Recht, nach seiner eigenen Fasson glücklich zu werden. Der Österreicher ist nämlich ein großer Liberaler, der von euch Deutschen einfach nur falsch verstanden wird."
„Ich frage mich, ob ein großer Liberaler ein solches Lager wie das hier errichtet hätte."
„Sollen wir uns lieber von diesen Leuten bestehlen lassen? Ihnen gemütlich dabei zuschauen, wie diese Lumpen unsere Frauen vergewaltigen und Morde begehen, damit man sie nachher einsperren kann?"
„Sie kennen diesen Mann!", unterstellte Tscharly dem Oberst.
„Und Sie?", kam prompt der Gegenangriff. „Was haben Sie mit ihm zu tun?"
„Ich muss dringend mit ihm reden."
Der Oberst zerriss das Foto demonstrativ in zwei Hälften.
„Ich glaube, es wird Zeit für Sie, Ihren Anwalt anzurufen, Herr Huber."
„Wenn Sie mir nicht glauben, dann bringen Sie mich endlich zu Ihrem Herrn Landeshauptmann persönlich!"
Des Obersts Miene erhellte sich. „Was für ein großartiger Einfall! Warum sind wir nicht von selbst auf diese Idee gekommen? Was schlagt ihr also vor, Kameraden, seid ihr nicht auch der Meinung, wir sollten diesen stinkenden Piefke zum Österreicher persönlich bringen?"

„Der wird sich dafür schön bedanken“, sagte einer der Uniformträger.

Gelächter.

„Das heißt wohl, Sie bringen mich jetzt endlich zu ihm?“, fragte Tscharly in seiner Verzweiflung, als eine weitere Person die Tür zur Amtsstube aufstieß. Tscharly äugte über seine Schulter. Eine Frau betrat den Raum, ohne die Erlaubnis des Beamten abzuwarten. Sie trug ein Kind unter dem Arm und gestikulierte in Panik mit den Armen.

„Tott … Mann tott … Tott …“

Tscharlys Schmerzen wichen purem Entsetzen. Er kämpfte sich aus dem Stuhl.

„Wer ist tot?“, brüllte der Oberst.

Die Frau wimmerte: „Mann tott.“

Längst hatte auch der Säugling an ihrer Brust die düstere Stimmung und die Angst inhaliert und schrie wie am Spieß. Warum nur sind Gefühle so ansteckend?, dachte Tscharly. Dass sie nicht einmal vor kleinen Kindern Halt machen … Tscharly schlüpfte auf wackeligen Beinen an den Uniformierten vorbei. Er hinkte nach draußen auf den Container zu, vor dessen Eingang sich eine Gruppe aufgebrachter Männer befand, die offenbar miteinander in Streit geraten waren. Tscharly ignorierte Ellbogen und Fäuste; Adrenalin betäubte die Schmerzen in seinem Körper. Sein Puls raste wie der eines flüchtenden Tieres. Und dann fixierte er mit seinem Blick den Mann, der in einem Raum, in dem fünf Feldbetten standen, auf dem Boden lag. Ein Einschussloch prangte inmitten seiner Stirn. Die Frau mit dem schreienden Baby drängte zu ihm und sank vor dem Leichnam in die Knie. Lamentierend. Betend. Ein Kauderwelsch aus Rumänisch und Italienisch, vermutete Tscharly.

Die Frau bekreuzigte sich und schluchzte hysterisch einen Namen: „Oh, Emilio …“

Samstag, 4. Oktober 2008, 13:00 Uhr – Klagenfurt

Auf dem Campingplatz herrschte kaum Betrieb. Kira schlenderte am Ufer des Wörthersees entlang. Eine Wolkendecke hing über dem Gewässer und dem Bergpanorama. Kira fror unter einer Pelzjacke, die sie unter anderen Umständen abgelehnt hätte – lieber nackt als mit Pelz!, lautete ihre Devise für gewöhnlich. Lieber unsichtbar als tot, so hieß die Losung jetzt.

Der groteske Baron hatte sie in Linz als Köder benutzt. Die Möglichkeit, den alten Nazi zur Rede zu stellen, hatte sich jedoch nicht mehr ergeben. Kira hatte die Stadt mit dem nächstbesten Zug verlassen und war nach Graz, später nach Salzburg und von dort aus nach Kärnten gefahren. Kreuz und quer.

Wusste Schöberle von der Falle, in die sie gelockt worden war? Hatte Schöberle vielleicht sogar gewusst, welcher Gefahr er sie aussetzen würde, indem er ihr riet, auf das Angebot des Barons einzugehen? Und wer hatte den falschen Emilio zum Schweigen gebracht? Aus den Medien hatte sie erfahren, dass der Mann ein international gesuchter Auftragsmörder – und ehemaliges Hamas-Mitglied – war.

Steckte der MOSSAD hinter dem Attentat?

Am frühen Nachmittag zog Kira sich in den Camper zurück und gab sich dem Bedürfnis hin, ihren Tränen freien Lauf zu lassen. Sie träumte von ihrem Leben, wie es verlaufen hätte können, wenn ihr nur niemals dieses verfluchte Dossier in die Hände gespielt worden wäre. Sie stellte sich vor, wie es wäre, zwei Kinder zu haben, einen Jungen und ein Mädchen. Sie würde Windeln wechseln. Und Tscharly würde sie in den Nächten unterstützen und tagsüber das Geld für die Familie verdienen. Ein paar Jahre später würde sie mit den Kindern Hausaufgaben machen und Tscharly würde dem Jungen beibringen, wie man einen Rasenmäher bediente, und das Mädchen würde ihr helfen, die Wäsche zu bügeln. Dabei hatte sie es immer vermieden, ihre Wäsche selbst zu bügeln. Und Kochen war ihr immer wie eine grauenhafte Routine erschienen. Wie würde es wohl sein, als Familie in den Urlaub zu fahren – an einen See wie diesen und Sandburgen zu bauen und hübsche Urlaubsfotos zu knipsen, die man sich Jahre später – wenn man selbst alt und grau war und die Kinder längst aus dem Haus – anschauen konnte?

Mein Leben wird niemals wieder so sein, wie es nie war. Das war die Erkenntnis.

Warum auch immer Schöberle ihr dieses verdammte Dossier geschickt hatte … ob er wohl auch nur im Entferntesten geahnt hatte, was er damit auslöste?

Oder steckte am Ende doch dieser Roland Wagner hinter dem Auftrag und benutzte Schöberle nur als seinen Mittelsmann?

Je länger sie darüber nachsann, desto mehr fragte sie sich, ob sie von allen guten Geistern verlassen gewesen war, als sie sich darauf eingelassen hatte. Wie hatte sie nur einer Story wegen ihr Leben aufs Spiel setzen können?

Verdammt, ich habe es wegen Tscharly getan.

Aus Liebe.

Samstag, 4. Oktober 2008, 17:00 Uhr – Klagenfurt

„Ermittlungstaktische Gründe erfordern höchste Diskretion. Haben Sie mich verstanden, Herr Huber?"

Der Polizei-Major betrachtete ihn wie eine ungeliebte Schwiegermutter.

„An Message-Control bin ich als Journalist nicht gebunden", entgegnete Tscharly. Sein Gesicht schmerzte beim Reden wie nach einem Zahnarztbesuch. Sein Zorn auf den österreichischen Staat trieb ihn dazu, den vorlauten Jungen zu geben. Einerseits unvernünftig …, dachte er, aber was kann mir jetzt noch Schlimmeres passieren?

„Wenn Ihnen daran gelegen ist, diesen Mordfall aufzuklären, dann halten Sie sich an die offiziellen Anweisungen in diesem Land. Und das bedeutet: Kein Wort davon in der Presse und auch nicht in den Münchener Neuesten Nachrichten!"

„Ich dachte, einer der anderen Lagerbewohner soll den Mann umgebracht haben, wenn ich Sie recht verstanden habe? Dann ist die Situation doch vollkommen klar."

Beiden war klar, dass diese Version eine Lüge war; beide hätten sie sich wohl eher einen Knoten in die Zunge gemacht, als dies offen einzugestehen. Der Beamte wollte ihn loswerden; Tscharly durchschaute diese Absicht seines Gegenübers und hielt sich an die unausgesprochene Regel zwischen ihnen.

„Der Herr Landeshauptmann möchte nicht, dass Informationen über das Lager nach außen dringen. Und schon gar nicht der geschätzte deutsche Tourist, der unsere Bergluft, unseren Käse und unsere berühmte Kärntner Hauswurst genießen will. Wir sind hier ein Urlaubsparadies. Das hier ist die heile Welt, Herr Huber, deswegen werden Sie und Ihresgleichen hier keine besonderen Entdeckungen machen. Wir machen hier keinen Aufstand wegen eines Toten, dem ohnehin niemand eine Träne nachweint. Und jetzt unterschreiben Sie schon Ihre Aussage. Solange Sie sich an unsere Abmachung halten, wird Ihnen in unserer schönen Heimat nichts passieren. Kärnten ist schließlich das Paradies."

Der Beamte hielt ihm ein dreiseitiges Protokoll hin; Tscharly las.

„Sie verschwinden – und im Gegenzug sehen wir von einer Anzeige wegen Widerstand gegen die Staatsgewalt ab."

Fünf Minuten später endete die Posse. Tscharly trat zur Polizeistation hinaus, ohne sich noch einmal umzudrehen. Und doch schien es ihm, als könnte er von nun an das Auge der österreichischen Staatsmacht in seinem Rücken regelrecht spüren wie einen Heckenschützen, der ihn kaltblütig und gewissenlos auf Schritt und Tritt verfolgte.

So ging sein Vormittag dahin. Als er am frühen Nachmittag durch die Stadt schlenderte, glaubte er sich zweimal beobachtet und ihm war, als befände sich Kira ganz in seiner Nähe. Wahrscheinlich eine Täuschung oder ein Wunschgedanke, beruhigte er sich. Er betrat eine öffentliche Telefonzelle und rief erneut in München an. In der Redaktion hatte keiner von Milla gehört. Inzwischen hatte eine öffentliche Trauerfeier für den alten Methusalem stattgefunden. Sein Leichnam befand sich bereits in einem Flugzeug auf dem Weg nach Tel Aviv, wo er auf einem jüdischen Friedhof begraben werden sollte – im Kreise der engsten Angehörigen. Tscharly versuchte daraufhin sein Glück in Wien; auch bei der *Flatter* hatte Kira sich nicht gemeldet. Ihre Angst musste wohl inzwischen unbeschreibliche Ausmaße angenommen haben. Tscharly machte sich Vorwürfe. Ob er sie wohl jemals lebendig wiedersehen würde? Ich hätte sie nie in diese Sache mit Milla reinziehen dürfen. Andererseits trug sie eine Teilschuld. Immerhin hatte sie die Verfolger selbst erst auf ihre Fährte geführt, indem sie Nachforschungen bezüglich des Wagner-Dossiers angestellt hatte … Wer von ihnen beiden der größere Zauberlehrling war, ließ sich im Nachhinein schlecht sagen. Während er im Alten Kramerladen den vierten oder fünften Espresso trank, beugte sich auf einmal der Ober zu ihm.

„Sind Sie der Herr Huber?", sprach er mit leiser Stimme.

„Wer will das wissen?"

Der Ober reichte ihm ein Briefkuvert. „Das wurde heute hier für Sie abgegeben. Von einer sehr bezaubernden Dame."

„Grüne Augen?", hakte er nach.

„Meine Kollegin hat den Brief entgegengenommen. Am Morgen. Jetzt ist sie nicht mehr da. Sie hat frei und kommt erst in drei Tagen wieder, weil sie ein paar Tage nach Venedig fährt zu ihrer Familie."

Tscharly wartete, bis der Ober sich wieder hinter der Theke zurückgezogen hatte. Dann riss er den Umschlag ungeduldig auf.

„Shalom", stand dort in verschnörkelter – zweifellos verstellter – Handschrift, „die Schlange hat die andere Schlange gefressen. Moses hat gegen den Propheten gesiegt."

Der letzte Satz ließ keinen Zweifel an der Urheberschaft dieses Textes. Er betrachtete die Buchstaben wie durch ein Mikroskop. Wieder und wieder. Er ließ das Gespräch mit Jennifer Görlitz Revue passieren. Bedeutete die Botschaft, dass der MOSSAD sich aus der Angelegenheit nun zurückzog? Und wenn ja – wer passte jetzt auf Kira auf?

Und was ist mit meiner Tochter?

Er grübelte und grübelte; vielleicht musste er ja einfach nur Jahre vergehen lassen und Milla würde sich bei ihm melden. Wenn sie bereit für eine Versöhnung war. Wenn sie in der Lage war, ihm eine zweite Chance zu geben.

Das ist der Preis, den man als Vater bezahlt, wenn man sich nur um seine Karriere kümmert.

Er entschloss sich, Kira schnellstmöglich ausfindig zu machen und ihr seine Entscheidung mitzuteilen. Vielleicht ergab sich für sie eine Möglichkeit, in einem Zeugenschutzprogramm unterzutauchen, bis sie aus der Gefahrenzone waren.

Derlei Gedankensprünge, deren absolute Sinnlosigkeit ihm mit jedem Atemzug bewusster wurde, quälten ihn.

Plötzlich stieß der Ober ihn neuerdings von der Seite an. „Herr Huber, da drüben am Telefon ist jemand dran, der will mit Ihnen reden."

Sein Herz machte Freudensprünge. Kira! „Wer?"

„Ein gewisser Herr Wagner, soll ich Ihnen ausrichten, möchte mit Ihnen sprechen."

Samstag, 4. Oktober 2008, 18:00 Uhr – Klagenfurt

Ein Zittern erfasste ihren Körper. Sie gab sich Mühe, die Angst in ihrer Stimme zu unterdrücken und erwiderte: „Ich kenne keine Frau Obermaier! Bitte gehen Sie!"

Kira starrte von ihrem Bett aus zur Eingangstür des Campers.

„Frau Obermaier, ich weiß, dass Sie da drin sind. Ich habe eine wichtige Nachricht für Sie."

„Wer hat Ihnen gesagt …?"

„Emilio!", lautete die Antwort des Mannes vor der Tür.

Sie hielt mit der Faust das Pfefferspray krampfhaft fest; die einzige Waffe, die sie zu ihrer Verteidigung besaß. Langsam richtete sie sich auf.

„Emilio ist tot", gab sie vor zu wissen. „Wenn Emilio leben würde, käme er schließlich selbst vorbei, stattdessen …"

Eine Windböe rüttelte an den Wänden des Campers.
„Ich habe Ihnen in Linz das Leben gerettet, Frau Obermaier. Der Mann, den Sie in Linz für Ihren Informanten gehalten haben, wollte Sie umbringen. Das war ein international gesuchter Killer, wie Sie inzwischen bestimmt wissen, Madame."
Oh, so nannte er sie – wenigstens bezeichnete er sie nicht als Fräulein! Das war ein kleiner Trost. Er sprach leicht nasal wie der Schauspieler Hans Moser in alten Schwarz-Weiß-Filmen. Warum nur konnte sie heute am weltberühmten Wiener Schmäh nichts Charmantes finden?
„Schauen Sie, ich bin ein alter Freund vom Tscharly und soll Ihnen dringend dieses Paket von ihm überbringen. Und dann bin ich auch schon wieder weg. Ehrlich."
„Warum bringt Tscharly mir das Paket nicht selbst?"
„Schauen Sie, Fräulein, ob einer Skeptiker ist, hängt doch davon ab, ob ihm sein Leben gelungen ist. Und genauso verhält es sich auch mit Ihnen. Ich kann Ihnen also nicht einmal verübeln, wenn Sie gerade misstrauisch sind."
„Dann verschwinden Sie!"
„Würde ich ja gerne, wenn ich könnte."
Sie sah sich nach einem Fenster um und versuchte den keinesfalls witzigen Unbekannten noch ein wenig hinzuhalten. „Woher kennen Sie Tscharly?"
„Ich betreibe in Wien eine Privatdetektei. Herr Huber hat mit mir schon in der Vergangenheit das eine oder andere Mal zusammengearbeitet. Früher war ich Kriminalbeamter. Aber das ist lange her. Und davor war ich Fußballspieler. Aber Sport ist ja nix weiter als unnötige Kraftverschwendung."
Kira stellte ihm eine Falle. „Der Tscharly schaut auch ständig Fußball, gell?", konterte sie in Bayrisch.
Der Unbekannte zögerte und antwortete dann einen Hauch zu schnell: „Der Tscharly ist ja ein richtiger Fußballsüchtiger. Es gibt kein Spiel, das er sich nicht anschaut. Kein Wunder, bei einem Münchner."
„Dann kennen Sie auch seinen Lieblingsverein?"

Zwar gehörte die Kooperation mit Privatdetektiven zu Tscharlys üblichen Methoden, jedoch fand er nichts langweiliger als Fußball.

Der Hans-Moser-Verschnitt schien seinen Fehler bemerkt zu haben.

„Ein 1860 München-Fan ist der Tscharly natürlich."

„Richtig!", wog Kira ihn in falscher Sicherheit, während sie leise das Fenster über dem Bett öffnete. Doch gerade, als sie hindurchsteigen und sich davonmachen wollte, brach der Riegel an der Eingangstüre mit einem lauten Knall aus der Fassung. Kira hatte keine Chance, denn der Eindringling stand in Sekundenschnelle im Camper und umgriff blitzschnell ihre beiden Handgelenke mit der Gewalt einer Pneumatik-Presse; vor Schmerz entglitt Kira das Pfefferspray. Der falsche Hans Moser versetzte ihr einen Faustschlag gegen ihre linke Schläfe. Kira stürzte Gott sei Dank weich auf das Bett. Sie bekam gerade noch mit, wie er die Tür notdürftig mit einem Stuhl und einem Tisch verrammelte. Er drehte sich im Nu zu ihr um und verpasste ihr mit schallendem nasalem Gelächter einen Nachschlag mit der Handkante gegen ihr rechtes Jochbein. Augenblicklich spürte sie Blut, das aus ihrem Gehörgang schoss. Schwärze drohte sich um sie herum auszubreiten. Verzweifelt suchte sie blindlings mit den Händen neben dem Bett auf dem Boden nach der Flasche. Er hatte das Pfefferspray jedoch bereits in seinen Besitz gebracht und feuerte ihr damit jene berüchtigte Chililösung mit einer Schärfe von 2.200.000 Scoville geradewegs in die Augen; sie erblindete. Er zerriss ihr den Slip. In Panik und vor Schmerz schlug sie mit ihren Fäusten ins Leere. Sie schnappte wie eine Hündin nach seinem Gesicht. Er hielt ihre Arme fest und hatte auf ihr offenbar festen Halt gefunden. Ihre Zähne verbissen sich in seine Ohrmuschel; er brüllte und zuckte zurück. Sie spuckte den weichen Lappen in ihrem Mund aus. Er schlug unbarmherzig auf sie ein. Brüste, Rippen, Unterleib; alles verwandelte sich in eine Schmerzzone. Ihr Widerstand nährte nur seine Wut und seinen Vernichtungswillen. Spucke troff von seinem Kinn. Krampfhaft versuchte sie, ihre Beine zusammenzupressen. Wenn er sie vergewaltigen wollte, musste er sie schon vorher töten. Und an einem Leichnam würde er nur die halbe Freude haben. Ein Schuss löste sich aus einer Pistole. Kira sah ihren eigenen Körper und ihren Peiniger, der sich über ihr vor Lust krümmte wie in einem Film. Sie erkannte Schaumblasen verschwommen vor seinem Mund. Sie roch säuerlichen Schweiß und eisenhaltiges Blut. Tränen liefen ihr über die Wangen und schmeckten salzig. Sie würgte Gallenflüssigkeit – erbrach sich in die absolute Finsternis und spürte Tscharlys Arme. Eine Illusion, die das sterbende Gehirn ihr vortäuschte. Sie hörte seine Stimme in ihrer Wahrnehmung – gedämpft wie durch Schaumstoff …

„Kira!"

Sie weinte. Ihrem Gehirn misslang im Schockzustand das Kunststück, das Erlebte in Gedanken und Worten zu formulieren. Die Leere in ihr fühlte sich wie eine klaffende Wunde an, durch die alle Lebensenergie entwich. Sie hielt sich an ihm fest.

„Ich werde in Zukunft pünktlich sein", sprach er auf sie ein, „das verspreche ich dir. Das war das letzte Mal, dass ich dich in Gefahr gebracht habe."

Ein Cocktail aus Schmerz, Zorn, Angst und Erleichterung explodierte in einem hysterischen Gelächter. „Du verdammter Idiot, Tscharly …"

Sie konnte ihn weder sehen noch begreifen, aber sie spürte und hörte ihn.

„Du musst verschwinden, Kira. So etwas kann jederzeit wieder passieren. Wagner hat mich gewarnt."

„Und was ist dann mit dir?"

„Ich muss Milla finden. Aber das ist meine ganz persönliche Angelegenheit!"

„Du bist verrückt", schrie sie wütend – es war der Schmerz, der ihre Aggression befeuerte.

„Dann sind wir ja schon zu zweit, Kira."

Sie lachten und weinten, lagen sich in den Armen. Die Pistole in der rechten Hand haltend, war er unfähig, sich aus Kiras Umklammerung zu lösen. Er hatte sich geschworen, sich nie wieder in eine Frau zu verlieben. Das wusste sie. Plötzlich spürte sie seine Lippen auf den ihren. Ihre Zungen fanden einander. Gierig trank sie die Wärme seines Mundes, die sie mit Leben und Hoffnung erfüllte. Noch bestand die hauchdünne Chance, diesen Kampf gegen sämtliche innere und äußere Dämonen zu gewinnen. Der Kuss war ein Teil ihres Kampfes gegen die Schmerzen.

Samstag, 4. Oktober und Sonntag, 5. Oktober 2008, Gutshof

„Wo ist Siegfried?“, fragte Milla, während ihr Herz Fahrt aufnahm und in den lautesten Tönen wummerte.

Nun übernahm Heidrun das Wort – von Frau zu Frau: „Spielt mit unseren Kindern. Es geht ihm gut. Er freut sich auf eure Reise.“

„Ich werde euch immer treu ergeben sein“, schwor Milla. „Für euch würde ich sogar meinen Sohn opfern.“

„Das nehmen wir hier wohlwollend zur Kenntnis“, übernahm Odin das Wort, „aber wir opfern hier keine Kinder. Schließlich sind wir keine Juden. Aber auch du kannst dich stets auf uns verlassen, Kameradin, deine Feinde sind auch unsere Feinde und unsere die deinigen. Das gilt auch für Siegfried.“

Sein Blick prüfte sie. Oder täuschte sie sich? Warum nur kam sie sich ihm gegenüber jedes Mal vor, als sei sie einem Röntgenblick ausgesetzt? Vielleicht war es ein Fehler gewesen, ihm ihre erotischen Neigungen derart vorzuführen, überlegte sie. Oder hatte es ihm vielleicht gefallen, sie zu unterwerfen?

„Ich werde dir viele Kinder gebären“, versprach sie ihm in der Hoffnung, ihn gänzlich zu versöhnen.

„Aber nur, wenn du das wirklich vom Grunde deines Herzens willst, Milla.“

Und ob Milla das wollte. Es war ihr, als hätte sie nach den Irrfahrten des Odysseus endlich den ersehnten Zielhafen ihrer Reise gefunden. Glücklicher als hier konnte sie nirgends mehr werden.

„Für immer und ewig.“

„Du musst dich ausruhen und stärken“, sagte Heidrun. „Heute und morgen musst du so viel Kraft wie möglich für die anstehende Mission sammeln. Siegfried und du werdet Odin immerhin nach Österreich zu einer wichtigen Mission begleiten.“

„Von dieser Mission hängt viel für unsere Bewegung ab“, ergänzte Odin.

Daraufhin hatten die beiden sich angezogen und Milla allein in ihrem Zimmer zurückgelassen.

Österreich, dachte sie – und: Schöberle ist ein Prophet!

Sie grübelte. Bald umhüllte sie Dunkelheit und jeder Gedanke an die flüchtige Begegnung mit dem Beamten zerstob wie Staub.

Den Tag darauf hatte sie hauptsächlich mit Siegfried verbracht, der in der Nacht bei den anderen Kriegern hatte schlafen dürfen. In der Nacht vom 4. auf den 5. Oktober hieß es dann endgültig Abschied nehmen. Die innige Umarmung mit Heidrun ließ sie spüren, wie sehr sie sie liebte und ebenso heiß zurückgeliebt wurde. Sie sehnte sich nach ihr, mehr noch als nach Odin selbst. Hoffentlich kam es nicht eines Tages zu einer Entscheidung, die sie aus ihrer Dreieckskonstellation ausschloss.

Der VW-Bulli stand startklar neben dem Panzer. Startklar für eine Mission, von der das Gelingen der nationalen Sache abhing. Siegfried bettete sie auf die Rückbank inklusive Kissen und Decken. Das Kind schlief seelenruhig auf ihrem Schoß. Sogar der Abschied von Bormann und Goebbels fiel ihr schwer. Aber es handelte sich ja nur um einen Abschied auf Zeit, ermahnte sie sich.

Für die ersten drei Stunden Fahrt hatte sie sich neben Odin nach vorne gesetzt; er erwies sich als ausgezeichneter Langstreckenfahrer. Immer wieder blickte er in den Rückspiegel. Trotz der Dunkelheit schienen bei ihm sämtliche Alarmglocken zu klingeln, sobald ein anderes Fahrzeug zu lange an ihnen klebte.

„Vorhin hat uns eine Zeit lang eine anthrazitgraue S-Klasse-Limousine verfolgt, bei der ich mir nicht sicher war. Vermutlich Fehlalarm. Sobald ich bemerke, dass sich jemand ernsthaft an unsere Fersen heftet, werde ich ihm zeigen, wo die Harke hängt. In diesen Dingen macht mir keiner was vor."

Abrupt fuhr Odin auf einer um diese nachtschlafende Zeit verwaisten Landstraße rechts ran.

„Was soll das?", fragte Milla. „Verfolger?" Oder wollte er direkt hier …?

„Zeit für dich, dich ein wenig auszuruhen", meinte er. „Nimm die andere Schlafbank. Kurz vor der österreichischen Grenze werde ich dich wecken."

„Soll ich dich nicht beim Fahren ablösen?"

Das Heben seines Arms signalisierte das Ende jeglichen Diskurses, bevor dieser überhaupt beginnen konnte. Also leistete sie Gehorsam. Odin hatte auch an ein zweites Kopfkissen und eine weitere Decke gedacht. Liebevoll deckte er sie zu.

„Schlaf gut, meine Kriegerin, und süße Träume."

„Und du fahr sicher", erwiderte sie, wobei ihr im selben Augenblick bereits die Lider schwer wurden und sie eine Minute später in einen tiefen Schlaf gefallen war.

Sonntag, 5. Oktober 2008, 8:00 Uhr – kurz vor Passau an der Autobahn (A1)

„Aufwachen!"

Der Schlummer war süß.

„Aufwachen!"

Milla spürte, wie an ihr gerüttelt wurde. Halb zärtlich, halb entschlossen. Sie rieb sich die Augen und raffte sich auf. Der VW-Bus stand auf einem Rastparkplatz ohne Tankstelle oder Restauration. Odin hatte den Wagen geschickt abseits geparkt. Die anderen Autos, PKWs und Lastwagen befanden sich in sicherer Entfernung. Siegfried schlummerte friedlich.

Odin setzte sich neben sie. Er zog sein schwarzes Hemd aus. Sein muskulöser Oberkörper erinnerte sie an amerikanische Action-Helden. Zum Glück waren die Scheiben verdunkelt.

„Was wird das jetzt?"

„Genau das, was du denkst."

„Ich bin mir nicht sicher, was ich gerade denke", gestand sie. „Oder ob ich dazu bereit bin. Ob ich das möchte."

„Oh doch. Das bist du. Du weißt das ganz genau. Aber du musst an dir arbeiten. Du trägst noch zu viele seelische Wunden und kleinbürgerliche Indoktrinationen in dir, um eine wahrhaftig freie Person zu sein."

Mit eiliger Begierde und dennoch sanft zog er ihr das Kleid über den Kopf.

„Für mich war das alles auch ein steiniger Weg. Ich weiß aber, du bist eine starke Person und kannst genau denselben Weg der Erkenntnis einschlagen wie ich."

Damit waren der Worte genug gewechselt. Er kam schnell in Fahrt. Es schien ihr, als ob Odin an ihr eine Wehrsportübung zur körperlichen Ertüchtigung abhalten wollte. Jetzt hämmerte er sie mit gnadenlosen Stößen auf die gut gepolsterte, aber dennoch unbequeme Rückbank.

Es dauerte eine Ewigkeit, bis er sich in ihr ergoss. Sie ertappte sich nach dem Akt bei der Frage, ob er sexuelle Stimulanzien benutzt hatte; anders war sein Stehvermögen kaum erklärbar. Ein

Germane, für den Krieg und Ficken ein Ding waren, das mit voller Hingabe bis zum Letzten erledigt werden musste. Oder wie der frühere Führer der Linken, Andreas Baader einmal zu seiner Geliebten Gudrun Ensslin gesagt hatte: Ficken und Schießen sind ein Ding, Baby!

„Komm nach vorne", befahl er daraufhin, während er den Reißverschluss hochzog. „Jetzt wird es spannend, stell dich auf ein Déjà-vu ein."

Sie zog das Kleid über den Kopf und bewegte sich leise nach draußen. Siegfried schien von allem nichts mitbekommen zu haben. Vielleicht hatte er dem Jungen vorsorglich eine schlafförderende Substanz verabreicht. Milla streckte sich dreißig Sekunden lang, da Schlaf und Beischlaf zu Verspannungen geführt hatten. Nur ein Orgasmus war ausgeblieben.

„Steig ein!", forderte Odin sie auf. „Wir haben einen engen Zeitplan und der darf durch nichts durcheinandergewirbelt werden."

Hm, dann hättest du dir die Nummer ja eigentlich sparen können, dachte Milla und verwarf in der gleichen Sekunde diesen Gedanken, denn Odin war ihr Führer.

„Ich komme sofort", rief sie.

„Davon habe ich aber nichts bemerkt", maulte er.

Odin grinste wie ein pubertierender Fünfzehnjähriger. „Ab hier fährst du! Wir machen einen kleinen Stopp in Passau und dann geht's über die Grenze."

Milla marschierte zur Fahrerseite, wartete bis Odin auf dem Beifahrersitz Platz genommen hatte und startete den Bulli wieder. Sie würde Heidrun gegenüber verschweigen, dass Odin ihr keinen lustvollen Höhepunkt beschert hatte. Das würde ihr gemeinsames Geheimnis bleiben. Klagt nicht, kämpft!

Sonntag, 5. Oktober 2008, 12:00 Uhr – Bratislava

In der Auslage hingen Schwarzweißfotos – Bilder des Prager Frühlings von 1968. Auf einem davon posierten eine junge Frau und ein vierjähriges Kind vor einem russischen Panzer. Das Bild zeigte Jennifer Görlitz und ihre Mutter. Dieser Schnappschuss von der friedlichen Revolution, die in ihrem Keim erstickt worden war, ging um die ganze Welt. Und für ihre Mutter, die damals in der DDR lebte, bedeutete es zuerst Berufsverbot, dann Gefängnisstrafe und schließlich Ausbürgerung. Ein Agent des Verfassungsschutzes hatte Jennifer nach der Wende dabei geholfen, diese Frau wiederzufinden. Im Gegenzug hatte Jennifer begonnen, für den bundesdeutschen Verfassungsschutz zu arbeiten. Nach der Explosion in der Moschee, 2004 in Köln, bei der sie durch einen Lüftungsschacht in letzter Sekunde hatte fliehen können, war Jennifer mit falschen Papieren erst einmal nach New York geflogen. Drei Monate später hatte der israelische Geheimdienst mit ihr Kontakt aufgenommen. Seither führte sie in Bratislava zum Schein die Existenz einer Fotografin, die sich auf Hochzeitsfotos spezialisiert hatte. Glückliche Paare waren die Highlights ihres Fotografinnendaseins. Mehr brauchte sie auch nicht, denn sie hatte in den letzten Monaten immer wieder Reisen in ihre ehemalige Heimat unternommen. Es gelang ihr, Bilder der NSU-Terroristen zu schießen. Jedes Mal mit im Bild fanden sich erwartungsgemäß V-Leute, die für ihren Ex-Chef Wagner arbeiteten. Über ein halbes Dutzend islamische Mitbürger waren seit 1999 von den Terroristen ermordet worden. Wagner schaffte das Kunststück der Täuschung, denn die offiziellen Ermittlungen suchten noch immer im Bereich der Organisierten Kriminalität. Das Wort „Dönermorde" stand in der bundesdeutschen Öffentlichkeit als Synonym für die berühmt-berüchtigte Ausländerkriminalität. Sein Intimus, der Kölner Rechtspopulist Hermann Wohlfeil, nutzte die blutigen Anschläge, um damit Stimmung zu machen und Wahlkämpfe gegen die nicht deutschstämmige Bevölkerung anzuheizen. Die Dynamik funktionierte hervorragend; Fremdenfeindlichkeit und Ausländerhass in der Bevölkerung nahmen stetig zu. Dieses alte Prinzip der Angst-Politik hatte bereits in der DDR funktioniert – und funktionierte erst recht im wiedervereinten Deutschland. Menschen waren und blieben manipulierbar.

Ihre Arbeit in Kärnten war erledigt. Ihr Vorgesetzter hatte ihr befohlen, sich an ihren scheinbaren Lebensmittelpunkt nach Bratislava zurückzuziehen. Die Kunst qualitativ hochwertiger Geheimdienstarbeit zeigte sich darin, so wenig als nötig ins Geschehen einzugreifen. Für Tscharly konnte sie an dieser Stelle ohnehin nichts weiter tun.

Plattenbauten, in Blau, Grün, Gelb, umgaben das Geschäft und weckten in Jennifer jedes Mal Erinnerungen an ihre Kindheit und Jugend im anderen Deutschland. In Bratislava zeigte sich der Postkommunismus noch von seiner buntesten Seite. Als Kind hatte sie sich nichts Schöneres vorstellen können. Als Erwachsene hatte sie den Mauerfall zur Flucht in den Westen genutzt. Verwandte im Osten hatten aufgehört zu existieren, seit ihre Mutter 1968 in Ungnade gefallen war. Ihren Vater hatte Jennifer nur ein einziges Mal in ihrem Leben gesehen.

Sie war eine Frau, die unter falschem Namen lebte. Eine Frau ohne eigene Vergangenheit. Alle Welt hielt sie für tot. Und genau so sollte es auch bleiben. Jemanden zu lieben, bedeutete in ihrer Situation zwangsläufig, diesen zu belügen. Und das wollte sie auf keinen Fall!

An diesem regnerischen Sonntag herrschte in der Straße in ihrem Teil der Stadt kaum Verkehr. Busse bretterten über die Kreuzungen, brachten Touristen aus Deutschland und Österreich nach Prag zu ihren begehrten Tagesausflügen. Jennifer hoffte, eventuell ein paar Ansichtskarten zu verkaufen. Als sie nach drei Stunden genau sieben Euro und siebzig Cent verdient hatte, sperrte sie den Laden wieder zu. Das miese Wetter kam ihr gelegen, schließlich erwartete sie Igor. Der Russe besaß eine Sicherheitsfirma mit Niederlassungen in Bratislava und Wien. Zum ersten Mal war sie ihm im August an einem Schießstand am Stadtrand begegnet. Der untersetzte Mann reichte ihr nur bis zur Nasenspitze. Aber er besaß ein herzliches Lachen und erzählte jede

Menge Witze, über die nur Menschen lachen konnten, die ihre Kindheit ebenfalls im Ostblock durchlebt hatten. Diese gemeinsame Erlebniswelt führte zu einer lockeren Freundschaft. Jennifers Trainingseinheiten mit der Pistole nahmen massiv zu, wie sie sich eingestehen musste. Diese Mischung aus russischer Bauernschläue und einer Prise Humor, dazu sein wohldosiertes Parfüm und seine Fantasieuniform, die zur Ausrüstung seiner Sicherheitsfirma gehörten ... Und dazu ihre Einsamkeit, die Nächte, in denen sie sich danach sehnte, die Nähe und Geborgenheit eines Mannes an ihrer Seite zu spüren ... Dieser Cocktail an sozialen Einflussfaktoren führte dazu, dass er seit August dreimal bei ihr übernachtet hatte. Heute war der Tag, so hatte Jennifer sich vorgenommen, an dem sie dieses Verhältnis beenden würde. Igor war der Typ gutmütiger Bär, der etwas Besseres verdient hatte als eine Frau, die ihm ständig Lügen auftischte, wozu sie durch ihre Agententätigkeit gezwungen war. Er hatte eine Frau verdient, die ihn liebte und achtete ... und keine Geheimnistuerin, die seit der gewaltsamen Trennung von ihrer Mutter unter Bindungsängsten litt. In Zukunft würde sie an einem anderen Schießstand ihre Trainingseinheiten absolvieren.

Pünktlich um fünf läutete Igor.

„Komm herein", sagte sie mit ernster Stimme.

Er hatte seine Haare wie immer blond gefärbt und mit einer Maschine selbst gekürzt; die Spitzen zeigten militärisch-stramm nach oben.

„Und – wie war es in Berlin?", fragte er und fiel ihr um den Hals.

Sie ließ diese Geste der Zuneigung geschehen. Auch die roten Rosen und die Schachtel voller Konfekt nahm sie dankend entgegen. Die Blumen stellte sie in einer Vase auf den Tisch; den Süßkram verabscheute sie. „Das wäre nicht nötig gewesen", sagte sie.

„Berlin ist eine wunderschöne grüne Stadt geworden", sprach er. „Hast du eine Bustour zum Alex gemacht?"

Sie unterhielten sich in Russisch, das Jennifer in der Schule gelernt hatte.

„Ich hab Fotos vom Brandenburger Tor geschossen", log sie.

„Die musst du mir nachher zeigen."

Jennifer begann sich selbst noch mehr zu hassen. Sie beschloss, ihn nicht unnötig leiden zu lassen und eröffnete ihm in drei kurzen Worten ihre Entscheidung: „Es ist vorbei."

Sie saßen sich am Küchentisch gegenüber. Jennifer schaute ihn an und rechnete mit Fassungslosigkeit, der Enttäuschung, Wut und Trauer folgen würden. Vielleicht machte er ihr eine Szene, vielleicht nahm er ihre Mitteilung äußerlich gelassen hin und trottete mit hängenden Schultern von dannen, vielleicht … Ach! Nichts von alldem trat ein.

Er lächelte und sagte: „Du hast recht."

Sie fragte mit stockender Stimme: „Was hast du jetzt vor?" Hoffentlich tat er sich nichts an.

„Einmal noch miteinander schlafen wäre schön, Jennifer."

Hier in Tschechien lebte sie mit den Papieren und der Legende einer Eva Zajic, der Nachname wurde „Seitz" ausgesprochen und bedeutete im Russischen Hase.

Ihre Gedanken überschlugen sich. Sie gab die Ahnungslose. „Aber ich kenne keine Jennifer."

Und dann rückte er mit der Wahrheit heraus: „Erst habe ich Sinan kaltgemacht. Er hat mich für einen Freund gehalten. Und jetzt … soll ich dir Grüße von Herrn Wagner bestellen, meine liebe Jennifer – oder willst du, dass ich dich weiterhin lieber Eva nenne?"

Ehe sie zu einer Antwort fähig war, setzte er sie durch einen Schlag mit der Handkante gegen die Halsschlagader außer Gefecht. Lucky Punch hieß diese Aktion im Boxsport, der ein abruptes Absinken des arteriellen Blutdrucks verursachte. Minuten später erwachte Jennifer in ihrem Schlafzimmer. Er hatte sie nackt ausgezogen und mit Kabelbindern verschnürt wie ein menschliches Paket. Dazu hatte er ihr ein Stahlseil um den Hals gelegt. Er begann seelenruhig an einer Kordel zu drehen. Er kniete neben ihr, um ihr beim Sterben zuzusehen. Sie hatte keine Chance, sich zu verteidigen. Sie sank in die geliebten roten Seidendecken und Kissen, wobei er die Kordel drehte und drehte und drehte. Sie bekam keine Luft. Ihre Muskeln spannten sich an, sie bäumte sich ein letztes Mal auf, bevor ihre Glieder erschlafften.

Igor – Sinan hatte ihn Blondi genannt – blieb noch einige Minuten, um sicherzugehen. Zwei Straßen weiter stand das Motorrad, natürlich eine andere Maschine als jene, die er am Donnerstag in Linz am Hafen benutzt hatte. Er nahm eine Dusche. Anschließend schlich er in ihr Schlafzimmer zurück. Er holte die Rosen aus der Küche und verstreute sie über ihrem Körper. Dann zog er sich an und verließ die Wohnung. Wenn in ein paar Tagen die Polizei auftauchte und das Arrangement mit den Kabelbindern vorfand, würde die ganze Sache nach einem Sexunfall aussehen. Nur die Schachtel mit dem Konfekt nahm er wieder mit. Schokolade für eine Tote war die reinste Verschwendung. Seine fünfjährige Tochter Katharina würde sich über die süße Köstlichkeit freuen, wenn Papachen endlich von seiner Geschäftsreise nach Moskau zurückkehrte.

Sonntag, 5. Oktober 2008, 12.00 Uhr – kurz vor Passau

Als Milla die Kapuzinerstraße in Passau entlangfuhr, herrschte schönster Sonnenschein. Das Wasser des Inns präsentierte sich klar und blau. Das Kloster am gegenüberliegenden Ufer, das auf einer Felsenklippe thronte, bot einen majestätischen Anblick. Zur linken befand sich ein großer Marktplatz. Menschen saßen im Freien und genossen die Sonnenstrahlen bei Bier, Schweinebraten, Serviettenknödel und Sauerkraut. Aus den Augenwinkeln bewunderte Milla eine recht zierliche Kellnerin, die sieben Maßkrüge auf einmal stemmte. Unglaublich – das würde sie sich nie zutrauen. Fröhliche Unterhaltungen und Geräusche drangen an ihr Ohr, von „Prost!“ bis „Servus!“ und „Grüß Gott!“; gepflegtes Süddeutsch, wie es auch im München ihrer Kindheit gesprochen worden war.

Für einige Augenblicke wünschte sich Milla nichts sehnlicher, als in der anonymen und doch intim wirkenden Masse dieser Menschen unterzutauchen. Irgendwas in ihr sehnte sich in ihr altes Leben zurück. Vielleicht später im Leben, tröstete sie sich. Gegebenenfalls mit Menschen, die sie mochte, ja sogar liebte. Aber vielleicht gehörte dies zur Tragik ihres Daseins. Die Menschen, die sie kannte, die sie liebte, wertschätzte und interessant fand, taugten nicht für solche belanglosen Dinge wie friedliche Tagesausflüge in eine bayerische Stadt. Sie umgab sich lieber mit gefährlichen Leuten mit Missionen. Leute, die bedingungslos an Ideale glaubten und diesen alles unterordneten. Menschen, die zu Opfern bereit waren. Notfalls auch das des eigenen Lebens.

„Hier?“, fragte sie Odin.

„Noch zirka 350 Meter, dann kommt ein Supermarkt“, erwiderte er. „Dort stellen wir das Auto ab. In einer bestimmten Parklücke.“

Der Blick, den sie ihm zuwarf, schien ihn zu erheitern.

„Nichts im Leben ist Zufall. Auf jeden Fall nicht in unserer Welt.“

„Ja“, sagte sie. „Das ist eine beängstigende Welt.“

Er zuckte mit den Schultern. „Man gewöhnt sich dran.“

„Welche Parklücke hat unser Schicksal für uns vorgesehen?"

„Gute Frage", lobte er sie, „du lernst schnell."

Sie fühlte sich glücklich über sein Lob, das den lausigen Liebhaber wieder wettmachte.

„Wir parken zwischen dem schwarzen VW-Camping-Bus und dem grünen Peugeot-Transporter."

Tatsächlich war wie von Zauberhand genau zwischen den avisierten Transportern eine Parklücke frei und Milla wollte ihn mit ihren Fahrkünsten beeindrucken. Sie nahm die Kurve sportlich und kam dabei aber sehr dicht bei dem schwarzen Transporter zum Stehen. Zwischen die beiden Autos passten keine drei Sonntagsausgaben einer überregionalen Tageszeitung mehr.

„Mist!"

„Alles gut, Kleine. Perfekt eingeparkt. Hätte ich nicht besser machen können."

Odin kletterte nach hinten zur Ladefläche. Siegfried war aufgewacht und rieb sich die Augen.

„Was wird das hier?", fragte Milla.

„Eine Transaktion", erwiderte er nach einer rhetorischanmutenden Bedenkzeit. „Wir treffen ausgemusterte Kameraden des Kommandos Spezialkräfte, falls dir der Begriff was sagt. Diese Bundeswehreliteeinheit sieht sich als Nachfolger der Waffen-SS. Soweit würde ich zwar nicht gehen, aber es sind in der Tat eiskalte Tötungsmaschinen. Die zwinkern nicht einmal, wenn sie ein voll bewohntes Hochhaus in die Luft jagen müssen."

„Wieso Transaktion?"

„Wir haben keine Zeit. Aber weil du es bist, die Kurzversion: Wir transportieren ein Waffenarsenal. Angefangen bei neuesten Sturmgewehren, über Pistolen, Granaten, Granatwerfer und so weiter. Kriegsspielzeug für erwachsene Männer und Frauen, die damit umgehen können. Das Zeug muss unbemerkt nach Österreich geschmuggelt werden. Klingt nicht aufregend, ist nicht besonders spannend, will aber dennoch gut durchdacht sein. Deshalb kriegen jetzt die Jungs das Arsenal. Der Plan ist folgender: Wir fahren an die Grenze und werden heraus gewunken und stundenlang gefilzt."

Sie stöhnte – nicht schon wieder die Tortur.

„Tut mir leid. Ein gemeinsamer Freund von uns hat den österreichischen Zöllnern einen Tipp gegeben. Die Ösi-Bullen wissen Bescheid, sind im Bilde. Nummernschild, meine hässliche Fratze und sogar ein Bild von dir, meine Hübsche, müssten vorliegen."

„Oh, nein. Meine Nerven machen das nicht mit. Die Geschichte neulich reicht. Ehrlich."

„Mach dir keine Sorgen! Wir müssen maximal ein paar Stunden auf der Wache totschlagen, ohne jemanden totzuschlagen." Er lachte über seinen Wortwitz. „Während sie uns durchsuchen und in die Mangel nehmen, können die Kameraden vom Kommando Spezialkräfte ungehindert die Grenze passieren, da sich alle Aufmerksamkeit in der Zwischenzeit auf uns richtet."

Er klatschte sich selbst Beifall. „Und jetzt komm nach hinten und hilf mir beim Verladen."

Wie von Zauberhand öffneten sich die Türen des Bullis und schwarzen VW-Campers gleichzeitig. Dann wurden unbeschriftete Kisten, die Champagner oder Wein enthalten konnten, vom einen ins andere Auto verfrachtet. Milla versuchte ein paar Blicke auf die ehemaligen Soldaten zu werfen. Die drei Jungs, die sie sah, waren alle Anfang bis Mitte Vierzig. Durchtrainierte Männer, die aber nicht auf Posen aus waren. Wie todernst sie ihren Job und die Notwendigkeit eines funktionierenden Körpers nahmen, war ihnen anzusehen; jede Bewegung wirkte fokussiert.

„Bis dann", verabschiedete sich Odin und der Mann mit der Fliegersonnenbrille, der die letzte Kiste entgegengenommen hatte, salutierte.

„Wir sehen uns."

Dann stieß der VW-Camper aus der Lücke, während der grüne Peugeot-Transporter angelassen wurde und noch dichter an ihren VW-Bulli heranfuhr. Nun passte kaum noch eine Bildzeitung dazwischen. Dieselbe Prozedur.

„Sind jetzt weniger Kisten", versuchte Odin Millas Stimmung zu heben. Sie trug Siegfried vor sich her und wetzte zärtlich ihre Nase gegen die des Jungen. Hoffentlich hielt diese erträgliche Phase, in der er völlig überangepasst schien, noch lange an. In

Milla regte sich schwarzer Humor: „Schade, sonst könnte ich mit meinen Muskeln Deutschland von den verdammten Besatzern im Alleingang befreien."

Sie lachten herzlich. Als Odin ihr in die Augen blickte, erkannte sie zugleich den Schalk und den Jungen in ihm. Die Männer im Peugeot waren allesamt in Schwarz gekleidet und trugen Sonnenbrillen, die es unmöglich machten, ihr Gesicht zu erkennen.

„Wie besprochen?", fragte einer der Männer am Schluss, als die letzte Kiste das Fahrzeug gewechselt hatte.

„Genau so", antwortete Odin, „sollte sich etwas ändern oder sollten Probleme auftauchen, sofort melden. Das gilt für alle. Für euch, mich und das andere Team. Wenn wir uns etwas nicht erlauben können, sind es Fehler. Dumme Fehler."

„Die einem das Genick brechen", stimmte der Soldat ihm zu.

„Genau."

„Was ist mit dem Kind?", fragte der ehemalige KSKler.

Mit der flachen Hand schlug sich Odin an die Stirn. Er wendete sich mit reumütigem Blick an Milla.

„Da wir der Köder sind, kann Siegfried mangels fehlender Papiere nicht mit uns reisen", sagte er. „Theoretisch klappt das, ist aber ein unnötiges Risiko, das im Zweifelsfall Zeit kostet."

Milla erstarrte. „Nein", sagte sie bestimmt.

„Es geht nicht anders, meine Geliebte. Mit dem Kind kommen wir nicht schnell genug raus. Es wird keine lange Trennung sein. Direkt hinter der Grenze treffen wir uns wieder und verteilen erneut um. Dann hast du Siegfried wieder."

Sie wollte protestieren. Es blieb ihr aber nichts übrig, als ihm blind zu vertrauen. Schnell reichte sie dem Mann im anderen Van eine Trinkflasche und die Pausenbox für Siegfried.

„Mach's gut, bis gleich. Mama hat dich lieb."

Siegfried sah sie mit großen Augen an.

„Der Onkel ist auch ganz lieb", versprach sie ihm.

„Nein!", protestierte der Junge. „Mama, Mama …."

„Es muss sein, du kleiner dummer Bastard!", schrie sie ihn an, woraufhin er wieder in einen apathisch scheinenden Zustand verfiel. Sie schickte ein Stoßgebet gen Himmel. Hoffentlich fing er nicht zu heulen an. Oder machte eine Szene. Das würde das ganze Unternehmen gefährden. Siegfrieds Augen wurden wässrig. Sie küsste ihn mehrfach und nahm ihn fest in den Arm.

„Wir sehen uns ganz bald wieder. Mama ist bald wieder bei dir."

Sie reichte ihn dem Mann, der mit der rechten Hand eine Pistole formte und abdrückte. Anschließend zwinkerte er und lächelte.

Zwei Minuten später verschwand der grüne Peugeot vom Parkplatz.

„Gut gemacht. Ihr seid ein tolles Team", lobte Odin sie. „Siegfried braucht jemand Starken, der ihn führt. Dafür bist du die ideale germanische Mutter. Außer Heidrun kenne ich keine so starke Frau wie dich. Die Kinder müssen lernen stark zu sein. Und eine germanische Mutter darf sich niemals zu sehr an ihre Söhne binden, weil sie letztendlich dem Vaterland gehören und damit auf dem Feld der Ehre für den Heldentod bestimmt sind."

Das ging runter wie Öl – wenn sie nur ihr Vater oder ihr Großvater ein einziges Mal so gelobt hätten …

„Selbst wenn der Penner-Supermarkt über Parkplatz-Überwachungskameras verfügt, hat kein Mensch was von den Transaktionen mitbekommen", prahlte Odin. „Wir werden die ersten sein, die sicher in Österreich sind!"

Milla stutzte. „Die anderen sind doch vorgefahren."

„Völlig richtig", gab er ihr recht. „Aber die lassen sich hinter uns zurückfallen und werden auf die Sekunde pünktlich bei der Grenze ankommen. Glaub mir, Baby, wir haben das hieb- und stichfest geplant. Da gibt es keine Schwachstellen. Diese Männer sind Vollprofis. Das ist anders als bei Hitler, der von einem verräterischen Generalstab und einer Verräter-Sau von Geheimdienst-Chef Canaris umgeben war und deshalb den Krieg nicht mehr gewinnen konnte."

Die Geschichte von Wilhelm Canaris, der zur geheimen Militäropposition gegen Hitler gehört hatte, kannte sie inzwischen auswendig. Außerdem glaubte sie ihm gerne, wie sauber ausgetüftelt der ganze Plan war. Nur die Aussicht auf viele nervenzehrende Stunden im Polizei- und Zoll-Revier empfand sie als weniger prickelnd.

Odin setzte sich dieses Mal selbst hinter das Lenkrad und fuhr los.

„Möchtest du nicht was trinken?", fragte sie ihn kurz vor der Autobahnauffahrt und wollte ihm eine Plastikflasche mit Wasser reichen.

Der Supermarktaufenthalt hatte keine zehn Minuten gedauert; dabei hatten sie keinen Gedanken darauf verwendet, ihren körperlichen Bedürfnissen nachzugehen.

„Danke, nein. Ich muss sonst ständig pissen. Das können wir uns nicht leisten."

Einmal mehr bewunderte sie den Mann, der wie ein Uhrwerk funktionierte. Wenn sie es sich genau überlegte, war sie ihr Leben lang auf der Suche nach einem Ehemann wie Odin gewesen. Außerdem war er zeugungsfähig; das war im Prinzip alles, was eine germanische Frau sich an Lust erwarten durfte. Ihre perversen Neigungen würde sie ihm und der Sache willen von jetzt und bis zu ihrem Tod unterdrücken; das war das jüdische Blut in ihr.

„Weißt du", sagte sie, „ich bin so glücklich, dabei sein zu dürfen. Bei dir sein zu dürfen."

Er strahlte scheinbar naiv. „Wenn du wüsstest, was du uns bedeutest, Milla. Du bist die Retterin Deutschlands, auf die wir seit dem Tod von Magda Goebbels so lange gewartet haben."

Sonntag, 5. Oktober 2008, 12:30 Uhr – Bratislava

Ein eisiger Wind wehte; Kira fror unter dem Trenchcoat. Zum hoffentlich letzten Mal hatte sie ihre Haare umgefärbt – dieses Mal kastanienrot. Die künstliche Haarverlängerung hatte sie mit Tscharlys Hilfe und einer Bastelschere gekürzt, wodurch wieder einmal eine Art Coco-Chanel-Frisur entstand. Kira wartete allein hinter der Absperrung für die Passagiere. Der Flieger stand auf dem Rollfeld und das Bodenpersonal brachte das Gepäck der Reisenden bereits an Bord. Am Abend zuvor hatten Tscharly und sie in einer Pension in der Nähe von Villach eingecheckt. Die Nacht war in ihrem Zimmer über sie hereingebrochen; sie hatten kein einziges Mal das Licht eingeschaltet.

Schöberle rief sie über das Zimmertelefon an.

„Sie haben hocheffiziente Arbeit geleistet, Frau Obermaier", lautete sein erster Satz ohne eine Begrüßung; es erübrigte sich wohl, ihn danach zu fragen, woher er von ihrem Aufenthaltsort wusste.

„Macht es Ihnen Spaß, andere in den sicheren Tod zu schicken?", erwiderte Kira.

„Sie wären eine in höchstem Maße taugliche Mitarbeiterin, wenn Sie sich um mehr Ausgeglichenheit bemühten."

Am liebsten hätte Kira den Hörer auf die Gabel geknallt. Tscharly zuliebe, der ihr zunickte, blieb sie dran.

„Hören Sie, warum haben Sie das alles nicht verhindert?"

„Weil es nicht nötig war."

„Was …"

„Diese Leute gehen davon aus, dass ihnen mit dem Mord an dem Orientalen ein großer Coup gegen den osmanischen Prinzen gelungen ist. Diese Leute fühlen sich auf österreichischem Boden sicher. Genau das galt es zu erreichen."

„Ich spiele Ihr Geheimdienstspiel nicht mehr mit!"

„Hören Sie, dass Sie fast umgebracht worden sind, tut uns leid. Wir machen das wieder gut."

„Pah!"

„Hören Sie, Frau Obermaier, was Ihnen widerfahren ist, war von unserer Seite nicht geplant. Aber es beweist, dass Wagner überall seine Spitzel hat.“

Anschließend hatte Schöberle ihr ein Angebot unterbreitet, das der Grund war, warum sie heute am Flughafen in Bratislava stand. Die Maschine sollte sie nach Rom bringen. Die sibirische Kälte hierorts trieb ihr Tränen in die Augen. Ausgerechnet Bratislava. Die slowakische Hauptstadt galt unter den Wienern als Geheimtipp, hatte Schöberle in einem Nebensatz erwähnt. Man fuhr zwei Stunden von Erdberg aus mit einem Bus und schon war man da, wo die ganzen Billigflieger in den Himmel stachen. Ausgerechnet jetzt vibrierte das Handy in ihrer Manteltasche. Mit zitternden Fingern zog sie es heraus und hob ab.

„Kira?“

„Tscharly, ich vermisse dich. Ich mache mir Sorgen um dich. Soll ich nicht doch umkehren?“

Er sprach: „In ein paar Tagen ist alles vorbei.“

„Wenn es denn wirklich die Wahrheit ist.“

Die Passagiere wurden aufgefordert, dem Bordpersonal in einer Schlange zu folgen.

„Und was ist mit Milla?“

„Ich verspreche dir, ich höre auf, nach ihr zu suchen, sobald wir Wagner endgültig überführt haben. So nah wie jetzt war ich ihm noch nie.“

„Versprichst du mir das?“

„Wenn du mir versprichst, an Bord zu gehen“, erinnerte er sie an ihren Deal.

„Tscharly, du bist allein. Du hast gesehen, dass die Polizei gegen Journalisten ermittelt, wenn …“

Zehn Meter bis zur Treppe … Fünf Meter. Kira war die Letzte. Eine freundliche Stewardess winkte sie weiter; sie blieb stehen.

„Versprichst du mir, dass wir uns bald wiedersehen?“

Er seufzte. „In deinem neuen Leben. Im Zeugenschutzprogramm!“

Was für ein unerträgliches Wort. Kira hatte keine Ahnung, wo die Maschine, in die sie in Rom umsteigen sollte, am Ende der Reise landete. Kira hielt sich am Geländer fest.

„Und wenn du Wagner nicht findest?“

„Dann findet er eben mich.“

„Ich liebe dich.“

Das Gespräch endete abrupt. Schöberle führte im Hintergrund Regie; darüber hatte er sie freundlicherweise informiert. Kira stieg Stufe für Stufe empor. Oben angekommen, drehte sie sich noch einmal um. Sie erspähte einen Fluglotsen auf dem Rollfeld. Vom Aussehen her schien er ein Türke zu sein. Täuschte sie sich oder hatte sie den Mann erst vor Kurzem irgendwo gesehen? Da fiel es ihr ein – vor ein paar Tagen, da hatte ein Mann in Hilton-Nähe vor einer Tankstelle Gymnastikübungen gemacht, der diesem Mann hier verdammt ähnlich gesehen hatte. Aber das war wohl alles nur Zufall.

Sonntag, 5. Oktober 2008, 13.00 Uhr – Ried im Innkreis

Obwohl Österreich zur Europäischen Union gehörte, hatte auch dieses Land die unsäglichen Routinen der Grenzkontrollen wieder eingeführt. Nicht jedes Auto wurde mehr kontrolliert, aber an den Grenzübergängen standen wie vor Jahrzehnten immer und überall üblich, statt Zöllnern nun schwer bewaffnete Bundespolizisten, die die meisten Fahrzeuge umstandslos durchwinkten. Das war nichts Halbes und nichts Ganzes. Die EU barg durchaus ihre Tücken. Doch es kam wie prophezeit. Als der von Odin gesteuerte VW-Bulli auf die Grenze zurollte, hob einer der Bundespolizisten die rote Kelle, die ihnen befahl, stehen zu bleiben.

„Nichts anmerken lassen, ganz entspannt und vor allem freundlich bleiben“, flüsterte Odin, während er den beiden mit Maschinenpistolen bewaffneten Polizisten entgegenlächelte. „Wenn es einen Aufstand da drin gibt, dann führe ich den aus und du bleibst ganz ruhig, ganz egal was passiert – verstanden?“

Milla nickte.

Einer der Polizisten machte die inzwischen aufgrund der fortgeschrittenen Elektronik anachronistische Drehbewegung – er solle das Fenster herunterlassen. Milla folgte seinem Befehl.

„Guten Tag, Grenzkontrolle“, meldete der Polizist, der an Odins Fenster auftauchte. „Fahrzeugpapiere und Führerschein, bitte. Den Personalausweis Ihrer Beifahrerin hätten wir auch gerne gesehen.“ Der Sprachduktus glich jenem eines Oberkellners in einem Wiener Kaffeehaus; diese Österreicher hatten die Freundlichkeit nicht gerade erfunden. Der Polizist verschwand samt den Dokumenten und mit unterkühlter Miene für eine Weile in einem Gebäude, an dem seit 40 Jahren offenbar nichts mehr renoviert worden war.

„Müssen wir in dem schrecklichen Kabuff warten, da kriege ich aber Platzangst“, flüsterte Milla.

Odin lachte. „Wenn wir Glück haben. Im schlimmsten Fall legen die uns Handschellen an, fahren das Auto zur Durchsuchung an die Seite und wir müssen gefesselt am Straßenrand sitzen. Wenn sie sauer sind, müssen wir uns flach auf den Boden in den

Dreck legen. Glaube ich aber eher nicht. Die Österreicher tun nur so unfreundlich, sind aber im Grunde gut."

Die Vorstellung der Handschellen ließ sie flach atmen. Der Polizist kehrte mit einem merkwürdigen Lächeln, das alles bedeuten konnte, zum Auto zurück.

„Bitte fahren Sie hinten rechts ran, Herr Renner."

Odin tat besorgt: „Gibt es etwaige Probleme mit der Karosserie?"

„Ihr Name ist in unserem Computer leider mehrfach aufgefallen, Herr Renner. Die damit einhergehenden Fragen müssen wir vor Ihrer Weiterreise klären und währenddessen machen wir auch gleich eine kleine Routinekontrolle. Was ist denn eigentlich überhaupt der Anlass für Ihren Besuch bei uns?"

„Wenn's sein muss", gab sich Odin zerknirscht, „ich möchte lediglich meiner Freundin Ihr wunderschönes Land zeigen."

„Freundin?", hakte der Polizist verwundert nach; immerhin stand in seinem Reisepass bei Familienstand „verheiratet" – aber woher sollte dieser verhinderte österreichische Oberkellner auch die Beziehungsform der Eheleute Renner kennen, dachte Milla.

Odin lenkte den Bulli in die dafür vorgesehene Parklücke, wo sie sofort von weiteren, schwer bewaffneten Polizisten umringt wurden.

„Müssen wir die Hände beim Verlassen des Fahrzeugs hochnehmen?", fragte Odin provozierend.

Einer der Zollbeamten kam auf die Fahrerseite und starrte ins Innere.

„Herr Renner, Sie sind auch in Österreich eine durchaus bekannte Person. Wir wissen, was Sie in unserem freundlichen Nachbarland so alles treiben. Dennoch rechnen wir mit Ihrer Kooperation. Also können Sie die Arme unten lassen, aber bitte steigen Sie langsam aus und vermeiden Sie plötzliche, schnelle Bewegungen. Dasselbe gilt übrigens für Ihre reizende Begleitung."

Milla stieg vorsichtig aus. Odin konnte sich den Scherz nicht verkneifen, dennoch die Arme wie ein Kriegsgefangener zu heben.

„Ich hoffe, Sie haben eine gute Begründung, uns hier zu stoppen und kostbare Zeit zu stehlen“, wandte er sich an einen Mann mit dem Dienstgrad Major; die Aufschrift befand sich rechts auf seiner Brust. „Denn, wie Sie sicherlich auch wissen, Herr Major, haben wir die besten Juristen Deutschlands auf unserer Seite und auch in Österreich gibt es exzellente Advokaten, die zu unseren Kameraden gehören. Eines verspreche ich Ihnen feierlich. Sollte was nicht in Ordnung sein, etwas krumm laufen, dann werden Sie persönlich und die Republik Österreich schneller eine Klage am Hals haben, als Sie heute Abend zu Hause bei Ihren Lieben sind. Gerade Schadensersatzklagen in diesem Bereich sind enorm teuer.“

Damit war der Claim ziemlich genau abgesteckt. Odins Worte schienen den Major geradezu anzustacheln, es noch genauer zu nehmen, sich dabei aber keine Formfehler zu leisten.

„Bitte spreizen Sie Arme und Beine, indem Sie sich an Ihre Fahrzeug-Wand lehnen“, befahl er, wobei einer der Polizisten seine Maschinenpistole auf Milla und Odin richtete.

Sie gehorchten. Gerade, als die Körperdurchsuchungen begannen, sahen sie, wie zuerst ein Peugeot-Transporter und danach ein schwarzer VW-Camping-Bus nacheinander die Grenze passierten. Vorsichtig wendete Odin den Kopf in Millas Richtung und zwinkerte; dann war von den Fahrzeugen nichts mehr zu sehen.

Einmal mehr war Milla von diesem Mann beeindruckt. Was sie aber nicht daran hinderte, den Rest der Prozedur abgrundtief abscheulich zu finden. Die Polizisten und Zöllner nahmen daraufhin jeden Winkel des Autos unter die Lupe. Handschellen blieben ihnen zwar erspart, aber es war ihnen untersagt, sich zu setzen oder sich vom Ort des Geschehens zu entfernen.

„Wieso setzen die keine Sprengstoff- oder Rauschgifthunde ein, wie damals, als mich die Polizei durchsucht hat?“, flüsterte Milla Odin zu.

„Das hängt vom Tipp-Geber ab. Das war die Bedingung für den Tipp.“

„Das funktioniert?“

„Wie du siehst."

Sie benötigte einige Sekunden, um die Tragweite des Gesagten zu verstehen. „Dann hast du den Bullen also befohlen, das Auto auch mit Hunden zu durchsuchen. Weißt du das eigentlich: Ich wäre dabei beinahe gestorben!"

Er grinste lausbubenhaft unter seinem Bart. „Das gehörte zum Test."

„Und wer hier angerufen hat, gab die Anweisung, keine Hunde einzusetzen?"

Stolz nickte Odin. „Sonst würde er nie wieder einen Tipp geben. Das wollen die Schweine nicht riskieren."

„Handelt es sich beim Tipp-Geber um eine Amtsperson?"

Erneutes Nicken.

„Wagner, dieses gottverdammte Arschloch!", entfuhr es ihr fast ein wenig zu laut. „Wie ich diesen schwulen Schleimscheißer hasse."

„Ja, ein Arschloch ist er auf jeden Fall. Aber ein nützliches. Man kann sich eben die Leute nicht immer aussuchen, mit denen man zusammenarbeitet."

„Werden wir ihm in Österreich über den Weg laufen?"

Jetzt legte er den Zeigefinger an seine Lippen; so einfach ließ sie sich aber nicht abspeisen. Sie malte sich aus, wie Wagner und Wohlfeil staunen würden, wenn sie sie mit dem Anführer der rechtsextremistischsten Gruppe Deutschlands sehen würden. „Ich möchte es aber wissen!", protestierte sie.

„Möglich. Vielleicht auch nicht. Wahrscheinlich eher nicht, ich kann es aber auch nicht ausschließen."

„Wann sehe ich Siegfried wieder?", quengelte sie.

„Bald."

Als sie nach gut zweieinhalb Stunden wieder auf der Strecke waren, atmete sie tief in den Bauch. Zwar war der Herr Major zum Abschluss sogar höflich gewesen, hatte sich für die Umstände entschuldigt und mehrfach darauf hingewiesen, er habe nur seine Pflicht getan, aber dennoch war Milla die demütigende Prozedur nahe gegangen. Ihre Nerven lagen blank.

Die Zollstation lag keine fünf Minuten hinter ihnen, da lenkte Odin auf einen Rastplatz mit Zapfsäulen und Restaurant ein. Nach dem Auftanken suchte er im entlegensten Winkel des Parkplatzes eine Reihe von Parkplätzen, die niemand belegen wollte, da sie viel zu weit weg von den Restaurants und WCs lagen. Der Mensch neigte eben zur Gemütlichkeit und befand sich ständig unter Zeitdruck.

„Wir stärken uns ein wenig “, verkündete er. „Nur ein gut genährter Krieger ist ein guter Krieger. Dasselbe gilt für Kriegerinnen.“

Natürlich glaubte sie ihm kein Wort – manchmal fiel es ihr schwer, bei ihm Scherz und Ernst auseinanderzuhalten. Das war doch nur wieder eine Finte. Oder? Aber tatsächlich marschierte er neben ihr auf die Raststätte zu. Sie traten ein und setzten sich. Odin hielt es mit dem berühmt-berüchtigten Autoraststätten-Schni-Po-Sa[6]. Allerdings verzichtete er auf ein Bier und besorgte sich lieber Spezi. Sie tat es ihm gleich. Schweigend aßen sie in dem furchtbaren Restaurant, das ungute Vibes versprühte und in dem eine starke Fluktuation herrschte. Immer schon hatte Milla Rastanlagen an Autobahnen gehasst.

„Musst du noch einmal, bevor wir losfahren? Der nächste Abschnitt wird recht lange“, warnte er sie und deutete mit dem Daumen in Richtung der WC-Schilder.

„Ich muss nur zu meinem Sohn. Sonst muss ich gar nichts.“

„Na, dann komm.“

Er stand auf und ging nach draußen. Sie folgte ihm atemlos. Wie wollte Odin denn Siegfried herzaubern? Jetzt! Und hier?

Als sie sich dem Bulli auf Sichtweite näherten, fielen Milla eine Tonne Steine vom Herzen. Auf dem Rücksitz saß Siegfried. Ganz friedlich, wach, er wippte ein wenig hin und her und blickte zu ihr auf, als wären sie keine Minute getrennt gewesen.

„Siehst du, die Jungs haben ganze Arbeit geleistet“, sagte Odin.

„Was haben sie ihm verabreicht?“

„Spielt das denn eine Rolle?“

---

[6] Schnitzel, Pommes, Salat

Er machte sich im hinteren Teil des Bullis zu schaffen und kontrollierte, ob alle Waffen wieder am vorgesehenen Platz waren.

Milla liebkoste ihren Sohn und brachte ihn vor der Abfahrt noch auf die Toilette. „Ich bleibe eine Zeit lang hinten bei Siegfried", verkündete sie, als Odin einstieg.

„Kein Problem. In einer Stunde habe ich allerdings eine Bitte an dich. Vielleicht sogar mehr als nur eine gewöhnliche Bitte."

Odin wollte ihr also durch die Blume einen Befehl erteilen. Wieso weihte er sie nicht endlich in seine Pläne ein?

„Ich bin eine von euch", versicherte sie ihm, „und mit Siegfried zusammen das Leuchtfeuer der gesamtnationalen Bewegung."

Er schenkte ihr einen verständigen Blick durch den Rückspiegel.

„Versteh ich, Püppi. Und du hast mit allem, was du sagst, recht. Aber es ist nie professionell, wenn alle alles wissen. Solche Operationen funktionieren eben nun mal ausschließlich auf einer Need-to-know-Basis. Scheiß Anglizismen, die die deutsche Sprache verhunzen. Bedeutet also, jeder muss und darf nur so viel wissen, solange es seinen Teil der Gesamtoperation betrifft. Ein altbewährtes Mittel gegen Verhöre und Folter. Ich will doch nur dein Bestes. Das verstehst du doch, oder?"

Sie grübelte ein paar Sekunden.

„Ich denke schon", antwortete sie dann. „Es geht darum, die Gefährdung zu minimieren. Also, wenn zum Beispiel Hans geschnappt wird, kann er nur über sich selbst aussagen, egal, ob er gefoltert wird oder nicht. Was für eine Person ihn angesprochen hat und so weiter. Er besitzt aber keine Kenntnisse über den Rest der Aktion und kann somit auch niemand anderen gefährden."

Er trommelte einen kräftigen Tusch auf das Lenkrad.

„Außerdem besitzt Hans folgenden Vorteil", fügte er hinzu: „Wenn Hans auffliegt, kann er schnell ersetzt werden oder aber der Teil der Operation wird – sofern möglich – gestrichen. Also muss nicht die gesamte Veranstaltung abgesagt werden, sollte etwas schiefgehen."

Das leuchtete ihr ein. Sie würde alles tun, was dieser Mann von ihr verlangte. Und wenn sie ihre Großmutter dem Teufel opfern müsste.

„Hans hat verstanden", erwiderte sie.

Er schaute durch den Rückspielgel wie ein besorgter Vater zu dem Jungen. „Glaub mir, Siegfried hat es fast geschafft, zum neuen Gott zu werden."

Sonntag, 5. Oktober 2008, 17:30 Uhr – A1 zwischen Wels und Linz

„Fühlst du dich stark genug?“, fragte Odin, warf einen prüfenden Blick in den Rückspiegel und fuhr in eine kleine Notfallparkbucht, ohne die Antwort abzuwarten.

Ein wenig war Milla wegen des gleichmäßigen Motorengeräusches weggedämmert. Sie schreckte hoch und blickte sofort in die anziehenden blauen Augen.

„Für was?“

„Zuerst meine Fragen: Fühlst du dich stark genug? Kann ich auf dich zählen?“

Die zweite Frage ärgerte sie.

„Auf mich ist immer Verlass. Das weißt du.“

„Sehr schön.“

Er reichte ihr ein Prepaid-Handy nach hinten; sie blickte das Gerät verständnislos an.

„Hör mir gut zu“, befahl Odin streng, lehnte sich nach hinten und packte sie grob am Arm. „Du hast sicherlich die Handy-Nummer deines Vaters im Kopf. Falls nicht, kein Problem, dann nenne ich sie dir.“

Aus heiterem Himmel fing ihr Herz heftig zu wummern an. Es fühlte sich eng um ihren Hals an. Beinahe kam es ihr vor, als veranstaltete ein ganzes Volk roter Ameisen auf ihrem Körper einen Angriff mit Säure. Das unangenehme Kribbeln wollte nicht aufhören.

„Und dann?“

Mehr fiel ihr nicht ein.

„Du musst ihn jetzt anrufen.“

Sie hatte das schreckliche Gefühl, keine Luft mehr zu kriegen. Während Odin ihren Arm umklammert hielt, griff sie ihrerseits sanft nach Siegfrieds Oberarm. Das Kind konnte ihr Kraft und Stärke geben. Was sie dringend benötigte.

„Ich bin zu allem bereit, aber ein Telefonat mit Tscharly Huber steht nicht oben auf meiner Prioritätenliste.“

„Es muss sein.“

Einen Moment lang fühlte sie sich benommen – ob er auch ihr heimlich Beruhigungstropfen in ein Getränk geschmuggelt hatte? „Odin, entschuldige. Aber mir ist wirklich nicht danach, mit dem Drecksack zu telefonieren. Wir haben uns nichts mehr zu sagen. Punkt. Schluss, aus, vorbei."

Bei den letzten Worten blitzten seine Augen auf.

„Da hast du wohl recht: Ihr habt euch nichts mehr zu sagen. Aber du musst im Sinne unserer Sache deinem Vater etwas mitteilen."

So langsam nahm das Kettenkarussell, in dem sie sich gefangen fühlte, an Fahrt auf. Ihr wurde schwindelig. Was sollte sie ihrem Vater schon sagen?

„Wir benötigen Informationen, über die nur dein Vater und seine Freundin, diese Kira Obermaier, verfügen."

Er erzählte ihr von der On-Off-Beziehung mit der Journalistin, in der ihr Vater sich anscheinend die letzten Jahre befand.

„Versteh mich nicht falsch", bat sie, „aber was passiert dann mit meinem Vater?"

Jetzt schüttelte sich Odin vor Lachen.

„Du bist süß und treu. Du hängst noch an deinem Vater. Kannst dich also doch nicht endgültig von ihm lösen."

Sie wurde wütend. So etwas durfte ihr niemand ungestraft ins Gesicht sagen. Bevor sie zu einer Erwiderung ansetzen konnte, redete Odin weiter.

„Es ist eine der vornehmsten Aufgaben eines durch und durch politischen Menschen, zur Not jegliche Blutsbande zu kippen. Das ist kein Zwang an sich und passiert nur, wenn es nicht anders geht. Schau mich an. Meine Eltern waren kleine Spießer, die für diese Marionettenregierung unter US-amerikanischer Militärpräsenz Dienst leisteten. Mein Vater bei der Post als Oberpostbeamter und meine Mutter als Schreibkraft im Rathaus."

Sie verstand nicht und blickte ihn fragend an.

„Das wäre an sich schlimm genug, aber noch kein Grund, um mich völlig von meinen Eltern loszusagen. Doch als ich begann, mich für die rechte Sache zu engagieren, kam es zu Hause zu ständigen Kämpfen. Mit vierzehn verprügelte mein Vater mich kräftig und mit fünfzehn hatte er die Hosen gestrichen voll vor mir, ich würde den Spieß umdrehen, was ich aber zu seinem Glück nicht tat. So lebten wir in einer Art psychischer Dauerkriegszustand. Zum Glück war das bald zu Ende, ich verließ die Eltern und konnte meiner Wege ziehen. Ganz ließen sie mich nie los. Egal, wo ich war und was ich machte, sie hielten Kontakt zu mir."

Sie stellte sich alles plastisch vor. Dann schossen ihr Assoziationen von ihrer drogen- und alkoholsüchtigen Mutter in den Kopf, die im Delirium auf dem Sofa lag, völlig unfähig, sich auch nur ansatzweise um ihr Kind zu kümmern. Und an ihren erbärmlichen Vater, der sich ohnehin nie die Mühe gemacht hatte, sich ernsthaft mit ihr abzugeben. Viel lieber reiste er in der Weltgeschichte herum, suchte militärische Konflikte, je krasser, desto besser, um dann als Reporter-Held für seine Reportagen bewundert und mit Preisen ausgezeichnet zu werden. Und ihrem Großvater war sie auch immer egal gewesen. Abgesehen von offiziellen Zuneigungsbekundungen auf Familientreffen oder ähnlichem. Kurzum, ihre Familie hatte sie verraten. Wieso um alles in der Welt sollte sie es ihr nicht mit gleicher Münze heimzahlen? Aber vielleicht bat Odin sie ja um was anderes.

„Das alles tut mir schrecklich leid für dich", sagte sie.

„Einen Scheißdreck soll es dir!", brüllte Odin. „Das ist doch das Tolle an der Geschichte. Da gibt es nichts, was einem leidtun sollte. Im Gegenteil: Meine Eltern haben durch ihr später sehr extrem ablehnendes Verhalten meine Loslösung von ihnen beschleunigt. So kann ich als derjenige völlig frei sein, der ich bin. Ohne Rücksicht auf Befindlichkeiten. Ich muss nur meinem nationalen Gewissen folgen. Sonst nichts und niemandem."

Diese Worte sprach er mit besonderem Stolz aus, als habe er den heiligen Gral persönlich gefunden. Dann wurde er nachdenklicher.

„Das Einzige, was mich plagt, ist, dass ich nicht bei der Beerdigung meiner Mutter dabei sein konnte."

„Ich weiß nicht, ob ich zur Beerdigung meiner Mutter gehen möchte."

„Das war nicht das Thema. Ich hätte aber sehr gerne die freie Entscheidung darüber gehabt. Hatte ich aber nicht, da ich damals in der Justizvollzugsanstalt einsaß."

Jetzt verstand sie, was er mit all dem meinte. Er hätte lieber aus freien Stücken auch auf die Beerdigung jeder seiner Kinder verzichtet, statt vom Staat dazu gezwungen zu werden.

„Weißt du, wie die Begründung der Schweine lautete?"

„Keine Ahnung."

„Personalnotstand, haha. So gelingt es denen, politische Feinde zu zermürben. Sie verweigerten mir also, dass mir als Gefangener eigentlich zustehende Recht, an der Beerdigung der eigenen Mutter teilzunehmen, da sie nicht genügend Begleitpersonal zur Verfügung hatten. Sicher, sie hatten nicht zu Unrecht Angst, ich würde einen Fluchtplan aushecken. Das wäre der einzige Grund für mich gewesen, an der Beerdigung teilzunehmen. Da ich aber im Knast vier Kanaken krankenhausreif geprügelt habe, wollten die Feiglinge es gar nicht erst auf einen Versuch ankommen lassen."

Die Szene stellte sie sich mit Wonne vor: Odin, der es wie Bud Spencer mit vier Feinden aufnahm und alle grandios besiegte.

„Okay", fügte sie sich in ihr Schicksal, auch wenn ihr die Vorstellung mit Tscharly zu telefonieren, unbehaglich war. „Gib Instruktionen, ich werde mein Bestes tun."

Geradezu zärtlich ließ er ihren Unterarm los und tätschelte ihr Gesicht. Dabei kniff er liebkosend in ihr bezauberndes Wangengrübchen.

„Danke."

„Du kannst immer auf mich zählen."

„Das weiß ich."

Synchron beugten sie sich nach vorne und gaben sich einen langen Kuss, den Siegfried interessiert verfolgte.

Als sie sich voneinander gelöst hatten, schaltete Odin das Handy ein.

„Soll ich die Nummer eingeben? Vielleicht hilft das."

Sie nickte, denn bereits das Eintippen der Handy-Nummer ihres Vaters empfand sie als Last. Odin hantierte etwas ungeschickt an den kleinen Tasten herum. Dann hielt er ihr das Handy vor die Nase.

„Hör gut zu", ermahnte er sie. „Jeder Fehler kann tödlich sein. Hüben wie drüben. Deinem Vater wird nichts, ich wiederhole, gar nichts, passieren, solange du meine Anweisungen befolgst."

„Als ob das ein Problem für mich wäre", entgegnete sie tollkühn.

Sie musste persönliche Befindlichkeiten eben hintanstellen. Sich von ihnen weder bremsen noch belasten lassen. Milla nickte wie eine brave Schülerin der Oberstufe, die emsig auf ihren Einser-Schnitt hinarbeitete, bereit, dafür auch mehr zu tun, als nur zu lernen, wenn es denn sein müsse. Er erteilte ihr die entsprechenden Instruktionen.

„Sag mal, wie stellst du dir das vor? Ich bin lange Zeit untergetaucht, damit mein Vater mich nicht findet. Und jetzt rufe ich ihn an und lade ihn zu einem Rendezvous im Bunker ein?", brauste sie daraufhin auf.

Er ignorierte ihren Einwand. „Ich war noch nicht fertig. Hör gut zu, du teilst ihm mit, du befändest dich in der Hand von deutschnationalen Terroristen. Keine Namen, weder von Individuen noch Organisationen. Klar?"

„Okay."

„Sage ihm, deine Entführer würden keine Sekunde zögern, dich zu töten, wenn es ihm einfiele, mit der Staatsmacht aufzutauchen."

„Ja."

„Du musst ihm sagen, dein Leben sei keinen Pfifferling mehr wert, wenn er nicht das Wagner-Dossier mitbringt. Verstanden?"

Ihr ging die Nachfragerei auf den Geist, auf der anderen Seite schätzte sie Odins Vorsicht und Umsicht, um keine unnötigen menschlichen Opfer durch dumme Umstände zu provozieren.

„Trichtere ihm ein, er soll alle anderen Kopien der Akte vernichten und ein einziges, vollständiges Exemplar mitbringen. Ohne dieses Exemplar und ohne Befolgung der Anweisungen hat er keine Tochter mehr."

Seltsamerweise legte sich die Anspannung in diesem Moment. Beide lachten.

„Tochter dann futsch", alberte sie. „Futschikato, von Rechtsterroristen gnadenlos vergewaltigt, haha."

„Genau. Es ist wichtig, jede Einzelheit meiner Anweisungen zu befolgen. Hast du alles kapiert? Falls nicht, scheue dich nicht, nachzufragen. Besser jetzt als später unnötige Tote."

Das leuchtete ihr ein. Aber erstens war sie nicht auf den Kopf gefallen und zweitens bewegte sie sich seit geraumer Zeit in der Welt der Geheimdienste und von mysteriösen Terrororganisationen. Odin musste nicht so tun, als habe er es mit einer Novizin zu tun. Sie schluckte die Kritik herunter.

„Ich habe alles verstanden."

„Gut, dann geh bitte hinaus, tätige das Telefonat und schalte es sofort wieder ab. Das Handy musst du mir dann übergeben. Wir müssen es verschwinden lassen, um Spuren zu verwischen."

Wieder nickte sie folgsam. Mit einem Seufzer nahm sie das Handy, blickte auf die eingetippte Nummer und öffnete die Tür des Bullis. Dann stand sie in freier Natur und mit großem Seufzer drückte sie den grünen Knopf. Auf einem Verkehrsschild entdeckte sie die Aufschrift „Braunau – 91 km"; die Nähe zu Hitlers Geburtsort jagte ihr einen wohligen Schauder über den Rücken. Beim ersten Tuten hatte sie das Gefühl, ihr Herz würde sogleich explodieren.

Montag, 6. Oktober 2008, 7:00 Uhr – Wien, unterhalb der Mariahilfer Kirche, 6. Bezirk

Tscharly schrieb den letzten Satz des ersten Kapitels: „Es ist ein ewiges Spiel und am Ende bleiben auf beiden Seiten nur Verlierer übrig." Dann legte er den Bleistift weg. Wie pathetisch, dachte er – jedoch fühlte sich sein persönlicher Zustand zunehmend besser an, je länger er das Erlebte in die Form eines Romans goss.

Seit Kira in den Flieger gestiegen war, wusste er nichts mehr über ihren Verbleib. Ob diese Tatsache ihm Angst machen oder ihn beruhigen sollte, konnte er in diesen grauen Morgenstunden kaum beurteilen.

Er hatte in Wien geschlafen – in einem Asyl für Obdachlose, das sich unterhalb der Mariahilfer Kirche befand. Matte an Matte lag er neben Menschen, die aus ihren Mündern und durch ihre Haut den Geruch von Alkohol und billigem Tabak verströmten. Er lehnte mit dem Rücken an einer Wand, den Schreibblock auf seinen Knien und überflog die Zeilen wieder und wieder und strich fast jedes zweite Wort. Dies hier schien ihm der sicherste Ort, da ihn von den Betreuern niemand nach seinem Namen oder einer Sozialversicherungsnummer gefragt hatte. Er trug einen Parka, Jeanshosen und Fellstiefel. Um sämtliche Rollenklischees zu erfüllen, hatte er sich mit den auf einem Flohmarkt erworbenen Kleidern zwischen Gras und Schlamm auf einer Hundewiese gewälzt. Anschließend hatte er billigsten Branntwein gegurgelt und zum ersten Mal seit vielen Jahren eine Zigarette geraucht. Ihm war davon speiübel geworden und er hatte die restliche Packung dem Mann, der neben ihm auf einer Matratze nächtigte, geschenkt. Dieser sprach ihm mit polnischem Akzent seinen Dank aus und freute sich auch über den Fusel. Der Pole lag ebenfalls seit mindestens vier Uhr wach. In der Flasche befand sich nur noch die Hälfte der bernsteinfarbenen Flüssigkeit. Wahrscheinlich existierte in ganz Wien kein ähnlicher Ort, der trostloser war als die „Gruft", wie die Einrichtung im Wiener Volksmund genannt wurde. Sogar Hitler hatte während seiner Wiener Jahre in derartigen Einrichtungen vor sich hin vegetiert.

Hier, in dieser Stadt, war Hitler als mittelloser Postkartenmaler durch die Gassen gezogen und war zweimal von der Kunstakademie abgelehnt worden. Eine Schmach, die der junge Mann in späteren Jahren in seinem Werk „Mein Kampf" beschrieben hatte. Die grandiose Inszenierung seines Scheiterns übte bis heute eine starke Faszination auf seine Anhänger aus. Menschen, die sich selbst als Opfer des gegenwärtigen Systems fühlten, fanden in Hitler einen Seelenverwandten. Verlorene wie Milla suchten Heil und Heimat bei den Neuen Rechten. Tscharly beschloss daher, im Roman auf jegliche Schwarz-Weiß-Malerei zu verzichten. Er wollte über echte Menschen schreiben und auf die Begriffe Opfer und Täter bewusst verzichten. Schließlich gab er sich selbst die Schuld am Abdriften seiner Tochter. Erlöse uns von unserer Schuld, betete er innerlich, obwohl er nicht besonders religiös war. Es ist alles mein persönliches Versagen – so wie es auch ein Versagen unserer Gesellschaft ist, dass Menschen in Extreme abgleiten. Wir ernten, was wir säen. Wie hatte der Zimmermann aus Nazareth gepredigt: An ihren Früchten sollt ihr sie erkennen.

Dreißig Minuten, nachdem er seine literarischen Gehversuche inmitten einer Gesellschaft von Außenseitern beendet hatte, stand er draußen in der Herbstsonne. Die Gruft wurde tagsüber geschlossen und würde erst abends ihre Tore wieder öffnen für die Untoten dieser Millionenstadt. *Menschen, die einen sozialen Tod gestorben sind.* Er entschloss sich, das Risiko einzugehen und sein Handy einzuschalten und setzte sich auf eine Bank inmitten der beliebten Wiener Einkaufsmeile Mariahilfer Straße. Menschen in schicken Outfits bummelten auf ihrer Schaufenstertour an ihm vorbei. Durch die ersten offenen Türen lockten Popmusik und Wohlgerüche. Die konsumkonditionierte Gesellschaft blickte verkrampft an dem Obdachlosen vorbei, der gerade eine Nachricht auf seiner Mailbox abhörte. Die Nachricht war gestern Abend hinterlassen worden. Zum ersten Mal seit über vier Jahren vernahm Tscharly an diesem Morgen die Stimme seiner Tochter. Es war der 6. Oktober 2008, genau fünf Tage vor dem Tod des berühmten Österreichers.

Montag, 6. Oktober 2008, 10:00 Uhr – Kärnten, Grenze zu Slowenien

Der Gastwirt hieß Damian Horvath, typischer Name für einen Mann, der zur slowenischen Bevölkerungsgruppe dieses österreichischen Bundeslandes gehörte – so hatte Odin ihr erklärt. Seit ihrer Ankunft – gestern Abend – so schien es Milla, hätte Horvath sie beide am liebsten gleich wieder weggeschickt. Warum auch immer er ihnen ein Zimmer vermietete, hätte sie nicht sagen können. Sicher nicht aus reiner Gastfreundschaft; das war seiner besorgten Miene anzumerken.

„Das heißt, die Herrschaften wollen länger bleiben", fasste er sein Dilemma an diesem Morgen zusammen. Er mochte um die Sechzig sein. Die dritten Zähne hätten ohne weiteres einen Klecks Haftcreme vertragen können. Dadurch klang seine Aussprache verwaschen.

Siegfried saß auf ihren Beinen. Der Junge knabberte an einem Mohngebäck.

„Ist das ein Problem?", erwiderte Milla.

„Ich habe nur … ge … gedacht …" Er geriet errötend ins Stottern.

„Was?", fragte Odin.

„Dass die Herrschaften vielleicht heute nach Italien weiterfahren wollen."

„Wo befindet sich das Zigeunerkreuz?", fragte Odin statt einer Antwort.

Horvath verstummte.

„Was haben sie am Wort Zigeuner nicht verstanden, Horvath?"

Die Stimme des Romas wurde leiser. „Heute, ganz in der Früh, haben wir schon einen Gast gehabt, der auch aus Deutschland gekommen ist. Der wollte auch zum … zum …"

„… Zigeunerkreuz", half Milla dem Wirt provokativ auf die Sprünge.

Sie konnte es kaum erwarten, endlich Tscharly Huber zu begegnen. Es waren immer die Kinder, die den Preis für Pseudofreiheit und Selbstverwirklichung ihrer Eltern zu bezahlen hatten – damit würde sie ihn als Erstes konfrontieren.

Horvath gab ihnen eine Wegbeschreibung. An der Stelle des sogenannten „Zigeunerkreuzes" waren im Laufe des Zweiten Weltkriegs Sinti und Roma und Kärntner Slowenen durch Nazischergen erschossen worden. An die fünfzig Menschen wurden nackt in einem Massengrab verscharrt. Niemand in dem Hundertseelendorf konnte sich anscheinend an das Grab auf dem Berg erinnern und der Österreicher drängte medienwirksam darauf, das Kreuz auf dem Sankt-Ulrichs-Berg endlich abzureißen.

Odin zeigte auf einen Stammtisch, über dem ein Banner und ein kleines Bierfass hingen. „Der Erinnerung an unsere tapferen Helden gewidmet", stand auf einem Schild. An der Wand befanden sich Bilder in Schwarzweiß, die Männer in SS-Uniformen zeigten.

„Das ist der Stammtisch der Helden unseres Vaterlands", erklärte Horvath, als wäre nun wiederum ihm diese Sache unangenehm.

Horvath wich ihren Blicken aus und verließ in gebückter Haltung die Wirtsstube.

„Diese Slowenen und Zigeuner sprechen anscheinend alle nicht gerne über sich", sagte Milla.

„Dieser undankbare Kerl soll froh sein, dass in seinem Saftladen überhaupt jemand Bier bestellt. Der Österreicher hilft diesen Leuten, wenn er dieses Scheißdenkmal endlich entfernen lässt, weil sie dann endlich aus ihrer ewigen Opferhaltung herauskommen."

„Wirst du mich dem Österreicher vorstellen?" Ein Wunschgedanke, der ihr Vergnügen bereitete, jedoch war ihr klar, dass Odins Beziehungen sicher nicht so weit in österreichische politische Kreise hinein reichten.

Umso mehr überraschte sie seine Antwort: „Der Österreicher ist heute Nacht kurz nach Oberitalien gefahren."

Anscheinend war er doch gut informiert.

„Er holt sich Pillen von seinem Psychiater", fuhr Odin fort.

„Von seinem …"

„Er ist manisch-depressiv. Aber das muss nicht jeder wissen. In letzter Zeit hat der Österreicher angeblich starke Stimmungsschwankungen. Manche Parteifreunde meinen, er sei selbstmordgefährdet. Aber das ist ein Geheimnis. Und gleichzeitig ist es der Grund, warum man dem Österreicher nicht trauen kann. Er ist eine Marionette. Er wird niemals ein starker deutscher Führer sein."

Milla wusste nicht, ob sie ihm das glauben sollte, enthielt sich jedoch jeglichen Kommentars. Milla trottete nach dem Frühstück neben Odin nach draußen und umschlang vor Kälte ihren Oberkörper mit den Armen. Kies knirschte unter ihren Adidas-Sportschuhen. Siegfried riss sich von ihrer Hand los und lief auf einen steinernen Bottich zu, in dem früher das Vieh getränkt worden war. Heute ragte das Ortsschild darüber auf mit dem Namen „Lumpendorf". Einheimische mochten sich über diese Bezeichnung wohl keine Gedanken mehr machen. Unter der Kaiserin Maria-Theresia war der Ort entstanden, damit die Roma und Sinti zur Sesshaftigkeit gezwungen worden waren. In fünfzig Metern Entfernung – bei der Einfahrt – hatte Milla die Ortstafel mit dem slowenischen Namen der Ortschaft gesehen, Cigani Vas. Odins Kommentar zur Namensgebung der Ortschaft lautete: „Lumpen bleiben immer Lumpen, auch wenn sie in Häusern aus Stein und Beton wohnen. Das hat der Führer schon nicht anders gesehen."

Montag, 6. Oktober 2008, 12:00 Uhr – Wien, Lainzer Tiergarten

„Lebensraum Totholz", las Tscharly auf einem Schild, das dazu diente, Stadtkindern eine Lektion in Insektenkunde zu erteilen. Allerhand Käfer und anderes Krabbeltier waren auf der Tafel abgebildet.

Tscharly tat so, als würde er einen Absatz über die Waldameise lesen: *„... weltweit über 297 verschiedene Arten ... bleiben im Gegensatz zur gemeinen Ameise menschlichen Behausungen fern ...*" Wortfetzen, die keine Chance hatten, sich in seinem Gehirn zu festigen.

„Das ist eine Finte", erklärte ihm Schöberle.

„Was?"

„Diese Leute besitzen das Wagner-Dossier ohnehin in seiner ganzen Länge."

Der Beamte tat, als betrachtete er das Bild des Hirschkäfers: *„... hat seinen Namen aufgrund der bei den Männchen geweihartig vergrößerten Mandibeln ...*"

Tscharly antwortete: „Im Gegensatz zu mir scheinen Sie die ganze Zeit gewusst zu haben, wo Milla sich aufhält. Warum haben Sie sich nie mit mir in Verbindung gesetzt, wenn Sie gewusst haben, dass ich nach meiner Tochter suche?"

Wildschweine ästen im Gestrüpp zwischen Nussstauden und jahrhundertealten Buchen, die in den blauen Herbsthimmel aufragten. Im berühmten Lainzer Tiergarten, einem zwölf Quadratkilometer großen Waldstück im Südwesten Wiens, hatten die Tiere sich längst an die Menschen gewöhnt.

Der Beamte ignorierte Tscharlys Vorwurf. „Das ist jetzt Ihre Chance, Herr Huber, die Sache noch groß in die Zeitung zu bringen."

„Was ist mit dem Österreicher?" Er wandte sein Gesicht einer weiteren Abbildung zu: *„Der Rote Feuerkäfer legt seine Larven in tote Bäume ...*"

Der Beamte verteidigte sein Vorgehen: „Ihre Tochter ist eine halbe Jüdin. Wenn das im rechten Milieu bekannt wird, ist das ihr Untergang."

„Und damit wollen Sie sie erpressen?"
„Wenn es sein muss, ja."
„Seit wann arbeitet Milla für Sie als Informantin?"
„Noch arbeitet sie nicht für uns, Herr Huber. Aber was nicht ist, kann ja noch werden."
„Und jetzt soll ich für Sie den Lockvogel spielen?"
„… die Echte Wespe nutzt das Totholz zum Nestbau …"
„Andernfalls wird es sich nicht mehr lange verhindern lassen, Millas Herkunft zu verschleiern. Wagner wird Milla nicht für immer decken. Wenn er ihrer überdrüssig wird, wird er sie zum Sündenbock erklären und damit endet ihre Laufbahn und ihr Leben als rechte Ikone."
Ein Wildschwein in zehn Metern Entfernung grunzte. Tscharly zuckte zusammen. Der Beamte grinste ihn an. „Keine Sorge, Herr Huber, im Gegensatz zum Menschen greifen Wildschweine nur an, wenn sie sich bedroht fühlen."
„Weiß eigentlich auch dieser Odin Brenner über Millas Herkunft Bescheid?"
„Davon können Sie ausgehen. Und er hat Ihnen hiermit eine Falle gestellt. Milla ist sein Köder. Wenn er sie nicht mehr braucht, lässt er sie fallen wie eine heiße Kartoffel."
„… wirbellosen Organismen, wie Asseln, Schnecken und Würmer leben ebenfalls im Totholz und sind eine beliebte Beute für Vögel und Fledermäuse …"
„Woher weiß ich, dass ich Ihnen vertrauen kann?"
Schöberles Mundwinkel zuckten. „Immerhin habe ich Kira Obermaier in Sicherheit bringen lassen."
„Wo ist sie eigentlich?"
„Je weniger Sie wissen, desto weniger können Sie im Fall einer Gefangenname verraten. Auch unter Folter."
„Sie rechnen also damit, dass ich gefoltert werde? Das sind ja schöne Aussichten!"
„Man muss mit allem rechnen, in diesen Kreisen."
„… Fledermäuse nisten auch im Inneren von hohlen Bäumen …"
„Und wenn ich dabei draufgehe?"

„Es ist Ihre Chance, Ihrer Tochter zu begegnen. Und wenn es Ihnen gelingt, Milla auf Ihre Seite zu ziehen, wird sie unsere Schlüsselfigur im Prozess gegen die rechten Staatsverweigerer und ihr gesamtes Umfeld. Wollen Sie das nicht auch, Herr Huber? Wie lange träumen Sie schon von dieser Gelegenheit?"

„Das heißt also, dass ich unverkabelt die Höhle des Löwen betreten soll."

„Verkabelt wäre Ihr sicherer Tod. Dann sind Sie so tot wie dieser Baum hier. Lebensraum Totholz, sage ich nur – oder wie wir Beamten zu sagen pflegen: raumübergreifendes Großgrün." Schöberle klopfte gegen den Stamm; hohl. „Sagt Ihnen der lateinische Name Calliphoridae etwas?"

„Nicht dass ich wüsste."

„Das ist die gemeine Schmeißfliege. Sie ist diejenige, die ihre Eier auf Leichen hinterlässt. Ihre Larven sind der Hauptfaktor für den Verwesungsprozess. Damit lebt auch der Mensch nach seinem Tod weiter. Genau wie dieser Baum hier. So viel zum Leben nach dem Tod. Also, wie lautet Ihre Entscheidung?"

Tscharly trat aus der Lichtung heraus. Die drei Wildschweine marschierten gemütlich weiter und ließen die beiden Männer allein in der freien Natur zurück. Die Luft roch nach Erde, Tannennadeln und Rinde – kein Vergleich zum Alkohol- und Nikotindunst in der Gruft, den er hinter sich gelassen hatte. Diese Luft war die reinste Wohltat.

„Wann geht mein Zug?"

Schöberle grinste. „Na also, wusste ich es doch. Wie die Tochter so der Vater. Beide lassen nicht so schnell locker, wenn sie sich an einer Sache festgebissen haben."

„Aber glauben Sie ja nicht, ich täte das für Ihren Verein."

„Nein, um Gottes willen, Herr Huber, das würde ich nie im Leben wagen. Sie tun das einzig und allein dafür, um Ihre Tochter von jeglicher morbiditätsorientierter Aktion abzuhalten."

Zweifel keimten in ihm, seine Wut gegenüber dem Beamten überwog. „Dann sind wir uns ja einig."

„Jawohl", nickte Schöberle, „Einigkeit und Recht und Freiheit, so lauten unsere Werte. Dafür bin ich bereit, alles und jeden zu opfern. Lassen Sie uns diese rechten Ratten zertreten und ihnen die Köpfe abschlagen. Dass sie nie wieder eine Chance haben, unsere demokratischen Grundwerte mit Füßen zu treten. Apropos, haben Sie eigentlich gewusst, dass Joseph Haydn die Musik zu unserer Nationalhymne komponiert hat – ein Österreicher?!“

„Nein.“

„Viele Österreicher haben in Deutschland große Spuren hinterlassen, Herr Huber, nicht nur jenes Subjekt aus Braunau, das die deutsche Staatsbürgerschaft überhaupt erst beim zwölften oder dreizehnten Versuch erhalten hat. Das hätten Sie wohl nicht gedacht, Herr Huber.“

Montag, 6. Oktober 2008, 15:00 Uhr – Kärnten, Grenze zu Slowenien

Wagner betrat die Gaststube und setzte sich an einen Tisch neben dem Fenster. Draußen hüllte die Sonne den Gipfel des Ulrichsberges in herbstoranges Licht. Er wandte seinen Blick ab und schaute auf eine Wand neben der Theke, wo Gamsköpfe in Reih und Glied hingen.

„Was darf ich Ihnen bringen, der Herr?“, fragte Horvath, der Wirt.

Wagner bestellte ein Glas Mineralwasser, das zwei Minuten später vor ihm auf dem Tisch stand. Nachdenklich betrachtete er die Bläschen der Kohlensäure, die vom Grund zur Oberfläche aufstiegen, mühelos, leicht, schwebend. Ein Spiel, das ihn faszinierte, dann nahm er das Smartphone und wählte Odins Nummer.

„Das Schwein hat angebissen“, verkündete er Millas neuem Liebhaber.

Dieser erwiderte in Anlehnung an österreichischen Dialekt: „Der Sautanz ist angerichtet. Bald ist alles in der Wurst.“

Und legte auf.

Wagner wählte eine weitere Nummer.

„Storckheim“, meldete sich der Baron.

„Eminenz“, entgegnete Wagner, „Schöberle und Huber und ein paar andere Wildschweine sind in Wien von unserer Drohne beobachtet worden.“

„Gute Freunde kann niemand trennen“, scherzte der Adelige.

„Gute Freunde sind nie allein“, fügte Wagner mit einem imaginären Zwinkern hinzu.

„Möge er sich stets unserer Gunst sicher sein“, sprach Storckheim ihm seine Anerkennung aus. Und es fühlte sich für Wagner an, als wäre Storckheim ein alter Fliegergeneral, der ihm einen Orden an die Brust drückte, weil er soeben von einem außerordentlich gefährlichen Einsatz zurückgekehrt war.

„Heil Hitler, Herr Baron.“

„Heil Hitler!“

Wagner beendete auch dieses Telefonat. Alles lief perfekt. Jetzt fehlte nur noch ein letztes Gespräch, dann hatte er den Mammutanteil seiner Aufgabe erledigt.

„Schöberle", meldete sich sein Kollege vom BND.

„Herr Schöberle, ich darf Ihnen mitteilen, das Gold des osmanischen Diktators befindet sich in Kärnten in einer einsamen Berghütte. Es ist tatsächlich zum Streit zwischen dem Österreicher und Baron Storckheim gekommen."

„Woher stammt diese Information?", fragte Schöberle misstrauisch.

„Vom Baron persönlich. Der Österreicher und die Partei haben sich entzweit."

„Da erzählen Sie mir nichts Neues, Wagner."

„Die Kärtner Landesbank ist pleite, das wissen Sie sicher noch nicht. Der Österreicher hat vor, mit dem osmanischen Geld den Konkurs des Landes Kärnten zu vertuschen. Daher auch die Abtrennung seiner Partei von der Bundespartei und den alten Freunden im Jahr 2005. Der Österreicher sitzt auf einem Goldschatz."

„Und was ist, wenn der Osman die angeblichen Milliarden zurückfordert?"

„Dann wird der Österreicher die Kärntner Landesbank einfach an die Bayerische Landesbank verkaufen. Er ist zur Stunde gerade in Mailand, um diesen Deal einzufädeln, falls sein alter Freund der Prinz ihm sein Vertrauen entzieht."

„Das Land Kärnten ist also zahlungsunfähig."

„Aber sowas von, Herr Schöberle. Der Österreicher, der große Held und Landesvater, hat sein Bundesland still und heimlich in den Ruin getrieben. Und die ganze Welt weiß noch nichts davon."

„Womit erpresst der Österreicher eigentlich den Baron?"

„Spielt das eine Rolle?"

„Für uns vom Dienst schon, Wagner, das müsste eigentlich keiner so gut begreifen wie Sie. Immerhin arbeiten Sie seit über zwanzig Jahren für den Nachbarverein."

Und ich war schon da, als du noch Studentenjobs gemacht hast, führte Wagner die Rede seines Gesprächspartners in Gedanken zu Ende.

„Eine alte Geschichte", antwortete er.

„Dann rücken Sie mal raus damit, Wagner."

Meinetwegen, dachte er und ließ sich eine Geschichte einfallen – eine Blendgranate, die dazu diente, diesen Idioten vom eigentlichen Geschehen abzulenken.

„Der Baron ist homosexuell. Es gibt Bilder, die ihn mit jungen Männern in der Sauna zeigen. Wenn das an die Öffentlichkeit gelangt, dann ist der Baron erledigt, wie Sie sich denken können."

„Ach was!", schützte Schöberle Interesse vor.

„Ja, ob Sie es glauben oder nicht."

Tatsächlich schluckte Schöberle diese einfallslose Geschichte. Am Ende des Telefonats nannte er dem widerlichen Verfassungsschutz-Mann die Koordinaten einer Berghütte. Da drin, so versicherte er, befand sich das Gold der Nationalen Partei Österreichs. „Die einen wollen eine paramilitärische Organisation aufbauen, der andere möchte seine Schulden bezahlen, um seinen Ruf zu retten", fügte er hinzu und dachte: Am besten lügt es sich noch immer mit der Wahrheit.

Dienstag, 7. Oktober 2008, 8:00 Uhr, Kärnten, Grenze zu Slowenien

Im Sonnenaufgang lehnte Milla sich gegen das Holzkreuz. An dieser Stelle hatte am 13. März 1945 ein Massaker stattgefunden. Es herrschte Krieg zwischen SS-Einheiten und Partisanen, die dem Kreis der Kärntner Slowenen entstammten. Als die Partisanen vor der SS flohen, suchten sie in ihrer Not Zuflucht in Lumpendorf. Die SS umzingelte die Häuser. Den Partisanen gelang die Flucht. In ihrem Zorn erschossen die Einheiten der SS Frauen, Kinder und Alte. Im Jahr 1949 kam es zu Ermittlungen gegen die ehemaligen Mitglieder der zuständigen SS-Division. Nach drei Monaten wurden diese eingestellt. Der Vater des Barons von Storckheim, der der neugewählten Regierung angehörte, hatte dabei seine Finger im Spiel gehabt. Schließlich wusste niemand, wo das Massengrab der Opfer sich befand, in dem angeblich auch all die anderen Slowenen und Roma aus der Umgebung lagen. Wo keine Toten, da auch keine Mörder, lautete der Tenor der Justiz. Keine Beweise. Das war die Geschichte des Kreuzes von Lumpendorf.

„Schöner Ausblick!“, sagte Odin.

Milla erschrak. Er stand keine zehn Meter rechts von ihr. „Schleichst du mir jetzt neuerdings hinterher?“

„Ich habe mit Wagner telefoniert“, eröffnete er ihr.

„Und?“

„Tscharly Huber hat gestern Abend mit einem Motorrad Lumpendorf erreicht.“

Sie lachte. „Mit dem Alfa Romeo wäre ihm das ja wohl nicht mehr möglich gewesen.“

„Eine Motocross-Maschine steht vor Horvaths Gasthaus. Er ist damit aus Wien gekommen.“

„Und wo ist Wagner?“ Sie sah der Begegnung mit ihm mit gemischten Gefühlen entgegen. Er wusste zu viel über sie – aber auch sie über ihn: Immerhin ist und bleibt er trotz seiner nationalen Gesinnung ein Halbjude. Mutter Jüdin, Vater SS-Offizier. Wie nennt man eine Person, die halb Jude halb Nazi ist?, fragte sie sich in Gedanken. Vielleicht *Juzi*? Und wie gefährlich lebte man als Juzi unter Nazis? Wie sah am Ende die ideale Lösung aus?

„Wagner befindet sich bereits am Ziel. Sicher und geborgen im warmen Nest."

„Wann wirst du mir dieses sogenannte Nest endlich zeigen?"

Die Nacht im Zelt am Berg war kalt gewesen.

„Die Kameraden verlangen von dir den endgültigen Vertrauensbeweis. Du weißt also, was du zu tun hast, Milla."

„Ich weiß, was ich zu tun habe. Aber jetzt muss ich erst einmal nach Siegfried sehen. Der wird sicher auch gleich wach."

Dienstag, 7. Oktober 2008, 9:30 Uhr, Kärnten, Grenze zu Slowenien

Seit einer Stunde hockte er in der finsteren Gaststube und schaute durch das Fenster auf das Gebirgspanorama.

„Das hier ist für Sie abgegeben worden", teilte ihm der Wirt mit und legte das Kuvert auf den Tisch.

„Von wem?", fragte er.

Der Wirt zuckte mit den Schultern.

Tscharly riss das Kuvert auf und blickte auf eine A4-Seite. Er erkannte auf den ersten Blick die Handschrift seiner Tochter.

Er rief dem Wirt zu: „Bringen Sie mir die Rechnung."

Tatsächlich hatten ihn seine Feinde gefunden.

„Gerne, der Herr", verbeugte sich Horvath. Irgendwie, fand Tscharly, wirkte der Mann viel zu bucklig für sein Alter. Er fragte sich, ob Horvath hinten in der Küche allein seine Arbeit verrichtete. Denn er hatte noch andere Stimmen gehört, wenn er sich nicht irrte.

„Papa, hilf mir. BITTE!", stand in dem Brief.

Der Wirt brachte ihm ein Glas Wasser. Tscharly dankte. Das Wasser schmeckte bitter. Das also war alles, was Milla geschrieben hatte. Tscharly hatte keine Zeit mehr, um sich über den vorauseilenden Gehorsam des Wirts zu wundern; er blickte in Horvaths Gesicht und verlor das Bewusstsein.

Viertes Reich I

Tscharly öffnete die Augen und fand sich in einem Raum voller Dunkelheit. Die Sonne schien durch einen zehn Zentimeter mal zwanzig Zentimeter dicken Spalt. Wie lange er wohl schon ohnmächtig in diesem Verlies gelegen hatte? Zu seinem Unmut fehlte die Rado. Die hatte er am Morgen in seinem Pensionszimmer zurückgelassen, bevor er zum Frühstück gegangen war, wurde ihm jetzt schmerzlich bewusst. Anhand der Wärme der Sonnenstrahlen, schätzte er, musste es kurz nach Mittag sein. Die Haut seines Gesichts fühlte sich warm an, sein Körper dagegen eiskalt, da der Dunkelheit des Kellers eine sibirische Kälte innewohnte. Ihr Plan war aufgegangen. Und auch sein Plan war aufgegangen – genau wie Schöberle es ihm prophezeit hatte. Tscharly stöhnte; er versuchte, sich zu bewegen; Hand- und Fußschellen begrenzten seinen Bewegungsradius. Er richtete den Oberkörper auf und starrte ins finstere substanzlose Nichts. Er versuchte aufzustehen und stieß mit dem Kopf gegen eine feuchte Betondecke. Er tastete sich mit den gefesselten Händen an den Wänden entlang. Unwahrscheinlich, dass es in dem Gewölbe einen Lichtschalter gab, befand er in einem Anflug von Zynismus. Gleichzeitig fürchtete er keine Sekunde lang, dass seine Entführer ihn hier in diesem Loch verrecken lassen würden. Nein, diese Leute befanden sich auf dem Weg, eine rechte Sensation anzubahnen. Er wartete und wartete und wartete. Irgendwann kam er erneut zu sich und stellte fest, dass er zwischenzeitlich wieder eingedämmert sein musste. Wer konnte schon sagen, wie lange das Schlafmittel, das sie ihm ins Wasser gemischt hatten, noch nachwirkte? Seine Kehle fühlte sich staubtrocken an und er gierte mit jeder Zelle seines geschwächten Körpers nach einem Tropfen Wassers. Er versuchte, einen Laut von sich zu geben: „Hilf …“ Tscharly schluckte seinen Speichel. Er legte sich hin und versuchte stillzuhalten. Den Körper herunterzufahren auf Minimal-Energielevel. Durch den Spalt fiel jetzt gleißend das Mondlicht, das sich in Tscharlys Wahrnehmung in flüssiges Silber verwandelte. Eine traumhafte Vision erstand vor seinem inneren Auge: Mira Filipovic in ihrem

Wohnzimmer, jene Begegnung, mit der sein österreichisches Abenteuer überhaupt erst begonnen hatte … „*Eine Vorahnung*", sprach sie. „*Ich wache manchmal nachts auf und dann denke ich an Menschen, die kurz darauf versterben. Oder ich erfahre kurz darauf, dass sie kurz vorher verstorben sind.*" In seinem Dämmerzustand brachen sämtliche Widerstände in ihm, die er im Wachzustand gegen jegliche Esoterik hegte. Die Rosenstöcke, die vor dem Wohnblock, in dem sie lebte, wucherten, verwandelten sich in Geister, die mit den Stimmen der Toten zu ihm schrien: „Milla, Milla, Milla …"

Er erwachte schreiend. Schweißnass. Die Sonne schien durch den Lichtspalt. Und wenn er sich recht erinnerte, dann war heute der 8. Oktober 2004 …

Es schien ihm, als habe er seit gestern Jahre verschlafen.

„Aufstehen!", befahl ein Mann in einer grauen Uniform. Ein zweiter, ebenfalls in Uniform bekleideter Mann, hatte mit dem Lauf einer Maschinenpistole gegen Tscharlys Schulter geklopft, wurde ihm bewusst. Dadurch war er schließlich erwacht. Jetzt blickte er in ihre ernsten Gesichter. Derjenige, der den Befehl zum Aufstehen erteilt hatte, hielt an seiner Leine einen Deutschen Schäferhund, der Tscharly sein Gebiss zeigte.

„Wer … Wo …?", seufzte Tscharly schlaftrunken.

„Heil Hitler!", sagte der mit der Maschinenpistole und schlug Tscharly mit der flachen Hand ins Gesicht.

„Heil Hitler!", betonte der Befehlshaber.

Als Tscharly eine Antwort verweigerte, landete der Handrücken des Soldaten krachend gegen sein Jochbein; wo ein bebender Kopfschmerz einsetzte.

„Müssen wir dir erst Manieren beibringen?"

Tscharly presste die Lippen aufeinander.

Der Befehlshaber wies ihn zurecht: „Lügenjournalist, Bigamist, Judenfreund, erweise dem Führer die Ehre!"

Tscharly erwiderte mit heiserer Stimme: „Ich will zu meiner Tochter."

„Du hast hier nichts zu wollen, angeklagter Volksverräter!"

„Wir bringen dich zum Volksgerichtshof! Rassenschande lautet die Anklage."

„Ihr seid wahnsinnig.“ Ein ersticktes Lachen glitt über Tscharlys Lippen.

Plötzlich stand ein dritter Mann in Uniform vor ihm und kippte ihm einen Eimer Wasser über den Kopf. Das kalte Nass wirkte belebend und erhöhte seine Gier nach Flüssigkeit. Tscharly beugte sich über den Steinboden und versuchte jeden Tropfen in sich aufzusaugen. Zwei Männer ergriffen ihn rücksichtslos unter den Armen und schleiften ihn auf einen Gang.

Dieser unterirdische Trakt schien immer mehr in den Berg hineinzuführen. In einem Raum, in dem es entsetzlich nach Blut stank, ließen sie ihn zu Boden fallen und nahmen ihm die Handschellen ab.

„Ausziehen!“

Tscharly verharrte unbeweglich.

Sekunden vergingen. Minuten. Tscharly kroch über den Boden und streifte schließlich das Hemd über den Kopf.

„Na also“, sagte sein Peiniger. „Nehmt dem Mann die Fußfesseln ab, zur Belohnung.“

Die Soldaten gehorchten ihrem Hauptmann.

„Die Unterhose! Na los, du Hund!“

Tscharly entblößte sich komplett. Das ist der Preis, den ich bezahlen muss, um Milla vor diesen Kreaturen zu retten.

„Hier! Trink!“

Tscharly hielt die Glasflasche zwischen seinen Händen wie ein Ertrinkender ein Stück Treibholz.

„Wir sind ja keine Unmenschen!“, sprach der Hauptmann.

Tscharly trank gierig. Ein weiterer Schlag, dieses Mal gegen den Hinterkopf, folgte wie aus heiterem Himmel.

Sie entrissen ihm die Flasche wieder; Tscharly winselte: „Nein …“ Sie rangen ihn zu dritt auf den Boden nieder. Einer schnitt ihm mit einer Schere die Haare an seinem Kopf ab. Er wand sich; sie prügelten auf ihn ein. Sie entfernten daraufhin mit einer Rasierklinge auch Tscharlys Scham- und Achselbehaarung. Dann – als sie mit ihm fertig waren – verließen sie den Raum. Eine schwere Stahltür schloss sich; von außen wurde ein Riegel vorgeschoben. Tscharly blickte die gekachelten Wände entlang und krabbelte auf allen Vieren. Als er die Duschköpfe über sich erspähte, hatte er längst verstanden, welches Spiel hier gespielt wurde.

Hotel in Kärnten, unweit der Grenze zu Slowenien

Schöberle löste sorgsam den Krawattenknoten. Ohne diesen schwarz-weißen Strick um den Hals kam der Beamte sich nackt vor. Das Sprichwort ‚Kleider machen Leute' gewann auf diese Weise schmerzhaft an Bedeutung. Aber manchmal konnte Kleidung auch einengend wirken. Und heute schien es ihm, als ob er keine Luft bekäme in diesem Hotelzimmer. Er würde Wagner schon noch drankriegen, daran zweifelte er keine Sekunde. Wagner war der Grund für seine Kurzatmigkeit und für zwei kleine Herzinfarkte. Heute würde er die Sache ein für alle Mal zu Ende bringen. Und wenn er dafür den Journalisten und seine Tochter opfern musste.

Mit einem Seufzer suchte Schöberle nach dem richtigen Handy für seine Aktion; zehn Stück lagen zur Auswahl auf seinem Bett, allesamt auf der Rückseite mit Zetteln versehen. Der Beamte wählte eine eingespeicherte Nummer. Nach dem fünften Läuten legte er auf und rief nach dreißig Sekunden erneut an. Nach dem fünften Läuten wurde wie vereinbart abgehoben.

„Edelmann", meldete sich eine Männerstimme.

„Grüße nach Tel Aviv, Herr Edelmann. Hier Schöberle."

„Schalom, Kollege Schöberle, schön von Ihnen zu hören."

Gegenüber den Israelis machte es von je her wenig Sinn, Schaum zu schlagen, also beschloss Schöberle Tacheles zu reden: „Ich habe leider schlechte Nachrichten, was unsere gemeinsame Freundin Jennifer Görlitz betrifft. Vermutlich sind Sie im Bilde, aber ich habe …"

„Der Sachverhalt ist bedauerlich, aber bereits bekannt, Herr Schöberle. Was kann ich also für Sie tun?"

Furchtbar effizient, diese Israelis, dachte Schöberle, keine Spur von Sentimentalität oder Trauer.

„Wir haben jetzt die Gelegenheit, Roland Wagner auf frischer Tat zu ertappen, Edelmann ... Auch wenn ein paar Typen dabei draufgehen werden“, verfiel er entgegen seiner sonstigen Sprechweise in den Terroristenslang der Siebzigerjahre.

„Das klingt ja gerade so, als ob PLFP-Leute mal wieder ein deutsches Flugzeug entführt hätten“, scherzte Edelmann.

Und dann koordinierten sie ihr weiteres Vorgehen.

Viertes Reich II

Die Luft hier im Bunker roch nach Fäkalien und Benzin.

Soldaten salutierten. Odin schritt neben Milla durch das Labyrinth, in dem die Betonmauern jeden Widerhall ihrer Schritte schluckten.

„Hier in diesem geheimen Bunker“, erklärte Odin, „hat Hitler das Dritte Reich überlebt. Sein Leichnam liegt in diesen Räumen begraben. Alles andere, was den Deutschen in der Schule beigebracht wird, ist eine historische Lüge.“

„Aber es stinkt hier“, erwiderte Milla, die Siegfried an der Hand hinter sich herzog.

„Das ist das Benzin der Generatoren, das du riechst. Und die Kläranlage des Bunkers. Irgendwas scheint an der Abluft defekt. Oder an der Kläranlage selbst. Keine Ahnung, meine Kameradin!“

Sie betraten ein Zimmer, in dem der Gestank durch einen Hauch Kölnisch Wasser übertüncht wurde, was jedoch wenig nützte.

„Heil Hitler!“, begrüßte sie ein Mann hinter einem Schreibtisch, auf dem eine Führerbüste stand.

Odin und Milla erwiderten seinen Gruß.

„Heil Hitler!“ Die Worte fühlten sich herrlich an zwischen ihren Lippen. Nicht mehr lange, dann würde die ganze Welt sich mit diesen heiligen Worten begrüßen.

Auf Befehl des Mannes nahmen sie Platz. Ihr Gegenüber trug eine SS-Mütze. An der Seite war sein Haar kahl rasiert. „Sie müssen unsere bürgerlichen Namen nicht wissen“, erklärte der Mann. „Nennen Sie mich Reichsführer SS, Himmler!“

„Jawohl, Herr Reichsführer“, entgegnete Odin.

„Jawohl, Herr Reichsinnenminister“, zeigte sich auch Milla einverstanden. Ihr Herz machte Freudensprünge.

„Was ist das für ein Kind?“, fragte Himmler und stierte mit seinen Fischaugen zu Siegfried.

„Mit Verlaub, Herr Reichsinnenminister“, meldete Odin, „das ist Siegfried. Ich habe Ihnen erzählt, dass die treue Kameradin Huber Mutter eines deutschen Kindes ist. Ein Kind, das deutscher aussieht als selbst der deutscheste Deutsche.“

Milla spürte den Jungen auf ihrem Schoß.

Kein Zweifel, das Schicksal hatte sie auserkoren, auf dass ihr Name einst in den Geschichtsbüchern stehen würde. Weil sie bei der Wiedergeburt des Deutschen Reiches die Rolle der Jeanne d’Arc zu spielen hatte. Heldin und Heilige. Himmlers helle, fast durchsichtige Augen maßen sie und ihren Sohn von Kopf bis Fuß.

Dann erklärte er ihr: „Dieser Bunker ist in den Dreißigerjahren erbaut worden. Der Führer selbst hat an seiner Konstruktion mitgewirkt, Kameradin. Nach dem Krieg haben sich hier die letzten Getreuen des Führers versteckt. Später sind sie über Südtirol nach Italien gelangt. Im Vatikan gab es einen Kardinal, der sich ihrer annahm und ihnen saubere Papiere besorgte, mit denen die Waffenbrüder sich nach Argentinien abgesetzt haben. In der linken Lügenpresse wird diese Route als die Rattenlinie bezeichnet. Aber von diesem Ort hier wissen nur Eingeweihte. Wer einmal hier gewesen ist, der gehört für alle Zeiten zu diesem geheimen Ritterorden. Ich hoffe, du bist dir dieser Ehre bewusst, Weib.“

„Jawohl, Herr Himmler!“, antwortete Milla.

„Von jetzt an erhalten Sie beide ebenfalls Tarnnamen. Wenn Sie darauf angesprochen werden, wie Sie heißen, dann nennen Sie ausschließlich diese Namen. Damit kennt keiner die Identität des anderen im bundesdeutschen Fantasiestaat. Haben Sie mich verstanden?"

Sie bejahten. Odin erhielt den Namen Hermann Fegelein. Fegelein hatte in der SS gedient, war ein knallharter Kämpfer, ohne Rücksicht auf Verluste und glühender Nationalsozialist gewesen. Einer, der rigoros in seiner Truppe bei Kampfmüdigkeit aufräumte.

„Sie, Reichsgenossin", sagte Himmler dann zu Milla, „hören an diesem Ort auf den Namen Geli. Geli Raubal. Das ist ein Befehl."

Das war der Name einer Frau, die sich aus Liebe zu Adolf Hitler schließlich erschossen hatte. Eine unglückliche Geschichte, aber der Führer war eben allein mit dem Vaterland verheiratet gewesen.

„Zu Befehl, Herr Himmler!"

Geli nickte und streichelte Siegfrieds blonde Haarlocken; der Junge gluckste vor Vergnügen.

Vergessen war die ganze Scheiße, die hinter ihnen lag.

Eine neue Zeitrechnung hatte begonnen.

Viertes Reich III

„Wie würde es Ihnen gefallen, hier für alle die Lagerhure zu spielen, Gefangener Nummer eins?", fragte der Mann, der sich ihm unter dem Namen Adolf Eichmann vorgestellt hatte.

Er umkreiste Tscharly und nickte wie ein Kenner. „Einen schönen durchtrainierten Körper haben Sie. Schöner Schwanz, Respekt. Aber Sie sind ja sogar beschnitten! Darf ich fragen, welchem Umstand diese Tatsache geschuldet ist …"

„Weil ich als Kind wegen einer Phimose operiert worden bin", antwortete Tscharly wahrheitsgemäß und biss die Zähne zusammen. Nach der Dusche hatte man seinen Körper zur Desinfektion mit Kalk eingesprüht. Achseln, Harnröhre und Anus brannten entsetzlich. Um die Erniedrigung komplett zu machen, hatten seine Peiniger ihm die Hand- und Fußfesseln wieder angelegt. Er stand mit gebeugtem Haupt, in der Hoffnung, sich dadurch weitere Torturen zu ersparen.

Eichmann befahl seinen Soldaten, ihm Häftlingskleidung und Schuhe zu bringen.

Tscharly spürte Tränen in seinen Augen. Er empfand eine tiefe Dankbarkeit dem SS-Obersturmbannführer gegenüber; Tscharly hätte ihn am liebsten für diesen Befehl umarmt. Schließlich bedeutete er, dass er nicht für das Gas bestimmt war, sondern weiterleben durfte nach dem Motto „Arbeit macht frei". Dadurch gehörte er zu den Glücklichen, die die Rampe verließen.

„Hier an diesem Ort", erklärte Eichmann, „muss man sich sein Recht auf Leben jeden Tag aufs Neue verdienen, Nummer eins."

Eichmann drückte ihm eine schwarzweißgestreifte Häftlingskleidung wie in einem Konzentrationslager in die Hand und ein Paar ausgelatschte Filzpantoffeln mit braunen Flecken.

„Bedanke dich bei meinen Männern!", befahl der SS-Obersturmbannführer.

„Danke", lallte er leise.

„Sie hören dich nicht, Nummer eins!"

„Danke", schrie er. „Danke, Herr SS-Obersturmbann-führer!" Eine fremde Person, die sich seiner bemächtigt hatte, schien durch seinen Mund zu sprechen. Die Soldaten lachten. Nummer eins war eine leichte Geburt gewesen, dachten sie bei sich. Hat jemals eine Hebamme Größeres in kürzerer Zeit vollbracht?

Viertes Reich IV, später am Tag

Häftling Nummer null saß mit verbundenen Augen neben dem neuen Häftling Nummer eins. Häftling Nummer null wimmerte schmerzvoll vor sich hin. In einer Sprache, die Häftling Nummer eins als Italienisch verifizierte.

Die Zeitenwende hatte stattgefunden.

Himmler betrat, gefolgt von einer Eskorte SS-Schergen in ihren Mänteln, den gefliesten Raum. Er blieb vor Nummer null stehen. Ein Adjutant reichte ihm einen Briefumschlag. Himmler packte das Schreiben feierlich mit seinen in Lederhandschuhen steckenden Händen aus und las in deutscher Sprache das Urteil über Häftling Nummer null: „Im Namen des Deutschen Volkes! In der Strafsache gegen den italienischen Staatsbürger Giovanni Manzi, geboren am 22. September 1968 in Neapel, kommt das Gericht zu folgender Entscheidung. Der Angeklagte hat sich folgender Verbrechen schuldig gemacht: Vorbereitung zum Hochverrat, Wehrkraftzersetzung! Der Volksgerichtshof hat dies in seiner Hauptverhandlung bestätigt. Vorsitzender Richter war der Präsident des Volksgerichtshofs Doktor Freisler, weitere Vorsitzende der Verhandlung waren Landgerichtsdirektor Stier, SS-Gruppenführer Breithaupt, SA-Gruppenführer Bunge, Staatssekretär und SA-Gruppenführer Köglmaier, als Vertreter des Oberreichsanwalts Reichsanwalt Weyersberg.

Der Angeklagte hat gemeinsam mit dem Österreicher die Partei um Millionen betrogen, indem er diesem dabei behilflich war, die im Prozess genannte Summe auf ein italienisches Konto im Ausland zu schmuggeln. Der Angeklagte stand im Dienste des Hochverräters. Er hat persönlich mit Geldkoffern das Vermögen über die Grenze nach Italien gebracht, wo es gewaschen werden sollte und dann als legales Geld auf Konten der Kärntner Landesbank transferiert werden sollte, deren Konkurs es zu verheimlichen galt. Dies waren eine bewusste Täuschung und ein Verbrechen an Volksgenossen. Wenn solches Handeln anders als mit dem Tode bestraft würde, wäre der Anfang einer Entwicklungskette gebildet, deren Ende einst 1918 war. Deshalb gab es für den Volksgerichtshof zum Schutze des kämpfenden Reiches nur eine Strafe: die Todesstrafe. Der Volksgerichtshof weiß sich darin mit unseren Soldaten einig. Durch seinen Verrat am Volk hat der Angeklagte seine Bürgerehre verwirkt. Als Verurteilter muss der Angeklagte die Kosten des Verfahrens tragen. Gezeichnet Doktor Freisler!"

Ein Soldat übersetzte das Urteil ins Italienische.

Schweiß lief dem Gefangenen Nummer null in Bächen von der Stirn. Dann ging es schnell. Wie Zahnräder hakten die Bewegungen der Männer ineinander. Himmler gab mit eiskalter Stimme den Befehl zur Exekution. Zwei Maskierte betraten den Raum und ergriffen den Delinquenten unter den Armen. Sie legten ihn auf ein Kippbrett. Der Scharfrichter wartete neben der Enthauptungsmaschine, bereit den Hebel zu betätigen. Die Gesellen schnürten den Delinquenten fest und kippten das Brett nach vorne. Der Scharfrichter betätigte den Hebel. Das Messer sauste herab und durchtrennte Knochen, Fleisch und Haut. Der Kopf landete in einer Metallwanne. Ein pulsierender Blutbrunnen verebbte langsam.

Himmler schaute auf seine Uhr und kommentierte anerkennend: „Gratuliere, siebzehn Sekunden, Herr Scharfrichter."

Der Scharfrichter nahm den abgetrennten Kopf in seine Hand. Die Mimik des Gesichts reagierte noch eine halbe Minute lang auf Anschreien und Schmerzreize.

Nummer eins musste der Hinrichtung bis zum Schluss beiwohnen. So sah es das Protokoll vor. Nummer eins erstarrte, stellten die Anwesenden zu ihrer Belustigung fest. Es war eine schöne Exekution. Der Name des Scharfrichters: Johann Reichart. So stand es im Protokoll.

Viertes Reich V, später

Nummer eins beugte sich nach vorne. Der Lappen zwischen seinen Händen saugte Blut von Nummer null auf. Er tauchte den Stoff in den Eimer mit einer Seifenlösung.

„Mach schon! Das muss blitzblank werden!", befahl Albert Speer ihm.

„Zu Befehl, Herr Reichsrüstungsminister!", antwortete Nummer eins. Die Luft vor den Augen schwirrte ihm. Mit bloßen Händen hielt Tscharly den Lappen und wischte und wischte.

„Nummer eins, wenn du die Guillotine vom Blut des Spions gereinigt hast, wirst du zu trinken bekommen, denn dann hast du dir dein Wasser redlich verdient!"

Soldaten standen mit Maschinenpistolen im Raum. Tscharly wankte.

Speer sprach mit höhnischer Stimme: „Stell dich nicht so an, Nummer eins!"

Nummer eins wischte und scheuerte den Boden. Die Seifenlauge tränkte den Stoff des Häftlingsgewandes. Nummer eins hustete. Speer verließ den Raum. Nach einer Ewigkeit kehrte er zurück, um sich vom Stand der Arbeit zu überzeugen. Er schaute auf die Uhr: „Das hat acht Stunden gedauert, Nummer eins", stellte er nüchtern fest. „Aber wir sind ja keine Unmenschen."

Speer reichte ihm eine Flasche. Nummer eins trank gierig. Speer riss ihm das Gefäß aus der Hand.

„Mehr gibt es heute nicht!"

„Aber …"

„Zu deinem Prozess, Nummer eins. Deine Tochter wird als Mitangeklagte gegen dich aussagen. Doktor Freisler persönlich teilte mir beim Mittagessen mit, die Chancen für eine finale Verurteilung stünden hervorragend. Aber wir wollen nicht vorgreifen. Und dann bekommst du nochmal ausreichend zu trinken, damit du deine Henkersmahlzeit auch schön runterspülen kannst, Nummer eins."

Wien, 10. Oktober 2008, Hotel Topazz, 2:19 Uhr

„Ich hab nicht viel Zeit“, sagte der Österreicher, „übermorgen feiert meine Mama ihren Geburtstag, da will ich endlich daheim sein im schönen Kärnten. Also – was willst du von mir?“

Hermann Wohlfeil, der unter seiner Echthaar-Perücke wegen des überzogenen Koks-Konsums schwitzte, obwohl die Klimaanlage der Hotelbar auf gediegene 18 Grad Celsius eingestellt war, antwortete mit einer Gegenfrage: „Kannst du dir das nicht denken?“

Sie saßen allein an der exklusiven Hotelbar. Beide trugen sie Anzüge der Marke Armani und beide waren sie mit Schmuck und Uhren im sechsstelligen Bereich behängt.

„Na geh, solche Scheißhausgeschichten heizen nur die Gerüchteküche an“, wies ihn der Österreicher in seine Schranken. „Schon alleine die Tatsache, wie wir hier sitzen, wäre für Paparazzi ein gefundenes Fressen.“

Es folgte ein Koks-Whisky-Lachen. Wohlfeil spähte ostentativ in der Bar herum. Dann schüttelte er den Kopf – keine Paparazzi.

„Ich bin nicht hier zum Spaßen.“

„Wir können ja nachher ausschnapsen, zu wem wir heute gehen.“

Der Kölner Rechtspopulist drohte dem österreichischen Kollegen: „Wir haben das Wagner-Dossier. Und wir wissen, wer es Herrn Schöberle zugespielt hat.“

„Der MOSSAD“, redete der Österreicher sich heraus.

„Die Frage ist nur, wer dem MOSSAD das alles gesteckt hat!“ Wohlfeil lehnte sich zurück und beobachtete das Gesicht des Österreichers. „Ich möchte nicht in deiner Haut stecken“, sagte er schließlich.

Der Österreicher verzog keine Miene. Er wischte sich Koks von der Nase und der Oberlippe. „Ich weiß nicht, wovon du sprichst, mein lieber Piefke. Ihr seid immer alle so unentspannt, ihr Deutschen. Der Kärntner dagegen ist ein geselliger, ein lustiger Mensch, wie er im Buche steht. Von uns könntest du dir eine Scheibe abschneiden, Hermann.“

„Du hast das Geld des Prinzen eingesteckt und dann auch noch mit unseren israelischen Freunden über uns geplaudert, damit sie dir keinen Strich durch die Rechnung machen."

Der Österreicher lachte schallend.

„Gib mir achtundvierzig Stunden", prahlte Wohlfeil, nachdem er sich ausgiebig die Nase gepudert hatte, „dann wird das der traurigste Geburtstag, den deine alte Mama in ihrem Leben jemals gefeiert hat."

„Wer hat diese Lüge über mich in die Welt gesetzt? Wagner?"

Wohlfeil nickte; es fiel ihm schwer, sich dem jungenhaften Charme dieses Menschen zu entziehen. Schade, dass er zum Verräter der nationalen Sache geworden war. Schade. Und das alles nur, weil er das eigene Bundesland vor dem Ruin hatte retten wollen. Den eigenen Namen retten. Der Messias, der Führer, der Mephisto. Was für ein charismatischer Mann, noch dazu mit oberösterreichischer Abstammung. Genau wie Hitler. Bereits seine Eltern waren daran beteiligt gewesen, als nach dem Krieg die Nationale Partei gegründet worden war. Und der Österreicher, als Fünfjähriger, war zugegen gewesen, als die Erwachsenen sich in der Bauernstube zum Schwur getroffen hatten. Der Österreicher hatte mit seinem Schaukelpferd gespielt, während die Erwachsenen die Nationale Sache heraufbeschworen, keine zehn Jahre nach dem verlorenen Krieg.

Die beiden Männer strahlten sich an. Stießen an – die Gläser klirrten. Wohlfeil tat es jetzt schon leid um den Österreicher; er würde seine Lichtgestalt vermissen. Sie klopften sich wie Besessene gegenseitig auf den Rücken.

„Wo ist der gute Wagner überhaupt?", fragte der Österreicher.

Wohlfeil hob bedauernd die Schultern. „Es gab Zeiten, lieber Freund, da hätte ich dir diese Frage ohne weiteres beantworten können."

„Ah geh, macht nix", meinte der Österreicher, „ich kann es mir eh denken, wo die alte Schwuchtel sich wieder rumtreiben wird."

Wohlfeil lächelte. „Das Grinsen wird Ihnen vergehen. Ihr Tod ist für uns in dreifacher Hinsicht nützlich. Erstens sorgen wir damit für allerlei Verschwörungstheorien. Zweitens eliminieren wir damit einen Verräter. Und drittens werden Sie damit zu einem Märtyrer für die rechte Sache. In Zukunft werden Sie gemeinsam mit Lady Diana Spencer in einem Atemzug genannt werden."

„Sie sind ja verrückt", sagte der Österreicher.

„Ich sehe jetzt schon Orte und Brücken, die Ihre rechten Freunde nach Ihnen benennen werden."

„Ich habe mir nichts zu Schulden kommen lassen."

„Sehen Sie es so, wenn Sie jetzt sterben, sterben Sie als Legende. In einem halben Jahr, nach dem Offenbarungseid, würden Sie in Schimpf und Schande untergehen. So sind Sie der James Dean unter den Rechten."

Viertes Reich VI, später

Ein schlechter Film. Ein Experiment. Ein Prepper-Seminar mit dem Titel: Wie überlebe ich das Dritte Reich? Wirklichkeit gewordene Perfektion – der Tag X – oder was auch immer … Das Gefühlschaos in ihm nahm sich wie ein Tsunami aus. Tscharly saß auf einer Holzbank. Die Bank für die Angeklagten. Zwei mit MPs bewaffnete Soldaten in grauen Mänteln ließen ihn keine Sekunde lang aus den Augen. Plötzlich öffnete sich die schwere Betontüre und ein Mann mit einem ausgeprägten Bauchansatz und unvorteilhaftem Schnauzbart betrat die Bühne. Er trug keine schwarze, sondern eine cremefarbene Uniform. Schlug die Hacken zackig zusammen, winkelte den Arm an; die Soldaten-Darsteller hielten sich an das schlechte Drehbuch, indem sie mit einem aggressiven „Heil Hitler" und dem berühmt-berüchtigten Achselschweißgruß antworteten. Perfekte Inszenierung des Grauens.

„Heil", sprach der Mann mit der hohen Stimme und schlug dabei seine beigefarbenen Handschuhe von der rechten Hand in die Linke. „Man sieht sich mindestens zwei Mal im Leben, nicht wahr mein Lieber?"

Erst jetzt wurde Tscharly schlagartig bewusst, dass graue Wirklichkeit ihn umgab. Er kannte diesen Mann, diesen Teufel, der ihm seine Tochter abspenstig gemacht hatte. Den Mephisto des deutschen Verfassungsschutzes, den V-Mann-Führer, den *Ver-*Führer.

Dessen Name glitt ihm fast lautlos über die Lippen: „Wagner!"

Wagner grinste.

Ich bin der Geist, der stets verneint!
Und das mit Recht; denn alles, was entsteht,
Ist wert, dass es zugrunde geht …

Genau diese Worte gingen Tscharly beim Anblick dieses höhnischen Gesichtsausdrucks durch den Kopf. Goethe, Faust, Teil eins:

Drum besser wär's, dass nichts entstünde.
So ist denn alles, was ihr Sünde,

Zerstörung, kurz das Böse nennt,
Mein eigentliches Element …

Das Böse in der aufwendigen Uniform des Reichsfeldmarshalls deutete einem der Soldaten gegenüber ein Nicken an. Wie aus heiterem Himmel rissen beide Bewacher ihre MPs hoch und ließen die Kolben krachend auf Tscharlys Kopf landen. Tscharly sackte zu Boden. Millionen von Sternen tanzten vor seinen Augen. Dunkelheit. Dann spürte er, wie kräftige Arme ihn anhoben und wieder auf die Wartebank hievten. Beinahe liebevolle Schläge mit dem Paar Lederhandschuhe streichelten klatschend seine Wangen. Unter Mühen öffnete Tscharly die Augen.

„Wagner gibt es in dieser Welt nicht", hörte er die bekannte Stimme. „Hier bin ich Generalreichsfeldmarschall, zuständig für den Vierjahresplan. Herrmann Göring. Der zweite Mann im Reich."

Tscharly hoffte ein letztes Mal, bei einem wahnwitzigen Avantgarde-Theater gelandet zu sein. Alles würde sich als böser Traum entpuppen.

„Wir können ja nicht die ganze Machtkonzentration in der Hand von Himmler lassen, nicht wahr? Oder dem ehrgeizigen Speer? Eiskalten Bürokraten wie Eichmann? Wo kämen wir da hin? Nur unserem geliebten Führer Adolf Hitler ist es vergönnt, alle ihm von uns verliehene Macht vertrauensvoll in seinen Händen zu halten. Er bringt alles zusammen, er hält alles zusammen und er wird uns zum Endsieg führen."

Die perfekt konditionierten Wachen antworteten mit einem: „Sieg Heil!"

Ein weiterer Mann betrat den Warteraum vor dem Reichsgerichtssaal.

„Darf ich SS-Gruppenführer der Waffen-SS Fegelein vorstellen?", säuselte Wagner. „Er ist mit dem Führer persönlich verwandt."

Tscharly wusste, dass seine Meinung zu diesem Thema nicht gefragt war, erinnerte sich aber: Der historische Fegelein hatte die Schwester von Eva Braun geheiratet, dadurch war er mit dem Führer indirekt verwandt gewesen.

Fegelein grüßte: „Heil Hitler!"

Tscharly kannte den Mann in einem anderen Kontext. Als Odin Brenner, bekannter rechtsnationaler Agitator, der in Hessen auf einem Gutshof residierte und …

Warum nur wunderte ihn die Bekanntschaft zwischen Wagner und Brenner nicht?

„Herr Fegelein und ich hatten bereits das Vergnügen, die intime Bekanntschaft Ihrer Frau Tochter zu machen", stichelte der Reichsfeldmarschall, der als großer Fan von Hinrichtungen gegolten hatte. „Und Herr Fegelein scheint, wenn ich mir das zu sagen gestatten darf, von den Qualitäten Ihrer Tochter deutlich mehr überzeugt zu sein als meine Wenigkeit. Das mag an einer grundsätzlichen Orientierung liegen oder aber die Frau Tochter wertschätzt den SS-Gruppenführer mehr. Er ist ja ein Charmeur sondergleichen."

Bevor Tscharly dem Reichsfeldmarschall an die Gurgel gehen konnte, rangen die Soldaten ihn routiniert zu Boden.

„Du wirst deine Tochter schon bald wiedersehen", frohlockte Göring/Wagner. „Das letzte Bild, das du von ihr haben wirst, ist, wie sie gegen dich aussagt, Angeklagter, und dir die Schlinge persönlich um den Hals legt. Ein Bild für die Götter Germaniens!"

Tscharlys Widerstand in den Muskeln erschlaffte.

„Sie können stolz auf Ihre Tochter sein", sagte Fegelein.

Ein letzter Versuch, diese Inszenierung zu sprengen, trieb Tscharly zu einer gezielten Provokation: „Hat nicht Hitler persönlich den SS-Gruppenführer Fegelein erschießen lassen, weil er ein dreckiger Deserteur gewesen ist?"

Die Männer lachten.

„Eigentlich kein Wunder bei diesem Vater", sinnierte Fegelein weiter, „dass Geli so viel Leidenschaft für eine Sache entwickeln kann. Aber leider hat ihr Vater sich nachhaltig für die falsche Seite entschieden. Dabei ist alles einfach und es gibt nichts Wunderbareres als die Idee unseres tausendjährigen nationalsozialistischen Reichs, in dem eine Gesellschaft ohne Klassen, mit sozialer Gerechtigkeit, Wohlstand für alle und ein Leben in Frieden und Harmonie herrschen soll."

„Und wird“, ergänzte Göring. Dann holte er aus der Uniformtasche eine Dose, entnahm ihr eine Handvoll Pillen und warf sich diese ohne Getränk in den Mund. Der historische Göring hatte bis zu sechzig Tabletten am Tag konsumiert.

Nun wusste Tscharly um die hochgradige Opioid-Abhängigkeit Görings – aber musste hier jeder ganz genau die Rolle des historischen Vorbilds nachspielen, in dessen Rolle er gerückt war? Und was bedeutete das für Milla? Frauen hatten im Dritten Reich schließlich eine untergeordnete Rolle gespielt. Diese ganze braune Scheiße ekelte ihn an.

„Wichtige Amtsgeschäfte rufen mich“, räusperte sich Göring, „aber eines möchte ich dem Todgeweihten noch verraten. Unser Führer war ein Genie. Ein Künstler. Ein Augen- und Ohrenmensch. Ein Mensch der Musik und der bildenden Kunst. Hitler selbst hat die Pläne für dieses unterirdische Bunkersystem hier auf dem Ulrichsberg entwickelt. Sie sollten sich geehrt fühlen, das Genie des Führers atmen zu dürfen, bevor Sie den Armen von Justitia zugeführt werden.“

Göring und Fegelein salutierten und verließen den Warteraum.

Die Soldaten ließen von Tscharly ab, der wie ein totes Tier auf dem Boden lag.

Die Hölle selbst hat ihre Rechte?
Das find ich gut, da ließe sich ein Pakt,
Und sicher wohl, mit euch, ihr Herren, schließen?

Nein, Tscharly würde den Teufel tun, aber niemals würde er ihnen den Triumph gönnen, in diesen finsteren Zeiten um Gnade zu winseln.

Immerhin – an den ständigen Gestank nach Benzin und menschlichen Ausscheidungen hatte er sich längst gewöhnt.

Er würde sich auch an die Todesangst anpassen.

Überleben.

Viertes Reich, außerhalb des Bunkers 1

Odins Elite-Team war in Zweier- und Viererteams rund um die Anlage verteilt. Ein Zweierteam schweifte durch den Wald. Ein Viererteam stand beim endenden Waldweg, der in ein Dickicht aus Bäumen und Gesträuch führte. Alle Männer waren mit mordernsten Waffen bestückt – mit unterschiedlichen Schwerpunkten. Zusammengenommen eine winzige, aber hocheffiziente Armee. Wobei jeder Mann die Spezialisierungen der anderen kannte. Sie fühlten sich sicher. Nur ein langweiliger Alltagsjob, wie so viele. Aber Odin hatte großes Action-Kino vorhergesagt, dem sie entgegenfieberten. Dann war es auch okay, für kurze Zeit eine verwitterte Bunkeranlage zu bewachen. Fragte sich nur vor wem. Interessierte die Profis nicht groß, da die Bezahlung in Ordnung war. Sie wussten, Fragen stellen war in diesem Gewerbe nicht nur unangebracht, sondern konnte einem auch das Genick brechen.

„Wenn das so weitergeht, kriege ich noch eingeschlafene Füße“, klagte der Mann mit dem Heckler & Koch-Sturmgewehr und den Handgranaten, der lässig am schwarzen VW-Camping-Bus lehnte, der als Straßensperre den winzigen Weg Richtung Bunker versperrte. Den grünen Peugeot hatten die Söldner einige hundert Meter entfernt unbewacht stehengelassen, um diesen im Notfall zur Flucht nutzen zu können. Sie wussten nicht, dass dieser bereits sabotiert und damit fahruntauglich war.

Er warf die Zigarettenkippe auf den Boden und trat sie aus.

„Ja, ich kann mir auch Aufregenderes vorstellen, als diese unheimliche Waldesruh“, stimmte sein Kamerad ein, dem eine Uzi über der Schulter baumelte und der zwei Pistolenhalfter mit Glocks ebenso wie zwei Kampfmesser trug – Spezialist für den Nahkampf.

„Haben wir noch ein kühles Bier?“, rief der Raucher in den VW hinein und störte dabei zwei Kameraden beim Doppelkopf spielen.

„Hol dir selbst eins oder einen runter“, lautete die schnoddrige Antwort.

„Fick dich!“

Eine Karte knallte auf den ausgezogenen Camping-Tisch.

„Hab ich dich!“

Das bezog sich aufs Spiel. Der mit dem Sturmgewehr seufzte und drehte sich langsam um. Bei Söldnern wurde nicht viel auf Kameradschaft gegeben. Auch wenn sie dieselbe Weltanschauung besaßen. Es ging um Professionalität. Da würde er sich sein Bier selbst holen müssen. Das letzte – für eine Weile zumindest. Obwohl es hier nichts außer Waldmäusen, Vögeln und Kleintier gab, mochte er sich einen professionellen Anschein geben. Immerhin ging in der Bunkeranlage Großes vor sich, so viel war klar. Vorsicht war die Mutter der Porzellankiste, auch wenn er keine Idee hatte, was hier passieren sollte.

Währenddessen spähte Franz Moser, der Anführer des 50-köpfigen Cobra Spezialkommandos, das aus mehreren Einheiten eigens für diesen Einsatz zusammengesetzt worden war, angestrengt durch das Fernglas. Sein Team A hatte sich auf beiden Seiten des im Nichts verschwindenden Waldwegs postiert und die vier rechtsextremen Söldner im Visier. Dabei hatten sie sich, wie sie es tausend Mal geübt hatten, an nicht gegenüberliegenden Standpunkten so verteilt, dass sie nicht Gefahr liefen, einander ins Kreuzfeuer zu nehmen. Das wäre ein schlimmer Anfängerfehler, peinlich und außerdem mit potenziell tödlichem Ausgang. Das war bei dieser Mission völlig tabu. Der Innenminister hatte ihn persönlich für das reibungslose Gelingen der Mission verantwortlich gemacht. Ihm eine Beförderung in Aussicht gestellt. Im anderen Fall musste er um seinen Kopf fürchten. Sogar der Landeshauptmann von Kärnten, der Österreicher persönlich, hatte ihn angerufen und alles Gute für die Mission gewünscht.

„Die Staatsräson unserer großartigen Nation steht auf dem Spiel. Da ist es manchmal leider erforderlich, großzügig über Kollateralschäden hinwegzuschauen.“

Das bedeutete Carte Blanche – es durfte also auch Tote geben – kein Problem. Was aber seiner Dienstauffassung und Professionalität widersprach. Natürlich konnte das im Eifer des Gefechts passieren. Das Funkgerät knackte, das auf der von ihnen verwendeten Funkfrequenz hundert Mal sicherer als jedes Mobiltelefon war, auch wenn es ein bisschen antiquiert wirkte. Profis nahmen Funkgeräte. Punkt. Amateure agierten in Chat-Gruppen. Da konnten sie sich gleich den Strick selbst um den Hals hängen.

„Sie sind in Sichtweite“, hörte er Jovan, der als Späher fungierte, mit slawischem Dialekt sagen. „Nummer eins kehrt in den Van zurück.“

Franz beugte den Zeigefinger leicht über den roten Knopf auf der Fernbedienung. Sie hatten den Sprengstoff so platziert, dass dieser zwei gigantische Bäume fällen und damit dem schwarzen VW-Camper jeglichen Weg zum Bunker abschneiden würde. Damit wäre die Hälfte des Söldnerteams ausgeschaltet. Der Rest wäre kein Problem.

„Ich sehe ihn“, bestätigte er Jovan.

Der Fernspäher von Kommando B, Timo, hatte gemeldet, dass die anderen vier Profis in Zweierteams ziellos durch den Wald liefen. Oder nach einem bis ins Detail ausgeheckten Plan systematisch das Areal beschützten.

„Wie sieht es zahlenmäßig aus?“, fragte Franz, setzte das Fernglas ab, legte das Sturmgewehr 77 an und beobachtete durch dessen Fernrohr seine Gegner.

„Jeweils acht zu zwei für uns.“

„Dann dürfte einem erfolgreichen Zugriff nichts im Wege stehen“, schlussfolgerte er.

„Es sei denn, die haben Sprengstoffgürtel an“, gab Timo zu bedenken.

„Das sind rechte Söldner und keine islamistischen Halsabschneider“, bewies Franz auch in angespannten Situationen Galgenhumor. „Die haben höchstens Hinterbacken-Kanonen dabei.“

„In zwanzig Minuten beginnt Aktion ‚Feuerzauber‘“, teilte er den Team-Mitgliedern per Funkgerät mit.

Zwanzig, Neunzehn, Achtzehn, Siebzehn, Sechzehn, Fünfzehn …

Viertes Reich VII

Während Bormann die Interessen der Partei repräsentierte, war es Goebbels Aufgabe, alle Ereignisse propagandistisch aufzuarbeiten und gegebenenfalls mundgerecht und formal passend an die Mainstream-Medien weiterzuleiten. Keitel stand für den militärischen Flügel der Bewegung, der sich nicht unter SS-Aufsicht befand. Schörner war mit der Analyse von Truppenbewegungen unabkömmlich. Alle trugen Uniformen, die denen ihrer historischen Vorbilder perfekt glichen.

„Wir haben nicht viel Zeit", brummte Himmler, blickte auf seine Uhr und fügte hinzu, „außerdem weiß ich nicht, was es zu diskutieren gibt. Halbjüdin ist Halbjüdin und unsere Gesetzeslage ist in dieser Sache eindeutig."

„Genau", stimmte Eichmann zu. „Politische Perspektiven, Modernisierung, Anpassung des Nationalsozialismus an die moderne Zeit sind durchaus wichtige Aspekte, die keinesfalls zu unterschätzen sind. Aber wir können als Gallionsfigur unserer Bewegung keine Halbjüdin nehmen. Ich finde es überhaupt übertrieben, dafür auf eine Frau zurückzugreifen."

„Zudem besitzt ein Kind ein messianischeres Erscheinungsbild als eine Frau", fügte Goebbels eifrig hinzu. „Wenn wir das Kind nehmen, steht das symbolisch für die uns von der Vorsehung auferlegten Aufgabe, das deutsche Volk in der neuen Zeit aus den ihnen von der jüdischen Finanzplutokratie auferlegten Fesseln zu befreien. Das Kind steht für Neubeginn. Es ist eine Lichterscheinung, das die Dunkelheit der kapitalistischen Weltregierung verdrängen wird."

„Den jüdisch-bolschewistischen Feind nicht zu vergessen", ergänzte Keitel, nur um etwas gesagt zu haben, denn in der Regel blieb er stumm und nickte nur. „Diese atheistisch-wilden Horden des Ostens sind …"

Keiner hörte ihm zu.

„Die Partei hat klare Statuten", schaltete sich der – wie sein historisches Vorbild – korpulente Bormann ein. „Wir könnten die dreckige Halbjüdin nicht einmal zum Parteimitglied machen. Wie soll sie denn mit ihrer Herkunft in die riesigen Fußstapfen unseres geliebten Führers schlüpfen?“

Er schaute ernst in die Runde und zündete sich zur Verärgerung von Himmler eine dicke Zigarre an. Göring beobachtete jede Regung und lauschte jedem Wort genau, hielt sich aber zurück und warf sich ein paar Eukodal-Tabletten ein – natürlich aus den Original-Restbeständen des echten Generalreichfeldmarschalls. Der US-amerikanische Offizier, dem Göring sich einst ergeben hatte, hatte zuerst gedacht, er hätte es mit einem Pharma-Vertreter zu tun, da Göring unendlich viele Eukodal- und andere Tabletten bei sich geführt hatte. Langsam begann er zu schweben. Eukodal war ein Hammerzeug – potenter als Heroin. Aber der Kopf blieb trotz der Wärme und Wattierung erstaunlich klar – kein Wunder bei dem Maß an Anspannung. Ohnehin schien ihm der lebensbejahende Renaissance-Mensch Göring das einzige ideal-passende historische Vorbild für ihn zu sein, auch wenn nichts über gleichgeschlechtliche Neigungen überliefert war.

„Dieses Kind, engelsgleich, eine Lichtgestalt von einer Naturgewalt, welche die Menschen wie ein reißender Strom erfassen wird …“, geriet Goebbels aus dem Metaphern-fressenden Propagandaslang nicht hinaus …

„Das Kind ist nicht einwandfrei“, unterbrach ihn Himmler barsch. „Seine Herkunft ist alles andere als geklärt. Er sieht zwar wie die Reinkarnation eines Ur-germanischen Kriegers aus, aber Doktor Mengeles Schädelmessungen und umfängliche Untersuchungen haben ergeben, dass Siegfried nicht nur kein Arier, sondern minderen Rassenursprungs ist. Behindert.“

Schockiertes Schweigen. Eichmann leistete seinem Chef durch eifriges Nicken Schützenhilfe.

„Nein!“, schrie ein empörter Goebbels. „Der Führer hat uns zwei Dinge gelehrt. Wir müssen uns auf einen einzigen Feind einschießen und wir müssen uns auf eine einzige Retter- und Erlöserfigur einigen, die uns zum Endsieg führen …“

„Dafür sind die beiden von Generalreichsmarschall Göring vorgesehenen Witzfiguren in keiner Weise geeignet“, geiferte

Bormann und sendete giftige Blicke in Wagners Richtung. „Ich weiß nicht, wie man überhaupt nur auf die Idee kommen kann ..."

„Meine Herren", brachte sich Göring wieder unhöflich unterbrechend ins Spiel, „ich tue es nur ungern, möchte Sie aber daran erinnern, dass ich der zweite Mann im Staat bin und somit über die Kompetenz verfüge ..."

„Abgesetzt worden bist du!", schrie ein echauffierter Himmler, „und unter SS-Bewachung festgesetzt worden, weil du den Führer in letzter Sekunde verraten hast ..."

„Das haben wir alles schon verhandelt", schrie Wagner noch lauter als sein Kontrahent. „Ich bin aufgrund der Umstände freigesprochen worden. Der Führer hat kurz vor Schluss die Nerven verloren, angestachelt von diesem Partei-Goldfasan", lenkte er die Aufmerksamkeit auf Bormann. „Das Parteigericht kam zum eindeutigen Ergebnis: Freispruch. Ich habe dem Führer nicht die Handlungsfäden entrissen, wie mir nachgesagt wird, sondern in meinem Telegramm angefragt, ob er seiner Handlungsfähigkeit beraubt sei und ob ich deshalb gemäß des Erlasses vom ..."

„Wissen wir doch alle", unterbrach Fegelein ihn schneidig. „Meine Herren, das sind Spiegelfechtereien. Wir sollten uns aufs Wesentliche konzentrieren. Verräter bestrafen und die Revolution ins Rollen bringen."

Einige Sekunden herrschte Ruhe und dann applaudierte ein Anwesender nach dem Anderen.

„Wohl wahr", ergriff Himmler wieder das Wort. „Die von mir über Milla Huber in Auftrag gegebenen Ahnungsforschungsrecherchen sind im Übrigen nicht so eindeutig. Im Moment wissen wir nicht, ob Milla überhaupt als eine nicht mehr zu rettende Halbjüdin klassifiziert werden kann."

„Sehen Sie, sehen Sie", griff auch Göring ein. „Außerdem ist es egal, ob sie jüdisches Blut in sich trägt oder nicht."

Er erntete entgeisterte Blicke.

„Jetzt tun Sie doch nicht so meine Herren, ich bitte Sie", versuchte Göring seine Stimme so tief wie möglich klingen zu lassen. „Auch der Chef hat seinerzeit Menschen instrumentalisiert, wenn es der Sache diente. Die junge Dame verfügt über das Potenzial, die Führerin unserer Bewegung zu werden – Halbjüdin hin, Halbjüdin her. Es versteht sich von selbst, dass ihr nach der Revolution wegen Rassenschande und Hochverrat der Prozess gemacht werden wird und wir in der bereits vorgesehenen Rangfolge unsere Ämter begleiten werden. Da steht uns eine Frau ohnehin nur im Weg."

Vorsichtiges Nicken.

„Das Kind scheint jedoch aus meiner Sicht das erfolgversprechendere Objekt zu sein", ließ Goebbels nicht locker, „und zudem darf ich daran erinnern, dass ich nach Hitlers Tod zum Reichspräsidenten ernannt worden bin und damit also …"

Es klopfte kurz. Ohne abzuwarten öffnete sich die Türe und ein Mann im zivilen Anzug betrat den Raum. Er schritt zügig auf Himmler zu.

„Herr Reichsführer, das von Ihnen angeforderte Horoskop und alle weiteren Fragen die Sternenkonstellationen betreffend sind mit größter Sorgfalt und Gewissenhaftigkeit zusammengefasst worden."

Er überreichte Himmler mehrere Rollen Papier. Danach salutierte er lax und verließ den Gerichtssaal – Sternenforscher halt. Himmler bewegte sich zu Freislers Gerichtstisch und breitete dort die Papiere aus.

„Meine Herren", meinte Himmler, „sehen wir mal, was die Sterne zu sagen haben."

Goebbels murmelte zerknirscht ein „Was für ein Humbug!" in sich hinein, folgte aber wie alle anderen der Einladung. Eingehend studierten sie die astrologischen Konstellationen. Danach lasen sie die verbalisierten Zusammenfassungen der grafischen Darstellungen. Es folgten „Hms", „Oh", „Genau" und so weiter. Zufrieden streichelte Göring seinen Schnurrbart. Hatte es sich also doch gelohnt, den Astrologen, der in die Rolle von Himmlers Haus-Astrologen geschlüpft war, durch einen von Odins Elite-Männern einschüchtern und zu einem astrologischen Gutachten „überreden" zu lassen. Wieder einmal zahlte sich seine Geheimdienstsozialisierung aus … Er war froh, dass es bisher in dem Ensemble keinen Canaris, Chef der Abwehr, gab, dieses elendige Verräter-Schwein …

„Das Ergebnis gefällt mir nicht“, gab ein zerknirschter Himmler zu, „aber ich weiß, dass die Sterne nie lügen.“

„Das bedeutet, dass wir diese Jüdin, unsere Todfeindin, an die Spitze der Bewegung setzen“, giftete der Zwerg Goebbels, wobei ihm vor Erregung der Speichel an den Lippen herunterlief, und sprach: „Unerhört, wenn das der Führer …“

„Genau, unerhört!“, stimmte Bormann zu.

„Reichsführer, ich melde stärkste Bedenken an“, meldete sich Eichmann zu Wort. „Unsere Weltanschauung basiert auf wissenschaftlichen rassetheoretischen Annahmen …“

Zeit, das Blabla zu beenden; Nägel mit Köpfen zu machen.

„Meine Herren, genug laviert“, rief Wagner alle zur Raison. „Wir haben ein eindeutiges Ergebnis, das uns die Deutung der Sterne geliefert hat. Außerdem plädiere ich als Ranghöchster dafür, Milla als Gallionsfigur zu nehmen. Außerdem gilt, was damals galt: Wer Jude ist, bestimme ich. Punkt.“

Er machte eine Pause, doch es blieb still.

„Gut, dann fasse ich zusammen“, legte er nun die gesamte Amtsautorität Görings in seine Stimme. „Heute gibt es zwei Prozesse. Der erste Prozess geht gegen das Kind. Wir liefern Freisler Doktor Mengeles Gutachten, das ihm keine andere Möglichkeit lassen wird, als Siegfried wegen unwerten Lebens zum Tode zu verurteilen. Da Siegfried ein Kind ist, erhält er entgegen unseren Gepflogenheiten keine Gelegenheit, ein letztes Wort zu ergreifen.“

Alle waren mit der Änderung der Prozessordnung einverstanden.

„Der zweite Prozess wird nicht weniger kurz. Tscharly Huber wird aus den uns alle zur Genüge bekannten Gründen zum Tode verurteilt.“

Die Anwesenden brachten ihre Zustimmung zum Ausdruck.

„Nach dem zweiten Prozess macht Freisler den Abgang und ich werde Milla zur Führerin der neuen rechten Revolution ernennen. Sie wird zur Freya umgewandelt.“

„Ausgezeichnete Idee!“

„Fabelhaft!“

„Als neue Führerin bleibt ihr das Privileg überlassen, das Urteil an den Verurteilten selbst zu vollstrecken.“

Jetzt brach ein Beifallssturm los. Himmler stapfte vor Erregung mehrfach mit dem Fuß auf den Betonboden.

„Unser Charmeur Fegelein wird während des Revolutionsverlaufs Freya an die Seite gestellt“, legte Göring seine Pläne offen. „Er weiß, wie man mit Frauen umgeht und wird ein scharfer Wachhund sein.“

Erneute Zustimmung. Odin konnte sich ein Grinsen nicht verkneifen.

„Nachdem wir mein Dossier endgültig sicher- und den Österreicher kaltgestellt haben, werden wir mit dem Marsch auf Berlin beginnen“, brachte Göring das Fass zum Überlaufen.

Die Revolutionsstimmung hätte besser nicht sein können. Der Führer wäre stolz gewesen.

Viertes Reich, außerhalb des Bunkers 2

Plötzlich setzte heftiges Sturmgewehrfeuer ein. Der Mann mit der Uzi wurde ins Bein und in den Arm getroffen. Er blutete. Nummer eins war ausgeschaltet.

Verdammt, da sind einem die Nerven durchgebrannt, dachte Franz. Und das ausgerechnet bei uns – der Elitetruppe Österreichs. Das durfte nicht passieren.

„Feuer einstellen!“, brüllte er ins Mikrofon und hielt inzwischen wieder den Zünder in der Hand.

Was machten die im Auto? Rasten sie durch die vorhandenen Schneisen zum Bunker, würden sie die Stellung halten und kämpfen oder sich lieber ergeben?

Hoffentlich waren die Drei im Camper nicht lebensmüde, dachte Franz, sondern Profis, welche die Ausweglosigkeit ihrer Situation richtig einschätzten. Doch er hatte sich getäuscht. Aus heiterem Himmel ertönte schweres Maschinengewehrfeuer aus Richtung des Autos.

Tack – tack – tack – tack.

“Deckung!“, brüllte er in sein Mikrofon.

Er suchte das Mündungsfeuer. Da – das Fenster auf der linken Seite.

Scheiße, jetzt gab es vielleicht doch Tote …

Dann meldete sich Timo.

„Vollzug. Alle vier sichergestellt. Keine Schwerverletzten oder Toten. Ende.“

Ausgezeichnet. Franz atmete auf. Immerhin hatten sie die Hälfte der Wache schiebenden Kämpfer einkassiert. Das Maschinengewehrfeuer wurde langsam, aber sicher gefährlich. Wer auch immer es bediente, wusste genau, was er machte und verfügte über genug Munition. Sein Team wartete auf Anweisungen.

Was tun?, fragte er sich verzweifelt.

Klar, jetzt war das Fiasko schon da, also musste er die Rückzugsmöglichkeit verbauen und hoffen, dass die drei einsahen, wie aussichtslos ihr Unterfangen war.

Kawumm – Kawumm.

Den ohrenbetäubenden Detonationen folgten zwei orangene Feuerbälle hinter dem schwarzen Camper. Franz spähte angestrengt durchs Fernglas. Die Bäume hatte es wie geplant erwischt. Sie lagen übereinander und versperrten den Weg zur Bunkeranlage. Der Typ mit der Uzi robbte unter Schmerzen unter den Camper. Auch er eröffnete das Feuer. Jetzt folgten aus dem Camper weitere Schüsse, von der rechten Fensterseite. An der Art des Plops hörte Franz sofort, dass es sich um ein Scharfschützengewehr handelte. Verdammt. Eine der Kugeln, die sogar Elefanten zerfetzen konnte, schlug Millimeter neben ihm ein. Ihm stockte der Atem. Er rollte sich auf der Seite in eine Mulde.

„Aufpassen, Scharfschütze!“, schrie er ins Mikrofon, doch die Warnung kam zu spät, denn durch das Funkgerät wurde verlautbart, einer der Cobra-Männer wäre ins Knie getroffen worden. Armer Kerl. Verdammte Scheißkerle, diese Kack-Nazis. Zurückschlagen, sofort.

„Sperrfeuer aufs obere Drittel des Campers“, befahl er.

Er hatte zwar die Erlaubnis zu töten, mochte aber kein Blutvergießen ohne zwingenden Grund. Von überall her ertönten Schüsse. Das hielt die Wagenburgverteidiger in Schach. Das Gegenfeuer verstummte.

Die obere Seite des schwarzen VW-Campers war komplett von Schüssen zersiebt. Aus dem Auto stiegen Flammen und Rauch.

„Scharfschütze A, auf die Reifen!“, brüllte Franz.

Zufrieden sah er, wie aus einem Reifen nach dem anderen die Luft entwich. Was dann geschah, konnte er kaum glauben. Tatsächlich machte der VW-Camper trotz Platten Anstalten zu wenden, um aus dem Wald herauszufahren. Ihr Pech. Damit liefen sie in die Falle, denn 500 Meter von hier hatten sie eine nicht zu durchbrechende Straßensperre errichtet. Dennoch war es besser, sie hier zu stoppen, um das Gefahrenpotenzial zu senken.

„Benny, schalte den Fahrer aus!“

Drei Schüsse hallten vom Scharfschützen zwei wider.

Plop – Plop – Plop.

Benny hatte eine Ausnahmeerlaubnis und durfte das von GALATZ in Israel hergestellte Galil-Scharfschützengewehr benutzen, das mit tödlicher Präzision seine Arbeit verrichtete. Der Fahrer brach blutüberströmt über dem Lenkrad zusammen.

Plop.

Um sicher zu gehen, ein finaler Schuss. Zwei Einschusslöcher oberhalb der kugelsicheren Weste. Ein Schuss hatte vermutlich die Weste durchdrungen, denn gegen das GALATZ half kein noch so guter Schutz.

„Franjo, Feuer auf die hintere Türe der Beifahrerseite des Zielobjekts eröffnen!"

Sofort ertönten Feuerstöße aus dem Sturmgewehr 77.

Tack – Tack – Tack – Tack – Tack – Tack – Tack.

Vermischt mit Plops.

Dann herrschte gespenstische Ruhe. Schreie wurden hörbar. Offensichtlich gab es Verletzte.

Es war beinahe unmöglich, dachte Franz, dass in diesem Inferno jemand überlebt hat.

Aber Wunder gab es immer wieder.

Aus dem zerschossenen Fenster des VW-Campers wurde ein weißes Unterhemd geschwenkt.

„Nicht schießen!"

„Wir ergeben uns!"

„Nicht schießen!"

„Nicht mehr schießen!"

Vernünftige Jungs, dachte Franz, mochte aber nicht Gefahr laufen, in eine Falle zu tappen. Wäre schließlich nicht das erste Mal, dass Hardcore-Gangster simulieren, aufzugeben, nur um noch möglichst viele der herannahenden Beamten in den Tod mitzureißen.

„Ganz vorsichtig und in sicherer Deckung auf Zielobjekt vorrücken", gab Franz deshalb die Order aus, keine zwei Minuten nachdem das Feuerwerk begonnen hatte.

„Alle Überlebenden sichern und abtransportieren!"

Dann folgte die Detonation.

Viertes Reich VIII

„Hiermit verkünde ich im Namen des Großdeutschen Reichs germanischer Nationen folgenden Entschluss!“, plärrte Freisler in gewohnter Manier. „Umfängliche medizinische Untersuchungen haben ergeben, dass es sich bei dem Kind um unwertes Leben handelt.“

Von beinahe Null auf Zweihundert beschleunigte sich Tscharlys Herzschlag. Er sah den Jungen zum ersten Mal in seinem Leben. Aber wo steckte Milla?

Im Gerichtssaal entdeckte er keine Spur von ihr; wie konnte das möglich sein, dass sie ihren Ziehsohn einfach diesen Bestien überließ?

Was ist meine Tochter nur für eine seltsame Mutter?

Er spürte, wie sich seine Hände in das Fleisch der Oberschenkel bohrten.

„Ich zitiere aus dem Gutachten Doktor Mengeles: Aufgrund phrenologischer und anderer Untersuchungen bin ich zu der unumstößlichen Auffassung gekommen, dass das Kind der Sippe der Sinti und beziehungsweise oder Roma entstammt. Zudem haben Blutuntersuchungen ergeben, dass das Kind an multiplen Behinderungen leidet. Die stärkste Ausprägung hiervon ist der Albinismus.“

Würdevoll legte Freisler die Blätter auf den Richtertisch und spähte durch seine schmale silberne Lesebrille durch den Gerichtssaal. Er war schlank, ohne durchtrainiert zu sein; seine ergraute Tonsur und das Habichtgesicht ließen ihn wie eine Karikatur eines hässlichen Totenvogels erscheinen, aber seine Stimme drang durch Mark und Bein. Die wenigsten der Anwesenden wussten von Hitlers Vorbehalten gegen seine Person; Hitler hatte ihn nicht zum Justizminister ernannt, weil er in ihm einen halben Nationalbolschewisten sah, denn im 1. Weltkrieg hatte er sich in russischer Kriegsgefangenschaft befunden. Seiner ideologischen Nazi-Indoktrinierung hatte das jedoch keinen Abbruch getan.

„Folglich sehen wir es daher als unsere Verpflichtung zur Ausübung der Humanität an“, drangen auf einmal Freislers Worte wieder an sein Ohr, „dem Kind die letzte Gnade zu erweisen. Es soll nicht länger an seinen minderwertigen Rasseneigenschaften und seinen lebensunwerten Behinderungen leiden, die es zur Gefahr für sich selbst und die Gesellschaft werden lässt. Insofern werden wir dem Kind unter dem Gesichtspunkt einer lebenswerten Gesellschaft mit humanem Antlitz den Gnadentod zukommen lassen."

Der Hammer knallte auf den Richtertisch und die zwei links und rechts von ihm sitzenden Soldaten mussten Tscharly unter Aufbietung ihrer Kräfte aufrecht halten. Siegfried, der als einziger nicht verstand, was um ihn herum vor sich ging, wurde von der Anklagebank abgeführt. Sie hatten ihm gnädigerweise ein Sedativum verabreicht. Dadurch wirkten seine Pupillen wie riesige Stecknadelköpfe, was ihn in ihren Augen idiotisch aussehen ließ.

Viertes Reich, außerhalb des Bunkers 3

Schöberle nahm den recycelbaren Kaffeebecher aus der dafür vorgesehenen Vorrichtung und starrte entsetzt auf die Bilder seines Laptops einer konservativen US-Marke. Er trug ein schwarzes Headset. Übelkeit stieg in ihm auf; sein Magen brüllte nach Kamillentee.

„Allein eine sorgfältige Abwägung der Folgen kann uns jetzt noch vor weiteren existenzgefährdenden Entwicklung schützen", lautete seine Conclusio.

Er stellte den Kaffeebecher in die Halterung.

Edelmann war per Funk mit ihm in Verbindung und hatte ihm die Hiobsbotschaft in Worten erklärt.

„Franz und seine Leute sind tot", wiederholte der Israeli.

„Können Sie wirklich jeden falschen Rückschluss ausschließen?", entgegnete Schöberle, obwohl er auf dem Laptop mit eigenen Augen alles hatte mitansehen müssen.

„Und ob. Die Detonation erfolgte, als Franz und seine Leute die scheinbar Besiegten gefangen nehmen wollten. Die Detonation der Bombe in dem Fahrzeug war so stark, dass alle beteiligten Kräfte in Stücke gerissen worden sind. Es sieht aus wie nach einem Selbstmordanschlag in Jerusalem."

Schöberle schlug sich mit der flachen Hand gegen die Stirn. „Wahnsinn", benutzte er ein Wort, das er nur in Extremsituationen verwendete.

„Was sollen wir jetzt machen?", fragte Edelmann.

„In Anbetracht der erforderlichen militärischen Kräfte scheint jede weitere Intervention wie Kamikaze", überlegte Schöberle laut.

„Unsere Drohnen nähern sich jetzt dem Bunker", teilte Edelmann ihm mit.

„Aber welchen Nutzen soll das Risiko einer Entdeckung noch bringen?"

Edelmann scherzte: „Wenn ein deutscher Beamter auf einer Dienstreise verstirbt, gilt dann eine Dienstreise eigentlich als beendet?"

Schöberle reagierte gekränkt: „Was soll der Shit?"

„Euch Deutschen fehlt jeglicher Sinn für jüdischen Humor, wie ich sehe."

„Mir ist nicht nach Lachen."

„Warum haben Sie nicht besser vorgesorgt? Ich habe Ihnen doch gesagt, Sie sollen sich an Milla heranmachen. Dann hätten wir jetzt eine Verbündete innerhalb dieses NS-Führungskaders!"

„Was glauben Sie, was ich versucht habe, Edelmann."

„Sie sollen eine Sache nicht versuchen, sondern Sie müssen eine Sache in die Hand nehmen. Was glaubt ihr Deutschen denn, wie wir paar Leute gegen Millionen von Arabern bestehen können, die uns allesamt nicht nur nach dem Leben trachten, sondern unser Volk komplett auslöschen wollen? Wenn wir im Versuch verharren würden, wären wir schon längst tot."

So viel Arroganz musste er sich trotz seiner deutschen Familiengeschichte von niemandem bieten lassen – auch nicht von einem Israeli. „Es reicht jetzt, Edelmann. Wenn jemand den Führerbunker stürmen will, dann ist das der sichere Tod für Milla Huber und Siegfried. Und für den Journalisten. Ich schlage vor, wir warten erst einmal ab und analysieren die Situation."

„Worauf wollen wir warten?"

„Auf den idealen Zeitpunkt."

Der Israeli erwies sich ein weiteres Mal als Witzbold: „Es gibt niemals einen idealen Zeitpunkt bei euch Deutschen. Auch nach dem Abkoten bleibt der Kothaufen weiterhin braun – das sagt man doch so als deutscher Beamter, oder?"

„Dann sind die drei so gut wie tot."

Der Israeli brach den Kontakt ab.

„Scheiße!", schrie Schöberle mit heiserer Stimme.

Viertes Reich IX

Drei Minuten später saß Tscharly wieder – dieses Mal auf der Anklagebank. Sie hatten den Jungen zu seiner Mutter in einen Nebenraum gebracht. Milla durfte sich gnädigerweise noch von ihrem Sohn ein letztes Mal verabschieden, hatte Doktor Freisler mit einem zynischen Lächeln angekündigt. Die Hinrichtung sollte nachher draußen vor dem Bunker öffentlich stattfinden.

Der Richter rückte jetzt seine Brille zurecht und stellte Tscharly die für seinen Schauprozess obligatorischen Fragen nach Namen, Alter, Wohnsitz und Beruf.

Tscharly antwortete mechanisch.

„Sie sind ein Schmierfink, wie ihn die Welt noch nicht gesehen hat", schrie Freisler und lief zu Höchstform auf; dunkle Zornesröte färbte das Antlitz des Wahnsinnigen. „Sie arbeiten für dieses Marionetten-Regime, welches das US-amerikanische Finanzkapital und der jüdische Bolschewismus in unserem geliebten Deutschland installiert haben. Liefern Tag für Tag falsche Meldungen, um die Bevölkerung ruhig zu halten. Um ihr den Kopf zu waschen. Sie sind ein kleiner Motor des großen Motors Umerziehung, Sie Schuft."

Vor lauter Verachtung spuckte Freisler auf den Tisch.

„Sie sind schuld an der Gehirnwäsche des deutschen Volks. Sie reproduzieren in ihrem sogenannten liberal-bürgerlichen Schundblatt das Narrativ der Siegermächte, deren Ziel es ist, die deutsche Identität zu rauben und den Giftstachel der ewigen Schuld zu implementieren."

Selbst Freisler musste mal Luft holen, bevor er fortfuhr: „Damit haben Sie schwere Schuld auf sich geladen. Aber dieser journalistische Defätismus der Lügenpresse ist bei weitem nicht Ihr einziges Vergehen. Sie sind von Haus aus ein Linker, ein Verbrecher, ja sogar indirekt ein Mörder. Ihre Akte ist eindeutig. Sie sympathisierten als junger Mensch mit dem Kommunismus. Sie gehörten verschwörerischen Zirkeln an, die sich dem Juden, unserem ewigen Feind, regelrecht an den Hals warfen. Sie trugen einen bedeutenden Anteil bei zur dauerhaften Etablierung der

Holocaust-Lügen. Sie beschmutzten das Bild des Dritten Reichs und das unseres über alles geliebten Führers Adolf Hitler. Sie schrieben sarkastisch über den Chef, wie sehr ihm der eine kleine Hoden psychisch zu schaffen gemacht habe. Abgesehen vom unterirdischen Niveau dieser Argumentation wird hierbei sein Ansehen für ewig zu Unrecht mit Schmutz bedeckt, was bereits allein die Todesstrafe rechtfertigen würde."

Jetzt musste Tscharly schlucken. Da sein trockener Mund einer Salzwüste glich, drückte er ungewollt viel Luft nach unten. Natürlich hatte er gegen das rechte Gesocks angeschrieben, es gar als eine seiner vornehmsten demokratischen Pflichten angesehen, und ausnahmsweise auch mal freudianisch unter der Gürtellinie argumentiert.

„Sie sind ein Volksverräter erster Güte. Sie haben nichts anderes verdient als den Strick oder die Guillotine. Für Sie ist jede Patrone zu schade."

Aus dieser Nummer gab es kein Entkommen mehr, wurde Tscharly klar. Schöberle hatte ihn in eine Falle tappen lassen. Ende. Aus. Schluss. Vorbei.

„Zudem haben Sie sich erdreistet, ein Lügendossier über den Generalreichsfeldmarschall zu verfassen. Dieses alleine würde uns verpflichten, Sie als pars pro toto der bundesdeutschen Lügenpresse am nächsten Baum aufzuknüpfen. Hinter dem brisanten Dossier jagt die halbe Welt her, um unsere wunderbare Bewegung durch die von Ihnen erfundenen Lügen durch den Dreck ziehen zu können. Der MOSSAD, die CIA, die deutschen Dienste der Besatzungsmächte – alle sind sie hinter dem Wagner-Dossier her. Auch unseren Männern ist es bis dato leider nicht gelungen, das Dossier zu finden. Ein größeres Ausmaß an Niedertracht ist nicht denkbar."

Totenstille. Tscharly seufzte.

„Hat es dem Angeklagten die Sprache verschlagen? Ich verstehe das Gestammle nicht. Das zeigt nur, wie verdorben Ihre Seele ist."

„Ich … ich habe das Dossier nicht … der MOSSAD hat es, weil er darin Informationen über die osmanische Herrscherfamilie …" Verdammt, warum nur brachte er außer diesem Stammeln nichts zustande? „Es wurde uns geklaut …"

„Sie Schuft wagen es, uns zu belügen!"

„Es ist die Wahrheit!"

„Nutzen Sie lieber die Gelegenheit, Ihr Gewissen zu erleichtern, solange Sie noch reden können. Glauben Sie im Ernst, eine Chance zu besitzen, Ihrem Schicksal entfliehen zu können? Darüber hinaus haben Sie wertvolles deutsches Blut durch Rassenschande für immer besudelt. Zumindest war das Ihre Intention. In diesem Falle reicht der Vorsatz für die Todesstrafe. Zu diesem Anklagepunkt rufe ich die Angeklagte mit dem Code-Namen Geli Raubal auf – unsere künftige Gallionsfigur Freya."

Tscharly stockte das Herz. Was bedeutete das jetzt wieder?

Eine der Nebentüren öffnete sich und Milla betrat den Gerichtssaal.

„Heil Hitler!", begrüßte Freisler sie.

„Heil Hitler!", entgegnete Milla und winkelte zackig den Arm, wie es eigentlich nur die Granden der NS-Bonzokratie hatten tun dürfen. Sie sah anders aus, als in Tscharlys Erinnerung und doch hatte er als Vater immer geglaubt, seine Tochter zu kennen. Ebenso ihre geistigen Dimensionen. Davon war er zumindest ausgegangen – vermutlich zu Unrecht.

Mit Würde nahm Milla Platz. Sie thronte auf ihrem Stuhl in einem weißen Gewand wie eine Göttin. Diese aufrechte Haltung war ein Erbe ihrer Mutter, der einstigen Ballerina. Verzweifelt suchte Tscharly in Millas Augen nach Anzeichen von Trauer und Verzweiflung – Menschlichkeit! Es konnte ihr doch nicht egal sein, was diese Bestien mit ihrem Kind vorhatten.

„Der Angeklagte Tscharly Huber", schrie Freisler in Ekstase, „hat mit einer Jüdin Intimverkehr gehabt. Dadurch hat er bewusst versucht, deutsches Blut für ewig zu verschandeln. Bei der Jüdin handelt es sich um Sara Smuss, die Tochter des ehemaligen KZ-Insassen Peter Smuss. Sind meine Ausführungen soweit zutreffend?"

„Es trifft zu“, antwortete Milla, „dass mein Vater in dem Glauben, meine Mutter sei Jüdin, mit ihr Geschlechtsverkehr hatte und ich die Folge desselben war.“

„Sehen Sie!“, schrie Freisler in den höchsten Tönen. „Vorsätzliche Rassenschande. Böswillige Besudelung deutsch-arischen Bluts. Ich danke der Zeugin, bitte sie aber, vorläufig in der ersten Reihe Platz zu nehmen.“

Soldatisch erhob Milla sich; in Anbetracht der Nürnberger Rassegesetze musste ihr doch bewusst sein, dachte Tscharly, dass sie soeben ihr eigenes Todesurteil gesprochen hatte. Freislers Lüge glaubte sie doch wohl selbst nicht. Was sollte das alles?

Nur ein Blick, flehte Tscharly innerlich. Schenke mir einen Blick, meine Prinzessin! Einen allerletzten Blick.

Und tatsächlich hatte es für den Bruchteil einer Sekunde den Anschein, als richte Milla ihre Augen nach ihm. Tscharly verfluchte seinen Wunsch umgehend. Die Augen seiner Tochter waren tot. Leer. Kälter als das Nordmeer. Fern von jeglicher Menschlichkeit. Sie glitten an ihm vorüber. So emotionslos, wie es nur Maschinen konnten. Das war doch nicht mehr seine Tochter, oder?

Milla nahm auf der anderen Seite des Saals in der ersten Reihe Platz. Freisler erhob sich. Zur Urteilsverkündung, die auf dem Fuße folgte.

„In Namen des Deutschen Volkes verurteile ich den deutschen Staatsbürger Tscharly Huber, geboren am 11. August 1963 in München, zum Tode durch den Strang. Der Angeklagte hat sich folgender Verbrechen schuldig gemacht: Vorsatz der Rassenschande, journalistischer Defätismus, Vertretung ungermanischer Ideologien und tatkräftige Unterstützung des jüdisch-bolschewistischen und finanzplutokratischen Besatzerregimes. Zudem Fortführung des ewigen Schulddiskurses und Verfassen eines erfundenen, verleumderischen Dossiers, das sich gegen einen der wichtigsten Männer unserer Bewegung richtet. Weitere Anklagepunkte sind vor dem Hintergrund der Schwere der genannten Straftaten hinfällig und müssen nicht in die Urteilsfindung mit einfließen. Der Volksgerichtshof hat die Anklagepunkte in seiner Hauptverhandlung bestätigt. Vorsitzender Richter war der Präsident des Volksgerichtshofs Doktor Freisler, weitere Vorsitzende der Verhandlung waren Landgerichtsdirektor Stier, SS-Gruppenführer Breithaupt, SA-Gruppenführer Bunge, Staatssekretär und SA-Gruppenführer Köglmaier, als Vertreter des Oberreichsanwalts Reichsanwalt Weyersberg. Damit erhält der Angeklagte die Gelegenheit des letzten Worts."

Alle Blicke richteten sich auf Tscharly.

„Milla!", brüllte er, „ich liebe dich … Ich habe dich als dein Vater immer geliebt …"

Ein Gewehrkolben krachte in seinen Nacken.

Schwärze.

Viertes Reich X

Marschmusik riss Tscharly aus seiner Ohnmacht. Angeführt von Göring betrat die Prozession den Saal; Himmler, Eichmann, Fegelein, Goebbels, Keitel und Speer; alle fröhlich vereint. Doktor Freisler packte die Unterlagen zusammen, um den Parteibonzen Platz zu machen. Göring/Wagner übernahm den Vorsitz in der Mitte und winkte Milla zu sich. Sie erhob sich und marschierte zu dem ihr angewiesenen Platz. Nun saß seine Tochter neben Göring; Tscharly fragte sich, ob seine Peiniger ihm psychisch wirkende Substanzen verabreicht hatten und er das alles nur halluzinierte. Gleich wirst du erwachen und das alles war nur ein Traum!

Der Generalreichsfeldmarschall erhob sich würdevoll und nahm Milla sanft an der Hand.

„Zu Beginn der Zeremonie wollen wir alle unser geliebtes Deutschlandlied singen", kündigte Göring an, worauf aus den Lautsprechern die ersten Töne feierlich erklangen. Der Gerichtssaal erbebte bei der voller Inbrunst gesungenen ersten Strophe:

„Deutschland, Deutschland über alles,
über alles in der Welt …"

Kaum waren die letzten Töne verklungen, gab Göring das Zeichen zum Hinsetzen. Die zum Hitlergruß gestreckten Arme senkten sich. Nur Milla blieb stehen. Schlimmer als der Gedanke an seine bevorstehende Hinrichtung war für Tscharly nur die Tatsache, dass Wagner mit seiner Tochter einst sogar intim gewesen war. Wie hatte sie nur auf diesen Mephisto hereinfallen können?

„Es ist an der Zeit", erhob der zweite Mann des Reichs die Stimme, „mit einer weiteren, unsäglichen Geschichtslüge aufzuräumen. Wie wir während des Gerichtsprozesses vernommen haben, hat der Angeklagte, dessen Namen ich nicht einmal auszusprechen für würdig erachte, vorsätzlich Rassenschande begangen. Doch was er nicht weiß und bisher niemand wusste, ist, dass es sich dabei lediglich um eine Legende handelt."

Nur unter größten Anstrengungen gelang es Tscharly, seine Atmung zu kontrollieren.

„Den Namen Milla wollen wir niemals mehr hören", schrie Göring nun in Ekstase, „sondern nur noch den Namen Freya. Denn Freya lautet ihr wirklicher Name und sie hat ebenso wenig jüdisches Blut in sich, wie Sie oder ich. Freya ist reinsten arischen Ursprungs."

Der Marschall machte eine Kunstpause, in der die hohe Anspannung förmlich zu spüren war.

„Freyas Großvater, der unter dem Decknamen Peter Smuss agierte, war ein aus einem Pilotprojekt der Lebensbornheime hervorgegangener deutscher Arier erster Klasse. Da wir damals um den hohen Blutwert dieser besonderen Kinder wussten, haben wir die besten von ihnen nach dem Leistungsprinzip für spezielle Aufgaben ausgewählt. Peter Reinhardt, so lautete sein richtiger Name, wurde die Ehre zuteil, für Geheimaktionen in Konzentrationslagern ausgebildet zu werden. Er lernte, sich wie ein Jude zu kleiden, zu benehmen und zu sprechen. Er schlüpfte so perfekt in die Rolle, dass er von keinem der Lagerinsassen entlarvt wurde. Selbst die Wachen und der Lagerkommandant wussten über seine wahre Identität nicht Bescheid. Peter Reinhardt hatte die verdienstvolle Aufgabe, jegliches Anzeichen eines Aufruhrs, Ausbruchs oder Aufstands der Lagerinsassen direkt weiterzugeben. Durch seine hervorragenden Leistungen war es bis zum Kriegsende möglich, etliche Konzentrationslager für die deutsche Rüstung und das deutsche Volk am Laufen zu halten."

Göring wischte sich mit dem Taschentuch über die Stirn. „Es ist aber nicht die Heldengeschichte des Agenten Peter Reinhardt, die ich erzählen möchte, sondern alles hier dreht sich künftig um seine Enkelin Freya Huber, geborene Reinhardt. In ihr haben sich die größten Vorteile unseres überlegenen Bluts vereinigt und zusammengefunden. Sie besitzt die Kraft, das Organisationstalent und den Mut, sich an die Spitze unserer Bewegung zu stellen. Natürlich ist der Gedanke für manche von uns befremdlich, eine Frau an der Spitze zu sehen. Doch die Vorsehung hat Freya dafür auserkoren. Und ich kenne niemanden, der fanatischer seinen Dienst für Volk und Vaterland verrichten würde als sie."

Als nach wenigen Sekunden immer noch weihevolle Stille herrschte, gab Göring eindeutige Zeichen. Endlich brandete Applaus auf. Heilrufe. Wie im Rausch erhoben sich die Anwesenden und huldigten seinen Worten mit dem Führergruß. Nach einer Minute gab Göring das Zeichen, er wolle fortfahren. Stille kehrte ein.

„Freya ist von nun an unsere Führerin, die uns radikaler als wir es uns bisher vorstellen konnten, den Weg zur Macht und zur Befreiung unserer Fesseln ebnen wird. Zum Zeichen ihrer Entschlossenheit wird die Führerin den armen Siegfried persönlich von seinem Leid erlösen. Anschließend wird sie für Gerechtigkeit sorgen und ihren Vater, einen der größten Verräter der deutschen Geschichte, den Strick um den Hals legen."

Tosender Jubel. Tscharly übergab sich, wobei nichts als sodsaure Galle seine Speiseröhre emporschoss.

Viertes Reich XI

Freya betrat draußen vor dem Bunker die Opferstätte.

Siegfried, an einen Pfahl gebunden, nackt, sah mit einem unschuldigen Lächeln zu seiner Mutter auf. Als er das Messer in ihrer Hand erblickte, erwiderte er mit argloser Stimme – lallend und fasziniert: „Naninchen schlachten …"

Freya nickte. „Mama, Kaninchen schlachten", redete sie beruhigend auf ihn ein. Er erinnerte sich anscheinend an das Abenteuer, das Heidrun ihm acht Tage zuvor beschert hatte. Ein Wunder, dass er in seinem Alter überhaupt schon so weit zurückdenken konnte. In seinem Alter wusste er auch nicht, was Sterben bedeutete. Der Tod war für ein Kind ein zu abstrakter Begriff.

„Ich opfere meinen Sohn den Göttern", sprach sie feierlich.

Einzig und allein der Gefangene Nummer eins schrie ihr zu: „Milla, ich flehe dich an, tu es nicht …!"

Einer der SS-Schergen stopfte ihm den Mund mit einem Knebel. Sie hielten ihn fest. Freya hatte keine andere Wahl, als sich angewidert von diesem Mann abzuwenden. Nicht einmal in seiner letzten Stunde hatte dieser Mann die Würde, sich in sein Schicksal zu fügen … Was für ein Schwächling!

„Naninchen lecker …", quengelte Siegfried.

Milla beugte sich zu ihm hinab, hielt sein Gesicht und flüsterte ihm liebevoll zu: „Gleich ist alles vorbei, mein Hase. Gleich haben wir es geschafft."

Das halb narkotisierte Kind vertraute ihr und schmiegte seine Wange an ihre Hand.

Freya spürte eine Träne in ihren Augen.

„Töte was du liebst, und du wirst frei sein!", hörte sie neben sich Fegeleins Stimme.

„Wir spielen jetzt Kaninchen schlachten und nachher gehen wir nach Hause", sagte Freya zu ihrem vierjährigen Sohn.

„Es ist euer Privileg, meine Führerin, den Volksschädling zu beseitigen", schmeichelte ihr Göring.

Die Göttin der deutschen rechten Revolution schritt zur Tat – eine Tat, die die Anwesenden in ihren Bann zog wie ein magisches Ritual. Freya bohrte das Messer in die Schulter ihres Sohnes und zog die Klinge ruckartig sogleich wieder heraus.

Siegfried sah Tropfen seines eigenen Blutes und lachte heiter. Milla tat, wie ihr geheißen, und stach ein zweites Mal – dieses Mal in die andere Schulter. Das Kind lachte neuerdings und reagierte mit keinerlei Schmerzreaktion – genau wie Milla es erwartet hatte …

Der junge Siegfried spürte keinerlei Schmerzen.

Sie schnitt ihrem Sohn das rechte Ohr ab.

Siegfried fand die Situation komisch und betrachtete nur verwundert seine eigene Ohrmuschel.

„Halt!“, brüllte Himmler. „Halt …!“

Fegelein/Odin und Milla tauschten einen Blick. Die Reaktionen der Kameraden reichten von vor Staunen geöffneten Mündern bis hin zu wütenden Schreien. Männer stürmten nach vorne; ein Tumult drohte loszubrechen.

Fegelein stellte sich ihnen in den Weg.

„Seht ihr, Kameraden – den Helden Siegfried … den künftigen Krieger, der keinen Schmerz kennt … Das Kind, das der Führer persönlich aus Walhalla zu uns herabgeschickt hat …“

Eine Massenhysterie brach aus, in deren Verlauf Dutzende auf die Knie fielen und zu Siegfried beteten. Zu ihrem neuen Gott. Wie hatten die Ärzte dieses Phänomen genannt? Cipa-Syndrom, so nannte man Siegfrieds angeborene Schmerzunempfindlichkeit.

Odin nickte Milla zu. „Ich habe dir versprochen, dass Siegfried am Leben bleiben wird“, sprach er dicht an ihrem Ohr.

„Ich habe keine Sekunde an dir und deinem Versprechen gezweifelt, mein edler Recke.“

Sie fielen sich in die Arme, während längst einer der Schergen Siegfried losgebunden hatte. Die aufgebrachte Horde entriss ihr Siegfried. Sie trugen den Jungen auf ihren Schultern.

Mengele hatte alle Hände voll damit zu tun, das abgetrennte Ohr zu verwahren; er wollte es dem Jungen wieder annähen.

Das Chaos war komplett.

Göring brüllte, damit die Männer zur Ruhe kämen.

„Hängt jetzt den Verräter! Hängt ihn …!“

Milla drehte sich zu ihrem Vater, der nackt vor ihr stand; mit seiner Glatze und dem angstgeweiteten Gesichtsausdruck konnte er einem fast leidtun.

Die Männer schafften es nur mit äußerster Beherrschung, ihre Begeisterung im Zaum zu halten. Göring mahnte zur Disziplin und erklärte: „Die Konstruktion der Schlinge ist eine historische Reminiszenz an die Verräter des 20. Junis. Dieses elendige Offizierspack erhielt ebenso wie dieses Gewürm hier eine Schlinge, die das Genick nicht sofort bricht. Es gibt nur Tod durch Ersticken. Das dauert Minuten, im Glücksfall über eine Viertelstunde."

„Du kriegst deine verdiente Strafe, Verräter-Schwein", sprach Milla – so wie Fegelein und sie es verabredet hatten. Alles lief nach Plan.

Milla hielt jetzt auch Siegfried wieder in den Armen, der diese Inszenierung noch immer für ein Spiel hielt. Er fasste sich verwundert an die Stelle, wo sich seine Ohrmuschel befunden hatte und winkte Eichmann zu, der angelaufen kam, ihm das Körperteil zurückzubringen.

„Ich hab deine Nase ... Ich hab dein Ohr ...", spielte Fegelein mit ihm und tat, als habe er ihm jetzt auch noch die Nase gestohlen; zeigte ihm die Faust; zwischen Mittelfinger und Ringfinger ließ er seinen Daumen hervorstehen; das alte Kinderspiel machte dem Jungen Spaß.

„Naninchen ... Ohren ...", lachte er. „Naninchen ... Siegfried ... Nase ..."

Jemand riss Tscharly den Knebel aus dem Mund.

„Was sind deine letzten Worte, Gefangener Nummer eins?", schrie Göring ihm zu.

Der Gefangene antwortete trotzig und reckte sein Gesicht dem Galgen zu: „Das ist noch lange nicht das Ende ... Das ist der Anfang, Wagner ... der Anfang vom Ende des Nationalsozialismus ..." Dann blickte er zu Milla. „Es tut mir leid, mein Kind", sagte er, „dass du das alles erleiden musst ... Es tut mir so leid ... Ich wünschte, ich könnte die Zeit zurückdrehen ..."

Milla gefror das Blut in den Adern. Zwei Tage ohne Nahrung, dazu kaum Flüssigkeit, Misshandlungen und Todesangst hatten den Gefangenen Nummer eins in einen Schatten seiner selbst verwandelt, wurde ihr jetzt, da sie keine zwei Meter voneinander entfernt standen, bewusst. Nur seine Augen, seine großen, dunklen Augen, hatten nichts von ihrer Kraft verloren. Mit diesen Augen hatte er so vieles schon gesehen – bei seinen gefährlichen Reisen im Nahen Osten – und doch hatten sie nichts von ihrer Kraft eingebüßt. Es waren diese Augen, die schon als Mädchen auf sie Eindruck gemacht hatten. Jetzt sah sie sich ihnen ausgeliefert. Fühlte sich von ihnen durchschaut, als könnte ihre Iris bis auf den Grund ihrer Seele sehen. Milla – oder Freya, die Ikone der Rechten – wendete ihren Blick wütend von Tscharly Huber ab.

„Bist du bereit, meine Walküre?", rief Wagner ihr feierlich zu.

„Jawohl, Herr Reichsfeldmarschall", antwortete Milla mit fester Stimme.

„Dann, große Göttin Freya, erweise dich als würdige Mutter des Knaben Siegfried!"

Zwei Soldaten wollten Tscharly an den Schultern packen. Er brüllte ihnen zu: „Ich gehe freiwillig! Lasst mich …"

Tscharly Huber lief allen voran zum Galgen, wo die Klaviersaite auf ihn wartete, die sein Leiden in die Länge ziehen sollte. Tscharly lief regelrecht voraus in den Tod. Milla konnte sich plötzlich des Gefühls, das sie für ihren Vater empfand, kaum mehr erwehren. Stolz erfüllte sie. Stolz darauf, die Tochter dieses todesmutigen Mannes zu sein.

Auf einmal begriff sie, es würde ihr schwerfallen. Es würde ihr unendlich schwerfallen, zu tun, was sie sich vorgenommen hatte.

Und doch …

Da gab es noch etwas.

Eine letzte Chance, das alles zu einem anderen Ende zu bringen.

Ein gerechtes Ende – auch wenn es für alle den sicheren Tod bedeuten würde …

„Worauf wartest du?“, höhnte Göring. Eine Ausbeulung an seiner Hose verriet ihr, dass seine perverse Neigung von der Situation profitierte. Göring, ein großer Freund von Hinrichtungen und Folter jeder Art, schrie ihr mit erregter Stimme zu: „Heil Hitler!“

Trauer übermannte sie.

Milla schluckte und erwiderte mit fester Stimme. „Eines will ich meinem Vater noch gönnen, Herr Reichsfeldmarschall.“

„Was soll das sein?“

Auch Fegelein wurde plötzlich stutzig; so hatten sie das nicht abgesprochen. „Freya, wir …“

Freya hob einen Arm. Sie übergab ihm Siegfried. „Keine Sorge, mein kleiner Hase“, redete sie auf ihr Kind ein, „Mama kommt gleich wieder.“ Sie streichelte ihm ein letztes Mal über den Kopf und überließ das Kind den Männern. Dann streifte sie das Kleid ab und stand nackt in ihrer Mitte. Sie hob die Arme. Der Mob wich zurück. Milla schritt wie eine Tänzerin auf den Eingang zum Bunker zu. Von der frischen Bergluft hinein in die grell erleuchteten Gänge, schlug ihr der Gestank entgegen. Einzelne Wachen salutierten und erstarrten beim Anblick ihrer neuen Göttin. Milla fühlte sich eins zu eins wie damals in der Moschee, als sie sich die Niqab über den Kopf gestreift hatte; nackt, nur mit einem Sprengstoffgürtel gekleidet, stand sie inmitten der Muslime, in deren Augen sich Panik und Todesangst spiegelten. Dieses Mal besaß sie nichts. Nichts als jene Streichholzschachtel, die sie unauffällig aus einer Tasche des weißen Kleides gezogen hatte. Schöberle hatte ihr die Streichholzschachtel zugesteckt; das war vor acht Tagen gewesen. In der Umgebung des Gutshofes. Sie hatte sich gefragt, warum ein Beamter des BND ihr ausgerechnet eine Schachtel voller Streichhölzer zum Abschied schenkte. Jetzt erinnerte sie sich seiner Erklärung über die Wirkung von Methangas. Immer weiter schritt Milla in den Berg hinein, dorthin, wo der größte Gestank herrschte. Die defekte Kläranlage. Kein Zweifel – Schöberle hatte davon gewusst. Und deswegen hatte er ihr diesen dezenten Tipp gegeben. Es lag jetzt an ihr, zu Ende zu bringen, was kein Dienst dieser Welt je schaffen würde. Freya, die

Göttin, würde nicht zulassen, dass das Werk eines Adolf Hitlers von diesem Karnevalstreiben aus kranken Hobbits und Fabelwesen-Nazis weiterhin in den Schmutz getreten und dem Hohn der Welt preisgegeben werden würde.

Irgendwann erreichte sie jene Stelle im Labyrinth der Gänge, an der der Gestank am unerträglichsten war. Milla musste die Luft anhalten, um sich nicht zu übergeben. Warnschilder wiesen auf die Explosionsgefahr in diesem Bereich hin. Rauchen war strikt verboten. Milla kämpfte sich mit großen Schritten vorwärts. Endlich erblickte sie die Kläranlage. In verschiedenen Becken schwammen menschliche Ausscheidungen. Allein die Lüftung funktionierte nicht. Millas Hände zitterten, als sie das erste Streichholz entzündete. Sie fand ein Blatt altes Zeitungspapier. *Der Stürmer*. Milla setzte das Blatt in Brand und ließ den Feuerball hinabschweben über das Becken. Das Schild mit der Aufschrift „Methangas“ löste hysterisches Gelächter in ihr aus. Sie ließ weitere Seiten des Stürmers folgen, Seite für Seite, entzündete sie ein Streichholz nach dem anderen. Ihre letzten Gedanken galten ihrem Kind, ihrem Vater, ihrer Mutter und ihrem Großvater.

Und dann explodierte die ganze Scheiße.